Trans+

Trans+

Trans+

Silent Macabre

SM 7
血色童話
Låt den rätte komma in

作 者：約翰・傑維德・倫德維斯特 John Ajvide Lindqvist
譯 者：郭寶蓮
責任編輯：江怡瑩
美術編輯：蔡怡欣
校對：呂佳真
法律顧問 ：全理法律事務所董安丹律師
出版：小異出版
台北市105南京東路四段25號11樓
TEL：(02)87123898 FAX：(02)87123897
e-mail:locus@locuspublishing.com
www.locuspublishing.com
發行：大塊文化出版股份有限公司
台北市105南京東路四段25號11樓
讀者服務專線：0800-006689
TEL：(02) 87123898 FAX：(02)87123897
郵撥帳號：18955675
戶名：大塊文化出版股份有限公司

總經銷：大和書報圖書股份有限公司
地址：台北縣五股工業區五工五路2號
TEL：(02) 89902588 FAX：(02) 22901658
初版一刷：2009年6月
初版十二刷：2010年11月
定價：新台幣350元
ISBN：978-986-84569-5-2

血色童話　Låt den rätte komma in

約翰・傑維德・倫德維斯特 John Ajvide Lindqvist 著

郭寶蓮 譯

獻給Mia，我親愛的Mia

地點

布雷奇堡。

這裡讓你想到沾滿椰粉的餅乾，或許還有毒品。這裡所代表的「體面生活」會讓你想到電車站和城郊住宅區，大概就這樣，沒有別的了。一定有人住在這裡，就像有人住在別處。蓋這座小鎮的目的就是如此，爲了讓人有地方住。

當然，這不是自然發展出來的小鎮，每件東西打從一開始就精心規劃妥當。居民直接搬進已經替他們蓋好的屋子，一間間土黃色的水泥建築散落在綠野平疇裡。

故事發生時，布雷奇堡這個郊鎮已經存在三十年了。你可以想像這地方孕育著拓墾精神，如五月花號，如未知之地。的確如此。那一棟棟空著的房屋正如新大陸，等人入住創造歷史。

於是，他們來了！

沐浴在陽光下，他們眼神充滿希望地邁過崔那伯格橋，時值一九五二年。母親手抱小娃，或推嬰兒車，又或牽幼童。父親不帶鎬不帶鍬，他們攜來的家當是廚房用品和實用家具。或許嘴裡還哼著《國際歌》或《我們來到耶路撒冷》，視其個人偏好而定。

他們來到的這個郊鎮很大，很新，很**現代化**。

但眞正入住的景象卻非你想像的那樣。

他們或搭電車而來，或乘汽車、休旅車，一個接一個。帶著家當魚貫入住已竣工的公寓，將物品分類放入整齊有致的格櫃和櫥架，至於家具則有條有理地擺在軟木地板上。接著採買新物品來塡補空間縫隙。

布置妥當，他們抬頭望向這片已賜給他們的土地，但走出家門才發現每吋都已被占領，只好調適自己坦然接受，順勢而為。

這裡有個鎮中心，還有寬闊的遊樂場供孩童嬉戲，四周角落可見大片綠地環繞，行人專用道也不少。的確是個好所在啊。大家搬入個把月後在餐桌上這樣閒聊著。

「我們真是來到了好地方。」

只是他們錯過一樣東西：這地方的過去。孩童在校不會學到與布雷奇堡歷史相關的課程，因為這裡沒有歷史。或許應該這樣說，其實是有歷史，與一座老磨坊、菸草大王、還有水畔幾棟奇怪的老房子有關。但這些都已年代久遠，與現在毫無干係。

眼前這些三層樓房矗立之處，以前只有樹林遍布。

在這裡感受不到歷史的神祕氛圍，甚至連座教堂都沒有，九千位居民卻沒有一座教堂。

從這些可看出這郊鎮非常現代化，一切理性當道，居民免受歷史鬼魅和恐怖記憶的紛擾。

難怪他們毫無心理準備。

沒人看見他們搬入。

十二月，警察終於追查出搬家卡車司機的下落，但他沒什麼線索好提供，工作紀錄上只寫著「十月十八日，斯德哥爾摩郊區的布雷奇堡」。他回想起那家人只有爸爸和一個女兒，是個漂亮的小女孩。

「哦，還有，他們沒什麼家具，只有一張沙發、一張扶手椅，還有床。搬這趟家實在很輕鬆。嗯……對了，他們還要求晚上搬，我說晚上搬會比較貴，要補貼加班費之類的，他們說沒問題，就是要晚上搬，這點好像很重要。發生了什麼事嗎？」

警方把事情告訴他，關於他卡車載的那對父女。他瞠目結舌，低頭呆望工作紀錄上的字跡。

「我的天啊，怎麼會……」

他一臉扭曲，彷彿對工作紀錄上自己的筆跡感到嫌惡無比。

十月十八日：斯德哥爾摩郊區的布雷奇堡。

是他幫他們搬家的，幫那男人和他女兒。

他這輩子絕對不會告訴任何人這件事，至死都不會。

第一部　有這種朋友眞幸運

愛情中的麻煩事
肯定讓你夢醒幻滅
啊！

——摘自瑞典著名女歌手瑪恩科維斯特（Siw Malmkvist）的歌曲《愛的麻煩事》（Love Trouble）

我根本不想殺人
我不是天生就邪惡
我做的這些
只是想讓妳覺得我更有魅力
我失敗了嗎？

——摘自英國歌手莫里西（Morrissey）的歌曲《最後一位全球聞名之花花公子》（The Last of The Famous International Playboys）

一九八一年十月二十一日星期三

「你們覺得這是什麼？」

來自華倫拜郊區的警官谷納．洪柏格舉起一小袋白色粉末。

可能是海洛因，但沒人有膽說出口，就怕被懷疑很懂這東西。尤其家中若有兄弟或兄弟的友人沾上過，大氣都不敢吭。施打海洛因。就連女孩也默不作聲。警官搖搖袋子。

「你們認為這是烘焙用的發酵粉嗎？或者是麵粉？」

大家低聲嘟囔說不是，他們可不想被警官以為6B這班全是白癡。雖然光看袋子不可能判斷裡面物品，不過既然這堂課談的是毒品，答案肯定很清楚。警官轉向老師。

「妳最近家政課怎麼教的啊？」

老師微笑聳聳肩，全班哄堂大笑，這條子還算幽默。有些學生上課前還被准許摸了他的槍呢。裡面雖沒子彈，終究也是把槍啊。

奧斯卡內心澎湃，他知道答案，壓抑不說他會很痛苦，他想讓警官注意他，凝視他，告訴他答對了。他知道這麼做很蠢，但還是舉起手。

「有事嗎？」

「這是海洛因，對不對？」

「沒錯，的確是。」警官和善地望著他，「你怎麼知道？」

全班轉頭注視，很好奇他會怎麼回答。

「不是……我的意思是我讀過很多這類的東西。」

警官點點頭。

「多看書很好，」他搖搖小袋子，「不過若沾上這東西，你們就不會有時間看書了。大家猜看看，這一小袋值多少錢？」

奧斯卡覺得自己不需再多說什麼，他已經被他注意到，和他說上話，還讓他知道自己讀過很多書，這已遠超出自己原本的期望了。

他開始沉醉於白日夢，幻想下課後警官來找他，對他有興趣，坐在他旁邊，然後他將所有事情告訴警官，他會明白一切，還會摸摸他的頭，告訴他不要緊，然後摟著他說……

「他媽的愛現鬼。」

強尼．佛洛斯伯伸出手指狠狠戳他。強尼的哥哥跟一群吸毒的混在一起，所以他知道這方面的黑話，班上很多人也會跟著學。強尼應該知道那袋白粉值多少錢，不過他可沒那麼愛現。他才不跟條子講話呢。

下課休息，奧斯卡在衣帽處徘徊，舉棋不定。他知道強尼想揍他，該怎麼躲呢？待在走廊，或者到外面？突然他發現強尼和其他同學蜂擁衝出教室，跑到校園中庭。

難怪。警車還停在中庭，好讓那些有興趣的孩子有機會瞧瞧警車模樣。有警察在這裡，強尼當然不敢揍他。

奧斯卡站在能隔寒的雙層門邊，從門上的透明玻璃向外望。果然如他所料，同學都圍在巡邏車旁。奧斯卡也想湊過去看，但這恐怕不妥。不管警察在不在那裡，他一過去肯定會被人用膝蓋頂，還會被人捉弄，把他內褲頭用力往上拉。

不過至少這節下課他逃過一劫。走到外頭，繞到校舍後面上洗手間。

到了廁所，他先屏神凝聽，然後清清自己喉嚨，聲音迴盪在馬桶間內。他手伸進內褲裡，迅速抓出尿球，這是一團約柳丁大小的泡棉，他從舊床墊剪下來的，中間挖了個洞好讓陰莖穿入。聞一聞。

唉，又尿褲子了。將尿尿球放在水龍頭下沖洗，努力將水擰乾。尿失禁。就是這種毛病。從藥局偷拿的小冊子上面是這麼說的。許多上了年紀的女人都會有這個問題。

不過我也有。

冊子上說有藥可醫，但他可不想站在藥房櫃臺前奉上零用錢還被當眾羞辱。當然更不會告訴媽媽，萬一她知道肯定整天擔心難過，這會讓他難以承受。

幸好他有尿尿球，至少現在還管用。

外頭出現腳步聲，有人來了。他拿著尿尿球跑入最近的馬桶間，將自己鎖在裡面，這時廁所的大門正好打開。悄悄爬到馬桶上，縮成一團，免得被人從門下看見他的腳。屏息不敢出聲。

「豬──頭──？」

當然，是強尼。

「嗨，豬頭，你在裡面嗎？」

麥奇跟他在一塊兒，他們兩人是壞學生當中的壞學生。不，多瑪士也很壞，但他不來拳打腳踢這一套，這種作法很高招。這會兒他可能正巴著警察逢迎諂媚。萬一尿尿球被多瑪士發現，他絕對會抓住這把柄來傷害他、羞辱他，就算過了很久也有辦法讓他很難堪。而強尼和麥奇則只會毆打他，這種皮肉痛忍忍就過去了。所以這樣看來，被他們兩個發現還算走運……

「豬頭？我們知道你在裡面喔。」

他們檢查他所在的馬桶間，又搖又撞。奧斯卡雙手緊緊抱住雙膝，咬緊牙根，就怕自己嚇得尖叫。

走開！離我遠遠的！為什麼你們不能放過我？

現在強尼的聲調和緩了。

「小豬頭，如果你現在不出來，放學後我們還是會修理你。你想要這樣嗎？」

沉默了半晌。奧斯卡小心翼翼吐了口氣。

他們對著門又捶又踢。整間廁所砰砰響，馬桶間的門鎖開始往內彎。他應該出去，在他們發飆前自己送上門，但他做不到。

「豬——頭——？」

他剛剛在教室舉了手，宣示自己的存在，證明自己有知識，這可犯了大忌，他們不允許他這麼做。他們有千百種理由折磨他：太肥、太醜、讓人看不順眼。但眞正的理由很簡單，就是他的存在。任何足以讓人想起他存在的所有東西，都會被拿來羞辱。

他們或許打算給他來個「洗禮」：將他的頭壓入馬桶沖一沖。不管他們使出什麼招數，反正結束後他就能鬆口氣。那麼，爲何不乾脆打開鎖，讓他們樂一樂？反正繼續撞下去，門鎖遲早也會鬆開。

他望著裂開而脫離鎖頭的門閂，也看著突然甩開而撞到牆壁的門，還有麥奇・希斯考維那張得意洋洋的臉。然後，他明白了。

這場遊戲不會這樣進行。

他不會將鎖扣回，他們也不會在三秒內爬過馬桶間，因爲這不是遊戲的規則。

讓他們沉迷的是獵人遊戲以及他這個獵物的恐懼神情。一旦他們眞的抓到他，樂趣就結束了，只剩執行已成例行公事的凌虐過程。若他太早投降，他們就會把更多精力放在凌虐而非獵捕的過程。這樣下場會更悲慘。

強尼・佛洛斯伯探頭進來。

「你知道嗎，如果想拉屎就得把馬桶蓋打開。來，給我學豬叫。」

奧斯卡乖乖地學豬叫。這是遊戲的一部分。若他聽話學豬叫，他們或許會到此爲止放他一馬。這次他叫得特別賣力，就怕他們若不滿意，在待會兒的凌虐過程中會洩漏出自己那噁心的祕密。

他皺起鼻子學豬叫，又呼嚕又尖鳴。強尼和麥奇樂得哈哈大笑。

「死豬頭，繼續叫，多叫幾聲啊。」

奧斯卡閉緊眼睛，繼續叫。拳頭握得好緊，指甲都掐進掌心裡，他不斷學豬叫。突然，嘴裡出現一股怪味道。他停下來，睜開眼睛。

他們走了。

他繼續蜷縮在馬桶上，呆望地面。地上瓷磚有滴紅漬。就在他凝視的瞬間，又一滴從他鼻子落下。他撕了張衛生紙，壓住鼻孔。

有時一害怕就會這樣，開始流鼻血。這毛病幫他解圍了幾次，他們想揍他時若看見他已經流血，就會收手離開。

奧斯卡・艾瑞克森蹲縮在那裡，一手拿著一團衛生紙，另一手握著他的尿尿球。鼻子流血、褲子尿濕、話也說太多。身上每個洞口都在滲漏，或許，不用多久，連褲底也會跑出大便來。果然豬頭一個。

他站起來走出廁所。不抹去臉上血滴，故意讓別人看見，讓他們納悶，讓他們以為有人被殺死在那裡。的確早有人被殺死在那裡，死過上百次了。

十

四十五歲的哈肯・班特森最近出現了啤酒肚，連髮線也愈退愈遠。他居所的地址政府當局沒人知。此刻坐在電車車廂裡，凝視窗外新家坐落的這一區域。

這地區實在有點醜。諾羅平市好多了，不過大家都說這西郊比較不像他在電視上看過的斯德哥爾摩郊區的貧民窟，例如基斯塔區、林克貝區和哈龍勃根區。這裡不一樣。

「下一站，瑞克斯塔湖。」

這一區給人的感覺比那些地區溫和舒服，不過這裡也有眞正的摩天高樓。

他仰頭看著水工行政大樓的最頂層。他不記得諾羅平市有這麼高的建築物。不過，也可能是因爲他從沒去過市中心。

下一站就該下車，對吧？他看看車門上方的電車路線圖。沒錯，下一站。

「車門即將關閉，請遠離車門。」

有人在看他嗎？

沒有，車廂裡只有幾個人，全都專心讀晚報。明天報上就會有他的新聞。

他視線落在女人的內衣廣告。上頭的女人穿著黑色蕾絲內褲和胸罩，擺出撩人的性感姿勢。眞是瘋了。走到哪裡都看得到裸體。社會怎能容忍這種東西？這種畫面對社會大眾的心理、對愛情會造成什麼負面影響啊？

他雙手顫抖，趕緊擱在膝蓋上。他好緊張。

「眞的沒有其他法子嗎？」

「如果還有別的法子，我會這樣讓你拋頭露臉嗎？」

「不會，可是……」

「眞的沒辦法了。」

沒辦法。他非得如此，而且不能搞砸。他研究過電話簿裡的地圖，最後選擇這處看起來頗合適的地區，因爲這裡樹林茂盛。然後開始打包準備出發。

擱在兩腳間那只行李袋的愛迪達標誌被他用刀子割下來。在諾羅平市就是犯了這個錯誤。有人記得袋子上的標籤，後來警方在一處廢料垃圾堆裡找到袋子，就離他家不遠。

而今天，他會把袋子帶回家，或許砍成碎片沖進馬桶。妳就是這樣做的嗎？

到底怎樣才行得通？

「本站是列車終點站，請所有乘客下車。」

電車車廂把裝載的乘客全數吐出，哈肯跟著人群魚貫走離車站，手裡提著那只袋子。沉甸甸，雖然裡面稍有重量的不過就是那罐氣體。他得很費勁才能正常走路，可不能讓人看出他正要去執行死刑。絕不能讓人有理由注意到他。

可是雙腿好沉重，似乎想黏在月臺上不動。若他乾脆站在這裡，那會怎樣？若他直挺挺站著，一動也不動，就是不離開，等著黑夜降臨，等著有人靠近，注意到他，然後叫……人來帶走他。把他帶到某個地方。

他繼續費力地以正常步伐走著。右腳、左腳。現在可不能踉蹌，稍有閃失，就大事不妙。可以想見後果會很糟糕。

一通過閘口，他四處張望。他的方向感不怎麼好，到底樹林要往哪個方向？他當然不會問人，得自己碰碰運氣。繼續走，撐下去。右腳、左腳。

一定還有其他辦法。

但他就是想不到。有固定的過程，固定的標準。只有這樣才能讓他們好走。

他以前做過兩次，兩次都搞砸。雖然不像維克久市那次那麼糟糕，不過也足以迫使他們搬家。他今天會有很好表現，會得到掌聲讚賞。

或許還能被親吻擁抱。

兩次。他都失手。那來個第三次又有什麼不同？絲毫沒有不同。反正社會的評斷還不都一樣。都是終身監禁。

至於道德的良心譴責？得鞭我幾次才足夠啊，邁諾斯國王①？

腳下這條公園步道拐個彎繼續走，就能到達樹林的入口。這想必就是地圖上見到的那片樹林。氣體罐和刀刃在袋子裡喀啦響，他調整拿法不讓裡頭東西相互碰撞。

前方有個孩子轉入步道。是個小女孩，約莫八歲，正放學回家，側背的書包在髖骨旁撞呀撞。

不，絕對不能！

這就是分寸。不能找這麼年輕的孩子。最好還要男孩。女孩唱著歌。他加快腳步靠近她，聽見她這麼唱著。

「小小陽光照進來，照進我家窗戶裡……」

現在的小孩還在唱這首歌啊？或許小女孩的老師也上了年紀吧。現在還有人唱這首歌，眞好。他想靠得更近，聽得更清楚，近到連小女孩頭髮的香味都聞得到。

他放慢腳步，可別引人注目。小女孩離開公園步道，走在一條通往樹林的小徑。或許是住在樹林另一頭。她父母怎麼放心讓她自己走過這裡，這麼小的孩子啊。

他停下腳步，讓小女孩繼續前進，好拉開兩人的距離。他看著她消失在樹林裡。

繼續走啊，小女孩，可別逗留在樹林裡玩耍。

他等了一分鐘，聽著燕雀在附近樹梢啼唱。然後動身跟著她進入樹林裡。

---

①邁諾斯國王是古代希臘克里特島的國王。其最著名的傳說就是藏匿海神波塞頓要他用來獻祭的公牛而惹惱海神。海神作法讓王后愛上公牛，並與公牛生下半人半牛的麥諾陶。邁諾斯國王爲了守住祕密，找人在克里特島上蓋了一座只進不出的迷宮來囚禁麥諾陶。

十

奧斯卡從學校走回家，頭好重。每次以那種方式設法躲過凌虐，譬如學豬叫或其他之類的，他就感覺很不舒服。比直接飽受拳腳更糟糕，這種感覺他知道。但想到他們節節逼近的拳頭，他就不知如何是好。他願意卑賤，毫無尊嚴，就爲了躲過一劫。

羅賓漢及蜘蛛人驕傲自豪。就算被約翰爵士和八爪博士逼到牆角，他們也無所畏懼，絕不退卻。可是蜘蛛人知道些什麼？反正他永遠能死裡逃生，雖然看似不可能。他是漫畫的主角，總得活著出現在下一集。他有他的蜘蛛人神力，奧斯卡則有他的學豬叫本領。不管用哪招，就是要活下去。

奧斯卡得慰勞慰勞自己。今天有夠倒楣，要好好補償一下，他決定到布雷奇堡的鎮中心晃晃。去塞比斯生活賣場吧，雖然這趟路很可能又會遇到強尼和麥奇。他不走樓梯，而是拖著腳步在蜿蜒的無障礙坡道上慢慢晃，藉機調整心情、振作精神。現在他必須冷靜，不能滿頭大汗。

約一年前，他曾在另一家連鎖的生活賣場康尙順手牽羊被抓到。警衛要打電話給他媽媽，不過她外出工作了，而他不知道那裡的電話號碼，眞的，他眞的不知道。之後每次家裡電話響他就心驚膽戰。沒多久有封信寄來，署名要給他媽媽。

眞白癡。信封上竟然標示著「斯德哥爾摩地區警察局」。奧斯卡當然自己拆信，讀著自己的罪行，接著僞造媽媽的簽名，然後將信寄回去，讓他們以爲她已經看過信。或許他很孬，但他可不笨。

不過話說回來，什麼是孬？他正打算做的事算孬嗎？他在大衣裡裝進了大津糖、架普、椰子糖和邦提巧克力棒。最後還塞了一袋瑞典車造型的QQ糖在肚子和褲頭間，然後走向結帳臺，付了一根棒棒糖的錢。

回家路上他抬頭挺胸，還蹦蹦跳跳。他不是被人踢來踢去的豬頭，他是歷經危險卻能全身而退的神偷大盜。他機智無敵，能騙倒所有人。

走入社區大門，到了中庭他就平安了。那些欺負他的人都不住在這社區。這裡的房子蓋成不規則形，整個社區坐落在伊伯森嘉頓街所圍繞起來的內圈裡。在這中庭，他從未遇過鳥事，基本上可說沒有。他在這裡長大，上學前也在這裡交朋友。只是一升上五年級就開始被同學找麻煩，到了學期末更成為大家公然捉弄欺負的對象，就連不同班的朋友都略有聽聞，所以現在他們也很少找他玩。

就是這時候，他開始玩剪貼。現在他就要回家沉浸在剪貼簿的世界中。

咻——！

他聽見聲音呼嘯而過，有東西撞到他的腳。一輛暗紅色的無線電遙控汽車正駛離他。車子迴轉，高速衝上山坡，直抵他家那棟公寓的大門。他發現湯米正站在大門右側荊棘樹叢後方，肚子前方突出兩根長長天線。他輕輕笑著。

「嚇到你了，是不是？」

「那車子跑得好快。」

「是啊，你想買嗎？」

「多少？」

「三百克朗。」

「沒辦法，我沒那麼多錢。」

湯米招手要奧斯卡靠近。他在斜坡上迴轉車子，讓它極速俯衝飆下，再來個緊急煞車停在他腳前。他拿起車子，拍一拍，低聲地說，「在店裡買要九百克朗呢。」

「是哦？」

湯米看看車子，接著把奧斯卡從頭到尾打量一遍。

「兩百塊吧，這可是全新的。」

「是很棒，不過……」

「不過什麼？」

「沒事。」

湯米點點頭，放下車子，硬將它開入樹叢裡，巨大的車輪顛簸地晃呀晃，然後讓它繞過大曬衣架，駛出步道，再衝下斜坡。

「我可以試看看嗎？」

湯米看看奧斯卡，彷彿在衡量他是不是夠資格碰他的車。最後決定將遙控器遞出去。他指指奧斯卡上唇。

「你被揍啦？流血嘍，那裡。」

奧斯卡抹抹嘴唇，一些紅褐色的乾痂掉在食指上。

「沒有，只是……」

別說，說了也沒用。比他大三歲的湯米本身就不好惹，他大概只會叫他打回去，而奧斯卡可能會回答「當然」。不過可以想見，若真照他的話去做，後果就是他在湯米眼中愈來愈沒尊嚴。

奧斯卡只玩了一會兒，繼續看著湯米操控。他真希望有錢買下這輛車，兩人達成這樁交易。他把手插入口袋，摸到了糖果。

「你要吃大津糖嗎？」

「不要，我不喜歡那種東西。」

「那架普巧克力？」

湯米抬起頭，視線離開遙控器，微笑著。

「雙口味的那種嗎？」

「是啊。」

「偷來的？」

「……對。」

湯米伸出手，奧斯卡將架普巧克力遞給他，他接過塞進牛仔褲後面口袋。

「多謝了，掰掰。」

「掰。」

奧斯卡一回到家，就將口袋裡所有糖果巧克力攤在床上。先從大津開始吃，慢慢吃到雙口味的架普，至於他最愛的邦提巧克力棒則要留到最後。結束前再用水果口味的車子造型QQ糖來清除殘渣。

他以要享用的順序將所有戰利品在床邊一一擺出，然後在冰箱找到一瓶已開的可口可樂，媽媽在上面蓋了錫箔紙。消了氣的可樂他更喜歡，尤其那種甜甜的滋味他最愛。

拿開錫箔紙，將可樂擺在這些零食旁，趴在床上，研究床頭書架上的書。《雞皮疙瘩》系列快收藏齊了，旁邊還有一本《雞皮疙瘩選集》更提高了他的收藏價值。

這些收藏是靠著那兩大袋書才完成的。他從報紙分類廣告上看到有人要賣這套書，花了兩百克朗終於買到。那天他搭電車到米德索馬克蘭森地區，根據地址找到那人的家。來開門的男人白白胖胖，聲音低沉沙啞。還好他沒要奧斯卡進屋，而是直接將兩大袋書拿到門口，收下兩百克朗，點點頭，說了聲「閱讀愉快」就關上門。

拿到書後奧斯卡才開始緊張。他之前已經花了好幾個月，在斯德哥爾摩南區果賈頓街的二手漫畫店找這套書，但怎樣都找不到。在電話中那人說過期的他都有。真是踏破鐵鞋無覓處，得來全不費工夫。

奧斯卡一離開那人視線，立刻將袋子放下，開始翻查。他沒被騙，果然從第二期到四十六期，共四十五本。

這些書其他地方絕對找不到，而他只花了兩百克朗就得到！

難怪奧斯卡那麼怕那個人反悔，因為他簡直搶到了一堆寶藏。

不過即便如此，這套收藏還是比不上他的剪貼簿。

他從一疊漫畫下面抽出藏在那裡的剪貼簿。其實這只是一本大素描簿，是他從華倫拜郊區的歐聯折扣百貨店偷來的。他若無其事走過去順手拿起來夾在腋下，就這麼簡單，誰說他沒種？至於剪貼簿裡的內容……

他將大津棒拆開，大大咬一口，齒間慢慢品嘗那熟悉的清脆口感，然後翻開剪貼簿封面。第一篇是從《家庭週刊》剪下來的，內容是一九四〇年代美國一位女兇手的故事。她被逮之前用砒霜毒殺十四個人，後來被法院判決以電椅處死。當時社會輿論要求以牙還牙用毒液注射來處死她，不過她所在的州是用電椅來執行死刑，而這篇故事最讓奧斯卡著迷的地方就是電椅。

他一直夢想能親眼目睹坐在電椅上被處死的過程。他讀過報導，據說血液會開始沸騰，身體扭曲成難以置信的角度。他也幻想頭髮應該會起火，不過這點還找不到可靠資料加以佐證。

還是很令人吃驚。

他翻到下頁。這篇是從瑞典大報《晚報》中剪下來的，有個瑞典的殺人兇手將受害者分屍。平凡不過的一張身分證照片，看起來就像鄰家老人。不過他可是在自己家裡的蒸氣浴室內謀殺了兩名男妓，還用電鋸肢解他們，埋在蒸氣浴室的後面。奧斯卡吃下最後一截大津棒，仔細端詳那殺人兇手的臉。真的就像路人甲乙丙。

也可能就是二十年後的我。

十

哈肯找到一個好地方觀察動靜，從這裡他能清楚看到步道的左右兩側。他也在樹林中找到一處隱祕的凹洞，洞裡有棵樹做掩護，他可以把袋子留在那裡。至於那罐可將人迷昏的氟烷氣體則藏在大衣裡。

現在只需等獵物出現。

「我也想要快快長大，像什麼都懂的爸媽那麼偉大……」

從上學以後就沒聽過有人唱這首歌了。這是一百多年前那位有名的瑞典音樂老師依萊絲・泰格納所寫的嗎？這些好聽的歌曲就這樣消失，沒人傳唱，想到這點，實在讓人惋惜。

沒人尊重欣賞美的事物，今天的社會就是這樣。大師的作品頂多被拿來嘲諷，或者放在廣告影片中。就連米開朗基羅那幅《創造亞當》當中的神髓竟然被一條牛仔褲取代。這幅畫的重點，至少就他所見，應該是那兩個不朽軀體食指尖將觸未觸的畫面。他們兩指間的距離約只有一公釐，但這小小空間卻讓人看到生命眞諦。這幅畫裡精雕細琢的畫面和細膩豐富的筆觸，在他看來不過是裱框或背景，爲了凸顯畫面中央那處關鍵性的空白。這處空白，道盡了一切。

但在廣告中，這個關鍵的空白卻被人硬套上一條牛仔褲。

有人從步道走來了，他蹲伏躲藏，耳朵聽見自己的心跳咚咚響。不行，是個牽狗的老人。一看就有兩個壞處，第一，得先讓狗安靜順服，第二，人老品質就不好。

尖叫連連還秤不出幾斤肉，殺豬的這麼說。

他看看手錶。再兩個小時天就黑了。如果一小時內沒合適的目標出現，就只好隨便將就。總之，必須天黑前趕回家。

那傢伙好像說些什麼。被他發現了嗎？不是，他是在跟狗說話。

「這樣舒服點了吧，小甜豆？妳眞的得動一動。待會兒回家爹地就給妳肝泥香腸，一大塊好吃的肝泥香腸給爹地的乖女孩兒。」

哈肯頭埋入掌心嘆氣，塞在大衣裡的氣體罐壓住他胸口。可憐的王八蛋。這些世上沒有美人相伴的可憐寂寞人啊。

他顫抖著，下午過後就起了風，他猶豫著要不要從那只被藏起的袋子裡拿出風衣來穿。不行，那件衣服會妨礙他的行動，讓他變得笨拙無法快速反應。況且那衣服也會讓人起疑心。

兩個二十來歲的年輕女孩走過。這也不行，他無法一次處理兩個。他聽見她們的片斷對話。

「……她決定要留著……」

「……眞是隻大猩猩。他應該知道他……」

「……是她的錯因為……沒嗑藥……」

「可是他應該……」

「……妳知道嗎？……他當爸爸的人竟然……」

她們有個朋友懷孕了，年輕人不想負責，大概是這樣。這種事經常發生，大家都只顧自己不管別人。整天耳邊聽到的都是我的幸福、我的未來。眞正的愛應該要能臣服在對方腳下，現代人就是做不到這點。

寒氣逼進他四肢，現在不管有沒有穿上風衣都一樣行動笨拙了。他手伸進大衣內，壓壓氣體罐的噴頭，一陣嘶嘶聲，正常沒問題。

他原地跳一跳，拍拍自己手臂讓身體暖起來。拜託，趕快有人來，落單的人快來。他看看手錶，只剩半小時。趕快讓人來。為了活命，也為了愛。

「可是我心裡還想當小小孩，因為小孩屬於上帝的國度。」

十

奧斯卡翻完整本剪貼簿，吃完所有零食，這時天色也暗了。照例，吃完垃圾食物整個人開始昏沉，還心生些微的罪惡感。

再兩個小時媽媽就回來了。他們會一起吃晚餐，然後他做英文和數學功課，接著會看課外讀物或者和媽媽一起看電視。不過今晚電視沒什麼好看，或許母子倆會邊聊天邊喝可樂，還有甜甜的肉桂捲。然後他會上床，不過一定輾轉難眠，因爲他擔心明天。

如果有人可以讓他打電話傾吐就好了。當然他可以打給喬漢，希望這會兒他沒在忙。喬漢和他同班，兩人廝混時還挺愉快，不過喬漢若找得到其他人玩，就不會想到奧斯卡。通常是喬漢無聊打電話找奧斯卡，不是奧斯卡找他。

屋裡靜悄悄。什麼事都沒發生。水泥牆壁將他密封住，他坐在床上，手放膝蓋，胃被零食撐得往下墜。

好像有事情要發生。就在這一刻。

他凝神細聽，一股濃稠的恐懼慢慢爬上心頭。有東西接近，一種無色的氣體滲出牆壁，威脅具體成形，就要將他吞噬。他僵硬地坐著，屏住呼吸，聆聽，等待。

那一刻過去了，奧斯卡終於能正常呼吸。

他走到廚房，喝了一杯水，從磁鐵條抓起吸在上頭的最大把刀。用拇指刮刮，看看是否夠銳利，這是爸爸教他的。鈍了。他將菜刀在磨刀石上來回磨幾下，又伸出拇指試試，不小心削掉小小一片指甲。

很好。

他用報紙代替刀鞘裹住刀刃，再拿膠帶牢牢貼住，然後塞進褲子和左髖之間，只露出刀柄。走看看，刀身擋住左腿的移動，調整角度，讓它朝向鼠蹊部。還是不舒服，不過至少不影響走路。

他拿起掛在玄關的大衣穿上。突然想起臥房內散落的一堆零食包裝紙。先回房間收拾，把它們全塞進口袋，免得媽媽比他先回到家。他可以把這些包裝紙藏在樹林裡的岩石下。出門前又檢查一次確定自己沒留下任何證據。

遊戲開始。他是連續殺人狂。他已經用那把利刃解決掉十四個人，沒留下一絲線索。沒毛髮，沒有糖果包裝紙。就連警方都怕他。

現在他就要進入樹林尋找下一個對象。

眞奇怪，他已經知道下一個受害人的姓名和長相。就是那個有一頭長髮、一雙兇惡大眼的強尼・佛洛斯伯。他會讓強尼哭著求饒，像隻豬哀號。哭死也沒用。他會讓刀刃做出決定，讓大地吸吮他的血液。

這句子是奧斯卡從書上學來的，他再三讀誦。

讓大地吸吮他的血液。

他鎖上家門，手握刀柄走出公寓，嘴裡繼續念著這句子。

「讓大地吸吮他的血液。讓大地吸吮他的血液。」

平時進出社區的通道位於這棟公寓右側，但此刻他往左走，越過其他兩棟，穿越汽車出入口。將內層的防禦堡壘拋在後頭，跨過伊伯森嘉頓街，直直走下社區所在的山丘。也將外層的防禦堡壘拋在腦後，往樹林方向走去。

讓大地吸吮他的血液。

這是奧斯卡今天第二次嘗到快樂的感覺。

十

離哈肯自設的時間只剩十分鐘，這時一個落單的小男孩走上公園步道。依他判斷，十三、四歲。最完美。他打算先溜到步道另一頭，然後正面迎向他的目標。

可是，他的腳突然卡住不動，而男孩正悠哉悠哉走過來。隨著時間分秒過去，成功的機會愈來愈渺茫，哈肯開始擔心。那雙腳就是不肯動，他動彈不得地呆站原地，望著他的完美人選正一步步趨近。男孩快要落腳於他所立之處，來到他正前方。就快來不及了。

一定要，一定要，一定要。

若這次沒動手，他一定會殺了自己，絕不能兩手空空回家。就是這樣，不是他死，就是男孩亡。動啊，要走哪條路自己選。

他終於能移動，不過太遲了。他已經無法以若無其事的姿態和男孩在步道上錯肩而過，現在他只能跟蹌慌亂跑入樹林，追著男孩。蠢，笨手笨腳，現在男孩一定開始起疑，提高警覺。

「嗨，你好！」他叫喚男孩，「不好意思！」

男孩停住腳步。幸好，他沒跑。他得說話，問點什麼。他走近站在步道上那個滿腹狐疑且有所警覺的男孩。

「不好意思……請問現在幾點？」

男孩望著哈肯的手錶。

「我有錶，不過停了，你看。」

男孩全身緊繃地看著他手錶。這點哈肯也沒辦法，只能將就接受。哈肯將手伸入大衣裡，食指擱在噴頭上，等著男孩回答。

十

奧斯卡經過印刷廠走下小山丘，然後轉進通往樹林的步道。下腹那把菜刀的沉甸感消失了，取而代之的是期待的陶醉興奮感。一路走往樹林，滿腦子都是那幻想，幻想就要成眞了。

他以殺人犯的眼光來看世界，或者應該說以十三歲孩子所能想像的兇手眼光。世界眞美麗，讓他能掌握，還能因著他的行動而搖晃顫抖。

他走在步道上，張望搜尋強尼·佛洛斯伯的身影。

讓大地吸吮他的血液。

天要黑了，四周的樹木像沉默的人群，見到殺手稍有舉動就嚇得驚恐發抖，深怕自己被看上，成爲下手的目標。不過殺手越過他們，不予理會，因爲他已看見自己中意的獵物。

強尼·佛洛斯伯就站在離小徑五十公尺遠的小丘上，雙手扠腰，咧嘴而笑。強尼還以爲接下來仍是之前的老畫面呢：把奧斯卡壓在地上，捏住他鼻子，強把松針和青苔或之類的東西塞入他嘴裡。

但這次他錯了，遠遠走來的不是奧斯卡，是個殺人兇手。殺手握緊刀柄，準備行動。

殺手以尊嚴自信的步伐慢慢走向強尼·佛洛斯伯，直視他的眼睛叫了他：「嗨，強尼。」

「嗨，豬頭，這麼晚你還能外出喔？」

殺手抽出利刃，朝他猛戳。

十

「呃……五點十五分。」

「好，謝謝。」

男孩沒有離去，站在那裡望著哈肯，他趁機更靠近。男孩站著不動，凝視他的雙眼。這樣下去不行，男孩一定嗅到事有蹊蹺。先是有人從樹林裡衝出來問他幾點，現在那人又擺出拿破崙雕像的姿態一隻手塞在大衣裡。

「裡面是什麼？」

男孩指著哈肯心臟的位置。哈肯腦袋一片空白，他不知該怎麼辦。索性拿出氣體罐給男孩看。

「什麼鬼東西啊？」

「氟烷氣體。」

「你爲什麼帶著這個到處走？」

「因爲……」他摸摸被泡棉蓋住的罩口，努力思索該怎麼回答。他不能說謊，這是他所受的詛咒。

「因爲……這與我的工作有關。」

「是什麼樣的工作？」

男孩稍微放鬆了些，他拎的運動袋與哈肯藏在凹洞裡的那只袋子非常類似。哈肯以握著氣體罐那隻手碰碰男孩的袋子。

「你要去運動啊？」

就在男孩往下看著自己袋子時，他抓住機會。

兩隻手迅速竄出，沒拿罐子那手抓住男孩後腦袋，另一隻手將氣體罐的罩口塞在他嘴鼻上。一陣如蛇信的嘶嘶聲瞬間洩出，男孩想把頭撇開，卻被哈肯兩掌死命鉗住，動彈不得。

男孩整個身子往後倒，也把哈肯拖下去。蛇的嘶鳴聲壓過兩人倒在小徑木屑上撞擊出來的聲音。哈肯仍緊抓著男孩後腦，兩人在地上翻滾時，手仍不忘死命地將罩口壓在男孩嘴鼻上。

幾聲沉重呼吸後，哈肯手裡的男孩逐漸放鬆。哈肯先確定罩口沒移位，然後環顧四周。

沒有目擊者。

氣體罐的嘶嘶聲還充斥在他腦袋，就像劇烈偏頭痛怎樣也甩不開。他將氣體罐的安全閥扭到上鎖的位置，另一隻手從男孩頭下用力抽出，然後鬆開橡皮帶，拉到男孩腦袋後面圈住。罩口固定了。

他手臂痠痛地站起來，注視著他的獵物。

男孩躺在那裡，兩手攤在身體兩旁，罩口仍貼著口鼻，氟烷氣體罐擱在胸口上。哈肯又看看四周，拾起男孩的袋子，放在他肚子上。最後他扛起男孩，將他帶到凹洞裡。

男孩比他想像重多了。渾身都是肌肉。失去知覺整個攤軟讓他變得更沉重。哈肯喘噓噓將男孩扛過潮濕地面，而正嘶嘶噴氣的氟烷罐像條鏈鋸將他頭顱上下一分為二。哈肯故意大聲喘息，遮掩住嘶嘶的聲音。

手臂痠麻，汗流浹背，終於走到目的地。將男孩放入凹洞最深處，然後在他身邊躺下來。四周靜謐。只見男孩胸膛起起伏伏。最多八分鐘後他就可以喚醒他，但他不會這麼做。

哈肯躺在男孩身邊，端詳他的臉，以手指輕輕撫觸他臉龐。他靠近男孩，雙手摟著他鬆軟的身體，緊緊貼住他。溫柔地吻了男孩臉頰，輕輕道聲「原諒我」，接著起身。

望著地上這具任人宰割的身體，眼淚差點滑落，不過他這次依然能忍住不哭。平行的兩個世界吧，這樣想就欣慰多了。

在另一個世界裡，他不會做出此刻正準備動手的事，在那個世界裡，他會走開，讓男孩自己甦醒，納悶剛剛發生了什麼事。

但在這個世界他無法如此。他走向自己的袋子，打開。匆忙抓出風衣，拿出工具。一把刀子、一條繩索，一個大漏斗和五公升裝的塑膠桶。

將所有工具放在男孩旁，最後看了這具年輕軀體一眼，拿起繩索準備工作。

十

他刺、刺、再刺。第一拳下去後，強尼才發現這次與之前幾次不同。臉頰一道很深的傷口噴出血，他想逃，但殺手動作比他快多了。迅雷不及掩耳的兩、三步，就切掉強尼後膝的筋腱，他身子一倒，躺在苔蘚上痛苦地翻滾，哀哭求饒。

但殺手不心軟，任憑強尼不斷哀嚎……殺手撲上前，讓大地吸吮他的血，此時叫聲更像豬。

這刀是為了你今天在廁所對我做的事。這刀是為了你惡作劇夾痛我的指關節。現在割下你的唇，則是為了你對我說過的所有污辱。

強尼五官七孔流著血，已吐不出半句惡言，也做不了任何壞事。不過要斷氣還得好長一段時間。最後，奧斯卡以刺穿他怔視的眼眸來結束這場殺戮。戳，狠狠地戳。然後起身看著他的傑作。

一棵倒地枯樹的大樹枝是強尼被亂刀揮砍的身體，樹幹上刀痕累累。而象徵著強尼站立的那棵挺立樹木底下，則有木屑散布。

他拿著刀的右手流了血。手腕旁有刀痕。一定是猛刺時不小心失手傷到自己。看來這把刀不適合這種用途。他舔舔手，以舌頭清潔傷口。竟覺自己正在舔舐強尼的血液。

他以報紙做的刀鞘抹去最後一滴血，將刀刃放回刀鞘，準備往回走。

幾年前的樹林有壞人出沒，總讓人生畏，但現在這裡成了他的家和避風港。林中樹木見他走過，自動退避以表敬意。此刻天色全暗但他毫不恐懼。對於即將到來的明天也不再憂慮，不管屆時會有什麼事發生。今晚，他會睡得很安穩。

回到社區中庭，他先坐在沙坑邊讓自己平靜，然後起身走回家裡。隔天他會給自己找把好一點的刀，要有擋護圈，誰管那東西怎麼稱呼……反正就是不會讓他割傷自己的設計。這遊戲他可還要玩好多遍。這麼好玩的遊戲。

十月二十二日星期四

媽媽走近餐桌，捏緊著奧斯卡的手，淚水在眼眶裡打轉。

「你絕對不能自己進入樹林，懂嗎？」

昨天有個與奧斯卡年齡相仿的男孩在華倫拜郊區被人殺死了。晚報出現這則新聞，媽媽一回家就整個人非常激動。

「這也可能……我甚至連想都不敢想。」

「那是在華倫拜郊區。」

「你的意思是會對小孩下毒手的人不會搭兩站電車到這裡來？要不也可以走路啊，一路走到布雷奇堡鎮來做同樣的事。你常進樹林嗎？」

「沒有。」

「從現在起你不准離開中庭跑到外面，除非……他們抓到兇手。」

「妳的意思是我不用上學。」

「當然要上學，不過放學後就要直接回來，待在社區等我回家。」

「有那麼嚴重嗎？」

媽媽痛苦的眼神夾雜著憤怒。

「你想被殺死啊？是不是？你想進樹林裡被人殺死，躺在那裡，留我自己在這裡焦急擔心……難道你想被某些畜生給砍得面目全非……」

她激動到淚水盈眶，奧斯卡趕緊將手擱在媽媽手上安慰她。

「我不會進樹林了，媽，我保證。」

媽媽摸摸他臉頰。

「小寶貝，我只有你，你絕不能出事，萬一你有什麼三長兩短，我也活不下去。」

「媽——那他是怎麼做的？」

「什麼意思？」

「妳知道的啊，就是殺人的過程。」

「我怎麼會知道？反正那男孩好像是被某個瘋子用刀殺死的。我想，他一死，他父母大概也不想活了。」

「報紙上有提到細節嗎？」

「我不想看。」

奧斯卡拿起《快捷》小報，開始翻閱。這樁命案占了四大篇幅。

「你不要看這種東西。」

「我只是翻一翻，這份報紙可以給我嗎？」

「我是說眞的，你不要看。那些暴力新聞對你沒好處。」

「我是要看娛樂版，想知道今晚有哪些電視節目。」

奧斯卡起身想將報紙拿回房間。母親撲上前抱著他，被淚水浸濕的臉頰緊貼著他的臉。

「寶貝，你不知道我有多擔心嗎？萬一你有個什麼不測……」

「我知道，媽，我會小心的。」

奧斯卡輕輕回抱媽媽一下，隨即將身子抽出來，走入房間，手指抹掉媽媽留在他臉頰上的淚水。

太不可思議了。

就他所知，那男孩被殺害的時間正是他進樹林玩耍的時候。眞可惜死掉的不是強尼．佛洛斯伯，而是某個住在華倫拜郊區的不知名男孩。

那天下午整個華倫拜地區的氣氛凝重哀傷。

他回家前就瞥到報攤上的報紙頭條。或許想太多，不過總覺得此刻廣場上大家似乎不斷談論著，行人走路的速度也變得比平常慢。

他去五金行偷了一把很讚的獵刀，售價要三百克朗呢。下手前他已想好被逮到時的託辭。

「對不起，老闆，實在是因爲我太怕會遇到那個殺人狂。」

若眞被抓到，或許還能擠出幾滴淚。他們會放他走，絕對會。不過他可沒失手，現在那把刀子就穩穩地藏在剪貼簿旁。

他得想一想。

會不會他在樹林裡玩的遊戲造成了那樁命案？他心想應該不會，但又無法完全排除這種可能，他讀的那些書就全在談這種東西。一個人所想的事情很有可能在其他地方發生。

念力感應，巫毒下蠱。

不過命案到底在哪裡、在何時，以及更重要的一點，是怎麼發生的？如果那具俯臥的屍體被刺了那麼多刀，那他得認眞想想是不是自己雙手眞具有可怕的神奇力量。若是如此，就必須學習如何掌控這種力量。

難道……造成關聯的是……樹。

他揮砍的那節枯樹幹。或許那是一根奇特的樹幹，對它所做的任何事都會……有擴散效應。

那細節呢？

奧斯卡仔細看過命案的每篇報導。有一版出現一個警察的照片，就是那個到學校講述毒品危害性的警察。他說目前無法做進一步評論。警方已召集國家刑案鑑識中心的專家分析從現場採集到的證據，大家現在只能等著分析結果出爐。報紙上還刊登了死者照片，那是從學校年刊上翻拍的。奧斯卡沒見過這個人。

不過他看起來很像強尼或麥奇。或許現在華倫拜郊區某所學校有個奧斯卡終於重獲自由，可以鬆口氣。

那男孩正要去華倫拜運動中心練手球，結果一去不返。練習從五點半開始，或許男孩五點就出門，所以就是在這段期間……奧斯卡讀到這裡，開始頭暈目眩，時間太吻合了，而且他也是在樹林裡被殺害。

眞的嗎？難道我就是……？

晚上八點左右有個十六歲的女孩發現屍體報警。據說她「受到極度驚嚇」。報紙沒有描述屍體狀況，不過若女孩極度驚嚇，那表示屍體一定被摧殘得很慘。因為記者通常只會寫發現屍體的人「受到驚嚇」。

都天黑了女孩進樹林裡幹麼？或許沒什麼特別的吧，只是想撿撿毬果或什麼之類的。不過報上怎麼都沒有男孩被殺死的過程描述呢？只有命案現場的照片。警方把一片看起來很平常的林地圍起來，林地正中央有個大凹洞，裡頭有棵很大的樹。明後天也會出現這個地方的照片，不過到時候照片上應該會有很多蠟燭和許多「爲什麼？」及「我們懷念你」的標語。奧斯卡知道後續會怎麼進行，因爲他的剪貼簿裡就有好幾個類似案件的報導。

或許整起事件只是巧合。但萬一不是呢？

奧斯卡耳朵貼在門上聽外頭動靜。媽媽正忙著洗碗。他躺在床上，拿出那把珍藏的獵刀。刀柄握起來很服貼，重量約是昨天用的那把菜刀的三倍。

他起身，站在臥房中央，手裡握著刀。眞美，這刀子本身具有的神力一定會傳遞到握刀人的手上。

廚房傳來碗盤鏗啷聲。他朝空中揮刺了幾次。殺人兇手。等他學會控制這把刀，強尼、麥奇和多瑪士就不會再來找他麻煩了。他正想繼續刺向半空，突然想到屋外或許會有人看到他，隨即收手停住。因爲外頭天已黑而屋內燈已亮。他望向窗外，只見到玻璃上自己的反射。

殺人兇手。

他將刀放回藏匿的地方。這只是一場遊戲，眞實世界裡並沒發生過。但他還是得知道細節，**現在**就得知道一切。

十

湯米坐在單人扶手椅上看摩托車雜誌，點著頭嗯嗯地讚嘆。偶爾他會將雜誌拿高，讓坐在沙發上的拉席和羅本也能看到特別有趣的照片。從標題來看，這篇文章與汽缸容量和極速有關。天花板上一顆沒燈罩的光禿禿燈泡在滑亮的紙頁上反射出蒼白亮光，投射到以水泥和木頭構築的牆壁上。

他故意吊胃口，讓他們兩個等得坐立難安。

湯米的媽媽正出門和史泰凡約會，他在華倫拜郊區的警局工作。湯米不怎麼喜歡史泰凡，事實上可說討厭他，他覺得他自以爲是、油腔滑調，還老愛把上帝掛嘴邊。不過湯米倒可從和他約會的媽媽那裡聽到些有的沒的。照理說，史泰凡不可以把那些事情透露給他媽，而且他媽也不能將那些事情告訴湯米，不過……

反正就是這樣。譬如，他最近就從媽媽那裡得知警局調查艾稜史朵蓋特地區那樁收音機店家闖空門案子的狀況。而這正是羅本和拉席幹的。

找不到闖入者的蛛絲馬跡。媽媽的確這麼說的：「找不到闖入者的蛛絲馬跡」，而這句話也一字不差來自史泰凡。警方甚至也無法掌握歹徒駕車逃逸的那輛車的線索。

湯米和羅本十六歲，剛上高一，至於拉席已十九歲，不過他腦袋有點問題，沒念書在烏伏森達市的易利信手機廠工作，負責將金屬零件分類。雖然他腦筋不怎麼好，還是考得上駕照。闖空門前，他已先用麥克筆將那輛白色紳寶七四的車牌塗改過。其實改不改都無所謂，反正沒人見到這輛車。

偷來的戰利品都堆在地下儲藏室一間沒人用的房間裡。他們通常會在這裡碰頭。原本鎖門的鐵鍊被他們割斷，換上新的鎖。這些贓物他們實在不知該怎麼處理，因爲他們要的只是偷竊過程的樂趣。拉席曾把一捲卡帶以兩百克朗賣給同事，不過也就這麼一件。

最好先把這些東西低調藏一段時間，而且可不能再讓拉席賣掉任何東西，因爲他有點……反應遲鈍，他媽是這麼說的。兩個星期過去了，這幾個小偷和條子的心思開始被其他事情占據，似乎忘了這件事。

湯米不斷翻著雜誌，邊看邊笑。讚喔，眞讚。他們的確都投入別件事。羅本不耐煩地以手指點拍自己大腿。

「來，聽聽看這段。」

湯米又把雜誌舉高。

「川崎機車，哇塞，三百西西，噴射引擎，還有……」

「兄弟，你克制點。現在該說了吧。」

「什麼事……啊，那個殺人兇手喔？」

「對！」

湯米咬咬嘴唇，故意裝出深思狀。

「是怎麼發生的啦？」

拉席身體大幅前傾，整個人像把摺疊刀從中彎一半。

「快，說給我們聽啦。」

湯米放下雜誌，看著他們。

「你們眞的想聽？很恐怖耶。」

「少來，到底怎樣啦。」

拉席聽起來很有膽，不過湯米仍能從他眼中看到一絲不安。只要扮出可怕鬼臉，怪聲怪調不准拉席插嘴，就能把他嚇得魂飛魄散。有一次湯米和羅本用湯米媽的化妝品將自己塗成殭屍樣，鬆開燈泡讓它不亮，等著拉席來到。結果拉席嚇得眞剉屎，氣到在羅本的深藍眼影下揍出黑眼圈。之後他們就很小心，不敢隨便嚇拉席。

而現在拉席卻挺直身子，雙手交叉胸前，一副已經準備好聽恐怖故事的模樣。

「好吧。嗯……這可不是你們想像得到的一般殺人案件，你們明白吧。警方發現那個人……被人用繩子綁在樹上。」

「什麼意思？被吊起來嗎？」羅本問。

「是啊，被吊起來，不過不是從脖子吊，而是從腳吊。也就是頭下腳上吊在樹上。被吊住腳。」

「搞啥屁，這樣吊又不會死人。」

湯米盯著羅本注視很久，彷彿他提出了有趣的重點。接著繼續往下說。

「你說得沒錯，吊不死人，不過他的脖子被狠狠劃開，是因為這樣才死的。嘖嘖，脖子被割開耶，就像……香瓜一樣被整個剖開。」湯米手指劃過自己脖子，比出刀刃割過的位置給他們看。

拉席的手迅速遮住脖子，彷彿想護住，還不敢置信地緩緩搖著頭，「為什麼要把他吊成那樣？」

「嗯，你覺得呢？」

「我不知道。」

湯米擰擰自己下唇，做出沉思的表情。

「我現在告訴你們這樁命案最奇怪的一點。人的脖子若被割開，就會死而且流很多血，對吧？」拉席和羅本點頭如搗蒜。湯米故意吊他們胃口，停了半晌不說話，接著丟出一枚炸彈。

「可是地上……就是那人被吊起來的下方泥土，幾乎沒有血，只有幾小滴。他被吊成那樣還割斷脖子，流出的血一定有好幾升吧。」

地下室靜悄悄。拉席和羅本空洞的眼神直楞楞呆望前方。終於，羅本站起來，開口說：「我知道，他是在別的地方被殺死，然後帶到那裡吊起來。」

「嗯，若是這樣，兇手幹麼多此一舉？通常殺了人會想把屍體丟棄吧。」

「可能……他頭腦有問題。」

「是啊，或許吧。不過我覺得有其他原因。你們見過屠宰場嗎？他們怎麼殺豬的？要先把血放乾才能殺啊。你們知道他們怎麼做嗎？就是把豬上下顛倒吊起來，用鉤子掛住，然後從喉嚨割下去。」

「那你是說……什麼？那傢伙……兇手打算像殺豬一樣屠宰他？」

「啊——？」拉席一臉茫然地望著湯米，看看羅本，又看看湯米，彷彿想確定他們是否在逗弄他。看來應該不是。他開口問：「他們這樣殺豬的啊？」

「是啊，不然你以為咧？」

「不是用機器嗎？」

「你想，用機器會比較好嗎？」

「不會，不過那時豬還活著吧？被那樣吊起來的時候。」

「是啊，還活著，不斷猛踢，尖叫哀號。」

湯米故意發出豬隻哀號的聲音，把拉席嚇得縮回沙發裡低頭看著自己膝蓋。羅本站起來，來回踱了幾步，又坐回沙發。

「可是沒道理啊，如果兇手想屠宰他，那血應該噴得到處都是吧。」

「是你說他想屠宰他，我可不這麼認爲。」

「噢，那你怎麼認爲？」

「我想兇手要的是血，他殺人的原因是爲了要得到血。依我看哪，他把他身上的血拿走了。」

羅本徐徐點頭，邊摳起嘴角那顆大青春痘的疤痂。「是有可能，不過幹麼這麼做？喝掉嗎？還是用來做什麼？」

「有可能喝掉喔。」

湯米和羅本各自在腦海裡播放屠宰的畫面以及兇手取血後的可能情形。半晌後拉席抬起頭看著他們，眼眶噙著淚水。

「那些豬會很快斷氣嗎？」

湯米也以同樣凝重的眼神看著拉席。

「不會，牠們會慢慢的死。」

十

「我出去一下。」

「不行。」

「只是去中庭。」

「除了中庭，其他地方不准去，聽見了嗎？」

「知道，知道。」

「要不要我叫你，待會兒……」

「不用，我會記得回家，我有戴錶，不用叫我。」

奧斯卡穿上大衣，戴上帽子，套上靴子前停頓了一下。躡手躡腳回到臥房，拿起獵刀，藏在大衣裡。

他將靴子鞋帶拉緊，又聽到客廳傳出媽媽的聲音。

「外頭很冷喲。」

「我有拿帽子。」

「戴在頭上嗎？」

「不，穿在腳上。」

「不好笑，奧斯卡，你知道……」

「待會兒見。」

「……還有耳朵……」

他走出家門，低頭看看錶，七點十五分。節目還有四十五分鐘才開始。湯米和其他人或許已經在位於他家地下室的總部碰頭。可是奧斯卡不敢去那裡。湯米這個人不會有問題，不過其他人……他們可能會想出怪點子，尤其一喝醉更會亂來。

所以他只好走到中庭正中央的遊戲區。那裡有兩棵大樹，有時會被孩子當成足球射門區。他們的足球場地裡有溜滑梯、沙坑和三個輪胎加鐵鍊做成的三條盪鞦韆。他坐在其中一條上，慢慢來回盪。

他喜歡這裡的夜晚。四周好幾百戶人家燈火通明，只有他獨坐黑暗裡，雖然寂寞但很有安全感。他從刀鞘抽出獵刀，利刃閃閃發亮，甚至能見到上面反射的窗戶，和月亮。

該死的月亮。

奧斯卡起身，躡手躡腳走到一棵樹旁，乍然開口對它說：「你在看什麼，欠揍的白癡？想找死嗎？」樹沒回答，奧斯卡小心翼翼將刀子慢慢插進去，他可不想猛一戳而弄壞順滑的銳利刀鋒。

他轉動刀身，從樹幹抽出一小圈木屑。一塊皮肉。他壓低聲音說：「叫啊，像隻豬那樣叫啊。」

「你再繼續看我，就是這種下場。」

他停住不動，好像聽到什麼聲音。四處張望，獵刀握在臀部旁。再將刀刃拿到眼前打量。刀鋒還很順。他以刀身當鏡子，慢慢轉動使之反射出中庭的兒童遊樂設施。有個人站在那裡，剛剛沒見到啊。乾淨鋼面反射出一個模糊輪廓，他放下獵刀，直視那裡。不是華倫拜郊區的殺人狂。是個小孩。

光線昏暗但足以讓他看清那是個小女孩。以前沒見過她。奧斯卡趨近一步，女孩沒移動，繼續站在那裡盯著他瞧。

他又往前一步，突然感到害怕。害怕什麼？怕他自己。他手中緊握獵刀，一步一步往前走，準備走向小女孩朝她猛刺。不，不是真的，不過現在感覺就是如此。她怎麼不害怕？

他停住腳步，將獵刀插入刀鞘，塞回大衣裡。

「嗨。」

女孩沒回答。奧斯卡現在離她夠近，看得見她有頭黑髮，小小臉蛋上有雙大眼睛。她睜著大眼冷靜地看著他。蒼白的雙手扶在欄杆上。

「我在跟妳打招呼。」

「聽見了。」

「那妳怎麼不回答？」

女孩聳聳肩。她的聲音不像他期望的那麼尖細，聽起來和他年紀差不多。

他總覺得她有點怪。黑色頭髮及肩，一張圓圓的臉，小小的鼻子。眞像《家庭週刊》裡那些紙娃娃。太——漂亮了。除了這點，還有其他地方也怪怪的。這麼冷的天氣她竟然只穿一件薄薄的粉紅線衫，沒有毛帽，也沒有外套。

女孩點頭指向奧斯卡用刀戳入的那棵樹。

「你剛剛在做什麼？」

奧斯卡羞紅了臉，不過光線這麼暗她應該沒看出來。

「練習。」

「練習什麼？」

「萬一殺人狂跑來這裡。」

「什麼殺人狂？」

「華倫拜郊區那個啊，把男孩子殺掉的那個人。」

女孩嘆了口氣，抬頭望望月亮，然後走向前。

「你害怕嗎？」

「不怕，不過殺人狂，就像……反正如果能保護自己也很好啊。對了，妳住在這裡嗎？」

「是啊。」

「哪一間?」

「那一間。」女孩所指的門就位在奧斯卡那棟公寓大門的旁邊。「住在你隔壁。」

「你怎麼知道我住哪裡?」

「之前見過你站在窗邊。」

奧斯卡臉頰愈來愈紅燙。就在他努力想著該跟女孩聊什麼時,她竟咚地一聲從遊樂器材的最上頭直接跳到地上,站在他面前。至少有兩公尺高耶。

她一定練過體操之類的。

她約和他一般高,不過比他瘦多了。粉紅線衫緊身貼著她胸部,胸前平坦如機場跑道,絲毫沒有發育的跡象。蒼白小臉蛋上一雙眼睛顯得又大又黑。一隻手舉在半空,彷彿要揮開什麼朝她而來的東西。手指又細又長,簡直就像小樹枝。

「我不能和你做朋友,先告訴你一聲。」

奧斯卡雙手交叉胸前。隔著大衣也能感覺底下那把刀的輪廓。

「什麼?」

女孩的一邊嘴角上揚,若有似無地笑著。

「這需要理由嗎?我只是把事實告訴你,讓你知道。」

「是喔,是喔。」

女孩轉身離開奧斯卡,朝自己家門走去。她跨出幾步後,奧斯卡開口:「妳憑什麼以為我想和妳做朋友?我看妳一定很蠢,搞不清楚狀況。」

女孩停下腳步,佇立原地片刻,然後轉身走向奧斯卡,站在他面前。她十指交握,雙臂自然往下垂。

「你說什麼？」

奧斯卡交叉在胸前的雙手纏得更緊，一隻手貼緊大衣底下的刀子，視線朝向地面。

「妳一定很蠢……才會這樣說。」

「哦？是嗎？我很蠢嗎？」

「對。」

「眞抱歉，不過事實就是如此。」

兩人相距約半公尺遠，僵持對峙。奧斯卡繼續望著地面，突然聞到女孩身上傳出一股怪味。

大約一年前他的狗巴比有隻腳掌受到感染，最後惡化到必須安樂死。牠臨終前一天奧斯卡請假沒去學校，躺在生病的狗兒身邊好幾小時，和牠說話道別。那時巴比身上就有小女孩此刻發出的這股氣味。奧斯卡扭皺著鼻子。

「那種奇怪的氣味是妳的嗎？」

「可能是吧。」

奧斯卡抬頭看著她，眞後悔自己說出這種話。穿著粉紅上衣的她看起來好……柔弱。他鬆開交叉的雙手，指指她。

「妳不冷嗎？」

「不會。」

「怎麼不會？」

女孩蹙眉，皺起整張臉。有那麼一會兒看起來還眞老，好像一個老太婆快要哭出來。

「我想，我已經忘了冷的感覺。」

女孩迅速轉身走向家門。奧斯卡站在原地看著她。女孩走到那扇厚重大門時，奧斯卡以爲會看到她以雙手用力推門，沒想到她只以單手抓著門把，就讓門砰的一聲大力撞到牆壁，彈回來後在她身後緊緊關閉。

他手插入口袋，覺得很難過，因爲想到了狗兒巴比和牠躺在父親爲牠蓋的棺材裡的模樣。還有，他到木工坊做的那根十字架在被釘入結冰的地面時，竟然應聲斷成兩節。

他應該替牠做根新的十字架。

十月二十三日星期五

哈肯又坐在電車裡，這次他要往鎮上去。口袋裡有一萬克朗的紙鈔，被橡皮筋牢牢捆著。這些錢要好好用，他想去救人性命。

一萬克朗是筆大數目，想想「救救孩子」的宣傳廣告上所說的：「一千克朗就能讓全家整年吃飽」，他知道這一萬克朗絕對能救一條命，即使在高物價的瑞典也行。

然而，救誰的命，去哪裡救？

又不能把鈔票塞給街上遇到的第一個吸毒者，然後期望他……行不通。況且這次給錢的對象必須是個孩子。他知道這麼想很蠢，不過他心目中最理想的對象就是廣告畫面裡那些哭泣的孩子。眼眶噙著淚水的孩子收下錢，然後……然後呢？

他在歐登普蘭廣場站下車。不知爲什麼，很自然地往公共圖書館的方向走。當年他住在卡爾斯達特市，當高中老師而且有地方可以住時，就知道斯德哥爾摩的公共圖書館是個……好地方。

親眼見到這座圖書館在書籍和雜誌中常出現的高聳穹頂，他終於知道自己爲何來到這裡。因爲這是個好地方。之前他那群朋友裡有個人，好像是吉爾特，告訴過他怎樣在這裡買春。

他從未做過這種事，買春。

以前吉爾特、托格尼和歐福曾在這座圖書館找到一個男孩，吉爾特找人把男孩的媽媽從越南帶回瑞典。男孩約十二歲，很清楚知道自己該怎麼做，畢竟他們付了不少錢幫他解決困難。不過哈肯無法做出這種事，他只能喝著巴可帝蘭姆酒和可樂，看著裸體的他在他們聚集的房內痛苦地扭動翻滾。這是他最大的極限。

男孩幫屋內男人一個個口交，輪到哈肯時，他卻突然有便意。整個場景實在很噁心。房間裡瀰漫著興奮、酒精和潮霉味。歐福的一滴精液在男孩臉頰上閃耀。男孩低頭要鑽入哈肯鼠蹊時，被哈肯推開。

其他人奚落他，嘲笑他，甚至威脅他。他目睹這些，就得成為共犯。他們取笑他良心不安，但其實他的拒絕與良心無關，純粹是因為太醜陋，整個過程太難堪。吉爾特為了工作而租下的這屋子只有一個房間，裡面擺設了四張相互不搭的椅子就為了這個場面。音響放送出舞曲音樂。

他掏錢支付該分攤的部分，再也沒與他們見面。他有雜誌、照片和影片就夠了。應該夠了。或許他是有良心的人，不過只有在某些讓他感到厭惡的狀況下，他的良心才會出現。

那我為何要到圖書館？

或許是為了去借本書，三年前那場大火毀了他的生命，燒光了他的藏書。沒錯，捐款助人之前他可以先去借歐姆奎斯特那本《女王的皇冠》。

這個早晨的圖書館好安靜。裡頭多半是學生和老人。他很快找到書，讀著前幾句。

亭托瑪拉②，兩個東西是白的。

純真和砒霜。

---

②亭托瑪拉是十九世紀瑞典作家歐姆維斯特（Carl Jonas Love Almqvist）筆下的主角，根據他的描寫，亭托瑪拉是雌雄同體，美麗無比，不管男人或女人都會愛上他／她。

然後將書放回架子上。感覺眞差，這句子讓他想起早年那些事。

他以前很喜歡這本書，也在課堂上用過。雖然現在重讀的感覺很不好，但這幾個句子還是讓他渴望自己能有張閱讀椅。專門用來閱讀的椅子應該要放在屬於自己的屋子裡，屋內還要滿室藏書。擁有閱讀椅的他應該要能重新擁有工作，不止應該也必須眞的有。然而，他找到了眞愛，讓他生活走到今天這一步。沒有閱讀椅的日子。

他雙手互搓，彷彿想將手中的書本痕跡給抹去。接著走進旁邊的閱覽室。

長桌上有人在看書。文字、文字、文字。閱覽室最後面有個穿皮衣的男孩，將坐著的椅子往後傾，靠兩支後椅腳撐住重量，他快速翻閱一本照片集。哈肯朝他方向移動，假裝對書架上的地質學叢書有興趣，偶爾偷瞄那個年輕人。終於，男孩抬起頭與他四目交接，揚起眉似乎在問：

想要嗎？

不，他不想要。男孩約莫十五歲，有張東歐的扁平臉，滿臉青春痘，雙眼窄深。哈肯聳聳肩走出閱覽室。

在圖書館大門口，年輕人追上他，點點拇指問：「有打火機嗎？」

哈肯搖搖頭，「我沒抽菸。」他以英語回答。

「好吧。」

男孩從自己口袋抽出打火機，點燃菸，透過裊裊煙霧凝視著他。「你喜歡什麼樣的？」

「不是，我……」

「年輕的，你喜歡年輕的？」

他奔離這孩子，奔離人來人往的大門口。他需要思考。沒想到會這麼直接。應該只是場遊戲，他只是想看看吉爾特所說的是否爲眞。

年輕人跟著他，在石牆邊追上他。

「多年輕？八、九歲？這很難，不過……」

「不要！」

難道他看起來真的像該死的性變態嗎？這麼想實在蠢。歐福和托格尼看起來也不特別……引人側目啊。他們都是有平凡工作的平凡人，只有吉爾特可以靠父親遺留的大筆財產過日子，要什麼有什麼，揮霍享受。到國外玩了幾次後，他整個人變得很糟糕，兩唇鬆垂，眼神迷茫。

哈肯提高嗓門後男孩就不再說話，不過那雙瞇瞇眼仍不斷打量他。噴出一縷煙後，將菸蒂丟在地上，用腳踩熄。然後伸出手臂。

「幹麼？」

「沒有，我只是……」

男孩往前趨近半步。

「幹麼？」

「我……大概……十二歲。」

「十二歲？你十二歲？」

「我……是啊。」

「小男生。」

「對。」

「好，你等著。在二號。」

「什麼？」

「在二號，廁所。」

「哦，好。」

「十分鐘後。」

男孩拉起皮衣拉鍊，離開階梯，消失眼前。

十二歲的男孩。編號二的馬桶間。十分鐘。

這眞是，眞是蠢。搞不好會有警察出現。經過這麼多年，他們一定弄懂了這些交易過程。下場絕對會很慘，他們一定會聯想到他昨天幹的那件事，這樣一來就毀了。他不能這麼做。

去廁所看一眼就好。

男廁空無一人。裡面有一個便斗三個馬桶間。二號肯定在中間。他將一枚印有王冠的錢幣丟入，轉開鎖把走進去。關上門，坐在馬桶上等待。

牆上滿是塗鴉。想不到來市圖的人會幹這種事。有個文謅謅的句子到處都見得到。

糾纏我，嫁給我，埋了我，咬住我。

不過多半還是些猥褻的塗鴉和好笑的句子。

屠殺求和平就像上床求貞操。

我坐在這裡

得意洋洋

來拉屎

還打手槍

令人訝異的是牆上還寫了些電話號碼，讓人依照個人需求挑選一支去打。其中有幾支號碼底下還簽名以示負責，看來應該是眞的，不是某人爲了整某人而故意開的玩笑。

既然來廁所看過，那麼現在該走了吧。不過，不知道那個穿皮衣的年輕孩子會怎麼想這件事。他起身，對著馬桶撒了泡尿，然後又坐下來。幹麼尿？其實現在沒尿意的。他知道自己爲何這樣做。以防萬一。

廁所大門開了，他屏住呼吸。心中某部分竟期望是個警察。希望來個大塊頭的男警，踹開馬桶間的門，拿起警棍狠狠把他揍一頓，然後逮捕他。

低沉聲音，微緩步伐，輕輕敲著門。

「誰？」

又敲了一聲。他大大嚥了一口濃涎，傾身向前，打開門。

有個十一、二歲的男孩站在那裡，金髮薄唇、鵝蛋臉、一雙藍色大眼毫無表情。身上那件紅色蓬鬆的夾克顯得過大。他後面就是那個穿皮衣、年紀較大的小夥子。他伸出五根手指頭。

「五百。」

他說的「百」聽起來眞像「拜」。

哈肯點點頭，年長男孩叫年輕男孩進去，然後關上門。五百不會太多嗎？錢雖然不是問題，可是……

他看著他買來的男孩，或者僱來的。他嗑藥了嗎？有可能，因爲他雙眼迷茫。男孩緊貼著半公尺外的牆壁站立。他很矮，坐在馬桶上的哈肯不需抬頭就能注視他的眼睛。

「哈囉。」

男孩沒回答，只是搖搖頭，指著他的鼠蹊部，以手指示意：拉下拉鍊。他遵從。男孩不耐煩地嘆了口氣，比了個新手勢：掏出你的陽具。

哈肯遵從男孩指示，臉頰愈來愈紅燙。沒錯，他就是根據男孩的命令來動作，他沒有自己的意志，他不是主動要做這件事的人。他那根小小的陰莖雖然高舉，卻連馬桶座墊都搆不太到，好不容易終於碰到座墊的冰冷表面，龜頭卻有微微搔癢的感覺。

他瞇起眼，努力想像男孩擺出與他愛人相同的姿勢。沒辦法。他的愛人很美，而這個彎下身、整張臉埋進他鼠蹊部的男孩一點都不好看。

他的嘴巴。

他的嘴巴不太對勁。就在男孩快抵達目標前，他伸手推開男孩前額。

「你的嘴？」

男孩搖搖頭，推開他的手，想繼續完成工作。不過現在哈肯不要了。他曾聽過這種事。

他拇指壓著男孩上唇，然後一把拉開。果然沒牙齒。有人把他牙齒敲斷或拔光，為了讓他更能勝任這份工作。男孩起身，低聲嘟囔說了些什麼，交叉胸前的雙手擱在那件蓬鬆外套上。哈肯將陽具塞回褲襠，拉起拉鍊，凝視地面。

不是這樣，不應該像這樣。

眼前冒出東西，是隻伸長的手，五根手指。五百塊。

他從口袋掏出整捆鈔票遞給男孩。男孩拿掉橡皮筋，手指一數有十張，他將橡皮筋套回去，整疊鈔票舉得高高的。

「為什麼不做？」

「因為……你的嘴巴。還會……長出新牙齒吧。」

男孩微微一笑。不是咧嘴笑，不過嘴角的確上揚。或許他是在笑哈肯的愚蠢吧。男孩想了一會兒，從整疊鈔票裡抽出一張千克朗鈔，放進外層口袋。接著將剩下的錢放進內層口袋。哈肯點點頭。

男孩打開門鎖，猶豫了片刻。然後轉身摸摸哈肯的臉，嘴巴漏風地道謝：「碎碎。」

哈肯抓起男孩的手放在自己臉頰，闔上雙眼。如果某人能這樣就好了。

「請原諒我。」

「沒事。」

男孩抽回手，走出去大聲關起外頭廁所的大門。掌心的溫度還停留在哈肯臉頰上。他留在馬桶間內，凝視著牆上的句子。

不管你是誰，我愛你。

就在這句的正下方，卻有人這麼寫道：

想要來根屌嗎？

哈肯走向電車車站的途中，用僅剩的幾塊錢買了份晚報，這時臉頰上的餘溫已消褪許久。那樁命案占了四大頁，裡面有張照片是他執行任務的那個凹洞。裡面全是燭光和鮮花。他仔細看著照片，沒什麼感覺。

若你能懂，請原諒我，若你能懂。

十

放學走進家門前，奧斯卡在女孩所住的那棟公寓樓下停住腳步，看著上頭兩扇窗，離他房間最近的那扇窗只與他臥房相距三公尺遠，百葉窗緊閉。深灰水泥牆上框著幾扇長條狀的淺灰窗戶。他們這家人……很奇怪。

吸毒的吧。

奧斯卡先張望四周，然後走進那棟公寓大門，看看住戶名單。有四戶人家的姓氏以塑膠字母整整齊齊拼出，但有一戶的欄位空著。以前那家人的姓氏「海爾柏格」應該黏在上面很長一段時間，因為現在雖然已拆下，但從被太陽曬得褪色的背板仍可看出字母的深色殘跡。舊名已拆，卻沒補上新名，甚至連個小附註都沒有。

他小跑步上兩層樓，到她家門口。也是一樣，什麼都沒有，郵件投遞口的名牌上一片空白。看起來還眞像沒人居住。

或許她說謊。或許她根本不住這裡。不過他看著她走進這棟公寓大門的呀。的確是啊。可是她即使不住這裡也能進來，如果她……

樓下的門打開了。

他轉身快速下樓。拜託不要是她。眞怕她會以爲他……幸好不是。

下樓途中奧斯卡遇見一個男人，從未見過他。矮小結實，頭頂半禿，不自然地咧著大嘴微笑。男人見到奧斯卡後舉手點頭打招呼，嘴角繼續揚起如小丑般的笑容。

奧斯卡在樓下門口停駐片刻，專心聆聽。聽見鑰匙插入、轉動、門打開的聲音。是她家的門。或許那男人是她爸爸。就算奧斯卡不曾親眼見過吸毒者，不過那男人的模樣一看就知道有病。

難怪她也很奇怪。

奧斯卡走到中庭遊樂場，坐在沙坑邊，注視她家窗戶，想看看百葉窗是否會拉開。好像連浴室的窗戶都從裡面封住。她家每扇毛玻璃的顏色都比鄰居家更深。

他從口袋拿出魔術方塊把玩，轉動時吱嘎響個不停。假貨。眞貨滑順多了，不過價錢要五倍，而且只有華倫拜那家警衛森嚴難以下手的玩具店才買得到。

完成兩面，第三面只剩一角還沒拼出同色。要把那角拼出來就得先破壞完成好的那兩面。他曾從《快捷》小報中剪了一篇文章，裡面提到各種魔術方塊的破解技巧，他就是看到這篇文章才學會轉出兩面顏色，不過第三面之後就困難多了。

他盯著魔術方塊看，想動腦找出解法，而不光是動手徒勞地轉來轉去。依然想不出來，他腦袋沒那麼靈光。索性將魔術方塊貼在前額，彷彿這樣就能鑽入它裡面了解構造。還是不解。起身將魔術方塊放在半公尺外的沙地角落，專注凝視。

轉動，轉動，轉動。

這叫念力感應。美國做過這種實驗，眞的有人辦得到。一種超感應能力。奧斯卡願意付出任何代價以求獲得這種能力。

或許……或許他辦得到喔。

譬如今天在學校就沒那麼慘。在餐廳吃飯時多瑪士・阿胥斯塔特偷偷把他椅子拉開，幸好被他先發現。整天也不過就這麼被欺負一下下。他要再帶刀子進樹林，狠狠教訓那棵樹。別再像昨天那樣漫不經心。

要有條不紊冷靜地刺，下手時必須全程專心想著多瑪士・阿胥斯塔特那張臉。可是……現在有殺人狂。有個眞正的兇手就在某處。

不行，得等到兇手落網。再說，如果到時候眞正抓到兇手，那麼也就證明他的念力沒用。奧斯卡看著魔術方塊，想像自己雙眼和它之間有條線相連。

轉動，轉動，轉動。

什麼事都沒發生。奧斯卡將魔術方塊放進口袋，站起來，拍拍褲子上的細沙，抬頭望向她家窗戶。百葉窗依然緊閉。

他決定回家整理剪貼簿，將華倫拜那椿命案的報導剪下來，貼在簿子上。這段日子肯定有很多報導，如果類似命案又發生，那一定更多。他有點希望會這樣，最好發生在這個布雷奇堡鎭。

這樣一來就會有警察來學校，老師會變得嚴肅緊張。這種氣氛，他最喜歡。

十

「我不會再做了，不管妳怎麼說。」

「哈肯……」

「不，就是不——行。」

「這樣一來我會死。」

「那就死吧。」

「你是說眞的嗎？」

「不，我不是那個意思。妳可以自己動手的。」

「我還很虛弱。」

「妳不虛弱。」

「我沒力氣自己去……做那個。」

「唉，那我也不知該怎麼辦。可是我眞的不想再做了，太……可怕了，很……」

「我知道。」

「妳不知道，對妳來說不一樣，這是……」

「你怎麼知道這對我來說是怎樣？」

「沒什麼，不過至少妳……」

「你以爲我喜歡啊？」

「我不知道，妳喜歡嗎？」

「不喜歡。」

「的確是不會喜歡。嗯，反正……我不會再做了。或許妳可以去找那些曾幫過妳的人，他們應該……比我更拿手。」

「……」

「找得到吧？」

「可以。」

「我明白了。」

「哈肯？」

「我愛妳。」

「我知道。」

「那妳愛我嗎，有一點點的愛嗎？」

「如果我說我愛你，你願意再繼續幫我嗎？」

「不願意。」

「那你的意思是不管怎樣，我就是應該愛你。」

「只有我願意幫妳活命時，妳才會愛我。」

「沒錯，愛不就是這樣嗎？」

「我以爲即使我不做，妳也會愛我……」

「是嗎？」

「……或許我應該繼續。」

「好，我愛你。」

「我不相信妳了。」

「哈肯，我可以撐個幾天，可是之後……」

「那妳得確信自己會開始眞正愛我。」

十

週五晚上在中國餐館。七點四十五分，大夥兒都到齊了，除了卡爾森。他正在家看機智問答節目《解開謎題》，反正他不出席也無所謂，對其他人來說沒太大損失。他這個人啊，總是等到聚會結束，才慢慢晃進來，告訴大家他答對了幾題。

近門角落那張六人桌有雷基、摩根、賴瑞和喬齊。喬齊和雷基正在聊哪種魚可以同時生存於淡水和鹹水。賴瑞正在看晚報，而摩根則晃動雙腳應和著歌曲，但那首歌不是餐館隱藏式喇叭輕輕傳出來的中文背景音樂。

前方的桌面上擺了幾杯啤酒。他們的畫像都張貼在吧臺上方的牆壁上。

這家餐館的老闆在文化大革命期間以漫畫諷刺掌權者而被迫逃離中國。現在他將畫圖的天賦應用在常客身上。牆上掛了十二幅輕筆素描出的顧客眾生相。

全是男人。加上一個女人薇吉妮雅。老闆以特寫鏡頭誇張地描繪出他們各有特色的外貌。

賴瑞那幅是以線條的方式畫出一張幾乎挖空的臉，一雙大耳突兀冒出臉龐兩側，看起來眞像隻溫馴卻餓扁的大象。

而喬齊那幅則強調他那兩道連成一線的粗大濃眉，臉蛋被畫成一叢玫瑰和一隻鳥，或許是隻夜鶯。

至於摩根所凸顯的個人風格，則是被賦予年輕貓王的神色。一大截落腮鬍，露出性感搖滾小子的表情。漫畫中的他頭大身小，以貓王的姿勢抱著一把吉他。摩根非常喜歡這幅畫，不過他不太願意承認。

雷基看起來很憂鬱，雙眼睜得大大，彷彿承受什麼苦楚。嘴裡叼根菸，吐出的煙霧在他頭上形成一片下著雨的雲朵。

薇吉妮雅是唯一被畫出全身的人，她穿著晚禮服，身上的金屬片像星星般閃耀，她伸長手臂，四周圍繞著一群迷惑凝望她的豬。餐館老闆應薇吉妮雅要求複製了這幅畫，讓她帶回家珍藏。

除了這些還有其他幾個常客的畫像，不過他們不屬於這夥人。畫像當中有些主角已經沒來了，還有幾個已作古。

有一晚查理從餐館回家後，從家裡的樓梯跌倒，頭撞到斑駁的水泥地一命嗚呼。至於肝硬化的葛金則死於內出血。他死前幾週有天晚上來到餐館，拉起上衣給大家看他那些從肚臍向外延伸，如鮮紅蜘蛛網般的血管。他說：「這是代價超高的該死刺青」，沒多久他就死了。他們將他的漫畫肖像掛在牆上，每晚對他舉杯以表紀念。

至於卡爾森，沒有屬於他的漫畫。

這個週末晚上將是他們所有人相聚的最後一晚，明天會有一人永遠消失。多張畫也不過多個回憶。況且什麼都不一樣了。

賴瑞放下報紙，眼鏡也一併摘下擱到桌面上，拿起杯子喝了一口啤酒。「真是見鬼了，那傢伙腦袋裡裝什麼漿糊啊？」

他舉起標題為「孩童受到驚嚇」的報導給大家看，那篇新聞下面有張照片是華倫拜小學，裡面還穿插了一張中年男子照片。摩根瞥了報紙一眼，手指照片。

「就是這傢伙殺的嗎？」

「不是，他是校長。」

「看那長相，還眞像殺人狂。」

「給我看看。」

賴瑞將照片遞過去，喬齊伸長手臂去接，端詳著那張大頭照。

「在我看來挺像保守的政客，你們覺得呢？」

摩根點點頭。

「我就說嘛。」

喬齊舉高報紙，讓雷基也能看到照片。

「你覺得呢？」

雷基不太情願地瞥了眼。

「喔，我不知道。一想到這種事情我就直發毛。」

賴瑞朝自己眼鏡哈了口氣，抓起襯衫擦亮鏡片。

「他們會抓到他的，幹出這種事可不能讓他逍遙法外。」

摩根手指在桌上敲啊敲，伸長手臂拿報紙。

「阿森納隊戰績如何？」

賴瑞和摩根開始討論起這支英國足球隊最近可悲的表現。喬齊和雷基安靜坐著，喝酒抽菸。然後喬齊提起鱈魚的話題，說波羅的海的鱈魚快死光了。夜晚光陰就這樣慢慢流逝。

卡爾森還沒出現，不過十分鐘前有個男子走進來。大家從沒見過他。這人進餐館時大家正熱烈討論，沒人注意到。他自己坐在最遠端的桌位上。

喬齊傾身靠向賴瑞。

「那人是誰？」

賴瑞認眞地望向他，搖搖頭。

「不知道。」

這個新來的傢伙點了大杯威士忌，一飲而盡，接著又點一杯。摩根兩唇一噘，低聲吹口哨。

「這傢伙看起來很嚴肅。」

他似乎沒注意有群人正在觀察他。他坐著不動，端詳自己的手，那表情眞像全世界的麻煩都裝入一只背包，由他背在肩上。灌下第二杯威士忌，又點了第三杯。

侍者走過來，對他說了些什麼。男人手伸入口袋，掏出幾張鈔票給侍者看。侍者似乎想解釋他不是這個意思，不過當然他就是那個意思。接著他替男人倒了第三杯酒。

他們沒太驚訝店家質疑這男人的付款能力。畢竟他那身衣服又縐又髒，彷彿被穿著在不舒服的髒亂地方睡過覺。他禿頂周圍的一圈頭髮散亂地幾乎垂到耳朵，整張臉最凸顯的地方是那個粉紅的大鼻子和戽斗的下巴。鼻子和下巴之間兩片嘴唇小小卻鼓鼓，偶爾動呀動，彷彿自言自語說些什麼。威士忌放到面前時，臉上神情絲毫沒變。

這夥人不理他，回頭繼續聊剛剛討論的話題：曾擔任過斯德哥爾摩市長的政治人物沃夫・阿德索漢會不會比擔任過自由保守中間黨黨魁的古斯塔・波赫曼更差勁？在場只有雷基偶爾將視線瞥向那男人。沒多久，他發現那男人已經喝下第四杯。他決定開口問大家：「要不要……找他一起過來坐？」

摩根看了那更沉陷於自我世界的男人一眼。「不要，幹麼這樣，有什麼意義啊？老婆甩了他，養的貓也死翹翹，生活一團亂。這種人我一眼就把他看透透。」

「搞不好他會請我們喝一杯啊。」

「若他會請我們喝酒，那故事情節應該不一樣，或許他是得了癌症之類的。」摩根聳聳肩，「這樣的話我就沒意見。」

雷基看看賴瑞和喬齊，兩人微露同意表情，雷基起身，走向那人桌位。

男人抬頭望了雷基一眼，眼神呆滯。他面前的杯子又快空了。雷基雙手擱在桌子另一側的椅子上，傾身對那人說：「我們在想，或許……你想過來和我們一起坐？」

「哈囉。」

男人慢慢搖頭，以迷惑又輕蔑的姿態將這個提議甩開。

「不用，謝謝。不過你可以坐下。」

雷基將椅子拉出來就座。男人將最後一滴酒飲盡，揮手叫侍者過來。

「想喝什麼嗎？我請客。」

「這樣啊，那就和你一樣。」

雷基不想直接說出「威士忌」，他覺得大剌剌要人家請喝這麼昂貴的酒，顯得有點冒昧失禮。但男人沒異議，爽快地點點頭，侍者靠近時，他比出V的手勢代表來兩杯，還指指雷基。雷基靠在椅背上沉思。上次在酒吧點威士忌是多久以前了？至少三年了吧。

男人沒有想聊天的意思，雷基只好清清喉嚨，自己主動開口：「最近天氣很冷喔。」

「是啊。」

「可能很快會下雪吧。」

「嗯。」

威士忌來了，再硬找話題聊天也顯得多餘。雷基感覺到夥伴投射過來的眼光正在他背部燃燒，顧不得手上是雙份的大杯威士忌，豪邁地舉起酒杯。

「乾杯，多謝啦。」

「乾杯。」

「你住在附近嗎？」

男人發楞，彷彿以前沒想過這問題。雷基不知道他的點頭代表回答，或者只是他內心獨白的一部分。

雷基又喝了一口，心想若男人不回答他的下一個問題，那就表示他想獨處，不願聊天。若是這樣，雷基就要拿著自己的酒杯回到哥兒們身邊。反正他已經盡義務了，眞希望這傢伙不回答。

「那，你通常怎麼打發時間？」

「我……」

男人皺起眉，嘴角斷斷續續上揚硬擠出一抹微笑，但隨即鬆開。

「……我幫些忙。」

「我明白了，是哪類的義工？」

男人眼中閃過一絲警覺，直直望著雷基。被他這麼一盯，雷基覺得脊椎底部起了一陣寒顫，彷彿有隻黑蟻狠狠咬了他的尾椎骨。

男人揉揉自己眼睛，從口袋掏出幾張百克朗鈔，放在桌上，然後站起來。

「對不起，我得……」

「好，謝謝你請的酒。」

雷基舉起酒杯致謝，不過那人已經走向衣帽架，慌亂地拿下大衣，往外走出去。仍背向夥伴的雷基看著眼前這疊鈔票，五張百克朗鈔。一杯威士忌才六十克朗，這一攤總共也不過喝五杯，或者六杯。

雷基偷偷地環顧四周。侍者正忙著替一對老夫婦結帳，他們是唯一在此用餐的顧客。雷基起身時順手將一張百元克朗鈔捏成一團，塞進自己口袋，走回哥兒們的固定桌位。

走到一半他回頭，將男人杯子裡剩下的威士忌倒進自己酒杯，拿著杯子回去找他們。

眞是個完美的夜晚。

十

「可是《解開謎題》要播了欸。」

「知道，我會回來看的。」

「快開始了，只剩……半小時。」

「我知道。」

「你要去哪裡？」

「出去一下。」

「嗯，當然啦，你是不一定要看《解開謎題》，我可以自己看，如果你眞的想出去的話。」

「可……我說了會回來看的。」

「明白了。那我就把餅烤熱等你回來。」

「不用，妳可以……我待會兒回來。」

奧斯卡快被煩死了。《解開謎題》是他們母子倆每週必看的電視節目。媽媽已經做了蝦餅準備邊看邊吃。他知道媽媽很失望，因爲他執意外出而不是坐在那裡……分享她期待節目開始的雀躍心情。

可是天黑後，他就一直站在窗邊觀察，好不容易看到女孩從隔壁棟走出來，現在正朝向遊樂場。他立刻離開窗邊，可不想讓她以爲他……

等了五分鐘，他穿上衣服準備外出。沒戴上帽子。

遊樂場沒看到她人，會不會像昨天一樣坐在遊樂器材最上層。她家窗戶的百葉窗雖緊閉，屋裡卻透出一絲光線。不過浴室那扇正方形窗戶仍一片漆黑。

奧斯卡坐在沙坑旁等著，彷彿等待動物從洞裡鑽出來。他只打算坐一會兒，如果她還沒出現，他就要回家。可要表現得酷一點。

他又拿出魔術方塊轉動，想找些事情做。他已經不管老是搞不定的那一角，決定整個打散重新來過。魔術方塊轉動所發出的吱嘎聲在冷冽空氣裡擴大迴盪，聽起來眞像一臺小機器發出噪音。奧斯卡從眼角餘光發覺坐在單槓上頭的女孩站了起來。他繼續低頭玩魔術方塊，成功轉出一條同色的了。女孩直楞楞站著不動。他心裡隱隱焦急，但仍故意不看她。

「你又來了。」

奧斯卡抬起頭，假裝很驚訝，故意停了幾秒才開口說：「又是妳啊。」

女孩什麼都沒說，奧斯卡繼續轉著魔術方塊。手指凍僵，加上天色昏暗難以辨識顏色，所以他決定只以容易區辨的白色爲目標。

「你爲什麼坐在這裡？」

「那妳幹麼跑到那上面？」

「我來獨處一下。」

「我也是。」

「你怎麼不回家？」

「妳先回家啊。我住在這裡比妳久耶。」

接招吧。現在已經完成白色那一面，接下來就難了。其他顏色在昏暗光線下成了一大團朦朧深灰色。

他繼續轉，隨意亂轉。

一抬頭，女孩已經站在欄杆上，正準備跳下來。落地剎那，奧斯卡的心跟著顫一下。若他那樣跳，肯定會受傷。不過女孩像隻貓輕巧落地，走向他。他轉身繼續玩手中的魔術方塊，女孩站到他面前。

「那是什麼？」

奧斯卡抬頭望著女孩，又低頭看看魔術方塊，再看看女孩。

「這個？」

「對。」

「妳不知道？」

「不知道。」

「魔術方塊啊。」

「什麼塊？」

這次奧斯卡清楚地發出每個字。

「魔．術．方塊。」

「做什麼用？」

奧斯卡聳聳肩。

「玩具啊。」

「拼圖嗎？」

「對。」

「想試看看嗎？」

女孩接過魔術方塊，翻轉研究每一面。奧斯卡笑了出來，真像隻猴子在研究手中的水果。

「以前眞的沒見過？」

「沒有，要怎麼玩？」

「就像這樣……」

奧斯卡將魔術方塊拿回來，女孩坐在他身旁。他玩給她看，告訴她目標是讓每面都變成同一顏色。她拿過魔術方塊，開始轉了起來。

「妳看得見所有顏色啊？」

「沒問題。」

他偷瞄專心玩魔術方塊的她。她身上還是昨天那件粉紅色上衣，他眞想不透她怎麼不會冷。而穿著大衣的他若站著沒動就開始冷到發抖了。

沒問題。

她說話眞有趣，語氣用字像個大人。或許她比他大吧，雖然看起來很瘦弱。粉紅線衫的套頭高領裡露出她蒼白的頸子，延伸而上連接著削尖下巴，眞像個假人模特兒。

可是就在風朝奧斯卡方向吹時，他受不了地嚥口氣以嘴代鼻呼吸。這具假人模特兒怎麼這麼臭啊。

她從來不洗澡嗎？

那氣味比汗臭還恐怖，很像被感染的傷口所纏的繃帶拿開時傳出的腥臭。還有她的頭髮……

趁著她專心研究魔術方塊，他提起膽子好好端詳她：那頭長髮已經黏結成塊，一搓搓糾纏打結地垂在臉頰邊，彷彿被沾上膠水或……泥巴。

就在專心端詳她時不小心鼻子吸了口氣，聞到氣味的剎那他得努力壓抑才沒當場吐出來。他站起來走到遛鞦韆坐下。不能和她靠太近。不過女孩好像不在乎。

一會兒後，他又站起來走回她坐著的地方。她仍沉醉在魔術方塊中。

「喂，我現在得回家了。」

「嗯……」

「那魔術方塊……」

女孩的手停住不動，猶豫了一會兒，什麼都沒說就把魔術方塊還給他。奧斯卡接過手，看看她，決定把魔術方塊遞過去。

「妳留著玩，明天再還我。」

她沒有接下魔術方塊。

「不用。」

「爲什麼？」

「明天或許我不會來這裡。」

「那就後天。不過最慢後天一定要還。」

她想了一下，接過它。

「謝謝，那我明天可能會來這裡。」

「就在這裡？」

「對。」

「好，掰掰。」

「掰掰。」

奧斯卡轉身離開，仍聽見身後魔術方塊轉動的吱嘎聲。她穿得那麼單薄還要繼續待在這裡啊。她爸和她媽一定和多數人的父母……很不同，才會讓她穿那樣出門。這樣很容易得膀胱炎的。

十

「你去哪裡？」

「出去一下。」

「你喝醉了。」

「對。」

「我們不是說好，你不再喝酒了嗎？」

「是妳說的吧。那是什麼？」

「拼圖。你知道喝那麼多不好……」

「怎麼會有？」

「借來的。哈肯，你得……」

「借……跟誰借的？」

「哈肯，你別這樣。」

「那就讓我高興啊。」

「你要我怎麼做？」

「讓我碰妳。」

「好，不過有個條件。」

「不，不，不要那個條件。」

「明天，你得動手。」

「不，一次都不做。什麼意思啊，『借來的』？妳從沒跟人借過任何東西。那到底是什麼？」

「拼圖。」

「妳的拼圖還不夠嗎？妳對拼圖比對我還在乎。拼圖、擁抱、拼圖。誰給妳的？說，**誰給妳的？**」

「哈肯，你別這樣。」

「妳幹麼還需要我？」

「我愛你啊。」

「不，妳不愛我。」

「沒錯，就某方面來說或許不愛。」

「愛情不會分哪方面，不是愛，就是不愛。」

「是嗎？」

「沒錯。」

「若是這樣，那我得想一想。」

十月二十四日星期六

郊區的神祕就在於沒有謎。

——瑞典演員約翰・艾力克森（Johan Eriksson）

週六早晨，奧斯卡家門前堆了三大疊厚厚的廣告紙。媽媽會幫他將三張摺在一起變成一份傳單，這些摺完共有四百八十份。每發一份傳單可以賺十四歐耳③。如果傳單只有一張，就只能賺七歐耳，這種狀況最不好。最棒的是每份傳單有五張（不過這也是最糟的，因爲有那麼多張要摺），發一份就能賺二十五歐耳。

幸好許多大型社區都在他所住的這一帶，一小時下來能發一百五十份，全部發完約四小時，這也包括他回家補貨一次的時間。若傳單每份有五張，就得回家補貨兩次。

最慢下週二前要把傳單發完，不過通常週六當天就能全數解決。該做的還是咬著牙拚一拚。

奧斯卡坐在廚房地板上，媽媽在餐桌旁。這差事其實不好玩，不過他就喜歡廚房被弄得亂七八糟，然後一點一點變得井然有序的模樣。摺疊整齊的傳單慢慢裝滿了兩個、三個、四個大紙袋。

媽媽將一疊摺好的傳單塞進袋子裡，搖搖頭。

「唉，我眞的不想要你這樣。」

「什麼？」

「你不要……我的意思是萬一你發傳單時有人開門之類的……我不想見到你……」

「不會，我哪那麼笨？」

「這世界上瘋子很多的。」

「是沒錯。」

母子倆幾乎每週六都會利用摺傳單或者其他機會好好聊聊天。昨晚媽媽說，她認爲這週六最好不要發傳單，因爲才剛發生過那件命案。不過奧斯卡答應媽媽，就算有人只是跟他說聲「嗨」，他也會大聲尖叫保護自己，媽媽這才勉強答應。

發傳單時從沒人請他進屋之類的，不過倒有個老人衝出來罵他在信箱裡「亂塞垃圾」。從此以後他就

③一歐耳等於〇．〇一克朗。

跳過那家的信箱。這人活該，沒機會知道這個禮拜去理髮店能以兩百克朗享受到剪髮加挑染的超值優惠。

不到十一點半所有傳單摺好了，準備出門發送。可不能把整袋傳單丟進垃圾桶，他們經常會突襲檢查，看看他是否確實投遞。半年前他打電話去應徵工作時，他們就說得很明白，或許只是嚇唬人，不過他可沒膽冒這個險。反正他對這份工作也不嫌惡，至少前兩個小時如此。

他會假裝自己是身負祕密重任的特務，偷發傳單以號召人民反抗占領祖國的敵軍。所以他必須躡手躡腳溜過社區走廊，提防那可能假扮成溜狗老太婆的敵人。

要不他也可以假裝每棟建築物都是飢餓的野獸，是一隻有六張嘴的巨龍，它唯一的營養來源是處女的血肉，而廣告傳單正是它要的血肉，所以他得一張嘴一張嘴地塞入傳單來餵食牠們。

而將傳單塞入巨獸下頷時，他的確也聽到了手中傳單的嘶吼哀號聲。

最後兩小時，以今天來說已回家補了第二趟貨，他開始有點麻痺了，雙腳機械式地走著，雙手機械式地投遞。

放下袋子，腋下夾著六份傳單，打開樓下大門，走到第一家，左手推開信箱口，右手將一份傳單丟入，然後第二家……

終於回到自己社區，他走到女孩家門口，站在外面屏神聆聽。收音機開著，小小聲。只有這個聲音。他從信箱口塞入傳單，然後等著，但沒人來拿。

通常他會以自家作爲結尾，將傳單塞入自家信箱，打開門，拿起傳單，丟入垃圾桶。

終於發完了，他的財產又多了六十七克朗。

媽媽去華倫拜購物，奧斯卡自己擁有整間屋子。眞不知道該怎麼善用這個好機會。

他打開廚房水槽下的櫃子，探頭進去看，裡頭有鍋瓢、攪拌器，和烤箱溫度計。另一個抽屜裡有紙筆和從烹飪期刊裡剪下來的食譜卡片。這套期刊媽媽訂了之後又退掉，因爲裡頭食譜需要的食材所費不貲。

他繼續探索客廳，打開櫃子。

媽媽的鉤織用品在那裡（還是應該說編織？）。有一只文件夾，裡面有帳單和收據。相本他已看過上千遍。幾本舊雜誌（裡面的填字遊戲都還沒解答出來）。一副閱讀用的眼鏡放在盒子裡。針線盒。一個小木盒，裡頭裝著他和媽媽的護照、政府核發的身分標籤（他曾想將自己的標籤戴在身上，不過媽媽說只有戰爭時才能配戴）。一張照片和一枚戒指。

他繼續翻箱倒櫃，彷彿想找出連他自己也不知道是什麼的東西。是祕密吧。某種能改變現狀的祕密東西。例如櫃子後方突然冒出的一塊腐肉，或者一個充飽氣的氣球。什麼都好，只要是不熟悉的東西。

他拿出照片，慢慢端詳。

這是洗禮時照的。媽媽手裡抱著他，看著鏡頭。那時她比較瘦。奧斯卡穿著有藍色長絲帶的白袍。站在媽媽旁邊的是爸爸，那套西裝讓他很不自在，好像連手該怎麼擺都不知道，只好僵硬地垂在身體兩側，眞像立正姿勢。他直楞楞地看著寶寶。陽光照耀著這一家三口。

奧斯卡將照片拿到眼前，研究父親的表情。他看起來很驕傲，驕傲但也非常……生嫩。應該很高興當爸爸，卻又不知道該怎麼當。那時的男人多半這樣。從他的神情來看，他彷彿第一次見到自己寶寶，然而洗禮時奧斯卡已經出生六個月。

媽媽卻能自信從容地抱著奧斯卡。她望向鏡頭的表情沒那麼驕傲，反倒多了點疑猜，彷彿在對攝影師說，再靠近我就把你鼻子咬下來。

父親身體微微前傾，似乎想靠近鏡頭卻又沒膽這麼做。這不是全家福，這是小男嬰和母親的合照。至於旁邊那個男子，只是剛好被當成父親。不過，就某方面來說，奧斯卡的確愛爸爸，媽媽也是。雖然發生了那些事，改變了一切。

奧斯卡拿出戒指，看著上面的刻痕：**艾瑞克22/4 1967**。

奧斯卡兩歲時他們離婚，之後各自都沒再找新伴侶。「就是沒找到合適的。」兩人都這麼說。他放回戒指，蓋上木盒，放回架子上。他心想媽好像從沒看那戒指一眼，既然如此何必留著。這是純金做的，約有十克重，賣掉也有四百克朗呢。

奧斯卡穿上大衣，走到中庭。雖然才四點，天已開始黑。現在進樹林太晚了。

湯米從外面走過，見到奧斯卡後停下腳步。

「嗨。」

「嗨。」

「忙些什麼？」

「沒有啦……發傳單，大概這樣。」

「有錢賺嗎？」

「一點點，每次大概七、八十克朗。」

湯米點點頭。

「想買隨身聽嗎？」

「唔，我不知道。哪一種？」

「新力的隨身聽啊。五十克朗。」

「新的嗎？」

「是啊，還有盒子裝著呢。附耳機，只賣五十。」

「我現在身上沒錢。」

「你剛剛不是說發傳單賺了七、八十嗎？」

「是啊，不過是月領，還有一個禮拜才發薪水。」

「好吧，可以先把東西給你，過幾天再給我錢。」

「可以嗎……」

「好啦，就這樣，你先到那裡等著，我去拿。」

湯米指著遊樂場，奧斯卡走過去坐在長凳上。一會兒起身，走到遊樂器材旁。女孩沒出現。他趕緊又走回長凳坐下，彷彿剛剛做了什麼不該做的事。

沒多久湯米回來，將盒子遞給奧斯卡。

「一個禮拜後給我五十，可以吧？」

「嗯。」

「你最近在聽什麼音樂？」

「Kiss樂團。」

「你有他們哪張專輯？」

「《活力十足》那張。」

「《破壞者》那張沒有嗎？我可以借你拿去拷貝。」

「太棒了。」

奧斯卡幾個月前買了Kiss樂團那張《活力十足》的雙卡專輯，不過還沒開始聽，多半時間他只看他們演唱會的海報。那些團員濃妝豔抹的造型眞是酷，簡直就像活生生的恐怖人物。他最愛的一首歌是《破壞者》專輯中由彼得·克利斯所唱的「Beth」。至於其他歌曲就太……好像沒什麼旋律。或許《破壞者》這張專輯會比他買的《活力十足》好。

湯米起身準備離去，奧斯卡緊握著裝有隨身聽的盒子叫住他。

「湯米？」

「幹麼？」

「那個人，死掉的那個，你知道……他是怎麼被殺死的嗎？」

「知道啊，掛在樹上，喉嚨被割開。」

「他不是被……刺死的喔？我的意思是被人刺到胸部而死的。」

「不是，只有脖子有刀痕……嗖嗖劃過喉嚨。」

「好吧。」

「還有別的事嗎？」

「沒有。」

「那再見嘍。」

「喔，再見。」

奧斯卡繼續坐在長凳上，靜靜沉思。天空漸成暗紫色，第一顆星星，是金星嗎？已清晰可辨。他起身走回家，得趁媽媽回來前把隨身聽藏好。

今晚應該要能見到那女孩拿回魔術方塊的，不過她家的百葉窗還是緊閉。她真的住在那裡嗎？一家人整天在屋裡做些什麼？她有朋友嗎？很可能沒有。

十

「今晚……」

「妳剛剛在幹麼？」

「洗澡。」

「妳通常不洗澡的。」
「哈肯，今晚你應該去……」
「不去，我說過了。」
「拜託好嗎？」
「這不關……我什麼都可以做，除了這件事。妳說一聲，我就做。看在上帝分上，拿我的吧。來啊，這裡有把刀，不要？好吧，那我只好……」
「夠了！」
「怎麼？我寧願這樣啊。妳爲什麼洗澡？聞起來都是……香皀味。」
「你想要我怎樣？」
「反正我就是辦不到！」
「算了。」
「那妳要怎麼辦？」
「我自己動手。」
「動手前需要先洗個香噴噴的澡嗎？」
「哈肯……」
「如果是別件事，我一定會幫妳，任何事，我絕對……」
「好，我知道，沒關係。」
「抱歉。」
「算了。」
「小心點。我下手時都……很小心。」

十

吉隆坡、金邊、湄公河、仰光、重慶。

奧斯卡看著被他填上地名的那份影印的地圖，這是週末要做的學校功課。這些地名對他來說毫無意義，只不過是一些字母組成的文字。不過這倒也有種成就滿足感：安靜坐著，翻開地理課本找出這些地方的資料，確認他在地圖上標示出的那些地名確確實實是城市或河流。

沒錯，他得把這些地名記下來，因爲媽媽待會兒就會考他。他必須指著地圖上的黑點，說出陌生的外國地名：重慶或金邊。媽媽一定會對他刮目相看。的確，想到這些奇怪的名字就在那遙遠的地方也挺有趣的，不過……

爲什麼？

四年級時老師給過他們瑞典地圖。他當時也記住了每個地名，甚至可說背得滾瓜爛熟，可是現在呢？

他努力想著瑞典任何一條河流的名字。

阿斯肯、伐斯肯、四斯肯。

地圖上那些經緯線條旁有個什麼記號，好像是艾崔恩河。沒錯，不過它到底在哪裡？想不起來。看來幾年後重慶和仰光這些地名也是忘光光。

沒意義嘛。

這些地方根本不存在，就算眞的存在……他這輩子也沒機會見到。重慶？去重慶幹麼？對他來說，這個地方只不過是地圖上的大片白色區域或一個小點。

他看著自己歪斜字體平衡坐落的筆直線條。是學校。沒錯，就是學校。學校會要你做很多事情，而且你得一一照做。因爲有「學校」這種發明，所以老師才能將影印的地圖發給學生，而這些根本沒意義。奧斯卡也可以在這份地圖的經緯線上隨便寫上堤吉丕費克斯、巴別林奔和史匹特，對他來說這些字的意義和那些地名沒兩樣。

唯一的差別是，老師會說寫錯了，不是這個地名，然後指著地圖告訴他，「看看，這裡是重慶，不是堤吉丕費克斯。」這種論點眞沒說服力，地名不都是地理課本捏造出來的嗎？根本沒證據證明這地名是眞的。搞不好連地球都是平的，但爲了某種理由把這眞相隱藏起來。

船隻從地球邊緣掉落。那裡有巨龍。

奧斯卡從桌前起身，影印的地圖功課已完成，塡上老師能接受的字。學校就是這麼一回事。

過七點了，或許女孩已經到外面？他走到窗邊，雙手靠在臉龐兩側拱成杯狀，擋住屋內光線以便看清楚漆黑外頭的動靜。遊樂場是不是有東西在移動啊？

他走到玄關，看見媽媽正在客廳編織或鉤織。

「我出去一下。」

「你又要出去？我還在想要幫你考考地理呢。」

「待會兒再考。」

「這次是亞洲吧？」

「什麼？」

「這一課啊，是亞洲吧？」

「是吧，我猜，有個地方叫重慶。」

「重慶在哪裡？中國嗎？」

「我不知道。」

「你不知道？可是……」

「我等一下就回來。」

「好吧，小心點。會戴上帽子吧？」

「會。」

奧斯卡將帽子塞進大衣口袋走出門。一路前往遊樂場時，眼睛已慢慢適應了黑暗，終於，他看見女孩如同往常坐在遊樂器材的最上層。他走過去站在下方，雙手插進口袋。

她看起來不太一樣，雖然仍穿著那件粉紅色線衫（她沒別件衣服啊？）不過頭髮沒打結了，一頭黑髮滑順地披在肩頭。

「嗨，妳好。」

「嗨。」

「嗨。」

他這輩子絕不會再跟任何人說「嗨，你好」，這種打招呼方式聽起來好蠢。女孩站起來。

「上來這裡。」

「好。」

奧斯卡往上爬到她身邊，謹慎地慢慢用鼻吸了口氣。她不臭了。

「我今天的味道好聞多了吧？」

奧斯卡尷尬地紅了臉。女孩微笑遞出東西給他，是他的魔術方塊。

「謝謝你借我。」

奧斯卡接下，看了一眼，再看一眼。高舉到較亮的地方，轉動每面定睛瞧。全轉出來了，每面都是同一顏色。

「妳把魔術方塊整個拆開啊？」

「什麼意思？」

「就像……妳是不是把它拆開，然後將顏色相同的拼在一起？」

「可以這樣啊？」

奧斯卡轉一轉，想看看是否有被拆開鬆掉的跡象。他以前做過這種事，眞驚訝這玩意兒轉個幾下就能讓人忘記之前的動作，完全想不起來該如何讓每面都變回同一顏色。沒錯，他之前拆開時沒把它弄鬆，現在也還很緊，難道她眞的成功轉出六面顏色？

「妳一定把它拆開過。」

「沒有。」

「可是，妳不是從沒見過魔術方塊嗎？」

「沒見過啊，不過眞好玩，謝謝。」

奧斯卡將魔術方塊舉到眼前，彷彿它會開口告訴他這是怎麼回事。就某方面來說他很確定她沒說謊。

「妳花了多久拼出來？」

「幾個小時吧。如果再轉一次，應該會更快。」

「眞了不起。」

「不會很難啊。」

她面向他。她的瞳孔大到幾乎塡滿整個虹膜，黑色眼球表面反射出附近住家的點點亮光，彷彿她腦袋裡有座隱隱的城市也燈火通明。

套頭線衫的領子高高拉起包覆住她的頸部，更加凸顯了她輕柔的細緻五官，看起來眞像……卡通人物。她的肌膚，那質感，他只能用木製的奶油刀來形容，彷彿最細的砂紙把木刀慢慢磨過，才能讓刀身綿密細緻如絲綢。

奧斯卡清清喉嚨。

「妳幾歲？」

「你覺得呢？」

「十四、五歲吧。」

「看起來像十四、五歲啊？」

「是啊，還是……不可能，不過……」

「我十二歲。」

「十二歲！」

哇塞，那應該比他還小，因為這個月他就要過十三歲生日了。

「妳幾月生的？」

「不知道。」

「妳不知道？那……妳什麼時候過生日？」

「我不過生日。」

「妳爸媽總知道吧。」

「我媽死了。」

「喔。她怎麼死的？」

「不知道。」

「那妳爸爸也不知道妳的生日嗎？」

「不知道。」

「所以……妳的意思是……妳從沒收過生日禮物之類的東西？」

她轉向他，身上的氣味朝他臉龐拂面而來。佇立在他影子下的她，眼眸裡的城市燈火忽然消失。雙瞳只剩彈珠大的兩個空洞。

她看起來好悲傷，非常、非常悲傷。

「沒有，從沒收過任何禮物。」

奧斯卡渾身僵硬地點點頭。四周的世界消失，只剩她頭顱上那兩個空洞，令人驚怔。他們的吐息交融，慢慢飄起，消散無蹤。

「你要送我禮物嗎？」

「對。」

他的聲音甚至不是低語，只是一縷呼氣。女孩的臉貼得好近，他的視線被她如奶油刀般細緻滑順的臉頰吸引過去。

因此他沒注意到她眼睛已變，變得瞇長，換了全然不同的神色。也因此沒見到她的上唇往後拉，露出一對骯髒的白色小獠牙。他只看見她的臉。就在她的嘴巴接近他喉嚨時，他渾然不覺地伸出手輕撫她臉頰。

女孩楞住了，往後退。她的雙眸又恢復神采，城市燈火再次閃耀。

「你爲什麼這樣做？」

「對不起，我……」

「你想幹什麼？」

「我……」

奧斯卡盯著自己仍握著魔術方塊的手，慢慢鬆開。他握得太緊，四個角在他掌心留下印痕。他將魔術方塊遞出去給她。

「想要嗎？送給妳。」

她慢慢地搖搖頭。

「不行，這是你的。」

「妳叫什麼……名字？」

「依萊。」

「我叫奧斯卡。妳說妳的名字是什麼？依萊？」

「對。」

突然，女孩變得焦躁不安，眼神四處飄移，彷彿在找什麼，卻遍尋不得。

「我……得走了。」

奧斯卡點點頭。女孩目不轉睛凝視他幾秒，隨後轉身離開。她走到溜滑梯最上方，躊躇片刻，然後坐下，下滑到底部，站起來走向她家那棟公寓的大門。奧斯卡仍緊握著魔術方塊。

「明天見嗎？」

女孩停下腳步，沒回頭，以低沉的聲音說「好」，又繼續前進。奧斯卡看著她。她沒回家，反而穿過拱門，走往街道。消失無蹤。

奧斯卡又看看魔術方塊，眞不敢相信。

他轉動一下，將顏色打散，然後又將顏色轉回來。想讓魔術方塊繼續停在被她轉出的狀態，至少停留一會兒。

喬齊・班特森從電影院回家途中還自個兒咯咯笑不停。他媽的眞有趣，這部電影《包車旅程》。尤其是那兩個傢伙整齣電影裡到處尋找派普酒窖的情節最好玩。其中一個傢伙將另外那個宿醉的朋友放在輪椅上推過海關，還以西班牙文說他是invalido（殘障人士）那一幕，他媽的，眞讓人笑翻了。

或許他也該像他們一樣，找個哥兒們出去度個假。不過找誰呢？卡爾森這人無趣到連時鐘見了他都懶得走，和他相處兩天肯定會無聊死。摩根多喝幾杯就醜態百出，而且除非旅費超便宜不然他不會去。賴瑞還不錯，但體弱多病，到頭來即使沒醉倒也得用輪椅推著他。Invalido。

看來，雷基是唯一能跟他去度假的人。

去西班牙玩上一個禮拜肯定很棒。不過雷基窮得跟隻教堂老鼠沒兩樣，大概一輩子都出不起旅費。他每晚和喬齊混在一起喝酒抽菸，就把日子過得很愜意，至於去西班牙加納利群島度假，可沒那個盤纏。

或許只能接受這個事實：在這家中國餐館閒混的常客，沒有一個是當好旅伴的料。

那麼，自己去？

連一事無成的敗類史提格・海爾莫都曾自己出去旅行過，還因此遇見歐蕾這小妞，兩人打得火熱。喬齊心想，若自己有這種豔遇也沒什麼不對，畢竟瑪麗亞已經帶著小狗離家，拋棄他八年了，之後他就沒和女人上過床，一個都沒有。

會有人要他嗎？可能會有吧。至少他看起來不像賴瑞那麼沒用。當然啦，幾杯黃湯下肚會讓他身體和表情顯出醉態，不過他還是會努力克制不亂來。像今晚已經九點了，他滴酒都還沒沾。不過這會兒去中國餐館前，還是決定先喝兩杯琴湯尼。

他得再多想想旅行的計畫，或許，到頭來仍跟過去幾年很多事一樣：啥事都沒發生，不過做做夢總可以吧。

他沿著布雷奇堡中學和霍爾伯格斯蓋頓街之間那條公園步道走著，這裡好暗，三十公尺外才有街燈。矗立在左側小丘頂上的中國餐館就像燈塔散發出光芒。

或許他可以冒個險直接去中國餐館才喝琴湯尼……不行，太貴了，大家會以為他中樂透之類的，到時若沒請大家喝一杯，肯定會被說成小氣鬼。還是先回家自己小酌兩杯吧。

他穿過那間大洗衣工廠，煙囪上那只獨眼紅通通，裡面進行著無聲的轟隆滾動。

有一晚他喝得醉醺醺回家，結果出現了幻覺，眼前的煙囪脫落，開始滾下山坡，咆哮嘶吼，進逼向他。

他抱頭蜷縮在步道上，等著煙囪砸來。最後，把手臂放下，抬頭一看，才發現它如往常威嚴矗立，半吋也沒移動。

靠近伯橋森蓋頓街的人行地下道裡的路燈已經壞了，裡頭成了漆黑洞穴。如果當下是醉的，他肯定會從人行地下道旁的階梯爬過，走到伯橋森蓋頓街，即使這段路程比較遠。因為每次一喝酒，就會在黑暗中看見奇怪的幻覺，他可不想見到那種東西。正因如此他總開著燈睡覺。不過這會兒他清醒得不得了。

但不知為何，此刻他竟想爬過階梯不走人行地下道。酒醉所出現的幻覺當下似乎開始滲入他清醒的雙眼看出去的世界。他直楞楞站在步道上，給自己下了個結論：「我這腦袋開始糊塗了。」

聽清楚了，喬齊，如果你還繼續胡思亂想，不好好克制自己，勇敢往人行地下道走過去，那你就不可能去加納利群島旅行。

為什麼不可能？

因為你總是看見礁岩就跳船，稍遇阻礙就放棄。如果連這麼一小段路都跨不過去，你憑什麼以為自己有辦法打電話給旅行社，辦護照，採購旅行用的東西，而且更重要的，動身踏上未知的旅程？

說到重點了，但那又怎樣？若我走過人行地下道，就代表我眞的去得了加納利群島，眞的能美夢成眞嗎？

若你敢走過去，我就相信你明天會付諸行動打電話訂機位。特內里夫島啊，喬齊，想想那美麗的特內里夫島。

他開始往前走，想像著豔陽海灘和插著小傘的雞尾酒。媽的，眞的要去，那今晚就別去餐館混。要待在家，好好翻翻報紙上的旅行社廣告。八年了，該死地花了八年才振作起來。

他想著棕櫚樹，管他群島上是不是眞的有這種樹，管他曾不曾在電影裡看過這種樹。這時他聽到了聲音。人的聲音。他駐足在人行地下道中央，屏神凝聽。那側傳來虛弱的呻吟。

「救救我……」

視線已慢慢習慣了人行地下道的黑暗，不過此時還是只能看出那堆被掃集起來的落葉輪廓。聲音像個孩子。

「哈囉，誰在那裡嗎？」

「救救我……」

他四下張望，沒見到人啊。在黑暗中他聽見沙沙聲，也發現那堆樹葉被移動。

「拜託，救救我。」

他很想掉頭就走，可是辦不到，有個孩子受傷了，或許被人攻擊了……

那個殺人狂！

華倫拜地區那個殺人狂來到布雷奇堡鎮了，但這次受害者倖存下來……

哦，看在老天爺分上。

他可不想被牽連，他正要踏上前往美麗特內里夫島的旅途呢。現在該怎麼辦？他朝聲音往前幾步，腳下落葉窸窣，現在他看見那個軀體了。它像胎兒般蜷曲在落葉堆裡。

該死，眞該死。

「怎麼了？」

「救救我……」

喬齊的雙眼已完全熟悉黑暗，他看見有個孩子朝他伸出蒼白的手臂。裸著身軀，可能被強暴了。不，再靠近點看，才發現孩子沒裸體，但全身上下只有件粉紅上衣。幾歲啊？十或十二歲吧。或許是被**他的**「朋友」揍的，或者，**她的**朋友。不過看起來不太像女孩。

他蹲在孩子身邊，抓住他／她的手。

「你怎麼了？」

「幫我，扶我站起來。」

「你受傷了嗎？」

「對。」

「怎麼會這樣？」

「扶我站起來……」

「傷在背部嗎？」

他當兵時曾被徵召入醫療團，受過訓練，知道患者若頸部或背部受傷，必須先固定住頭部才能移動他們。

「受傷的地方不是在背部嗎？」

「不是，先扶我起來。」

幹，現在該怎麼辦啊？把孩子帶回家，這樣一來警察很可能以爲……

他應該要將他（還是她？）帶到餐館，從那裡叫救護車。沒錯，就這麼辦。孩子瘦小（依外型看來應該是個女孩），所以即使喬齊當前的體能不算最佳狀態，也應該有辦法把她抱到那裡。

「好，我抱妳去一個地方，我們再從那裡打電話叫救護車，好不好？」

「好……謝謝。」

這句「謝謝」戳了他心頭一下。剛剛怎麼會躊躇猶豫呢？心想自己眞是個冷血的王八蛋。嗯，他已冷靜下來，現在可以幫助這小女孩了。他慢慢將左手伸入女孩膝下，另一手托住她的脖子。

「好，我們走了喔。」

「嗯。」

她好輕，頂多只有二十五公斤，可能是個營養不良的孩子，來自問題家庭或者有厭食症。會不會是被繼父或繼母虐待？他媽的眞是太可憐了。

女孩主動將雙手環繞他頸部，臉頰貼住他肩膀。他才正想要叫她這麼做呢。

「現在感覺如何？」

「很好。」

他高興地笑笑，一股暖流遍布全身。儘管自己一事無成，不過至少是個好人哪。他可以想像大夥兒看見他抱個女孩進餐館的表情。一開始他們會納悶他在搞什麼把戲，但經他解釋後，他們就會佩服他勇於助人。「幹得好呀，喬齊」之類的。

他轉身往餐館走去，幻想自己嶄新的生活面貌，也陶醉在這全新人生的第一步。突然，喉嚨一陣痛楚。搞什麼啊？好像被蜜蜂螫到。他想放開左手，想將蜜蜂揮開並摸摸傷口，卻發現女孩仍緊巴著他，放不掉。

他竟蠢得想低頭看看自己喉嚨的傷口，這種角度怎麼可能看得到？想不想看都一樣，因爲女孩的下巴正頂住他的下頷，想低頭也沒辦法。她環繞著他脖子的手愈掐愈緊，他的痛苦也愈來愈加劇。他終於明白了。

「天啊，妳想幹麼？」

他感覺女孩的下巴頂住他下頷，上上下下動個不停，而他的喉嚨也愈來愈痛。一股溫熱的液體流到胸前。

「住手！」

他想把女孩揮掉。這個念頭不是深思熟慮過後的產物，而是出於自衛的本能反應：一定得把這東西從脖子甩開。

可是女孩就是甩不掉，她牢牢掐住他的脖子，雙腿緊緊纏住他的髖部。天啊，這麼瘦弱的身體怎麼有這麼大的力氣。

她四隻手以緊抓著玩偶般的姿態纏在他身上，下巴繼續上下動呀動。

喬齊抓著她的頭想把她推開，但此舉就像企圖徒手折下巨樺樹新生枝椏般白費力氣。她的頭彷彿黏在他身上，掐緊的雙手力道之猛，讓氣體從他肺腔中擠出，使他無法吸入空氣。

他踉蹌後退，掙扎著想吸氣。

女孩不再齧啃，現在他只聽到安靜的舔食聲。但她沒鬆開手，相反地，在吸吮時反而掐得更緊。胸腔出現悶悶的嘎扎碎裂聲，一陣痛楚瀰漫開來。肋骨應該斷了好幾根。

他吸不到足夠的空氣來放聲叫喊，只能以微弱的拳來搥打女孩的頭。他在落葉堆中踉蹌晃步，世界旋轉，遠處的路燈像螢火蟲在他眼前閃閃爍爍。

失去平衡往後倒地。最後聽到的聲音是頭顱擦過落葉堆的清脆沙沙聲。瞬間，撞到石板人行道，世界就這麼倏然消失。

十

奧斯卡躺在床上但腦袋清醒著，盯著壁紙直發楞。

他和媽媽一起看了《芝麻街》的布偶劇，不過故事情節他沒全懂。豬小妹好像對什麼事情不高興，而柯密特青蛙似乎在找岡佐鳥。還有個脾氣暴躁的老人從劇院包廂跌下來，至於原因奧斯卡也不知道。他的心思早已飄向別處。

後來又和媽媽一起喝了熱可可，吃了肉桂小餐包。奧斯卡知道他和媽媽聊天，但想不起到底聊些什麼。可能是討論要把廚房漆成沙發藍。

他呆望著壁紙。

床緊靠著的整面牆全貼上由照片景物製成的壁紙，畫面是森林裡的綠油油草地，還有巨大樹幹和蒼翠樹葉。有時他會躺在床上，幻想離他頭最近的那叢樹葉裡出現小小人。每次一凝視，就會看見兩個人。不過他也很努力喚出更多人。

現在這道牆有了不同意義。就在牆的另一邊，森林的另一側，依萊在那裡。奧斯卡的頭緊靠著青翠牆面，努力想像另一端是什麼樣的世界。是她的房間嗎？她現在也躺在床上嗎？牆面成了依萊的臉龐，他摸著綠葉，撫著她柔嫩的肌膚。

突然，另一側傳出聲音。

他的手停住不動，專心凝聽。聲音有高有低，是依萊和她父親。兩人好像正在爭吵。他將耳朵貼住牆想聽得更清楚。該死，手上若有杯子就好了，杯子可以當作擴大器聽清楚聲音，但現在不敢去拿，就怕拿回來後，他們已經不說話了。

他們說些什麼？

依萊的爸爸應該是那個聽起來很生氣的聲音。至於依萊的聲音則幾乎聽不到。奧斯卡得專心才能抓到他們的隻字片語。偶爾聽到幾聲咒罵，還有一句「眞不敢相信，竟然那麼殘忍」，突然砰的一聲重響，彷彿有東西被擊倒。他打了她嗎？是不是他摸依萊臉頰時被她爸爸看到了……是這樣嗎？

現在依萊說話了。奧斯卡聽不清楚她的句子，只聽見起起落落的輕柔聲調。如果她被他打了，還能用那種聲調說話嗎？他不准打她。若他敢動手，奧斯卡絕對會殺了他。

他眞希望自己能鑽入牆壁，像閃電，像有神力的英雄。鑽進去後穿越森林，從另一側出來，親眼看看到底發生什麼事。或許依萊正需要幫助，需要安慰，任何事都行。

另一側安靜下來。只剩自己的心跳聲在耳邊嗡嗡旋轉不停。

他起床，走到書桌前，拿出放在塑膠杯裡的幾個橡皮擦。然後將杯子帶回床上，杯口頂住牆壁，杯底貼著耳朵。

現在只聽見隱約的鏗啷聲，好像不是隔牆那側的房間傳出來的。他們正在做什麼呢？他屏住呼吸。突然一聲巨響。

槍聲！

他拿出槍了。喔，不是，是門被大力關上，力道過猛，連牆壁都在震動。

他跳下床，走到窗邊。幾秒鐘後有個男人身影出現。依萊的爸爸。他手中拿著一只袋子，憤怒地跨開大步走向社區大門，消失在他眼前。

我該怎麼辦？跟蹤他嗎？爲什麼要跟蹤？

他回到床上。這應該都是他的想像力超時工作的結果。依萊和爸爸吵架，就像奧斯卡自己和媽媽也偶有爭執。有時吵得太兇，媽媽也會那樣氣沖沖走出去。

不過，在這種三更半夜？

有時候媽媽被奧斯卡氣到不行，就會威脅要搬出去。奧斯卡知道媽媽不會這麼做，而媽媽也明白他知道這點。或許依萊的爸爸只是把這種威脅往前實現一步：打包拿著行李半夜出門。

奧斯卡躺在床上，手掌和前額繼續貼著牆壁。

依萊，依萊，妳在嗎？他有沒有打妳？妳是不是很傷心？依萊……

臥房門傳來敲門聲，奧斯卡驚縮了一下。有那麼一會兒，他以爲是依萊的爸爸過來找他算帳，嚇死他了。

是媽，她躡腳走進他房間。

「奧斯卡？你睡了嗎？」

「嗯。」

「我是要說……那新來的……鄰居，你聽見了嗎？」

「沒有。」

「你應該有聽見啊。那傢伙大吼大叫，發了瘋似地把門重重甩上。感謝上帝，有時我還眞慶幸自己家裡沒男人呢。他家那可憐的女人，你聽到她的聲音嗎？」

「沒有。」

「我也沒有耶。唔，好像從沒見過她呢，她家整天窗簾都拉著。那傢伙可能是酒鬼。」

「媽。」

「什麼？」

「我想睡覺了。」

「喔，對不起，寶貝。我只是很……晚安，祝你好夢。」

「嗯。」

媽媽輕輕關上門。酒鬼？是啊，很有可能。

奧斯卡的爸爸也是三不五時就喝得醉醺醺，所以媽媽才無法和他繼續生活下去。爸爸一喝醉，也會那樣亂發脾氣。他雖不打人，但會吼到聲音沙啞，砸門摔東西。

想到這裡，奧斯卡心裡竟雀躍竊喜。有這種念頭很糟糕，不過他的確頗高興，如果依萊也有個酒鬼父親，那他們就有共通點，就有心事可以相互傾吐了。

奧斯卡又將前額和手掌貼緊牆壁。

依萊，依萊，我知道妳的感受，我會幫妳，我會救妳。

依萊……

十

哈肯兩眼睜得大大，視線朝向有著拱形遮頂的人行地下道裡搜尋。他撥開落葉，終於看見依萊平常穿的粉紅色線衫，它正躺在男人的胸膛上。哈肯撿起衣服，本想湊近鼻子聞聞，但一摸到黏膩的東西立即打住。

他將衣服丟回男人胸口，拿出後褲袋裡的酒瓶，打開灌了三大口。伏特加的烈焰滑入喉嚨，舔噬他的胃。屁股往下朝冰冷岩石一坐，石上的落葉清脆地畢剝碎裂。他坐著望向那死掉的男人。

他的頭怪怪的。

哈肯從袋子掏出手電筒。先環顧四周確認附近沒人走過才打開，照向那男人。光束下，他的臉昏黃慘白，嘴巴半張彷彿想說些什麼。

哈肯噓了噓氣，想到這男子竟然比他更能貼近他摯愛的人，一股反感油然而生。他惶亂地掏出小酒瓶，想用烈酒燒掉滿腹苦痛。動作遽然停止。

脖子。

男人脖子上繞著一道寬寬的紅色痕跡，彷彿一圈頸鍊。哈肯傾身向前，見到了依萊為了吸血而咬開的傷口。

她的唇落在他肌膚上。

可是這也無法解釋那圈頸……鍊。

哈肯關掉手電筒，深深吸口氣，不自主地往後靠著那狹窄空間，任憑水泥牆面刮磨他禿禿的後腦杓。他咬著牙，忍著椎心刺痛。

那男人脖子的肌膚裂成一圈，因為……因為他的頭被硬轉了三百六十度。整整轉一圈。頸椎一定節節斷裂。

哈肯闔上眼，緩慢吸氣吐氣來冷靜自己，壓抑住想拔腿奔離現場的那股衝動。後腦袋仍緊貼著水泥牆，臀部底下坐著大石塊。左右兩側步道上隨時會有報警的行人往來。而在他眼前……

是具屍體。

沒錯，可是……那顆頭。

他眞希望自己不知道那顆頭已經鬆開，軀體一被移動就會掉落下來。他蜷曲身子，額頭促膝。他的摯愛竟然做出這種事，徒手地幹了。

一想到當時的聲音，整顆頭顱被扭轉的那種聲音，喉底就湧起一股噁心感。他不想碰觸這具軀體。呆坐著，像貝拉克在煉獄之山④的山腳下無助地等待黎明到來，等待……

從電車車站方向走來幾個人。哈肯躺在落葉上，靠近死屍，前額頂住死者撞上的那塊冰冷岩石。

爲什麼？爲什麼……將頭這樣扭轉？

免得被感染。不能被感染到神經系統。屍體必須被關熄。據說就要這樣做，以前他不懂，現在明瞭了。

腳步聲愈來愈快，人聲愈來愈遠。他們已經爬上地下道旁的階梯。哈肯坐起來，瞥了那具張嘴的屍體一眼。如果沒把屍體關熄，它會坐起來拂掉身上的落葉嗎？

想到這裡竟然發出咯咯尖笑，聲音像鳥兒啼囀。他朝自己嘴巴一摑，力氣猛到傷了自己。那景象。屍體從落葉堆中坐起來，睡眼惺忪拍掉夾克上落葉的景象。

現在該怎麼處理這具屍體？

那身肌肉、脂肪和筋骨應該有八十公斤吧。絞爛。剁掉。埋掉。燒掉。

火葬場。

當然可以。將屍體扛到那裡，闖入後偷偷燒掉。或者把它像棄嬰一樣丟在大門口，期待裡頭員工對於燒屍體熱中到一見屍體便懶得報警，直接往火葬坑裡扔。

不行。只有一個辦法。右邊穿越樹林的步道可以通往醫院和湖水。

他將屍體血淋淋的頭顱用亡者自己的外套包住，把袋子甩上肩頭，雙手分別塞入屍體的背部和膝窩下，然後抱起。費力起身，踉蹌了幾步，終於保持平衡。如他所預期的，頭顱以不自然的角度往後垂，下巴咯嚓一聲終於緊閉。

從這裡到水邊有多遠？可能幾百公尺吧。如果有人經過呢？那也沒辦法。一切就會結束。若是這樣，也是種解脫吧。

沒人經過，終於安全抵達湖邊。整排幾乎與水面平行的垂柳讓（肌膚因流汗而冒出蒸氣的）他毛骨悚然。他從岸邊搬了兩塊大石頭，以繩子將石頭綁在屍體的腳上。

再用一根較長的繩索繞過屍體套住胸背，然後拉住繩子，一截一截慢慢放長。最後，全部鬆開。

他呆站在垂柳樹幹旁半晌，凝望如黑色鏡面的池水，現在汩汩升起的氣泡已不再那麼讓他心神不寧。他做了。

雖然天氣嚴寒，額頭卻滴下汗珠，刺痛他的眼睛。又拉又扯讓他全身痠痛，不過他終於辦到了。屍體就在他腳下，隱沒於世界中。不存在了。氣泡不再湧現，沒有什麼……什麼能證明水底下有具屍體。

幾顆星星在水裡一閃一閃亮晶晶。

④貝拉克是作家菲力普．普曼史詩鉅著《黑暗元素三部曲》中的女主角。貝拉克坐在煉獄之山的山腳下象徵的是無助、懷舊和思念之情，希望在求助於上帝之前能等到一絲契機出現。

第二部　羞辱

他們駛向馬汀未曾到過之處，甚至遠駛到堤斯卡波頓和布雷奇堡鎮，那裡正是已知世界的邊界線。

——瑞典作家雅爾瑪·瑟德爾貝里（Hjamar Söderberg）的著作《馬汀·伯克的青年時代》（Martin Bircks Ungdom）

然而他，心被史可史拉精靈偷走的他

不會再復原了

他的靈魂渴求月光入夢

不要只有會死的愛人……

——瑞典作家維克多·雷德伯格（Viktor Rydberg）的詩作《史可史拉女精靈》（Skogsrået，史可史拉是森林中美麗卻邪惡的女精靈。）

週日報紙刊登了華倫拜郊區兇殺案的更多細節。標題寫著：「獻祭儀式的受害人？」

照片裡有屍體、樹林裡的凹穴，還有那棵樹。

這陣子大家嘴邊已經不再老掛著華倫拜兇殺案。帶去的追悼花朵已枯萎，蠟燭也燒盡。條紋狀的封鎖線被移除，在那裡找到的所有證物早被妥善保存。

但週日這份報紙重燃起大家的興致。「獻祭儀式」這個標題是不是意味著會有第二次？既然是儀式，那就一定會重複進行。

大家走過公園步道或是一靠近那裡，總是繪聲繪影：樹林那帶眞讓人毛骨悚然，要不就是，現在那裡變得多美麗多寧靜，怎樣也想不到曾發生過那種事。

所有認識那男孩的人，就算只有一面之緣，也都感嘆地說，這孩子這麼棒，怎麼下得了這種毒手。即使原則上反對死刑的人也認爲，像這種十惡不赦的壞蛋被判死刑也不爲過。

證據確鑿，卻獨缺一物，就是兇手的照片。大家望著那個已經不明顯的凹穴，看著男孩盈盈的笑臉。但沒有兇手的畫像。一切竟然就這麼……發生了。

眞令人無法接受，難以置信。

十月二十六日星期一，警方宣布破獲瑞典有史以來最大宗的毒品走私案，共逮捕了五名黎巴嫩人。

黎巴嫩人。

像這種犯罪案件就比較容易了解。查獲海洛因五公斤，逮獲五人，每個黎巴嫩人攜帶一公斤。

這些人走私毒品期間甚至還享用了瑞典完善的社會福利資源，這點最讓人髮指。報上沒有刊出這些黎巴嫩人的照片，不過也不需要，大家都知道他們長什麼樣。不用多說，就是中東人模樣。

有人懷疑那個爲了進行某種儀式而殺人的兇手也是外國人。可能性似乎很高，中東國家不是常有以血獻祭的事情嗎？譬如穆斯林教徒，他們會把孩子連同塑膠製的十字架或他們戴在脖子上的任何東西獻祭出去，據說也會把年幼的孩子送去礦場當搬運工。這種事多所耳聞。眞是兇殘的民族呀，伊朗、伊拉克，還有黎巴嫩。

沒想到週一警方就公布了嫌犯畫像，刊登在晚報上。有個年輕女孩見過他，警方花了很多時間和心力，根據女孩描述繪製了兇手的長相。

是個一般的瑞典人，長得像鬼，眼神空洞。大家都同意這幅畫像的兇手模樣，沒錯，殺人兇手果然長成這副德性。不難想像這張像戴著鬼面具的臉從樹林那個凹穴爬上來，慢慢靠近你，然後……

住在斯德哥爾摩西郊的居民，若長得像那張鬼魅畫像，開始惹來旁人久久不離的側目眼光。這些人回家攬鏡自照，覺得根本不像。不過夜晚上床，他們還是會想，明早是不是要改變一下裝扮，免得老讓人起疑？

結果他們根本多慮了，因爲沒多久大家就開始思慮別的事情。瑞典這國家將會改變，變成一個**被入侵**的國家。這個詞彙後來持續使用：被入侵。

就在那些長相類似於警方畫像的居民躺在床上衡量新髮型的好處時，有艘蘇聯潛艇正航行在瑞典東南部卡魯斯克魯納市的外海，往前一路挺進的引擎聲轟隆迴盪在諸島小嶼間。沒人察覺。

直到週三早晨才無意被發現。

十月二十八日星期三

學校因傳言而擾擾攘攘。一些老師下課聽收音機時得知這件事，將消息告訴班上同學，不到午餐時間，全校師生都知道。

俄國人來了。

過去一週，孩子的主要話題全圍繞在華倫拜的兇殺案。許多人宣稱看過兇手，有些人甚至說自己曾被他攻擊過。

每個走過學校，長得稍像警方公布的畫像的人都被孩子視為兇手。有個衣衫襤褸的老人抄捷徑走過學校中庭，學生嚇得尖叫，四處奔逃到最近的建築物內找掩護。有些較強悍的大孩子拿著曲棍球棒準備狠狠痛擊他。幸好終於有人發現這老翁不過是常在市中心廣場閒晃的當地酒鬼，他們才放他一馬。

不過現在俄國人來了，他們對俄國人實在所知有限。只知道大家曾流傳著有個德國人、俄國人和貝爾曼人之類的笑話。俄國人是全世界最厲害的曲棍球隊。大家都稱他們「蘇維埃邦聯」。他們和美國是唯二飛上外太空的國家。美國還製造了中子彈來保衛自己免受俄人攻擊。。

午餐休息時間奧斯卡和喬漢聊起這件事。

「你想，俄國人會不會也有那種炸彈？」

喬漢聳聳肩，「當然有，或許那艘潛艇上就放了那種炸彈。」

「我以為一定要靠飛機才能丟炸彈？」

「不用，只要將炸彈裝在火箭上，在哪裡都能發射。」

奧斯卡抬頭望向天空。「連潛水艇也能發射炸彈？」

「我不是說了嗎，哪裡都能發射。」

「一發射人會全死光，只剩房子留著吧。」

「沒錯。」

「那動物呢？」

喬漢思索片刻。

「一定也會死，尤其是體積大的動物。」

他們坐在沙坑角落，那兒沒小孩玩耍。喬漢撿起一顆大石塊扔向沙坑，打得沙子往上飛旋。「砰！全部的人死光光！」

奧斯卡撿起一顆較小的石頭。

「不！會有一個人活著，咻！後面有飛彈！」

他們不斷丟擲石塊，殲滅世界每座城市。突然身後傳來聲音。

「你在這裡搞什麼鬼？」

兩人轉身，是強尼和麥奇，說話的是強尼。喬漢扔掉手中的石頭。

「呃，我們只是……」

「我不是和你說話。豬頭，你在這裡幹什麼？」

「丟石頭。」

「幹麼丟石頭？」

喬漢退後幾步，低頭忙著繫鞋帶。

「只是……沒理由。」

強尼看看沙坑，手突然伸出，嚇得奧斯卡往後退縮。

「這裡是給小朋友玩的，你不知道嗎？你把沙坑弄壞了。」

麥奇故意裝出難過表情搖搖頭，「現在他們會被石頭絆倒甚至受傷。」

「豬頭，你得把這些清乾淨。」

喬漢仍忙著繫鞋帶。

「聽見了嗎？你得把這些清乾淨。」

奧斯卡呆呆站著，不知該怎麼做。當然強尼不在乎沙坑危不危險，他只是如往常故意找他麻煩。沒有喬漢的幫忙，要把這些石頭清乾淨至少得十分鐘，而上課鐘聲隨時就會響。

不要。

這兩個字像天啓般從他嘴裡自己冒出來，就像第一次喊出「上帝」，而且眞心誠意呼求……神。

他腦海浮現大家全進教室上課，獨剩他一人清理石頭的身影，只因強尼要他這麼做。但同時也浮現另一個畫面：沙坑裡出現一座給小孩爬上爬下的方格鐵架，就像他家社區中庭那座。

奧斯卡搖搖頭。

「你搖頭是什麼意思？」

「不要。」

「『不要』是什麼意思？我看你今天腦袋不清楚喔。我叫你把石頭清乾淨，**就是要你聽話照做**。」

「不要。」

上課鈴響了。強尼站在那裡瞪視奧斯卡。

「你知道接下來該怎麼辦吧，麥奇。」

「知道。」

「那我們下課後再來找他。」

麥奇點點頭。

「待會兒見了，豬頭。」

強尼和麥奇走進教室。喬漢站起來，他終於綁好鞋帶。

「你這樣做很蠢。」

「我知道。」

「那幹麼還這樣？」

「因為……」奧斯卡看著那座隱形的方格鐵架，「因為我就是不想，這麼簡單。」

「白癡。」

「對。」

十

奧斯卡下課後又在座位上流連。他拿出兩張空白紙，從教室後方的書架上拿下百科全書，開始一頁一頁翻。

摩門教……摩天輪……摩洛哥……摩斯密碼。

對，就是這個。整整四分之一版面的摩斯密碼的點和線。奧斯卡開始將這些符號抄下來，清晰地以大大的字跡寫在第一張紙上。

A＝.-

B＝-...

C＝-.-.

諸如此類。完成後，他又在第二張紙上重寫一遍。不好。揉掉紙張再寫一次，這次寫得更整齊。

當然，其中一張必須非常工整，因為要給依萊。不過他也很喜歡抄寫，所以更有理由繼續留下來。

過去一週他和依萊每天晚上見面。昨天奧斯卡出門前先敲了牆壁，依萊還真的有回應，然後兩人同一時間出門。就是這時，奧斯卡想到可以利用某種密碼系統來發展出專屬他們兩人的溝通方式，而現在既然有摩斯密碼……

他端詳完成的那幾頁，很漂亮，依萊一定會喜歡。她和他一樣，喜歡拼圖之類的東西。他將紙摺起來，放進書包裡，雙手擱在凳子上。一顆心往下沉。教室牆上的時鐘才指著三點二十分。他決定從抽屜裡拿出小說《燃火者》，慢慢讀到四點鐘。

他們應該不會等他兩小時吧，會嗎？

如果乖乖聽強尼的話將石頭撿乾淨，現在已經回到家了。反正他們叫他做而他也聽話照辦的事情當中，撿石頭又不是最糟糕的。他開始後悔了。

如果現在去撿呢？

或許明天不會被他們欺負得太慘，如果告訴他們，他放學後留在學校撿……

沒錯，應該這麼做。

他收拾書包，走向沙坑。只要十分鐘就能撿完。明天他告訴他們這件事，強尼應該會哈哈大笑，拍拍他的頭說：「很好，小豬頭」。從各方面來看，這的確是比較好的決定。

他將書包放在沙坑邊，開始撿石頭。先撿大的。倫敦、巴黎，得救了。他邊撿石頭邊想像自己正在拯救世界，清除那些可怕的中子彈。石頭被撿起，殘破屋舍裡的倖存者像蟻丘裡的螞蟻倉皇竄出。那些炸彈不是摧毀不了房子嗎？喔，或許有些是更厲害的原子彈吧。

他走到沙坑邊倒出石頭，才發現他們站在那裡。他忙著玩他拯救世界的遊戲，沒聽到他們已經接近。強尼、麥奇和多瑪士。三人手中各拿一支細長的褐色樹枝。是藤條。強尼用手中那根藤條指向一塊石頭。

「那裡有一塊。」

奧斯卡扔下手中握著的石頭，趕緊去撿強尼手指的那塊。強尼點點頭，「很好。我們一直在等你，豬頭，你讓我們等很久喔。」

「還好有多瑪士跑來告訴我們你在這裡。」麥奇說。

多瑪士仍兩眼空洞。小學時他和奧斯卡是好朋友，兩人會一起在奧斯卡家的社區中庭玩耍，不過四年級升五年級的那個暑假多瑪士就變了。他說話的方式開始不同，好像更成熟。奧斯卡知道所有老師都認爲多瑪士是班上最聰明的學生，從他們談論到他的神情就可以看出來。他家裡有電腦，立志當醫生。

奧斯卡想將手中的石頭朝多瑪士臉上砸過去，扔進他此刻開口說話的嘴巴裡。

「你跑啊？現在滾啊。快跑啊。」

強尼猛然揮動手中藤條，發出咻咻聲。奧斯卡手中的石頭被他捏得更緊。

我爲什麼不跑？

藤條揮下時，他感覺腿上一陣刺痛。只要跑到公園步道那裡，他們或許就不敢打他，因爲那裡有大人。

我爲什麼不跑？

因爲沒機會，走沒五步就會被他們撂倒在地。

「放我走。」

強尼將頭側過去，假裝沒聽懂他的話。

「你說什麼？豬頭。」

「放我走。」

強尼轉向麥奇。

「他認爲我們應該放他走耶。」

麥奇搖搖頭。

「我們已經把場子弄得這麼有看頭了……」他拿起藤條在半空揮動。

「你覺得呢，多瑪士？」

多瑪士看著奧斯卡的眼神，彷彿看著一隻雖然活著卻在陷阱裡掙扎扭動的老鼠。

「我想，這豬頭很欠揍。」

他們有三個人，每人手中都有藤條。這樣不公平。他可以將石頭扔向多瑪士的臉，要不等他靠近時直接砸過去。或許這樣會被校長訓斥一頓之類的，不過他們應該就會明白他不是那麼好惹。但眼前有三個人，個個手中有武器。

我眞的……走投無路了。

不，他完全不覺得自己走投無路。相反地，在這恐懼當頭，他卻有一絲平靜，因爲他已經下定決心。隨他們鞭吧，他只想抓住機會將石塊砸在多瑪士那張令人作嘔的臉。

強尼和麥奇往前逼近。強尼又一鞭落在奧斯卡大腿，痛得他弓起身子。麥奇走到他後面，將他雙手往後扣住。

不。

現在他不能丟石塊了。強尼繼續鞭打他的腿，還像電影裡的羅賓漢那樣轉了一圈才落鞭。

奧斯卡的腿開始灼燒，他在麥奇的掌心裡扭動，卻怎樣都掙脫不了。眼眶湧出淚水，他開始哭叫。強尼最後那一鞭用力過猛甩到麥奇的腿，痛得他大叫：「小心點，行嗎？」雖然如此，他也沒鬆開扣住奧斯卡的手。

一顆淚珠滑落。不公平，他已經把所有石塊都撿起來了，他已經這麼努力順從，爲何還要傷害他？

一直緊抓在手心的石塊掉了，他眞的放聲哭出來。

強尼故意以憐惜的聲音說：「豬頭在哭嘍。」

他似乎滿意了。已經達到目的，他示意麥奇鬆手。奧斯卡全身顫抖，難抑的啜泣和腿上的疼痛折磨著他。眼中噙著淚，抬起頭看著他們，聽見多瑪士說話。

「那我呢？」

麥奇又把奧斯卡的手扣住。從他迷濛的淚眼望出去，多瑪士正一步步接近。他帶著涕泗的鼻音說：「拜託不要。」

多瑪士舉起藤條，用力落鞭。奧斯卡的臉在鞭子下爆開，激烈抽搐到整個人歪倒一邊，麥奇要不失手鬆掉，就是故意放開奧斯卡的手，他慌張地說：「搞什麼鬼啊，多瑪士，這簡直……」

強尼也很生氣：「你現在就去跟他媽解釋吧。」

奧斯卡沒聽見多瑪士的回答，若他真有回答的話。

他們的聲音消失在遠方，留下臉埋進沙堆裡的他。他的左頰灼熱。冰冷的沙子舒緩了他腿上的焦痛。他想繼續把臉頰埋在沙子裡，不過知道這不是個好主意。

他躺在那裡好久，久到開始覺得冷。最後坐起身，小心翼翼地撫摸自己臉頰。手指上沾了血。走到外頭的廁所照鏡子。臉頰已經腫脹，覆蓋著半乾的血漬。多瑪士一定使盡全力狠狠抽他。奧斯卡沖洗臉頰，又看看鏡子。沒流血了，而且傷口也不深。不過鞭痕幾乎橫過整張臉。

媽媽。該怎麼跟她解釋呢？

真話。他需要有人好好安慰他。再過一小時媽媽就回家了，他會告訴她真話，讓她知道他們是怎麼欺負他。媽媽聽了一定又氣又傷心，緊緊將他摟入懷中，摟進她的淚水裡，母子倆相擁而泣。

然後她會打電話給多瑪士的媽媽。

然後她會打電話給多瑪士的媽媽，接著她們就會吵架，多瑪士媽媽的惡劣態度會把媽媽氣哭，然後……

木工實習小工廠。就說他在小工廠發生意外。不行，這樣媽媽會打電話給老師。

奧斯卡就著鏡子研究傷口。要怎樣才會有這樣的傷口？從遊樂器材上跌下來。雖然聽起來不可信，不過媽媽會想相信這種理由。她也會難過，也會安慰他，不過就這樣，不會節外生枝。對，就是遊樂器材。

褲襠好冰冷。他解開釦子檢查。內褲濕了。拿出尿尿球沖洗乾淨，正要塞回去，突然暫停動作凝視鏡中的自己。

奧斯卡。那是……奧斯卡。

他拿起清洗過的尿尿球，套在鼻子上。眞像個小丑。黃色尿尿球配上臉頰的紅通通傷口。奧斯卡。他圓睜雙眼，讓自己看起來怪異扭曲。沒錯，就是要讓人不寒而慄。他對著鏡中的小丑說話。

「結束了，夠了，懂嗎？到此爲止。」

小丑沒回答。

「我不會再忍受了，一次都不會，了解嗎？」空蕩蕩的廁所迴盪著奧斯卡的聲音。

「我該怎麼辦？你說，我該怎麼辦？」

他用力擠出猙獰的鬼臉，將聲音扭曲得粗糙低沉。小丑開口了。

「殺了他們。殺了他們。殺了他們。」

奧斯卡打了個哆嗦，現在眞的有點恐怖。聽起來簡直就是別人的聲音，連鏡中的臉孔也不是他自己。趕緊將鼻上的尿尿球拿下，塞回褲襠裡。

樹。

他不是眞的相信念力感應那種事，不過還是會去狠狠刺樹。或許，搞不好，如果他很專注，集中念力，那麼……

或許。

奧斯卡撿起書包衝回家，完全陶醉在自己美妙的幻想中。

多瑪士坐在電腦前，突然感覺被人刺了一刀。不知道是誰下的手，他踉蹌走進廚房，鮮血從腹部汩汩湧出。「媽，媽，有人拿刀刺我。」

多瑪士的媽媽呆站著。不管多瑪士做什麼，他媽媽總是站在他那邊。但此刻，她卻只是楞在原處，驚嚇得目瞪口呆。而這時多瑪士的身體還不斷被刀猛刺。

他倒臥廚房血泊中。「媽……媽……」那把無形的刀將他開膛剖腹，內臟一股腦兒癱落在地磚上。

雖然不會眞的做到這種地步。

但還是要去做。

十

滿屋盡是惡臭的貓兒尿騷味。

吉絲蕾躺在他腿上，心滿意足地喵喵叫。碧碧和貝翠絲則在地板上玩摔角。曼福雷德如往常地坐在窗邊，鼻子靠著窗戶玻璃。庫斯塔夫則不斷用頭頂撞曼福雷德的側邊，想引起牠注意。

曼斯、塔福斯和克莉歐佩特拉全挨擠在扶手椅裡。塔福斯正拍弄著毛線球。卡爾歐斯卡想跳到窗臺，沒對準往後跌到地板上，已經瞎了一隻眼的牠眞是可憐。

盧爾維斯在玄關，盯著信箱口猛看，等著廣告傳單一投入就跳起來接住。梵黛拉則躺在衣帽架上，注視著盧爾維斯的一舉一動。牠畸殘的前掌垂懸在橫木下，三不五時縮呀縮。

廚房裡還有更多貓咪，或在桌椅間、或進食、或閒晃。臥房床上躺了五隻。還有些躲在最愛的壁櫥或碗櫃裡。牠們就是有辦法鑽進去。

自從古斯塔不把牠們放出去（以減少鄰居抱怨的壓力），就沒有外來的遺傳基因。近親繁殖導致許多小貓咪要不一出生就死，要不就是畸形，來到人間沒幾天就過世。古斯塔屋內這二十八隻貓咪約一半有某種先天缺陷。或瞎或聾，要不就是缺牙或有運動神經方面的毛病。

雖然如此，他還是很愛這裡的每隻貓咪。

古斯塔搔搔吉絲蕾的耳後。

「是啊……我的小寶貝……我們該怎麼辦？妳不知道？我也不知道。不過我們總得做些什麼，是不是呀？不能這樣裝作不知道。是喬齊。我認識他，知道他死了。可是沒有其他人知道，因為他們沒看見我目睹的那些事。妳也看到了，不是嗎？」

古斯塔低頭，壓低聲音地說：「是個孩子。我看見它從步道過來，在那裡等著喬齊，就在人行地下道裡。他走進去，再也沒出來過。結果隔天早上他失蹤了。其實他死了，我知道他死了。

「那是什麼？不，我不能去找警察。他們會問我問題，到時會有很多人問我怎麼之前都沒說。他們會把那種強光照在我臉上。

「三天前，或者四天前，我不確定。今天星期幾？他們一定會問這些問題。不行，我不能去。

「我們總得做些什麼，但我就是不知道該做什麼。」

吉絲蕾抬頭望著他，開始舔他的手。

十

奧斯卡從樹林回家，刀刃全是腐木的小碎刺。他拿到廚房水龍頭下清洗，用抹布擦乾，接著把抹布洗淨，然後貼在自己臉頰。

媽媽很快就回來了，他得再出去晃晃，得再爭取點時間來緩和心情，因為眼淚仍聚在眼眶裡打轉，雙腿也疼痛不堪。他從廚房碗櫃中拿出鑰匙，然後寫了張字條：我很快就回來，奧斯卡。將刀子放回原位。走到社區地下室。以鑰匙將厚重的門鎖打開，溜了進去。

這種地下室的味道，他好喜歡。一種混合了木頭、舊物和塵封記憶的感覺，令人很心安。與地面等高的窗戶流瀉入微光，在暗淡光線中，地下室承諾了他祕密與寶藏之所在。

左側的橢圓形區塊隔成四個儲藏室。隔間牆和門板都是木製，每道門配著不同的鎖。其中一道還是強化鎖，那人想必遭竊過。

遠端的木牆被人以簽字筆寫上KISS。S像拉長且倒著寫的Z。

不過最好玩的在另一頭。那個房間是用來堆置資源回收和大型垃圾。奧斯卡曾在那裡發現一個大地球儀，現在就擺在他房間裡，還有幾期的《綠巨人浩克》漫畫，以及其他林林總總的東西。

但今天那裡卻什麼都沒有，一定剛被清光了。是還有幾疊報紙，有英文也有瑞典文，不過奧斯卡自己的報紙夠多了。不久前他從印刷鋪外頭的箱子裡搜括了一整疊。

穿越整個地下室，走到隔壁棟的樓梯口，這是湯米家那棟的樓梯間。他繼續走到那棟地下室的入口，打開鎖，走進去。這裡的地下室氣味不同，有點油漆或某種稀釋過的溶劑的氣味。這裡也是整個社區的避難室。以前只來過這裡一次，大概三年前，那時幾個社區的大孩子在這裡成立了拳擊俱樂部。有天下午他們允許湯米帶他來觀看。那些人手上都戴著拳擊手套，奧斯卡有點被嚇到。呻吟及汗水、緊繃專注的身體、揮出的一拳拳聲音，都隔絕在這厚實的水泥牆裡。後來有人受傷，沒多久用來轉開繫門機關的輪舵就被人用鐵鍊和鎖頭扣住。拳擊就這麼結束了。

奧斯卡打開燈走到避難室。如果俄國人真的入侵，這裡的鎖就會打開。

假使他們沒把鑰匙搞丟的話。

奧斯卡站在一扇大鐵門前，閃過一個念頭。有人……有人被關在那裡面。原來，這是鐵鍊和鎖頭的目的，爲了關住大怪物。

他屏神凝聽，街道傳來模糊聲音，還聽到上頭公寓的動靜。他眞喜歡地下室，就像另一個截然不同的小天地。但是原來熟悉的世界仍在外頭，就在上面，若有需要隨時都能回去。這裡好安靜，不會有人來對你說這個，要你做那個。在這裡，什麼都不必做。

避難室另一頭是俱樂部。閒雜人等不得進入。

當然，他們不用鎖頭，但這不表示任何人都能進去。他深吸口氣，推開門。

這個原本該是儲藏室的房間裡沒什麼東西。只有一張嚴重塌陷的沙發，一張同樣不堪的扶手椅，不過鋪著地毯，還有一個表漆已脫落的五斗櫃。地下室天花板懸吊著的一盞光禿燈泡與走廊上的燈相連，而他們就從燈裡偷偷接出一條電線來提供俱樂部照明。不過現在這些燈都熄了。

他以前下來過這裡幾次，知道只要扭轉燈泡，燈就會亮，但他不敢這麼做。從木條空隙鑽入的光線夠亮了。他的心跳愈來愈快。萬一他們發現他在這裡，那他們一定會……

會怎樣？我不知道。就是這樣才恐怖，他們不會打我，可是會……

他屈膝在地毯上，將眼前沙發座墊拿開，有幾條強力膠和一捲塑膠袋，還有一罐打火機油。沙發另一頭角落，幾本色情雜誌藏在座墊底下。《藝文小妞》和《話題女郎》這兩本最常被翻閱。

他拿起《藝文小妞》轉移陣地到門邊，那兒光線比較充足。將雜誌攤在地上，跪著翻閱。嘴巴好乾涸。裡頭的女人腳上穿著高跟鞋，一絲不掛躺在躺椅上，將自己雙峰擠出集中高聳的乳波。雙腿開開，兩腿間的叢毛正中央有道粉紅的肉穴。

要怎麼插進去那裡啊？

從別人的談話和看過的牆壁塗鴉，他知道那個地方叫陰穴、陰洞、陰唇。可是沒看見洞啊，只有那些皺皺褶褶的紋道。學校上過性教育的課程，他知道那應該是個通道，從外陰延伸到裡面，不過是從哪個方向延伸？直直上去或者……實在搞不懂。

他繼續翻著雜誌，還有讀者分享親身經驗呢。在游泳池畔，女更衣室，她泳衣底下的乳頭激凸，我泳褲底下的陽具像鐵槌硬挺挺。她抓著衣桿，小屁眼朝向我，呻吟著：「占領我，現在就來占領我。」

這種畫面經常上演嗎？就在關起來的門後，看不見的地方？

這也是一個眞實故事：一家人團圓卻出現意外的轉折。就在這時，奧斯卡聽見地下室的門被打開。他趕緊闔上雜誌塞回沙發座墊下，慌亂得手足無措，連喉嚨也緊縮，大氣不敢喘。走廊傳來腳步聲。

拜託，上帝啊，別是他們。千萬不能是他們。

他捏緊自己膝蓋骨，牙根咬得太緊，下巴都痛了。門打開，湯米站在那裡，瞇著眼。

「搞什麼鬼？」

奧斯卡想說話，但下巴還是鎖得緊緊。他一動也不動，跪在門一開啓而竄入的光線所籠罩的地毯上。鼻子喘著氣。

「你在這裡幹什麼？怎麼啦？」

奧斯卡下巴幾乎沒動，從唇間硬擠出：「沒什麼。」

湯米走下一截階梯，更靠近儲藏室，由上俯視著奧斯卡。

「我是說你的臉頰？怎麼會這樣？」

「我……沒什麼。」

湯米搖搖頭，將燈泡扭緊，瞬間燈亮，然後關上門。奧斯卡站起來，雙手垂在身體兩側，站在室內正中央，不知該做什麼，只好往前朝門走一步。湯米逕自坐在扶手椅上，指指沙發。

「坐下。」

奧斯卡坐在沙發正中間，這塊座墊底下什麼東西都沒藏。湯米沉默了幾分鐘，盯著奧斯卡看，然後開口：「好吧，說來聽聽看。」

「什麼？」

「你臉頰怎麼了？」

「我只是……」

「有人揍你，對不對？」

「對。」

「爲什麼？」

「我不知道。」

「什麼？他們沒來由地隨便揍你？」

「對。」

湯米點點頭，抓玩著扶手椅鬆落的幾根線頭。他拿出一團菸草塞進嘴裡，也遞了一口的量給奧斯卡。

「來點吧？」

奧斯卡搖搖頭，湯米抽回手。他用舌頭捲捲嘴裡那團菸草，輕鬆往後靠著椅背，雙手疊在腹部前。

「你在這裡做什麼？」

「唔，我只是……」

「來這裡看看那些火辣小妞，是吧？一定是因爲你還沒嘗過好玩意兒。過來。」

奧斯卡站起來，走到湯米身邊。

「靠近點，呼氣讓我聞聞看。」

奧斯卡照做，湯米滿意地點點頭，指著沙發要奧斯卡過去坐下。

「你離強力膠那種垃圾東西遠一點，明白嗎？」

「我沒有……」

「好，你沒有，不過還是要離遠一點，懂嗎？那東西不好，菸草才好，你應該試試。」他停頓了一下，接著開口：「好啦。那你現在是打算坐在這裡整晚嘴巴開開呆望著我嗎？」他指著奧斯卡旁的那塊座墊，「還是，你想繼續看雜誌啊？」

奧斯卡搖搖頭。

「好，那就閃吧，其他人快來了，見到你在這裡會很不高興。回家去，現在就走。」

奧斯卡起身。

「還有，奧斯卡……」湯米凝視著他，搖頭嘆了口氣，「唉，算了。回家去吧，別再來這裡。」

奧斯卡點點頭，打開門，跨出門外。

「對不起。」

「沒關係，以後別再來這裡。對了，你拿到發傳單的薪水了嗎？」

「明天。」

「很好，我替你弄到了Kiss樂團的專輯《破壞者》和《卸下面具》。待會兒到我家拿。」

奧斯卡點點頭。突然覺得喉頭哽咽，若繼續留在這裡肯定會哭出來，於是趕緊低聲說句「謝謝」，然後離開。

湯米仍坐在扶手椅裡，嚼著菸草，凝視堆聚在沙發底下的塵絮。

沒救了。

他們會繼續欺負奧斯卡，直到他九年級畢業。他就是那種會被霸凌的孩子。湯米很想幫他，但這種事一旦起了頭就無計可施。阻止不了的。

他從口袋掏出打火機，放進嘴裡，讓瓦斯溢出。等到嘴裡開始覺得冷了，就把打火機移開，點燃，然後將嘴裡的瓦斯噴出。

一團火球成功地出現臉龐前，本該雀躍的他卻不快樂。他煩躁不安，站起來，四處走動。屋內塵埃在他腳邊迴旋翻滾。

你能做些什麼？

他在侷促空間內踱步，心想這簡直就是囚牢。逃不掉，該怎麼辦。布雷奇堡鎮。他要離這裡遠遠的，他要……當個水手之類的。任何事都行。

打掃甲板，航行去古巴。嘿唷。

一把幾乎沒用過的掃帚靠在牆上，他拿起掃帚開始掃地。灰塵在他鼻前揚起。掃了一會兒才想到沒畚箕，索性將整堆灰塵掃進沙發底。

就算角落堆了這些鳥東西，也比乾淨的地獄好。

翻翻色情雜誌，又放回原處。將脖子上的圍巾拉緊，直到整顆頭顱快要爆開才鬆手。站起來，在地毯上踱了幾步。頭埋進兩膝間，祈求上帝。

大約五點半，羅本和拉席來到。他們走進時，湯米正坐在椅子上，一派輕鬆，彷彿完全不鳥這世界。拉席咬著自己嘴唇，一臉緊張樣。羅本咧嘴笑著，拍拍拉席的背。

「拉席需要另一捲錄音帶。」

湯米不解地揚眉問：「為什麼？」

「告訴他啊，拉席。」

拉席哼著氣，不敢直視湯米的眼睛。

「呃……我工作的地方有個人……」

「是誰要買？」

「嗯……」

湯米聳聳肩，直接從椅子上起身，在椅墊填充物裡掏出避難室的鑰匙。羅本看來頗失望，他以為會看到什麼具娛樂效果的怒斥激烈場面。湯米不在乎自己讓羅本失望。至於拉席，就隨他跳到工作地點的屋頂上大喊「贓物大拍賣！」吧。現在，這些都不重要了。

湯米推開羅本，往外走進迴廊，將鑰匙插進鎖洞裡，拉開纏繞在輪舵上的厚重鐵鍊，丟向羅本。鐵鍊從他手中滑落，鏗鐺撞擊地板。

「你幹麼這樣啊？太亢奮還是怎樣？」

湯米搖搖頭，轉動輪舵，將門推開。裡頭的日光燈壞了，不過迴廊透進的光線足以讓他看清沿著牆邊堆立的箱子。湯米拿起一箱錄音帶，遞給拉席。

「好好享用吧。」

拉席不敢置信地望著羅本，彷彿希望他能幫忙解釋湯米這反常的舉止。羅本露出怎麼解讀都行的表情，然後轉向正在鎖門的湯米。

「最近有從你媽男友史泰凡那裡打聽到什麼嗎？」

「沒有。」湯米將鎖頭扣上，嘆了口氣，「我明天得過去那裡吃晚餐，到時再看看吧。」

「吃晚餐？」

「是啊……有問題嗎？」

「沒有，沒事。只是想到條子用……瓦斯之類的。」

拉席噗嗤笑出聲，很高興緊張氣氛解除了。

「瓦斯……」

十

他對媽媽撒謊，但她相信他。他躺在床上，心裡很難受。

奧斯卡。鏡子裡的人。他是誰？他遭遇很多事。有壞事，有好事，還有奇怪的事。但他到底是誰？強尼視他為欠揍的豬頭；媽媽視他為小寶貝，不想有任何壞事發生在他身上。

依萊看著我，當我是……什麼？

奧斯卡面向牆壁，面向依萊。壁紙裡的樹隙探出兩張臉。他的臉頰仍腫脹，一碰就痛，傷口上的血漬開始結痂。他要怎麼告訴依萊，如果她今晚出來和他見面的話？

這大有關係。他要說的話與他想在她面前展現的形象大有關係。依萊是他新認識的朋友，所以他有機會呈現出全新的自己，說些與別人交談時不同的話語。

你到底想怎樣？是要讓別人喜歡你嗎？

書桌上的時鐘指向七點十五分。他凝視壁紙上的樹葉圖案，想找出新身影，終於看見有個小矮人戴著尖帽，還有個倒立的侏儒。這時聽見牆壁傳來敲擊聲。

叩叩。叩叩。叩叩。

感覺很謹慎。他敲回去。

叩叩。叩叩。叩叩。

等著。幾秒鐘後傳來新頻率。

叩，叩叩叩叩，叩。

他將那兩聲漏掉的補回去。

叩，叩。

等著，沒回應。

他拿了寫有摩斯密碼的那張紙，穿上大衣，向媽媽道別，下樓到中庭。才剛走進中庭沒幾步，依萊家那棟公寓的大門就開了，她走出來。今天穿上了網球鞋，藍色牛仔褲，黑色運動衫上還有銀色字體寫著「Star Wars」（星際大戰）。

一開始他還以為那是他的衣服呢。幾天前他也穿過一模一樣的運動衫。不過現在那件躺在洗衣籃裡。難道她出去買了同一款為了和他搭配？

「嗨，你好。」

奧斯卡張嘴回答早已準備好的「嗨」，然後闔上嘴巴，又張開嘴想補句「嗨，妳好」，但還是只說了聲「嗨」。

依萊皺皺眉。

「你臉頰怎麼了？」

「呃……我跌倒。」

奧斯卡繼續朝遊戲場走去，依萊在後跟著。他走過方格鐵架，坐在鞦韆上。依萊也在他旁邊的鞦韆坐下，兩人沉默地來回擺盪了一會兒。

「是被人打的，對不對？」

「對。」

「誰？」

奧斯卡繼續盪鞦韆。

「一些……朋友。」

「朋友？」

「我班上的同學。」

奧斯卡愈盪愈快，但仍繼續和她聊天。

「妳上哪間學校？」

「奧斯卡。」

「什麼？」

「慢一點。」

他用腳蹭地，將速度慢下來，低頭望著前方的地面。

「好，慢下來了，有什麼事？」

「你知道我要問什麼。」

她伸出一隻手握住奧斯卡的手，他讓鞦韆完全停住，凝視著她。依萊的臉背著身後窗戶透出的光線，逆光成全黑。當然這只是他的想像，不過他真的覺得她的眼睛正在發光。不管怎樣，這的確是她臉龐唯一能讓人看清楚的地方。

她另一隻手去撫摸他的傷口，奇怪的事發生了。在她手指肌膚下，另一個人，一個更成熟更堅強的人確確實實誕生了。奧斯卡的背竄起一陣冷顫，彷彿寒天咬下一口冰淇淋打了哆嗦。

「奧斯卡，別讓他們這樣對你，聽到了嗎？別讓他們這樣。」

「……沒辦法。」

「你必須反擊。以前不曾回手，對不對？」

「沒有。」

「從現在開始，打回去，狠狠地打回去。」

「他們有三個人。」

「那你就打得更用力，拿武器打。」

「好。」

「石頭、木棒，狠狠地打下去，之後他們就不敢了。」

「如果他們又打回來呢？」

「你有刀子的。」

奧斯卡吃驚地嚥嚥氣。此刻，依萊握著他的手，她的臉蛋就在他面前，清清楚楚、明明白白。但是，如果他一反抗，他們很可能變本加厲，萬一他們……

「可是，如果他們……」

「那我就會幫你。」

「妳？可是妳……」

「我辦得到。奧斯卡，**那種**……事情我辦得到。」

依萊捏捏他的手鼓勵他，他捏回去，點點頭。不過依萊的手勁實在大，大到有點弄痛他。

她怎麼這麼有力啊。

依萊放開手，奧斯卡拿出他在學校爲了她而抄寫的那張密碼紙，撫平摺痕遞給她。她皺起前額。

「這是什麼？」

「我們去亮一點的地方。」

「不用，我看得清楚，問題是看不懂。這是什麼？」

「摩斯密碼。」

「喔，對。我懂了。**太棒了**。」

奧斯卡高興地咯咯笑。不過這句話被她一說起來怎麼那麼……怎麼說來著？……很假。「太棒了」這幾個字好像不適合從她嘴裡說出來。

「我想……我們可以……就是透過牆壁跟對方說話。」

依萊點點頭。彷彿正在思索該接的話語。「這一定很趣味。」她說。

「妳是說有趣？」

「對，有趣，有趣。」

「妳有點奇怪，妳知道嗎？」

「我？」

「對啊，不過無所謂。」

「那你就教教我吧，看怎樣可以不奇怪。」

「沒問題。要不要看我表演？」

依萊點點頭。

奧斯卡把自己的拿手絕活秀給依萊看。他坐在鞦韆上，起飛。雙腿一蹬，盪出去的弧度一個比一個高，胸膛湧起一股感覺：自由。

社區的百家燈火像繽紛斑斕的五彩光束從眼前閃過。愈盪愈高。

鞦韆太高，高到鐵鍊鬆開，一盪到後面就開始晃動，他全身緊繃。鞦韆往後盪，再次盪回前面最高點時，他放開緊握的鐵鍊，雙腿高高一踢，轉了半圈後雙腳落地，身子努力往前彎低，免得讓甩回來的鞦韆打到頭。鞦韆離開後，他起身，張開雙手。完美演出。

依萊鼓掌叫好：「太精采了。」

奧斯卡拉住鞦韆往回走，坐回鞦韆上。他再次感謝黑暗，讓他隱藏了難掩的得意笑容，雖然這一笑扯痛了臉頰傷口。依萊沒鼓掌了，但他的笑容還留在臉上。

從現在開始，事情會不一樣。當然不能靠刺戳樹木來殺人。他現在知道了。

十月二十九日星期四

哈肯蹲坐在狹窄走道的地板上，聽著浴室傳出的水濺聲。雙膝併攏往後縮，腳跟碰觸臀緣，下巴頂住雙膝。嫉妒像一條如粉筆蒼白的肥蛇，沉重地纏繞他胸口，緩緩扭動。這嫉妒，純淨得無辜又天真。

可取代，原來他可被取代。

昨晚他躺在床上，就著敞開的窗戶聽著依萊向奧斯卡道別。他們高昂的聲音和笑語。那種愉悅感他不曾有過，他有的只是灰沉的嚴肅感，以及需求和欲望。

他一直以為他的摯愛像他一樣。他曾凝視依萊的雙眼，從中看見一種古人的智慧和淡然。一開始那眼神嚇到他，彷彿是諾貝爾文學獎得主塞繆爾．貝克特的凝重眼睛，嵌在清新脫俗女星奧黛莉．赫本的容顏上。但後來這眼神反而讓他很心安。

這樣的世界再美好不過。她年輕柔嫩的身體讓他的生命遇見了美麗，但同時也免除了他的責任，因為掌權的不是他，他不需要為他的欲望而愧疚。因為他的摯愛比他老，不是小孩。至少他曾這麼想過。

但自從奧斯卡出現，一切都變了。一種……退化。依萊的行為舉止愈來愈像她外表呈現的孩子樣。她的四肢變得輕巧靈活，身體姿態也更隨性自在，還會出現小女孩般的神情和語句。她開始想**玩遊戲**。藏鑰匙。幾晚前他們就玩了藏鑰匙的遊戲。哈肯沒表現出玩遊戲該有的興致，讓依萊發了頓脾氣。但她後來又搔他癢，逗得他笑呵呵。這時他終於享受到依萊的撫摸。

的確很迷人，這種歡笑，這種……**生活**。但也讓人驚恐，這對他來說太陌生。自從認識她後，他不曾這麼有情欲，也不曾這麼害怕過。

昨晚，哈肯的摯愛進到他房間，將門反鎖，躺在床上敲了半小時牆壁。他獲准進入後發現床頭牆壁貼著一張紙。上頭是摩斯密碼。

後來他躺在床上試圖入睡，但有股衝動想把他的話敲給奧斯卡聽，讓他了解眞實的依萊。不過他沒這麼做。他將密碼抄在紙上，以便日後能解碼出他們的聊天內容。

哈肯低著頭，前額頂促膝蓋。浴室裡的水濺聲停止了。他不能這樣下去，他快爆炸了。欲火焚身，妒火中燒。

浴室鎖頭轉動，門打開。依萊站在他面前，全身赤裸，純淨潔白。

「咦，你怎麼坐在這裡？」

「嗯，妳好美。」

「謝謝。」

「妳可以轉過身嗎？」

「爲什麼？」

「因爲……我想要妳這麼做。」

「不要，走開啦，別擋路。」

「如果妳願意爲我轉身，我就跟妳說件事。」

依萊一頭霧水望著哈肯，最後還是聽話地轉個一百八十度。

嘴裡垂涎湧現，他嚥了嚥口水。雙眼裡的肉體欲望貪婪地望著前面這具胴體，再也找不到比這更美麗的東西。就在一臂之遠，卻是無盡之距。

「妳……餓了嗎？」

依萊轉過身。

「餓了。」

「那我為妳做一次，但妳要報答我。」

「怎麼報答？」

「一晚，我只要一晚。」

「好。」

「我可以那樣嗎？」

「可以。」

「躺在妳身邊？摸著妳？」

「可以。」

「我可以……」

「不，不能更多，就這樣。」

「那我今晚就下手。今晚。」

依萊蹲在他身邊，哈肯的掌心開始灼熱，他好想撫摸她卻不敢。不過今晚……

依萊抬頭望著他，「謝謝，可是如果有人……報紙上那張素描畫像……會有人認出你住在這裡的。」

「這點我想過了。」

「萬一有人在我休息的白天來……。」

「我說了，這點我想過了。」

「到底該怎麼辦？」

哈肯抓起依萊的手，起身帶她進廚房。打開食物櫃，拿出一罐以扭蓋方式開闔的果醬罐。罐子裡裝著半滿的清澈液體。他告訴她他的計畫。

依萊激烈反對，「不能這樣。」

「可以。妳知道我有多在乎妳？」

哈肯準備出門，他將那玻璃罐連同其他工具放入袋子裡。依萊穿好衣服站在玄關等他，傾身吻了他臉頰。哈肯眨眨眼，凝視著依萊的臉龐好久好久。

我迷惑了。

然後，他出門為她辦事。

十

摩根將四盤小菜一盤接一盤出聲吃光光，根本忘了旁邊還有一小碗飯。雷基靠前，低聲地說：「我可以吃你那碗飯嗎？」

「喔，不行。還要來點醬汁嗎？」

「只要一點醬油。」

賴瑞從手中那份《快捷小報》抬起頭，看見雷基拿走一碗飯，還在上面咕嚕咕嚕倒醬油，那種狼吞虎嚥的吃相彷彿以前沒見過食物，他忍不住做出了難以置信的鬼臉表情。賴瑞朝著摩根盤子裡的炸蝦下手。

「你知道嗎，你應該說聲：大家一起來吃吧。」

「喔，對不起，當然一起吃啊。你要蝦子還是其他東西？」

「不用，我的胃裝不下了。不過還有雷基。」

「你要蝦嗎，雷基？」

雷基點點頭，遞出飯碗。摩根以誇張的姿態夾了兩隻炸蝦進他碗裡。又主動多給了些東西。雷基道謝過後立即埋頭猛吃。

摩根咕噥著搖搖頭。自從喬齊失蹤後，雷基就變了個樣。他以前很放不開，但現在會大口喝酒、大口吃肉。喬齊那件事非常奇怪，不過也沒道理因爲這樣而絕望度日。喬齊已經失蹤四天了，到底誰知道他跑哪裡去？會不會是遇見個小妞兩人到大溪地逍遙遊。玩夠了最後還是會現身在大家面前。

賴瑞放下報紙，將眼鏡推上頭頂，揉揉眼睛，開口說：「你們知道離我們最近的核武防空洞在哪裡嗎？」

摩根捧腹大笑，「什麼，你打算去那裡冬眠啊？」

「不是，出現潛水艇啦。假設，萬一他們來個全面入侵呢？」

「那就歡迎你來用我們社區的防空洞。幾年前國防部之類的單位來檢查庫存品時，我曾下去那裡。防毒面具、罐頭食物、乒乓球桌，應有盡有，一樣都不缺。」

「乒乓球桌？」

「是啊，你知道的嘛，俄羅斯人登陸時，我們可以說：『別打了，那些封面有偶像男孩的雜誌全拿去吧。放下你們的AK-47步槍，我們來打場乒乓決勝負。』然後就看到咱們的將軍打出內曲線球讓對方疲於奔命。」

「俄國人知道怎麼打桌球嗎？」

「應該不知道，所以我們肯定大獲全勝，搞不好連波羅的海的領土都能收復回來。」

雷基以誇張的謹愼姿態拿紙巾抹抹嘴，然後說：「整件事眞的很奇怪。」

摩根點燃一根「銀約翰」香菸，追問：「什麼事奇怪？」

「就是喬齊的事啊，你知道的，他要去哪裡都會告訴我們。就算只是前往離斯德哥爾摩不到一百公里的瓦度島看哥哥，也能搞得煞有其事，一個禮拜前就開始說個不停，要帶什麼禮物，兩人會去哪裡玩之類的。」

賴瑞一手放在雷基肩上。

「你怎麼以過去時態來描述他啊。」

「是嗎？啊，眞的耶。反正，我就是覺得他好像發生事情了。我眞的這麼覺得。」

摩根灌下一大口啤酒，打了個嗝後開口說：「你認爲他死了呀。」

雷基聳聳肩，以懇求的眼神看著賴瑞希望他出來打圓場，不過他逕自低頭研究著紙巾上的圖案。

摩根搖搖頭。

「不可能，若是這樣總會聽到消息吧。警察說了，若他們知道些什麼一定會打電話給我們。不是我相信警察，不過……聽到消息再來擔心吧。」

「沒消沒息這麼久，總該打通電話吧。」

「我的天呀，你們是夫妻拌嘴還是什麼的，有來有往說個不停？別擔心了，他很快就會出現，帶著玫瑰和巧克力，答應我們永——遠都不會搞失蹤。」

雷基無精打采地點點頭，喝著賴瑞請他的酒，賴瑞還要雷基保證，眞相大白後就要回請賴瑞。兩天，最多等兩天，到時若仍音訊全無，雷基就要自己去找人，打電話到每家醫院，每家殯儀館，竭盡所能找到人。不能讓最好的朋友失望，就算他生病、死了或發生任何事。不能讓他失望。

十

已經七點半，哈肯開始擔心。他在納亞小學的體育館和年輕人聚集的華倫拜購物商城漫無目的晃了好久。那裡有各種運動訓練課程正在進行，泳池也開到很晚，所以不愁沒獵物。問題是大家都集體行動。無意中聽見三個女孩在聊天，其中一個說她媽還很怕那個殺孩子的兇手，整天緊張兮兮。

當然他可以找遠一點的地方，去那些較沒被他上次行動驚嚇到的區域。不過這樣一來就得冒著回家路途太遙遠，血液會變得不新鮮的風險。況且既然決定要再動手，那就得給摯愛最好的血。離家愈近，愈新鮮愈好。他就是這樣被交代的。

昨晚天氣驟變，氣溫降到零度以下。所以此刻的他戴著滑雪面罩，只露出兩個眼睛和嘴巴也沒引人側目。

不過總不能一直在這附近鬼鬼祟祟吧，再這樣下去，遲早有人起疑。

萬一沒找到可下手的對象？萬一兩手空空回家？他很確信摯愛不會因爲這樣而餓死，現在不像第一次那麼重要。但今天不同，成功的話就是個很棒的夜晚，整晚都是，他的摯愛會躺在他身邊，她柔嫩的手腳和平滑的胸腹可以任他撫摸。臥房裡的燭光會在她如絲的細緻肌膚上點點搖曳。今晚完完全全屬於他。

他搓搓自己那根因渴望而蠢蠢欲動的陰莖。

冷靜，要保持冷靜……

他知道該怎麼做了，這樣很瘋狂，但就是要這麼做。

到華倫拜的游泳池，去那裡尋找獵物。這個時段應該沒什麼人。他決定了，清楚知道該怎麼做。當然危險，但很可能成功。

萬一眞的出錯，他也準備好最後手段。不，不會出錯的。現在步驟細節都盤算清楚了。他快速走向入口，陶醉亢奮。悸動的喘息讓凝結的水氣濕了鼻頭面罩。

這次行動肯定值得向摯愛好好吹噓。他會一面陳述自己的豐功偉績，一面以顫抖的手撫摸過她緊實圓翹的臀部，將她每吋肌膚永遠烙印在回憶深處。

他走到泳池入口，聞到熟悉的氯氣。他已經在這裡晃了好幾小時，有時附近有人，有時就他一個。這些年輕的軀體被身上汗珠或水漬的反射光線映照得閃閃發亮，就在一臂之距，也遙不可及。他只能將這景象好好封存，等到躺在床上手握衛生紙時再喚出來盡情享受。氯水的氣味眞舒服，有家的感覺。他走到收費處。

「一位。」

收費處的女人從雜誌抬起頭，雙眼嚇得圓睜。他趕緊指指自己頭，那頂蓋住整張臉的面罩。

「好冷。」

她點點頭，但仍顯遲疑。要把面罩拿掉嗎？不行。他實在不知道該怎麼做才不會讓人起疑。

「需要鎖櫃嗎？」

「請給我私人更衣間。」

她遞出鑰匙，他付了錢。離開她視線後他決定脫下面罩。現在她看見他坦蕩蕩地拿開面罩了，不過還是沒看見他的臉。這招高明。快步走向更衣區，整路低頭不想與任何人打照面。

十

「歡迎光臨寒舍，請進。」

湯米從史泰凡身旁掠過，逕自走入玄關，身後的媽媽和史泰凡發出嘖嘖接吻聲。史泰凡壓低聲音說：「妳告訴……」

「還沒，我想……」

「嗯，我們得……」

又是一聲嘖。湯米環顧屋內，他從沒到過警察家（到條子家裡可是違背他意願的），顯得非常好奇。不知警察的家裡是什麼模樣？

雖然才走到玄關，他已經明白史泰凡家不能代表其他警察的住處，因為他家根本不符合他心中該有的模樣。他的確有自己的想像……沒錯，像偵探小說裡描述的那樣，有點破舊，有點荒涼，不過就是沒出門追壞蛋時用來睡覺的地方。

追像我這樣的壞蛋。

但史泰凡家完全不是那樣。他家真是……太琳琅滿目。玄關塡滿了從郵購目錄上買來的**每件小東西**。這裡有幅落日的絨布畫，那幅是拄著枴杖的老婦從高山小屋裡探頭外望。電話桌上有塊小飾巾，電話旁有個小孩與狗的陶瓷小雕像，雕像底座還刻了一句精鍊的話語：「你不知道該怎麼開口嗎？」

史泰凡拿起小雕像。

「這東西很可愛吧？還會隨著氣候變顏色呢。」

湯米點點頭。史泰凡這傢伙要不是跟他媽借房子來招待他們母子，就是腦袋有問題。史泰凡小心翼翼將雕像放回去。

「你們看出來了吧，我喜歡收藏各種東西。像這個，能告訴你天氣唷。」

他戳戳高山小屋裡探頭外望的老婦。被他手指一碰，老婦縮回小屋，換了個老伯。

「老太太探出頭表示天氣不好，如果是老伯探出頭，那……」

「天氣就更糟。」

史泰凡笑了笑，笑聲聽來頗勉強。

「這玩意兒不太靈光。」

湯米回頭看看媽媽，差點被她嚇一跳，她還穿著大衣，站在那裡緊握雙拳，硬擠出來的苦笑足以讓馬匹拔腿狂奔。她很驚慌。湯米決定努力釋放善意。

「你的意思是說像氣壓計之類的？」

「沒錯，就是這樣。事實上我就是從這種東西開始的，氣壓計，我是說開始收藏。」

湯米指指牆上一根木頭小十字架，十字架上掛了銀製的耶穌。

「那也是氣壓計嗎？」

史泰凡看看湯米，再看看十字架，又轉回來看湯米。陡然一臉嚴肅。

「不是，不是氣壓計，那是耶穌基督。」

「聖經裡那個人。」

「對，沒錯。」

湯米兩手插口袋，走進客廳。果然，裡面也有氣壓計。大概有二十個，各種形狀和尺寸，掛滿客廳整面牆。灰色的皮沙發就靠著那道牆，沙發前則有一張玻璃桌。

每個氣壓計的指針都指著不同度數，真像代表不同時區的二十幾個時鐘。湯米碰碰其中一個氣壓計的玻璃面，指針跳了一下。他不知道這代表什麼，反正就是見過人這麼拍氣壓計。

角落有個玻璃櫥櫃，裡頭全放著小獎盃。另外還有四個大獎盃立在櫥櫃旁的豎式鋼琴上。鋼琴上方那面牆有幅聖母瑪利亞懷抱著聖嬰的大幅畫。聖母看著聖嬰的空洞眼神彷彿在說：「我是做了什麼才要受這種罪啊？」

史泰凡走進客廳，清清喉嚨。

「嗯，湯米，你是不是想問我什麼？」

湯米完全清楚他希望他問什麼。

「這些是什麼獎盃？」

史泰凡手一揮指著鋼琴上那些。

「你是說這些嗎？」

不是，你這白癡王八蛋，我指的當然是足球場旁那間俱樂部裡的獎盃。

「是啊。」

史泰凡指著鋼琴上兩座獎盃中間那個約二十公分高，立在石製底座的銀色雕像。湯米以爲這只是個雕像呢，原來不是，連這也是獎盃。人形雕像兩腿開立，伸直手臂，握著左輪手槍瞄準前方。

「我參加射擊比賽，這是地區比賽第一名的獎盃，旁邊那個是全國競賽第三名，站姿射擊，用的是點四五的槍……。」

湯米媽媽終於走進客廳加入他們的談話。

「史泰凡是瑞典頂尖的前五大射擊手喔。」

「這樣就很方便嘍？」

「什麼意思？」

「你知道呀，就是要開槍射人時。」

史泰凡撫觸凝視著其中一獎盃的底座。

「警察工作的重點是要設法不開槍殺人。」

「那你開過槍嗎？」

「沒有。」

「不過你很想，對不對？」

史泰凡深深吸了口氣，再將氣長長嘆出來。

「我去……看看食物。」

瓦斯……看看是否還開著。

他走到廚房，媽媽抓住湯米手肘，壓低聲音說：「你怎麼那樣說話？」

「我只是好奇啊。」

「湯米，他是個好人。」

「是啊，一定是。我的意思是他雖有射擊獎盃，但也有聖母瑪利亞。不過這樣就會比較好嗎？」

十

哈肯走進泳池後沒遇見半個人。果然如他所料，這時間沒什麼人。更衣室裡有兩個與他年紀相仿的男人正在穿衣服，肥胖超重，體態臃腫。他們皺縮的陰莖遮藏在鬆垮的腹肉下，簡直醜到極點。

他找到私人更衣間，將門鎖上。很好，初步準備工作已完成。他又戴上滑雪面罩，以防萬一。先將那罐氟烷氣體放下，再將大衣掛在掛鉤上。打開袋子，拿出工具：刀、繩、漏斗和容器。該死，忘了帶雨衣，只好脫下衣服代替。很可能會被血濺到，不過完成後他可以將血跡遮藏在衣服底下。沒錯，就這樣。況且這是游泳池，光著身子也不足為奇。

他兩手抓住掛鉤，雙腿離地，試試掛鉤所能承受的重量。很牢，應該掛得住比他輕個三十公斤的身體。不過高度是個問題，繩子綁在腳踝的話，頭就不可能懸在地面之上，得把繩子固定在膝蓋上方，讓小腿可以彎曲。鉤子和天花板之間的那片牆面夠大，不會讓腳露出來，萬一露出腳，肯定讓人起疑心。

那兩個人好像要走了。他聽見他們說的話。

「那工作呢？」

「老樣子，還是沒空缺給從北部曼博蓋得油礦鎮來的人。」

「你聽過這種說法嗎：問題不在於它是不是芬蘭人的石油，而在於石油是否是芬蘭人的？」

「是啊，這種說法就很棒。」

「芬蘭人眞是老奸巨猾。」

哈肯笑了出來，腦袋有東西急遽上升。他好興奮，興奮到喘著氣，身體變成眾蝶，想往各處飛舞而去。

簡單，很簡單的。

他深呼吸，深呼吸，直到瀰漫的氯氣讓他頭暈，然後開始脫衣服。將衣服摺好放進袋子裡。那兩個人離開更衣室了。四周一片靜默。爬上凳子探出門外查看。很好，視線正好露出門的上緣。三個男孩，約十三、十四歲，走了進來。其中一個用毛巾尾端甩打另一人。

「別鬧了，討厭。」

哈肯低下頭。底下那勃起的陽具正好戳進更衣間的角落，彷彿插在兩片張得開開的硬實臀部之間。

很簡單的。

他又從門上緣探出去。兩個男孩已經脫下泳褲，正彎著腰在櫃子裡拿衣服，見到這畫面他的鼠蹊部一陣緊縮，精液噴湧而出，射進門邊角落，連站著的凳子上也被濺得到處都是。

冷靜下來。

好，現在好多了，不過精液眞麻煩，會留下線索。

他從袋裡拿出襪子，將角落和凳子擦乾淨，盡可能不留痕跡。一邊將襪子塞回袋裡，一邊聽男孩的交談。

「……有一款新的雅達利賽車遊戲，叫超耐力，要不要過來玩玩看？」

「不行，有些事情得……」

「那你呢？」

「好啊，可是你有兩根操縱桿嗎？」

「沒有，不過……」

「我們可以先回我家拿我那根桿子，這樣就能兩人一起玩。」

「好，再見嘍，馬帝思。」

「再見。」

兩個男孩好像走出去。太完美了，只剩一個。他又從門上緣窺視，果然兩人離去，剩下的那個正在穿襪子。哈肯趕緊蹲下，這才想起自己早已戴上了滑雪面罩。眞幸運，沒人見到他的長相。

他拿起那罐氟烷氣，手指擱在擊發器上。要繼續戴著面罩嗎？**萬**一被那孩子溜了？**萬**一有人進來？**萬**一……

該死，不該把全身衣服脫光的，萬一得趕緊逃跑呢。沒時間思索了，他聽見男孩關上鎖櫃，走向出口。再過五秒他就會穿過這更衣間的門，沒時間考慮了。

他看見門和牆之間有個影子正在趨近。緊閉所有思緒，扭開鎖，用力推門，撲上前。

馬帝思轉身，看見有個頭戴滑雪面罩的碩大蒼白裸體直撲而來。在身體本能後仰之前，腦海只閃過一個想法，一句詞。

死神。

站在那欲取他性命的死神面前，他退縮想躲。但死神手上某種黑色的東西覆撲而來。男孩嚇得抽了口氣，正要放聲尖叫。

來不及喊出，黑色東西就已經罩過來，罩住他的口、他的鼻。那人另一手抓著他的後腦袋，將他的臉緊壓在軟軟的黑色東西裡。原本的尖叫變成嗆咳的呻吟。就在他努力嚎出變調的哭喊時，彷彿也聽見了氣體噴出的嘶嘶聲。

他又想尖叫，但一吸了氣身體就開始不對勁。麻痺的感覺蔓延到四肢，下一聲尖叫成了微弱的吱吟。又吸一口，雙腿癱軟，眼前有色彩繽紛的面紗飄動著。

他不想再喊了，沒有力氣了。整片面紗蓋住視線，他感覺不到身體。面紗顏色變幻，現在，他整個人消融在彩虹中。

十

奧斯卡一手拿著寫有摩斯密碼那張紙，另一手敲打牆壁。指關節一敲是一個點，手掌一拍是一長線。兩人就是這麼約定。

指關節、停、指關節、手掌、指關節、指關節、停、指關節、指關節。（依萊）。

出・來。出・來。

幾秒鐘後有了回答。

我・就・來・了。

他們在她家那棟樓下大門外見面。才一天，她就……整個變了。一個月前有個猶太婦女到他學校講述納粹集中營的事，還放幻燈片給他們看。現在的依萊看起來有點像幻燈片裡那些孩子。

大門天花板那盞燈投射出來的刺眼光線在她臉龐投下陰影，她變得更消瘦，臉龐底下的骨頭好像就要穿皮露出。而且……

「妳頭髮怎麼了？」

他以爲是光線的緣故，不過走近一瞧，才發現的確有幾綹厚厚的白絲在頭上。看起來眞像個老人。依萊用手梳梳頭髮，對他微笑。

「會消失的。現在我們要幹麼？」

奧斯卡讓口袋裡的幾枚銅板叮噹響。

「Tjorren。」

「什麼？」

「小亭子啊，賣報紙的小亭子。」

「好，最後到的是小臭蛋。」

奧斯卡腦袋閃過一個畫面。

黑白電影中的孩子？

依萊拔腿狂奔，奧斯卡在後追趕。雖然現在她看起來很病弱，不過仍然跑得比他快，甚至能像羚羊躍起跳過路上的石頭，沒幾步路就越過街道。奧斯卡拚命跑，但老是想到那畫面而分心。

黑白電影中的孩子。

當然，他是在跑下山丘，經過甘米熊QQ糖工廠時出現這畫面的。週日午後電視總會放些老電影，譬如一部描述愛惡作劇的小男孩凱雷的五〇年代影片。這類電影經常會有這種臺詞：「最後到的是小臭蛋」。

依萊在路邊等他，離報亭只剩二十公尺。奧斯卡故意以慢跑姿態朝向她，努力不讓自己露出喘氣樣。

他從沒和依萊到過報亭。應該告訴她嗎？要。

「妳知道那裡也叫情人亭嗎？」

「為什麼？」

「因為……大人聊天時我聽到的……有人說，當然不是我啦，是我聽說的，他說，進去裡面的話……」現在他真後悔提起這件事。笨，丟臉死了。依萊揮著手要他繼續說。

「什麼啦？」

「呃，那報亭的老闆會……邀請女士進去，妳知道的嘛，然後就把門關起來……」

「真的嗎？」依萊望向亭子，「裡面空間夠啊？」

「好噁心，對不對？」

「是啊。」

奧斯卡走向亭子，依萊快步跟在他旁邊，悄聲地說：「那他們一定都瘦得皮包骨。」

兩人哈哈大笑。他們走入亭子透出來的一圈光線裡。依萊打量正坐在裡面看著小電視的老闆。「就是他？」

奧斯卡點點頭。

「長得好像猴子唷。」

奧斯卡一手拱成杯狀放在依萊耳旁，壓低聲音說：「他五年前從動物園溜出來，現在他們還在找他呢。」

依萊被逗得咯咯笑，也把手拱成杯狀放在奧斯卡耳朵旁。她溫熱的氣息灌進他腦袋裡。「沒，他們沒找他，是他們把他關在這裡的。」

兩人抬頭看看報亭老闆，爆笑出聲，想像這個滿臉嚴峻的老闆像隻猴子被關在四周都是棒棒糖的亭子裡，實在太好笑。這一笑引起老闆注意，他蹙著粗濃大眉，看起來更像隻大猩猩。奧斯卡和依萊笑得差點不支倒地，還得用手壓住嘴巴，努力讓自己正經點。

老闆從窗戶探出頭。

「你們要買什麼啦？」

依萊很快就一臉正經，走到窗口說：「我要買香蕉，謝謝。」

奧斯卡還在繼續笑，貼住嘴巴的手壓得更緊。依萊轉身手指擱在唇前，以一種前所未見的嚴厲神色要他安靜。老闆還探在窗邊。

「我沒賣香蕉。」

依萊假裝不敢相信。

「沒有香——蕉？」

「沒有。還要什麼？」

奧斯卡努力克制，不讓自己爆笑出聲，結果壓抑得太厲害，連下巴都抽筋。他踉蹌離開報亭，衝到幾步外的郵筒，身體倚靠著它，讓自己笑個夠。依萊走向他，搖搖頭。

「沒有香蕉。」

奧斯卡繼續大笑，好不容易說出句子：「一定……是他自己……把香蕉……吃掉了。」

然後調整心情，硬把自己嘴巴閉上，拿出四克朗銅板，走到窗口。

「我要一袋綜合糖。」

老闆投給他不爽眼神，不過還是用長鉗從一個個塑膠罐中夾出各色糖果，放進小紙袋中。奧斯卡側瞥一眼，確定依萊聽得見他要說的話，然後開口：「別忘了香蕉啊。」

老闆戛然停住動作。

「我沒有賣香蕉。」

奧斯卡指著裡頭一個塑膠罐。

「我是說糖果做的那種香蕉。」

他聽到依萊咯咯笑個不停，轉身將手指擱在唇上，學她之前模樣要她安靜。老闆氣呼呼，將幾個糖果做的香蕉扔進紙袋，然後遞給奧斯卡。

兩人往回走。奧斯卡自己還沒吃就先將整袋遞出去給依萊。她搖搖頭。

「不用，謝謝。」

「妳不吃糖果？」

「我不能吃。」

「一顆都不吃？」

「不吃。」

「眞可惜。」

「是啊。也不是啦，反正這東西吃起來味道怎樣我也不知道。」

「妳連吃都沒吃過？」

「沒吃過。」

「那妳怎麼知道……」

「我就是知道。」

這種事情三不五時發生。他們聊著一些事，奧斯卡問她問題，得到的回應都是「反正就是這樣」或者「我就是知道」。沒有進一步解釋。這也是依萊怪怪的地方。

眞可惜不能請她吃糖果。他本來打算用這招取悅她，慷慨大方，讓她愛吃多少就吃多少，結果人家根本不吃。他把嘴裡的香蕉糖咬得喀喀響。偷偷瞄了依萊一眼。

她看起來實在不怎麼健康，頭上還有那些白頭髮……奧斯卡曾讀過一些故事，據說經歷過某些巨大驚嚇後頭髮會變白。依萊是因爲這樣才有白頭髮嗎？

她正看著旁邊，雙手交叉環抱自己。看起來好嬌小。奧斯卡很想過去摟著她，但他不敢。

走到通往社區中庭入口的屋簷下，依萊停下腳步，望著自家窗戶。漆黑一片。她雙手仍環抱自己，低頭凝視地面。

「奧斯卡……？」

他行動了。是她整個身體開口要求，讓他突然有勇氣這麼做。緊緊摟著她。有那麼幾秒很可怕，他以爲自己做錯，因爲她身體僵直，封閉不應。正打算鬆手，卻發現她在他懷裡逐漸放鬆。結打開了。她勸誘自己伸出雙手，伸到他背部回抱他，顫抖地倚在他身上。

她的頭靠在他肩膀，倚著他的肩緩緩呼吸。兩人就這樣站著。緊緊相擁，沉默不語。

奧斯卡閉上眼睛，他知道：這是一大突破。外頭街燈從他微閉的眼瞼滲入，在他眼前製造出一片紅膜。最大的突破。

依萊的頭在他頸部磨蹭，吐出的氣息愈來愈熱，她原本放鬆的身體現在又開始緊繃。她的唇在他頸部竄動，一陣悸抖遍布他全身。

突然，她戰慄地推開他，往後退一步。奧斯卡垂下手。依萊猛搖頭，彷彿想將剛剛的噩夢甩開，轉身直接走向家門。奧斯卡呆立不動。就在她打開樓下大門時，他終於喊出聲。

「依萊？」她轉身。「妳爸爸人呢？」

「他出去幫我帶吃的。」

她吃得不夠，難怪這麼瘦。

「如果妳願意，可以到我家一起吃晚餐。」

依萊把門放掉，走回他面前。奧斯卡開始打消主意，他不要媽媽見到依萊，也不希望依萊見到媽媽。或許他可以做些三明治帶到她家一起吃。對，這種安排最合適。

依萊在他面前止步，眞誠地凝視著奧斯卡。

「奧斯卡，你喜歡我嗎？」

「喜歡，很喜歡。」

「如果我不是個小女孩……你還會喜歡我嗎？」

「什麼意思？」

「就是這個意思，如果我不是女孩，你還會喜歡我嗎？」

「會吧……我想。」

「你確定嗎？」

「會。爲什麼這麼問？」

有人家的窗戶卡住了，咚咚弄了半天終於打開。就在依萊頭頂上方，奧斯卡看見媽媽正從他臥房探出頭來。

「奧——斯卡！」

依萊立刻縮進牆邊。奧斯卡雙手緊握成拳，衝上小坡，走到自家窗戶下停住腳步。像個小孩噘著嘴問。

「幹麼啦？」

「啊，你在下面喔？我是想……」

「什麼啦？」

「快開始了。」

「我知道。」

媽媽很想再說些什麼，不過看到窗戶下的他緊握拳頭，身體緊繃，決定閉上嘴巴不說。

「你在那裡做什麼？」

「我待會兒就回去了。」

「可是……」

他氣得有點淚眼朦朧。「進去啦，」他大喊，「關上窗戶，進去！」

母親盯視他幾秒，神色一變，砰的一聲用力關上窗戶，氣沖沖走開。難不成奧斯卡想要……他可以不用吼她進去的……只要讓她了解他的心思，冷靜小聲地解釋，讓她知道不要這樣做，因爲他……

他衝下小坡。

「依萊？」

不在那裡了。她若進來社區他應該會注意到。應該是搭電車去城裡找每天放學後去找的姨媽了。很有可能。

奧斯卡站在剛才媽媽開窗時依萊躲進的陰暗角落裡。面向著牆，佇立半晌後才進屋。

十

哈肯將男孩拖進更衣室，鎖上門。男孩幾乎沒出半點聲，唯一可能讓人起疑的是氣體罐發出的嘶嘶聲。手腳得快一點。

直接用刀先致他於死比較快，可是不能這麼做。鮮血得從活體流出來，這點她也解釋過，死人身上的血沒用，甚至有害。

嗯，男孩還活著，他的胸膛仍起伏，吸進去的氣體只是讓他昏沉麻痺。

他把繩索套在男孩膝蓋上方，綁緊他的腿，將剩餘長繩的兩端擲過掛鉤，開始用力拉。男孩的腿慢慢離開地面。

外頭更衣室的大門打開，人聲響起。

他一手固定繩子，另一手將氣罐鎖緊，然後拿下貼住男孩臉龐的氣罐罩口。麻醉效力應該還夠撐個幾分鐘，他得安靜地迅速動手，即使現在更衣室裡還有其他人。

有幾個人就在門外，兩個，三個，還是四個？他們提到了瑞典、丹麥，好像是什麼比賽，手球吧。就在他們聊得不可開交之際，哈肯拉直男孩的身體，但掛鉤竟開始發出吱嘎聲，能支撐的力道怎麼和他之前測試時不同？他們沒交談了，是不是聽到聲音？他定住不動，連氣也不敢喘。將男孩身體抓緊，那顆頭就快碰到地面了。

不是，只是剛好說到一段落。他們繼續聊。

繼續聊，繼續聊。

「史喬仁受到的懲罰根本就……」

「沒有蠻力也要有腦力嘛。」

「其實他很擅長把其他人拉進來，這點不能否認。」

「這倒是眞的，不曉得他是怎麼辦到的。」

男孩的頭離開地面了。現在……

要怎麼把繩頭固定住？木凳板條之間的空隙太窄，繩子穿不過。而且他力氣不夠，沒法一手拉住繩子，另一手固定，只好緊抓繩子站著不動。開始冒汗，面罩好熱，眞想脫掉。

待會兒，等搞定再來脫。

另外還有個掛鉤。不過得先繞出個圈。他把男孩身體放低，鬆開繩子，弄出個繩圈。汗水滴落眼睛。再將男孩拉高，將繩圈套上另一掛鉤。太短。又把身體放低。這時，他們不再說話。

離開！現在就離開啊！

在外頭的沉默中他又做了另一個繩圈，然後等待著。他們繼續說話了，這次聊到保齡球、瑞典女性在紐約功成名就的故事、罷工和封鎖。汗水又刺痛他雙眼。

太暖和了，幹麼把溫度調得這麼高？

終於把繩圈套上掛鉤，微微喘著氣。他們為什麼不走？

男孩身體終於懸在正確位置，現在只要在他醒來前動手就行了。他們怎麼不離開？反倒繼續聊起回憶：以前大家相約打保齡球的種種，某人的手指卡在球孔裡，連球帶人一起送去醫院才把手指救出來。

不能等了。哈肯將漏斗套在塑膠桶上，桶子就放在男孩頸部旁。從袋子裡拿出刀。轉過身，就在他準備劃開男孩脖子讓鮮血汩汩流出之際，外頭的談話慢慢停止。男孩的眼睛突然張開，斗大地圓睜。被倒吊著的他眼珠骨碌轉呀轉，想弄清楚眼前狀況。一見到赤身裸體手握刀刃的哈肯，定睛不動。有那麼片刻兩人四目相望。

男孩張嘴放聲尖叫。

哈肯踉蹌後退，撞上更衣間牆壁，因出汗而濕答答的背一滑，整個人差點失衡摔跤。男孩繼續尖叫，聲音迴盪在更衣區，反彈在四周牆壁。叫聲分貝之高震得哈肯兩耳欲聾。他握著刀柄的手硬邦邦，現在滿腦袋只想著怎麼讓他閉嘴。割下他的頭就會安靜。他靠向男孩。

有人用力敲門。

「喂，開門！」

哈肯手中的刀子滑落，金屬撞擊地面的鏗啷聲淹沒在尖叫與砰砰敲門聲裡。一拳又一拳，門的絞鏈被捶鬆開來了。

「開門，聽到沒，不然我就把門撞開！」

完了，一切就要結束了。周圍嘈雜盡褪，他的視野漸窄成一條隧道。轉身找袋子。從那如隧道的狹窄視野望出去，他看見自己從袋子裡拿出玻璃罐。

遽然跌坐，背狠狠撞上牆。手裡握著玻璃罐，扭開蓋子。

就在他們撞開門之前，就在他們扯下他的兜帽前。他的臉。

在尖叫聲與撞門聲的混亂中，他想到了摯愛。這次他們終於合而為一了。腦海浮現她化為天使的身影。還有個男天使從天堂飛下，展開雙翅，要來接他，帶他走，帶他到一個能和摯愛永遠廝守的地方。永永遠遠。

門砰地彈開，劇烈撞擊牆壁。男孩仍在尖叫。三個男人站在外頭，多多少少都穿著衣服。難以置信地呆望著眼前景象。

哈肯微微點頭，接受了一切，然後喊著：「依萊！依萊！」隨即將濃縮液體潑往自己的臉。

十

歡喜！歡喜！
在主裡歡喜！
歡喜！歡喜！
榮耀君王和上帝！

史泰凡和湯米的媽媽坐在鋼琴前。兩人不時互望，微笑傳情。湯米坐在皮沙發上，痛苦地忍耐他們的唱和。沙發扶手有個小洞，就在史泰凡和媽媽彈琴合唱之際，那個洞被湯米愈挖愈大。食指戳進裡面挖呀挖，眞納悶史泰凡和媽是否在這張沙發上做過。在那些氣壓計下面搞過。

晚餐馬馬虎虎，就是一些醃過的滷雞肉配上白米飯。晚餐後，史泰凡帶湯米看他藏手槍的地方。就在床底下的保險箱。見到這張床，湯米也同樣納悶，他們在這張床上睡過嗎？被史泰凡撫摸時，她有想到爸爸嗎？史泰凡會不會一想到床底藏著那些槍就欲火焚身？那她呢？

他終於彈出最後一段曲調，尾音慢慢拉遠。湯米趕緊將手指從那已成大窟窿的洞裡縮回來。媽媽對史泰凡點點頭，抓起他的手，坐在鋼琴長凳上，依偎在他身旁。從湯米所坐的位置望過去，聖母瑪利亞那幅畫像正落在他們頭上方，位置之精確彷彿兩人已排練走位過。

媽媽含情脈脈微笑看著史泰凡，然後轉向湯米。

「湯米，有件事我們想跟你分享。」

「要結婚了，是吧？」

媽媽楞了一下，彷彿排練時沒料到他會冒出這句臺詞。

「對，你覺得呢？」

湯米聳聳肩。

「好啊，去結吧。」

「我們在想……或許夏天。」

媽媽看著湯米，好像以爲他能給個更好的建議。

「喔，隨便。我是說當然好。」

他又將食指戳進洞裡，讓它插在那兒。史泰凡傾身向前。

「我知道，無論如何我都無法……取代你爸的位置。不過我希望你和我能更熟悉，成爲好哥兒們。」

「你們結婚後打算住哪裡？」

媽媽突然一臉惆悵。

「嗯，湯米，你知道，這也與你有關係。我們還沒決定住哪兒，不過我們正在考慮，或許去花園住宅區安格拜那裡買房子，如果負擔得起的話。」

「安格拜區？」

「是啊，你覺得呢？」

湯米低頭看著媽媽和史泰凡反射在玻璃桌上的倒影，半透明地若隱若現，彷彿鬼魅。他扭動戳在洞裡的手指，想挖出些泡棉。

「很貴吧。」

「什麼？」

「安格拜那裡的房子很貴吧，要花不少錢，你們有那麼多錢嗎？」

史泰凡正要回答，電話響起。他先摸摸湯米媽媽的臉頰，再站起來走到玄關接電話。媽媽坐到沙發上的湯米身邊，問他：「你不喜歡我結婚？」

「喜歡啊。」

史泰凡的聲音從玄關傳進來，聽起來很激動。

「這簡直……好，我火速趕到。我們要不要……不用，我直接過去那裡。好。」

他走回客廳。

「那個兇手就在華倫拜游泳池。警局裡人手不夠，所以我得……」

他走入臥室，湯米聽見床底下保險箱開啓又關上的聲音。史泰凡在裡面換裝，出來時已全副警察配備。眼神看起來變了個樣。他的嘴湊到湯米媽媽的唇上親吻，然後拍拍湯米的膝蓋。

「我得立刻趕過去，不知道何時才能回來。我們晚點再聊吧。」

快步走到玄關，湯米的媽媽跟在後頭。

湯米聽見「小心」、「我愛你」、「留下來？」之類的話。他起身走到鋼琴旁，不知爲何想伸手拿起那座射擊獎盃。很重，至少兩公斤。媽媽和史泰凡道別，兩人沉醉劇情中，男的遠征赴沙場，女的爲伊消得人憔悴。趁著此刻，他走到陽臺，大口將夜晚的冷冽空氣吸進肺裡，幾小時來第一次覺得可以呼吸。

倚著欄杆，看見下方有濃密樹叢。握著獎盃越過欄杆，放手，落入草叢，發出沙沙響。

媽媽也來陽臺，站在他身旁。幾秒鐘後樓下大門開啓，史泰凡走出來，半跑半走到停車場。媽媽揮手，但史泰凡沒抬起頭。看到史泰凡不理會媽媽逕自跑走，湯米咯咯笑了出來。

「笑什麼？」媽媽問。

「沒什麼。」

只是有個小孩拿槍躲在樹叢裡，瞄準史泰凡，這樣而已。

整體來說，湯米覺得今晚還不錯。

十

有了卡爾森加入，這夥人的陣容更爲堅強。他是他們當中唯一「眞正」有工作的，他自己這麼說。賴瑞提早退休，摩根在廢車處理廠的工作有一搭沒一搭。至於雷基則讓人搞不清楚他到底靠哪行謀生，反正他三不五時總能亮出鈔票來花用。

卡爾森在華倫拜地區的玩具店有份全職工作。以前他是老闆，不過迫於「財務困境」而將店頂讓出去。新店主最後還是聘他當員工，因為如卡爾森自己說的，「在這行幹了三十年，多少也累積了不少經驗」，這個事實的確難以否認。

摩根往後靠在椅背上，雙腳在兩旁晃呀晃，十指交錯撐住後腦杓，兩眼直視著卡爾森。雷基和賴瑞交換了個眼神。又來了。

「卡爾森，最近你的玩具生意有啥新鮮事？有沒有想到什麼新點子來騙光小孩口袋裡的零用錢呢？」

卡爾森氣呼呼。

「你語無倫次啊，如果有人被騙，那肯定是我。你們就不知道，順手牽羊有夠猖獗。那些小鬼……」

「對，對，對。不過只要從韓國買些每個兩克朗的塑膠小玩意兒，然後用一百克朗賣掉，就能彌補損失了。」

「我們才不賣那種東西。」

「是喔，不賣才怪。那前天我在櫥窗看見的是什麼？好像是跟卡通藍色小精靈有關的東西吧？那東西又是什麼？難道是在班特福做出來的高品質產品嗎？」

「你這人賣的車得套上馬匹才能跑得動，竟然有臉對我說這種話，真是讓人搖頭喲。」

就是抬槓這些有的沒的。賴瑞和雷基在旁聽著，偶爾插嘴發表看法。如果薇吉妮雅在這裡，兩人互損的風險會提高一些，畢竟在女人面前可不能沒風度。這樣一來，摩根就不會把卡爾森真正惹惱才罷手。

不過薇吉妮雅不在這裡，喬齊也不在。今晚的感覺就是不對。八點半，氣氛正開始輕鬆，門被緩緩打開。

賴瑞抬起頭，看見那個他從沒想過會在這裡出現的人：養了一窩貓的古斯塔。「臭彈」，摩根這麼稱呼他。賴瑞以前曾在社區的戶外長椅和他聊天，不過他從沒來過這裡。

古斯塔看起來心煩意亂，走路姿態像整個人被東拼西湊出來，黏得不怎麼牢靠，步伐出錯就會全身垮掉。他眯著眼，猛搖頭。這傢伙要不是醉到神智不清就是病到腦袋有問題。

賴瑞朝他揮手，「古斯塔！來這裡坐。」

摩根轉過頭，打量他一番後說聲：「啊，該死。」

古斯塔好不容易移動到桌邊，神情驚恐，彷彿剛剛穿越的是地雷區。賴瑞拉了張椅子在他身邊坐下，代表大家歡迎他。

「歡迎來到我們的俱樂部。」

古斯塔似乎沒聽見，坐立不安地扭來扭去。他的破舊西裝裡穿了件背心，還打了領結，頭髮被雨水打濕，平貼住頭皮。渾身臭得要命。尿騷味、尿騷味，還是尿騷味。就算和他在戶外並肩坐著，也能聞得見，只不過空氣流通尚可忍一忍。但在這溫暖的室內，如此嗆鼻，非得以口呼吸才能應付。

所有人，包括摩根都努力不露出嫌惡神色。侍者過來，聞到古斯塔發出的氣味，停頓了一會兒，然後開口：「請問您……要喝點什麼？」

古斯塔搖搖頭，沒看著侍者。侍者皺眉微慍，賴瑞示意：「沒關係，我們會處理。」侍者離開後，賴瑞將手搭在古斯塔肩頭。

「怎麼這麼榮幸，有您大駕光臨？」

古斯塔清清喉嚨，凝視著地面，開口說：「喬齊。」

「他怎麼了？」

「死了。」

賴瑞察覺雷基震驚地屏住氣息。他手仍擱在古斯塔肩上，鼓勵他繼續說下去。賴瑞感覺得到古斯塔需要人鼓勵。

「你怎麼知道？」

「我看見的，發生時我看見了，我見到他被殺死。」

「什麼時候的事？」

「上週六晚上。」

賴瑞移開手，「上週六？可是……你報案了嗎？」

古斯塔搖搖頭。

「我還無法平靜，而且，我……不完全親眼目睹。但我眞的知道他被殺死了。」

雷基摸摸他的臉，低聲安慰：「我知道，我知道。」

古斯塔說出他見到的一切。有個孩子用石頭將最靠近人行地下道的街燈打破，然後躲在地下道裡等著。喬齊走進去後再也沒出來過。隔天早上枯葉堆中隱約有人形痕跡。

另一頭的侍者生氣地向賴瑞示意，指指古斯塔，又指指門口。古斯塔說完後，賴瑞將手搭在他前臂，「你覺得，我們去看看好嗎？」

古斯塔點點頭，大夥兒起身。摩根灌下最後一口啤酒，對著卡爾森咧嘴而笑。卡爾森正收拾報紙，摺疊好塞進自己大衣口袋內。每次都這樣，貪小便宜的吝嗇鬼。

只有雷基還坐著，茫然地把玩著斷裂的牙籤。賴瑞彎腰問他。

「一起去吧。」

「我知道，我感覺到了。」

「好，要不要一起去？」

「要，當然要，你們先去，我隨後到。」

一行人走出冷冽的夜色中，古斯塔終於平靜下來。他走得好快，快到賴瑞要他走慢點，就怕自己那顆心臟承受不住。卡爾森和摩根並肩走在他們後面。摩根等著卡爾森主動說些蠢話，以便趁機損他。這種感覺肯定很痛快。不過似乎連卡爾森也沉浸在自己的思緒中。

打破的路燈已經修復，現在人行地下道裡出奇明亮。一夥人圍著古斯塔，他指指那堆落葉，陳述當時情景。大家跺步取暖，免得被凍得血液循環不良。眾人腳步聲在地下道裡迴盪，宛若行進的軍隊步伐般響亮。古斯塔說完後，卡爾森開口：「可是你完全沒證據，對不對？」

摩根等的就是這一刻。

「老兄，他說的話你不是也聽見了，難不成你以爲他憑空捏造的啊？」

「不是，」卡爾森的口吻彷彿對著孩子耐心解釋：「不過我認爲，如果沒有證據，警察恐怕不會像我們這麼相信。」

「拜託，他就是目擊證人啊。」

「你以爲這樣就夠了嗎？」

賴瑞揮手指向那堆落葉。

「問題是現在屍體在哪裡？如果他真的被殺死的話。」

雷基沿著小路走到古斯塔身邊，指指地面。

「你是說那裡？」

古斯塔點點頭。雷基雙手插進口袋，佇立久久不動，凝視著地上那堆不規則的落葉，彷彿那是個他必須解開的大拼圖。咬緊下巴，放鬆，再咬緊。

「嗯，你們現在怎麼說？」

賴瑞朝他挪了幾步。

「對不起，雷基。」

雷基抗拒地揮著手，想把賴瑞拒於千里外。

「你們怎麼說？我們是不是要把那傢伙揪出來？」

眾人的視線各自找地方落焦，就是不敢看著雷基。賴瑞很想開口，告訴他這恐怕很難，或許根本辦不到，不過他克制住了。終於，摩根清清喉嚨，走到雷基身邊，一隻手搭在他肩上。

「我們會，雷基，當然，我們會抓到他的。」

十

湯米從陽臺欄杆往下望，覺得彷彿看到什麼發亮的金屬，像是唐老鴨的三隻侄兒小鴨輝兒、杜兒和路兒贏得比賽之後拿回家的獎品。

「你在想什麼？」媽媽問。

「唐老鴨。」

「你不怎麼喜歡史泰凡，是不是？」

「還好。」

「是嗎？」

湯米眺望遠方鎮中心，看見那座高聳的紅色巨V字型霓虹燈慢慢地轉啊轉。這V代表華倫拜（Vällingby）也代表勝利（Victory）。

「他曾拿槍給妳看嗎？」他問。

「你爲什麼想知道這種事？」

「只是好奇。他拿給妳看過嗎？」

「我不懂。」

「媽，沒那麼難懂。他是否曾打開保險箱，拿出槍讓妳看？」

「有。爲什麼這麼問？」

「什麼時候的事？」

媽媽用手拂開落在上衣的什麼東西，又搓搓自己手臂。

「很冷欸。」她說。

「妳想過爸爸嗎？」

「想啊，當然想。常常想。」

「常常？」

媽媽嘆了口氣，上身稍微前傾，想看清楚兒子的眼神。

「你想說什麼？」

「你到底想說什麼？」

湯米的手扶著欄杆，媽媽將手疊在湯米手上。「妳明天可以和我去看看爸爸嗎？」

「明天？」

「對，明天是萬聖節之類的。」

「那是後天。不過好，我和你去。」

「湯米。」

她將他的手抓離欄杆，轉過他身子，讓他面向她，然後緊緊摟住這孩子。他僵硬地站立，隨後掙開母親懷抱，轉身進屋。

穿上大衣，他知道若要下去撿那座被他拋下的雕像，就得先把媽媽叫進屋。他喊著媽媽，她立刻進來，似乎很想跟兒子說些什麼。

「呃……替我跟史泰凡問候。」

她點燃一根菸。

「我會的。你不留下來？」

「不行，我……妳要留整晚嗎？」

「嗯，我有點擔心。」

「不用擔心，他開槍很準的。掰掰。」

「再見……」

前門砰地關上。

「……寶貝。」

十

史泰凡駕駛的那輛富豪高速衝上路邊碎石道，汽車引擎內部隱約傳出砰砰聲。撞擊力道震得他上下兩排牙齒啪嗒緊閉，雙眼甚至盲了幾秒鐘，差點就撞上聚集在泳池入口圍觀的一位老人家。

新來的菜鳥警察拉森正在巡邏車裡講無線電，可能在請求支援或要求派遣救護車。史泰凡將車停在巡邏車後面，空出位置給正在趕來的其他警消車輛。他下車一定鎖門，就算只離開幾分鐘也一樣。不是因爲怕被偷，而是希望養成習慣，才不會哪天失神忘了鎖上巡邏車。這可非常要不得。

走上通往泳池入口的階梯，努力在人群面前擺出該有的權威姿態。他知道自己外表儀態給人從容自信感，至少多數人這麼覺得。圍觀的群眾見到他或許想著：「哇，這個就是要進去處理的長官哪。」

就在入門處，有四個男人穿著泳褲，肩頭披著浴巾。史泰凡走過他們，直直朝向更衣室，其中一人喊出聲：「哈囉，不好意思。」赤腳跑到他旁邊。

「嗯，對不起，不過……我們的衣服。」

「衣服怎樣？」

「什麼時候可以拿到？」

「你們的衣服？」

「對，還在更衣室，可是他們不讓我們進去。」

史泰凡正想開口嚴厲教訓他們：和眼前急迫的要事相比，你們的衣服算什麼，這時，看見有個穿白T恤的女人手臂上掛著浴袍，走向那四個男人。史泰凡跟她舉手打個招呼，繼續前往更衣室。

在走廊遇見另一個穿白T恤的女人陪著一名十二、三歲的男孩走向出口。男孩那張臉襯著身上的潔白浴袍，顯得特別暗紅。他雙眼空洞無神。女人以幾乎責難的眼神看著史泰凡。

「他媽媽要來接他。」

史泰凡點點頭。這男孩是……受害者嗎？他很想問，不過匆促間一時也想不出該怎麼問。他心想同事洪柏格應該已經記下男孩的詳細資料，也做出判斷，認為現在最好由他母親進來接手，陪他上救護車，由專業人員進行危機輔導與治療。

保護這些最脆弱的孩子。

史泰凡繼續沿著走廊前進，跨上階梯時，心裡背誦著一段祈禱辭，感謝上主憐憫，懇求上主恩賜力量以面對前方挑戰。

兇手真的還在這棟建築物裡嗎？

更衣室外頭，就在「男」字標誌的正下方，三個男人正在跟洪柏格警官說話。只有一人衣衫完整，其他兩人不是缺褲子就是缺上衣。

「眞高興你這麼快就趕到。」洪柏格說。

「他還在這裡嗎？」

洪柏格指指更衣室的門。

「在裡面。」

史泰凡看著這三人。

「他們是……」

洪柏格還來不及開口，沒穿褲子那人就跨前半步搶話，還露出點驕傲神色：「我們是目擊證人。」

史泰凡點點頭，好奇看看洪柏格。

「他們不是應該……」

「沒錯，不過我想等你過來再說。顯然那傢伙沒有攻擊性。」洪柏格接著和善地對著這三人說：「那我們就保持聯絡。現在你們最該做的就是回家。喔，還有件事，我知道這樣要求你們有點難，不過希望你們盡量別私下討論這件事。」

沒褲子的男人半笑著，點頭表示同意。

「你的意思是怕有人無意間偷聽到我們的談話。」

「不是。是怕你們聊過後會誤以爲自己也看到了別人所看見的東西，其實那些事物你很可能沒眞的親眼見到，只是因爲別人見到，聽久了就以爲自己也見到。」

「我不會這樣。我見到的每件事都千眞萬確，眞的有夠恐怖……」

「相信我，任何人都會受別人影響。不好意思，我們得忙了，謝謝你們的協助。」

三人離開，嘴巴還繼續嘟囔著。洪柏格很擅長處理這種事，和人交談，所以這種場合多半由他出面：巡迴各校演講，和學生討論毒品與警察的工作。不過現在不那麼常做這些了。

有個金屬聲音，彷彿鐵片掉落地面，就從更衣室傳出來。史泰凡退縮了一下，屏神凝聽。

「你不是說沒暴力傾向？」

「他嚴重受傷啊，我是說面貌。倒了某種強酸在自己臉上。」

「為什麼這麼做？」

洪柏格被問倒了，一臉茫然，轉身面向更衣室的門。

「我得進去問個明白。」

「他身上還有武器嗎？」

「應該沒有吧。」

洪柏格指著附近窗臺上那把木頭刀柄的廚房大菜刀。

「我身上沒袋子。總之，在我來之前沒穿褲子那個人就先奪下菜刀了。我們待會兒再處理兇器。」

「就這樣留在那裡？」

「不然你有更好的點子嗎？」

史泰凡搖搖頭，在接下來的沉默中他察覺到兩件不同的事。一種不規律的輕柔喘息聲音傳自更衣室。還有風兒吹進排氣煙囪的咻咻聲，恍若破嗓的長笛。此外，還有一股味道。一開始他以為是瀰漫整棟建築物的氯氣。細聞之下才發現不同。這氣味比氯更刺眼、更嗆鼻。史泰凡皺著鼻子。

「我們要不要……？」

洪柏格點頭但沒移動。想當然耳，畢竟是有妻有子的已婚男人。史泰凡從槍鞘裡拔出槍，另一手放在門把上。當警察十二年來這是他第三次握槍進入房間。他不知道掏槍之舉是否正確，但應該不會有人責難吧，這可是個弒童兇手啊。不管他受傷多嚴重，被逼入絕境還是有可能狗急跳牆。

他對洪柏格比了個手勢，然後推開門。

一陣臭霧襲來，團團籠罩住他。

雙眼刺痛，淚水直流。開始狂咳，趕緊掏出手帕遮掩口鼻。他曾和消防隊員出入火場幾次，經歷過類似場面，但這次不同，沒有濃煙，只有空氣中飄浮的淡淡薄霧。

天啊，什麼東西？

眼前這座鎖櫃的另一頭還繼續傳出重複劈砍的聲音。史泰凡揮手要洪柏格到鎖櫃另一側，兩人從兩側包抄進攻。史泰凡走到鎖櫃邊緣，從角落探出頭查看，槍口朝下握在大腿側。

有個金屬垃圾桶顛倒傾覆，旁邊趴著一具裸體。

洪柏格從另一側冒出來，示意史泰凡放輕鬆，當下應該沒有立即危險。史泰凡有點惱怒，洪柏格這傢伙怎麼掌控起全局來了，還擅自主張當下沒有危險。他透過摀著的手帕深吸口氣，然後拿開手帕，大聲喊：「我是警察，你聽見我的聲音嗎？」

躺在地上的男人似乎沒聽懂，繼續面朝下趴著發出喘息聲。

史泰凡往前走了幾步，繼續喊：「把手擱在明顯的位置，讓我看見。」

男人沒移動。史泰凡更靠近，看得出那軀體正在痙攣。要他伸出手證明沒拿武器這步驟根本不需要了。那人一手蜷曲擱在垃圾桶上，另一手攤在地面，掌心腫脹龜裂。

強酸……那，他現在的面貌……

史泰凡又把手帕摀住嘴鼻，走向那男子，不過這回槍枝放回皮鞘，信任同僚洪柏格在突發狀況時會盡力掩護他。

軀體斷續抽搐，每次他赤裸肌膚從瓷磚地面彈起又摔落，就發出輕輕的一聲啪。攤在地上那隻手抖啊抖，像站在岩石上踉蹌晃動。嘴裡一路發出這個聲音，朝著地面說：「……依萊——依——……」

史泰凡示意洪柏格離遠一點，然後蹲在軀體旁邊。

「聽得到我說話嗎？」

男人不再發出聲音。突然，整個身體斷續扭動掙扎，瞬間翻轉過身。

他的臉。

史泰凡嚇得往後跳，失去平衡，尾椎骨重重跌在地上。下背引發一陣劇痛，他得咬緊牙根才不至於痛到叫出聲。緊閉雙眼，再次睜開。

他沒有臉了。

史泰凡曾見過毒癮犯吸毒之後神智不清，臉不斷去撞牆壁後的慘狀。也看過有人沒先清空瓦斯槽，直接在旁邊焊接，因而炸掉自己整張臉。不過和眼前這人相比，他們的毀容程度實在不算什麼。

這人的鼻子全不見了，只剩兩個鼻孔。嘴巴被強酸侵蝕，雙唇緊黏，只有嘴角露出個小洞。一眼被澆溶到臉頰處，至於另一眼……另一眼圓睜著。

史泰凡看著那隻獨眼。面目全非的模糊血肉中，也只剩這隻眼睛能讓人辨出人形。赤紅的獨眼一眨，僅存的一絲眼瞼上下動呀動。

面容其他部位只看得見殘片軟骨，不規則的零碎皮肉和焦黑的薄裂組織中，赫然伸出一截骨頭。赤裸發亮的肌肉收縮又放鬆，扭曲抽動的姿態彷彿整顆頭顱被一大團剛宰殺的鰻魚所取代。

整張臉，以前曾謂之臉的部位，有了自己的生命。

史泰凡喉頭湧起一陣酸噁，若非下背劇痛陣陣襲來占領他軀體的感受，恐怕眞會吐出五臟六腑。他慢慢將雙腳縮回，費力起身，靠在鎖櫃上支撐。對方赤紅的獨眼一路盯著他看。

「搞啥……」

洪柏格兩手攤垂，望著地上那具畸殘的軀體。不只有臉。強酸也滑下到胸膛。兩側鎖骨的肌肉被蝕溶，一塊骨頭大剌剌戳出，像極了燉肉裡突兀冒出一截亮白粉筆。

洪柏格猛搖頭，一手舉在半空又垂下，舉起再垂下。咳。

「搞啥……」

十

晚上十一點，奧斯卡躺在床上，慢慢在牆壁拍擊出字母。

依……萊……

依……萊……

沒有回應。

十月三十日星期五

6B這班男孩列隊站在學校外，等著體育老師阿維拉過來發號施令准許前進。每個學生手上都提著運動袋。萬一忘了帶體育服，或者無法提出足以讓老師接受的理由而坐在一旁不參與，後果恐怕就只能祈求上帝保佑。

四年級開學第一天，阿維拉老師就說過排隊該怎麼排，這會兒大家就是照著這種方式以一臂之距隔開站好。四年級起阿維拉老師就從班導師手上接下體育課。

「整齊排好！一條手臂的距離！」

阿維拉老師以前開戰鬥機打過仗。有幾次他講述空中交戰以及緊急降落在麥田的故事給同學聽，大家聽得興致勃勃，印象深刻。所有學生對他都非常尊敬。

以前6B素以難管教聞名，但現在即使老師沒看到，他們也能自動自發以一臂之距隔開站好。如果隊伍排得讓老師不滿意，他會懲罰大家多站十分鐘，或者取消原本答應讓大家玩的排球，改成伏地挺身或仰臥起坐。

就像班上其他同學，奧斯卡對這位體育老師也很敬重。阿維拉老師幾近平頭的灰色短髮看來起硬邦邦，臉上的鷹勾鼻和上了年紀卻仍令人瞠目的體格及鐵腕作風，總讓人覺得他對於柔弱肥嘟讓人想欺負的學生不怎麼同情或喜歡。不過他上課時秩序至上，有他在場，就連強尼、麥奇或多瑪士也不管造次。

這會兒喬漢跑出隊伍，迅速瞥了眼校舍，比出希特勒式的舉手禮，還學著老師的西班牙腔調說：「排隊站好！今天進行火災演習！用繩子逃生！」

有些學生想笑又不敢笑。阿維拉老師很喜歡叫大家進行火災逃生演習。每學期都要學生以繩索從窗戶逃降到地面。他會在旁用碼錶計算時間，如果大家這次花的時間打破上次最佳紀錄，下堂課就能玩大風吹。若大家表現良好，值得嘉獎的話。

喬漢表演完畢立刻跑回隊伍。算他運氣好，因爲一回隊伍後沒幾秒，阿維拉老師就從前門出來，快步邁向體育館。他直視前方，幾乎沒看全班一眼。走過操場中央，腳步沒停，眼神沒瞥地直接揮手比畫出**跟我來**的手勢。

隊伍開始移動，但學生仍努力與前後保持一臂的距離。排在奧斯卡後面的多瑪士故意踩到奧斯卡，壓下他的鞋後跟。奧斯卡不理會繼續前進。

前天用鞭子欺負過奧斯卡後，他們就沒繼續騷擾他。不是因爲他們改邪歸正，心有虧欠，而是因爲奧斯卡臉頰的鞭痕還歷歷在目。或許他們覺得這樣就夠了。當下夠了。

依萊。

後跟被踩掉的奧斯卡拱起鞋內的腳趾頭，以趾抓鞋繼續前進，以便跟上邁向體育館的隊伍步伐。依萊在哪裡？昨晚從家裡窗戶探出頭，想看看依萊爸爸回來沒有，卻正好看見依萊溜出門，那時約晚上十點鐘。後來他和媽媽一起喝熱可可，吃肉桂捲，或許錯過了她回家的時間。可是不管他怎麼敲牆壁，就是沒回應。

全班浩浩蕩蕩走進更衣室，隊伍解散。阿維拉老師手臂交叉胸前等著他們換上體育服。

「好，今天來做體能訓練，單槓、鞍馬和跳繩。」

一陣嘟囔。阿維拉老師點點頭。

「如果大家夠認眞，表現良好，下次就能玩排球。不過，今天要做體能訓練。動作快！」

沒討論的餘地，爲了老師答應的排球，全班加快速度趕緊更衣。奧斯卡如往常，換褲子時刻意背對他人，因爲塞了尿尿球的內褲看起來很奇怪。

就在體育館的大堂裡其他人正忙著擺出鞍馬並把單槓調低，喬漢和奧斯卡負責拿出墊子。一切就緒，阿維拉老師對器材擺放方式滿意後，吹了哨子表示開始上課。鞍馬臺共有五座，所以他將全班兩人兩人分成五組。

奧斯卡和史塔夫一組，太好了，因爲史塔夫是全班當中體育成績唯一比奧斯卡還差的學生。他蠻力夠，不過笨手笨腳。看起來比奧斯卡圓滾可愛，但就是沒人會捉弄他。史塔夫給人一種感覺：如果惹毛他，你就走著瞧。

阿維拉老師又吹哨子，大家開始動作。

抓住單槓讓下巴超過橫槓，下來，再上去。還有，仰臥起坐。史塔夫乾脆整個人躺在地板上不動，盯著天花板，至於奧斯卡，以混水摸魚的方式撐到下一次哨聲響起。接下來是跳繩，這項奧斯卡很擅長。他一直跳，跳到史塔夫的跳繩全纏在一起他才停下來幫忙。然後是必做的伏地挺身。這項史塔夫就能撐很久。然後是鞍馬，可惡的鞍馬。

和史塔夫一組讓人鬆口氣。奧斯卡偷偷瞄了麥奇、強尼和歐洛福，他們在助跳板上輕輕一彈，就跳過鞍馬。史塔夫擺出預備動作，起跑，重重把助跳板撞倒甚至裂開，已經「人仰馬翻」還是沒能跳過去。

他轉身回原點。阿維拉老師走過來。

「要跳上去。」

「跳不上去。」

「直接上去。」

「什麼？」

「直接上去，上去，跳上去，用跳的。」

史塔夫抓住鞍馬，奮力將自己撐到上面，然後像隻蛞蝓從另一側慢慢滑下來。阿維拉老師揮手。上！

奧斯卡開始奔跑。

就在跑往鞍馬時，他下定決心。

要試試看。

以前阿維拉老師曾告訴過他，鞍馬沒什麼好怕的，任何事情都取決於自己的態度。以前，他不敢使出全力從助跳板上彈起，因爲害怕會失去平衡或撞到東西。但此刻，他要使盡力氣，放手一搏，假裝他眞的能辦到。阿維拉老師正看著，奧斯卡全力衝刺，跑向助跳板。

他腦袋沒想著跳起來的動作，只是一心一意要讓自己離開鞍馬。上課以來第一次，他用力蹬上助跳板，沒有遲疑，身體自然躍起，雙手展開穩住，操控身體繼續往上。飛過了，雖然力道過猛，失去平衡，頭著地踉蹌翻滾。但，眞的跳過了。

奧斯卡轉頭看看老師，他當然仍不苟言笑，不過卻點了點頭鼓勵他。

「很好，奧斯卡，不過再多點平衡。」

阿維拉老師接著吹哨，大家先休息一分鐘，之後再試一次。這次奧斯卡不僅能跳過鞍馬，落地時的平衡感也抓住了。

下課後阿維拉老師直接走進辦公室，留下學生把器材歸位。奧斯卡拉開鞍馬下的輪子，將它推進儲藏室，將它當成一匹馬兒拍拍它，謝謝它終於願意乖乖順服，讓他躍過。他將鞍馬靠在牆上，走向更衣室。他想找阿維拉老師談些事。

走往更衣室途中，突然有截用繩子做的絞索穿過他的頭，落在雙肩上。有人把他套住了。他聽見身後傳來強尼的聲音：「快跑啊，豬頭！」

奧斯卡轉個身讓那圈絞索下滑到腹部，貼著他背部。站在他面前的強尼手中拉著跳繩的兩端，將繩子揮上又揮下。

「快跑，快跑。」

奧斯卡雙手抓住跳繩，用力將兩端拉出強尼掌心。繩子一甩，掉到奧斯卡身後的地面上。強尼指著跳繩。

「現在你要把它撿起來。」

奧斯卡從跳繩中間猛地拉起，甩往自己頭頂，跳繩兩端的把手相互撞擊，他喊著「撿起來了」，隨即放開手，跳繩甩了出去，飛向強尼。強尼本能地伸出雙手護著臉。跳繩咻咻飛過他的頭，砸在他身後的牆壁上。

奧斯卡走出體育館，跑下樓梯。心跳聲在耳裡砰砰響。開始了。他一次跳下三道階梯，雙腳著地，穿越更衣室，走進教師辦公室。

阿維拉老師還穿著體育服坐在桌前，用外語講電話，應該是西班牙語吧。奧斯卡唯一能聽懂的是「perro」，也就是「狗」。阿維拉老師示意要他坐在他辦公桌另一側的椅子上。他還繼續講電話，重複說了幾次「perro」。奧斯卡聽見強尼走進隔壁更衣室，扯著嗓門說話。

阿維拉老師還沒講完狗的事情，更衣室好像就人去室空了。老師掛上電話，轉向奧斯卡。

「嗯，奧斯卡，有事嗎？」

「是，嗯，我……是關於週四的訓練課。」

「怎麼樣？」

「我也能參加嗎？」

「你是說在游泳池的體能訓練？」

「對，就是那個訓練，我要先報名嗎？還是……」

「不用報名，直接去就行了。週四晚上七點鐘。你想參加啊？」

「對，我……想參加。」

「很好。是可以練練，這樣就能把身體拉上單槓……一次做個五十下。」

阿維拉老師比畫出吊上單槓的樣子。奧斯卡搖搖頭。

「不是，我是想……沒錯，我會去。」

「那就週四見嘍。很好。」

奧斯卡點點頭，準備離開，順口問道：「老師您的狗怎麼了？」

「狗？」

「對啊，我剛剛聽到您講電話時說到狗。那個字不是狗的意思嗎？」

阿維拉老師想了一會兒。

「喔，不是perro，是pero，在西班牙文裡的意思是『但是』。我說的是『但那不是我』，pero no yo。這樣明白了吧？要不要也來上西班牙文？」

奧斯卡微笑搖搖頭，他說現在想先上體能訓練。

更衣室空了，只剩奧斯卡的衣服還留在那兒。奧斯卡脫下體育服，楞了半晌，褲子不見了。想也知道。眞蠢，怎麼沒先料到。他在更衣室裡找呀找，連馬桶間也尋過，就是沒看見褲子。

只好穿著體育短褲回家，雙腿快凍僵了。剛剛上體育課就開始下雪，雪花飄落在他赤裸的雙腿，還在上面融化。走到社區中庭，他在依萊家的窗戶下駐足了一會兒。百葉窗仍然緊閉，裡頭沒動靜。大片雪花輕撫過他仰起來的臉龐，舌尖接住了幾片，嘗起來眞甜。

十

「看看雷格納。」

警員洪柏格指著華倫拜廣場的方向，廣場地面鋪設的鵝卵石已經蒙上一層薄雪。常在這裡閒晃的其中一個酒鬼坐在廣場中央的長椅上，一動也不動。他身上裹著大衣，任憑雪花將自己變成一個比例失衡的大雪人。

洪柏格嘆了口氣，「如果短時間內他還是一動也不動，我們就得過去看看。對了，你還好吧？」

「還好。」

史泰凡又放了塊椅墊來舒緩下背的劇痛。他寧可站著，或者最好能躺在自家床上，不過昨晚那樁案件得趕在週末前把資料送到兇殺組。

洪柏格低頭看看自己桌上那疊紙，拿筆在上面敲啊敲。

「更衣室那三個人說，那傢伙，就是那個兇手，在把強酸潑上自己的臉前，嘴裡喊著『依萊，依萊』。我在想……」

史泰凡胸膛底下的心臟噗通跳一下，他傾身越過桌面追問。

「他這麼說？」

「是啊，你知道些什麼……」

「果然。」

史泰凡突然坐下，背部的劇烈疼痛像把箭直射他腦門。抓緊桌邊，慢慢伸直背，雙手蓋住臉。洪柏格靠近看看他。

「眞是的，你去看醫生了嗎？」

「沒有，只是……一會兒就好了。依萊，依萊。」

「這是人名嗎？」

史泰凡慢慢點頭，「沒錯……這個名字的意思是……上帝。」

「什麼？」

「我懂了，他在呼求上帝。你想上帝聽見他的呼求了嗎？」

「我是說上帝，你想，神聽到了嗎？想想那種場面，眞是有點……不可思議。不過你才是專家啦。」

「耶穌基督上十字架前喊的就是這句『我的神，我的神，爲什麼離棄我？』希伯來話就是Eli，Eli，lema sabachthani（以來、以來、拉馬撒巴各大尼）。」

洪柏格難以置信地眨眨眼，低頭望著自己的筆記本。

「沒錯，就是這樣。」

「聖經中的馬太和馬可福音就提到過這句話。」

洪柏格點點頭，咬著筆桿。

「要把這個寫進報告裡嗎？」

十

奧斯卡回到家，穿上新褲子，走到「情人亭」買報紙。據說兇手已經抓到了，他迫不及待想知道一切。還要做剪報。

走去報亭的路上，他總覺得有點不一樣。當然現在下雪，所以感覺不同，不過除了這場雪，還是有些地方與平常不同。

拿著報紙走回家，他驀然明白哪裡不同了。他沒東張西望，自在地走著，直直走到報亭，不再環顧四周，查看是否有人會跳出來欺負他。

他雀躍不已，手裡拿著報紙，臉上雪花舔舐，輕快地一路跑回家。從屋裡將大門反鎖，進入臥房，躺在床上，敲敲牆壁，沒有回應。他要跟依萊說話，想要告訴她。

打開報紙，華倫拜游泳池、警車、救護車、殺人未遂的兇手。男子臉上的灼傷讓人難以辨識出他的身分。兇手此刻入住的丹德亞醫院的照片也出現在報紙上。此外，還有第一宗弒童兇殺案的簡單摘要。不過沒人就此事發表評論。

然後是潛水艇的報導、潛水艇、還是潛水艇。軍方高度警戒。

門鈴響起。

奧斯卡從床上跳起來，衝到玄關。

依萊，依萊，依萊。

手擱在門把上猶豫了一會兒。如果是強尼和其他人呢？不，他們不曾這樣登堂入室。打開門，是喬漢。

「嗨，你好。」

「喔……嗨，你好。」

「想要做些什麼嗎？」

「好啊……譬如什麼？」

「我不知道，反正就找些事情做。」

「好。」

喬漢在樓梯間等著，奧斯卡穿上鞋子和大衣。

「強尼在那裡幹出那種事眞讓人不齒，我是說在體育館。」

「他拿走我的褲子，對不對？」

「是啊，我知道他藏在哪裡。」

「哪裡？」

「就在那裡，游泳池後面，我帶你去。」

奧斯卡心裡這麼想，但沒說出來：喬漢既然知道，大可直接幫他把褲子帶過來呀。或許他沒好心到那種程度吧。奧斯卡點點頭，回答：「太好了。」

他們走過游泳池，拿回被掛在樹叢裡的褲子。然後又四處晃晃，到處看看。做做雪球，拿樹當目標，看誰丟得準。在箱子裡發現一些舊的電纜線，他們切了幾截拿來當彈弓。兩人還聊起了兇手、潛水艇、強尼、麥奇和多瑪士。喬漢認為他們全都是白癡。

「根本就是低能兒。」

「可是他們又沒對你怎樣。」

「是沒有，不過我還是覺得他們很白癡。」

兩人走向電車站旁的熱狗攤，各花了一克朗買了一個大亨堡。烤過的熱狗夾在長麵包裡，加上芥末、番茄醬、漢堡醬和生洋蔥。天色快黑了。喬漢還在跟熱狗攤上的女孩聊天，奧斯卡無聊地望著電車來來去去，思索著鐵軌上那些電線。

兩人走向學校，他們得在那兒分道說再見。兩人嘴裡滿是洋蔥味，奧斯卡開口：「你想，會有人跳到鐵軌上那些電線自殺嗎？」

「不知道，有可能吧。我哥認識一個人，那人就曾跳下去，在通電的鐵軌上尿尿。」

「結果呢？」

「死了，電流從他尿尿的地方貫入身體，把他電死了。」

「不會吧。難道他想尋死？」

「不是，他喝醉了。眞是的，一想到就……」

喬漢故意學那人動作，假裝掏出陽具，尿尿，然後觸電抽搐。奧斯卡笑翻了。

到了學校兩人揮手道別。奧斯卡走回家，突然覺得這件褲子的褲頭太緊了。他愉快地哼著電視影集《朱門恩怨》的主題曲。雪不下了，但眼前萬物早已白茫茫一片。泳池的大扇玻璃覆了一層霜。星期四晚上他就要去那裡。開始體能訓練，讓自己變得更強壯。

十

週五晚上，中國餐館。牆上那只鑲著鐵邊的圓時鐘在四周紙燈籠和金龍圖案的裝飾下顯得格格不入。時鐘指著八點五十五分。這夥人握著自己的啤酒，低頭沉浸在餐墊的圖案中。外頭的雪仍在落。

薇吉妮雅把自己眼前這杯舊金山調酒攪拌一下，吸吸攪拌棒的尾端，另一端是個約翰走路的人形在上頭。

約翰走路是誰？他那種堅定姿態是要走往哪裡去？

她用攪拌棒敲敲杯子，摩根抬起頭。

「要敬酒啊？」

「是該敬某人。」

他們已經告訴她了，就是古斯塔說的那些事，喬齊、人行地下道和孩子。這群人又陷入沉默。薇吉妮雅讓玻璃杯裡的冰塊鏗啷響，看著天花板黯淡的燈光反射在冰塊上的模樣。

「有件事我實在不懂。如果古斯塔所說的眞的發生了，那麼人在哪裡？我是說喬齊。」

卡爾森眼神一亮，彷彿他期待已久的開口機會終於來了。

「我就是一直有這疑問。屍體在哪裡？如果要……」

摩根將食指戳到卡爾森面前。

「不准你用屍體來指喬齊，聽見了嗎？」

「不然要我怎麼說？死者嗎？」

「什麼都不准說，除非等到我們確定。」

「我就是這麼說的啊，只要一天沒找到屍……只要他們還沒發現他，就不能以爲他死了。」

「誰是『他們』？」

「你認爲呢？難不成是東部那鳥不生蛋的貝爾加地區的直升機中隊啊？當然是警察啊。」

賴瑞發出低沉咯咯聲，用手揉揉一隻眼睛，「這就是問題，如果沒找到他，他們就沒興趣插手，但如果他們沒興趣插手，那就找不到他。」

薇吉妮雅搖搖頭，「得去警局將我們知道的說給他們聽。」

「是喔？那妳認為我們該說些什麼？」摩根哼笑一聲，「喂，把什麼弒童兇手、潛水艇，所有鳥事擱到一旁。我們原本是三個快樂的酒兄弟，但現在有個酒友失蹤了，另一個酒兄弟告訴我們，有天晚上就在他喝得醉茫茫時，看見……這樣說好不好啊？」

「那古斯塔怎麼想？他可是目擊證人，他……」

「沒錯，不過他就是該死的精神狀況不穩定。在他眼前拿件警察制服晃晃，就能把他嚇得崩潰，準備住進貝齊斯精神病院。他無法承受的，那些訊問之類的鳥過程。」摩根聳聳肩，「根本沒望了。」

「難道，我們眞的什麼也不做？」

「嗯，不然你有什麼建議？」

大夥兒你一言我一語熱烈討論，雷基在旁靜靜灌著啤酒，自言自語說話，音量很低沒人聽得清楚。薇吉妮雅湊近，將手搭在他肩上。

「你說什麼？」

雷基凝視著他餐墊上那如墨染般的朦朧圖案，悄聲地說：「妳告訴他們，我們會抓到他的。」

摩根用手捶桌面，震得啤酒杯跳了一下，然後像揳爪一樣將手倏地往前伸。

「我們會抓到兇手的，但一定要先採取行動。」

雷基像夢遊般地無意識地點點頭，從椅子上站起來。

「一定要……」

雙腳一軟，頭撞到桌面。玻璃杯掉落地上的聲音惹得餐館裡八位顧客轉頭瞪視。薇吉妮雅抓住雷基的肩膀，幫他重新坐回椅子。雷基的眼神飄向遠方。

「對不起，我……」

侍者衝過來，雙手還猛搓著自己圍裙。他彎腰對薇吉妮雅和雷基壓低聲音但氣沖沖地說：「這裡是餐廳，不是豬舍！」

薇吉妮雅努力賠出自己所能露出的最大笑臉，一邊扶著雷基站直身子。「來，雷基，我們回我家。」侍者又對其他人投以譴責目光，但也很快地幫忙撐住雷基另一側將他扶出門。總得讓其他客人看見他也和他們一樣，迫不及待要把這號討厭人物給踢出去。

薇吉妮雅幫雷基穿上那件雖過時卻仍顯優雅的大衣（這是幾年前他父親過世遺留下來的），然後攙扶他到門口。

她聽見身後摩根和卡爾森吹出幾聲意有所指的口哨。她肩膀雖掛著雷基手臂，但仍轉過身扮了個鬼臉。然後推開門，扶著雷基走出去。

偌大雪片緩緩飄落，替這一男一女交織出一方冷冽沉默的天地。扶著雷基走上公園步道，薇吉妮雅的臉已經粉紅了。沒有什麼比得上這一刻。

十

「嗨，我本來和爸爸約好了，可是他沒出現……我可以跟妳借個電話嗎？」

「沒問題。」

「我可以進去嗎？」

「電話在那裡。」

女人指著玄關另一頭，有具灰色電話就放在小桌上。依萊還站在門外，這女人沒正式開口邀請她進入。門口邊有個鑄鐵製的豪豬形狀的鞋刷，刷毛是用椰子纖維做的。依萊刷刷鞋子，以掩飾她還不能進入的窘境。

「妳確定我能進去嗎？」

「當然啊，進來，進來。」

女人的手勢有點不耐煩，不過還是邀請依萊進入。她好像不想理依萊，逕自走進客廳，依萊聽見裡面傳出電視聲音。女人頭上綁了兩個蝴蝶結，一側是黃色，另一側的蝴蝶結已經鬆開，垂成一條長絲帶，像隻寵物蛇爬在她的背上。

依萊走進玄關，脫下鞋子和外套，拿起話筒，隨便撥了個號碼，假裝講電話，然後把話筒放回去。鼻子嗅了嗅，有餅乾香味、去污劑、泥土、鞋油、冬天的蘋果、濕霉衣物、電流、塵埃、汗水、壁紙膠水，以及……貓的尿騷味。

沒錯。通往廚房的走道上有隻如煤炭般污黑的貓咪，張牙舞爪對她咆哮。耳朵往後貼平，怒毛直豎，背脊拱起。牠的頸部繞了圈紅帶子，上頭有個小圓柱物，或許裡面放了張寫有主人姓名電話的小紙片吧。

依萊朝向貓咪走一步，貓咪齜牙嘶嘶叫，身體緊繃準備攻擊。再往前一步。

貓咪畏縮，準備撤退，但仍繼續嘶哮，兩眼瞪視。牠憤恨得全身顫抖，連頸部的金屬圓柱物也跟著晃動。雙方對峙較量。依萊慢慢逼近，貓咪節節退入廚房，貓咪一進去，她立即將廚房的門關上。被關在另一側的貓咪繼續憤怒地咆哮嘶鳴。依萊走進客廳。

女人正坐在皮沙發上。這張沙發保養得光可鑑人，甚至能反射出電視螢幕的亮光。她坐姿筆直，全神貫注盯著藍光閃爍的螢幕。前面的茶几上有一碗脆餅，小砧板上還放著三片起司。旁邊有瓶沒開封的紅酒和兩個酒杯。

女人似乎沒意識到依萊的存在，完全融入劇情中，忘了周遭一切。是個自然類的節目，介紹南極的企鵝。

「公企鵝將寶寶的蛋夾在腿上帶著走，這樣才不會接觸到冰層。」

一隊企鵝正左搖右擺穿越冰漠。依萊坐下來，坐在女人身邊。她端正坐著，彷彿電視是個生氣的老師正在訓誡她。

「等到母企鵝回來後，公企鵝的脂肪層已經全數消耗光。」

兩隻企鵝摩嘴擦喙，歡迎彼此。

「妳是在等人嗎？」

女人嚇了一跳，不解地與依萊對看幾秒。頭上的黃色蝴蝶結更加強調了她那令人慘不忍睹的面貌。她迅速地搖搖頭。

「沒有，要什麼自己來吧。」

依萊沒移動。螢幕變了，現在播的是以前隸屬於蘇聯的喬治亞共和國南部某區域的全景畫面，還配上了音樂。廚房貓咪的怒喵聲也變了，變成某種……哀求。房間裡有種化學味。女人身上散發出醫院的氣味。

「會有人來嗎？」

女人又嚇了一跳，彷彿被人從夢中驚醒。她轉向依萊，這次有點惱怒，眉頭皺得緊緊。

「沒有，沒有人會來。想吃就吃吧。」她以僵硬的手指點點那些起司。「法國卡門貝爾起司、義大利戈爾根朱勒起司、法國的頂級藍紋起司。吃吧，吃吧。」

她堅持地望著依萊，依萊只好拿起一塊脆餅放進嘴裡，慢慢咀嚼。女人滿意地點點頭，又把視線轉回螢幕。依萊將黏牙的脆餅糰吐在手裡，扔到沙發扶手的後面。

「妳什麼時候要走？」女人問。

「很快。」

「愛待多久就待多久吧，反正對我也沒差。」

依萊更靠近，假裝要看清楚電視，兩人手臂終於相碰。女人突然有反應，她渾身顫抖，整個人癱軟，像個鼓起的咖啡即溶包乍然被刺破。現在她看著依萊的眼神竟是溫和又迷濛。

「妳是誰？」

依萊兩眼靠向她的雙眸，她嘴裡飄散出醫院的氣味。

「我不知道。」

女人點點頭，拿起茶几上的遙控器，將音量關閉。

「春天來臨時，喬治亞南部會散發出荒漠的自然美……」

貓咪的哀求聲現在歷歷可聞，但女人似乎不理會。她指指依萊的腿，「我可以……」

「當然行。」

依萊稍微坐離女人。女人將自己的腿抬上沙發，頭枕在依萊大腿上。依萊慢慢撫摸她的頭髮。兩人這樣的姿勢持續了一會兒。螢幕上鯨魚閃亮的背鰭正劃破水面，噴出一道湧泉，接著遁入水裡消失無蹤。

「說故事給我聽。」女人說。

「妳想聽什麼？」

「聽美麗的故事。」

依萊將女人一綹鬈髮塞到她腦後。她呼吸緩慢，身體完全放鬆。依萊以低沉的聲音開口說。

「很久……很久以前，有個很窮的農夫和太太養了三個孩子，男孩和女孩大得能到田裡幫大人幹活，還有個小男孩，只有十一歲大。所有人見到小男孩，都說從沒見過這麼美麗的孩子。

「父親是個奴隸，得替擁有田地的貴族耕種，幾乎每天都要辛勤幹活，因此家裡和園子裡的事都得仰賴母親和兩個大孩子照顧。最小的男孩什麼都還不會。

「有一天，貴族宣布，所有替他耕種的家庭要舉辦一個比賽，年紀八歲到十二歲的孩子都要報名參加。雖然沒有獎品、獎金，不過也稱爲比賽。

「比賽當天，媽媽帶著最小的男孩去貴族的城堡。那裡不只有他們，還有其他七個孩子由爸爸或媽媽陪同，全都聚集在城堡的院子裡。後來又來了三個人。全都是窮苦人家，但孩子們都穿上最美麗的衣服。「他們在院子裡整天等待。快天黑時有人從城堡出來，要他們全都進去。」

依萊聽著女人的呼吸變得深沉且規律。她睡著了。吐出的氣息帶給依萊的膝蓋一股暖意。就在她耳朵下方，依萊看見鬆弛起皺的皮膚下，咚咚咚跳的脈搏。

貓咪安靜了。

大自然節目的工作人員名單正在螢幕上捲動著，依萊食指放在女人頸動脈，指尖底下那砰砰的感覺眞像鳥兒心臟在跳動。

依萊靠著沙發背撐住自己，小心翼翼將女人的頭下移到雙膝。藍紋起司的刺鼻味壓過眾多氣味。依萊從沙發背抓起一條毯子扔向茶几，蓋住那些起司。

輕柔的短促聲，是女人的呼吸。依萊彎下腰，將鼻子湊近女人頸動脈。肥皂味、汗水味、老皮味……醫院的氣味……還有這女人自己的味道。這些氣味底下，最重要的是：鮮血味。

依萊鼻子拂過女人頸部時，她微微呻吟了一下，想轉動頭部，但依萊一手壓住了她的雙臂和胸部，另一手緊緊圈住她的頭。依萊將嘴張得大大的，下移到女人頸部，舌頭壓住動脈，用力咬下去。下顎鎖緊。

女人抽搐了一下彷彿被電擊。四肢猛揮，雙腳用力踢撞扶手，讓自己掙脫了些。依萊趕緊膝蓋跨過她背部將她壓制住。

裂開的動脈有節奏地湧出鮮血，濺得褐色皮沙發血跡斑斑。女人尖叫，在空中揮舞雙手，扯下桌上那條毯子。依萊撲向女人時，藍紋起司的濃烈氣味竄進鼻腔，她張嘴咬入她的頸，深入地吸吮。女人的尖叫聲刺穿她耳膜，依萊只好放掉一手來摀住她的嘴。

尖叫聲雖被壓住，但女人不受束縛的手伸向了茶几，抓到遙控器猛砸依萊的頭。塑膠製品的碎裂聲伴隨著電視音量同時響起。

《朱門恩怨》的主題曲流瀉在室內，依萊將女人的頭從頸子上扯裂。

這血嘗起來真像藥。嗎啡的味道。

女人圓睜雙眼瞪著依萊。現在依萊嘗出另一種味道了，混合著藍紋起司的腐敗味。

癌。這女人得了癌症。

依萊開始反胃。她得放掉女人，坐直身子才不至於嘔吐。

音樂響起，鏡頭飛過《朱門恩怨》的拍攝場景德州達拉斯的南叉牧場。女人不再哀號了，只是靜靜躺著，任憑血液愈來愈弱地噴出，涓流到沙發的座墊下。與依萊的視線交接，她流露出消沉茫然的眼神，對依萊說：「拜託……拜託……」

依萊壓抑噁心感，傾身靠向女人。

「妳說什麼？」

「拜託……」

「嗯，妳要什麼？」

「拜託……拜託……」

半晌後女人的眼神變了，變得呆滯、看不見。依萊以手闔上它們。但它們突然又睜開。依萊趕緊拿毯子將她臉蓋住，直挺挺坐在沙發上。

這血雖然口感不佳，不過還算不錯。只是那嗎啡……

螢幕裡出現摩天大樓的玻璃帷幕。有個男人西裝筆挺戴著牛仔帽步出汽車，走向摩天大樓。依萊想從沙發起身，卻動不了。摩天樓開始傾斜，轉彎。玻璃帷幕反射出緩緩飄浮天空的雲朵，忽而是動物，忽而像樹木。

戴著牛仔帽的男人坐在桌子後面，開始說英語，依萊忍不住放聲爆笑。依萊聽得懂他在說什麼，不過全都是一些沒意義的話語。她四周張望，整個客廳開始以奇怪的方式傾斜，令人想不透的是房子斜成這樣，電視竟然不會滾下來。牛仔帽男人的話語在她腦海迴盪，依萊想找遙控器，但它已經變成碎片散落在茶几和地板上。

一定得讓牛仔帽男人閉嘴。

依萊滑坐到地板，以四肢爬到電視機前。體內的嗎啡正竄流全身，她對著螢幕裡解離成一團色彩的人物大笑。沒力氣了。精疲力竭地蜷縮在電視前面，任憑色彩在她眼前閃爍跳舞。

十

有幾個孩子各自乘著雪橇在小丘上滑行，這座小丘就位於伯橋森蓋頓街和公園路旁的那片空地間。因爲某種原因，大家管這裡叫「死亡之丘」。丘頂上有三個身影正要出發。其中一人滑出跑道衝入樹林，連番響起幾聲咒罵，其他兩人爆笑出聲，繼續往下滑。滑到底部往上彈起，落地時撞出的咚隆聲被厚雪蒙弱不少。

雷基停住不動往下看。薇吉妮雅小心翼翼地推著他走，「來，雷基。」

「該死，這太難了吧。」

「我可背不了你，你知道的喔。」

原本是淺笑的哼氣後來變成幾聲咳。

雷基肩頭放鬆，兩手癱垂，轉頭看著滑雪坡。

「可惡，到處都是孩子的雪橇，那裡也……」他隨手指向了位於雪坡遠端的人行地下道，「……那裡就是喬齊被殺死的地方。」

「別再想了吧。」

「我怎能不想，或許就是這些孩子其中一人幹的。」

「我不這麼認爲。」

薇吉妮雅抓起雷基的手，要他繼續環抱她的頸，但他將手抽開，「不用，我可以自己來。」

雷基小心翼翼滑下坡道。腳下的雪地嘎扎嘎扎響。薇吉妮雅站在那裡看著他，看著這個她深愛卻永遠不能一起生活的男人。

她曾試過。

八年前薇吉妮雅的女兒搬出去，雷基搬來與她同居。那時薇吉妮雅已經在目前這家超市工作，就是中國公園前面那條阿維德莫內街上的ICA超市。從她只有一間臥房的住處走到店裡只要三分鐘。

他們住在一起那四個月，薇吉妮雅一直搞不清楚雷基到底靠哪行維生。他懂電氣之類的東西，會把客廳的電燈裡裝上調光器。烹飪也略通，好幾次做出以魚爲主要食材的創意料理讓她驚豔不已。但他到底靠哪行維生？

他坐在屋裡、出去散步、和人聊天、看很多書和報紙，就這樣。對薇吉妮雅這個學校一畢業就開始工作的人來說，這種生活方式簡直不可思議。

「雷基，」有次她這麼問，「我不是那個意思……只是很好奇你到底靠什麼謀生？錢從哪裡來？」

「我沒有錢。」

「有啊，你有一些錢啊。」

「這是瑞典，只要搬張椅子放到人行道，坐在那裡等著，等得夠久，自然會有人過來給你錢，或者以某種方式來照顧你。」

「難道你這樣看我，以爲我的錢是這樣來的？」

「薇吉妮雅，哪天若妳開口說『雷基，拜託滾出去』，我二話不說一定離開。」

一個月後她才這麼開口。他將衣物塞進袋子，書裝成另一袋，就這樣離去。之後六個月她沒見過他，那段期間她開始喝更多酒，自己一人喝悶酒。

再次見到他時他似乎變了，變得更悲傷。他搬去和住在史馬蘭省的父親同住，他爸得癌症，日益消瘦。父親死後，雷基和姐姐繼承了那間房子，賣屋的錢兩人均分。雷基分到的錢夠他在布雷奇堡鎮買間小公寓，每月需付的管理費用也只要一點點。現在他永遠回來這裡定居了。

之後幾年，兩人愈來愈常在中國餐館見面，薇吉妮雅晚上經常到那兒和大家碰頭。有時兩人會一起離開，以拘謹壓抑的方式做愛。根據兩人不明說的約定，雷基會在隔天她下班回家前離開她家。他們是寬鬆定義下的情侶，有時幾個月也沒同床而眠。這種方式對他們來說最適合不過。

兩人走過ＩＣＡ超市，看見便宜牛絞肉促銷的海報，還有勸戒人要「生活、飲酒、享樂」的酒商廣告。雷基站在店門前等著她。她走出店門，他立刻伸出手臂迎向她，薇吉妮雅挽著他，雷基對著商店點頭問，「最近工作都還好吧？」

「老樣子嘍，」薇吉妮雅說，「不過那個是我做的。」

一張海報寫著：「碎番茄，三罐五克朗。」

「寫得很棒。」

「你眞的這麼覺得？」

「當然，看了就讓人想趕快買。」

她戳戳他，感覺手肘碰到了他的肋骨，「你連眞正的食物嘗起來是什麼滋味都忘了呀。」

「妳眞的不需要……」

「我知道，但我就是想。」

十

「依——萊……依——萊……」

從電視喊出來的名字怎麼跟她那麼像。依萊後退想離電視遠一些，但身體就是不聽使喚，現在只剩雙手能慢慢地在地板上移動。她想抓住些什麼。摸到了電線。抓得緊緊，彷彿那是條救命繩，靠著它就能逃出這條尾端有臺電視正對著依萊講話的隧道。

「依萊……妳在哪裡？」

她的頭好重，重到離不開地板，她唯一能做的，只是抬起眼，看著螢幕，當然，它變成了……他。眞人頭髮製成的假髮上，露出一截金色捲毛，捲毛在絲綢長袍上飄呀飄，讓他原本柔弱的面龐顯得更嬌小。薄唇緊閉，塗上口紅的一抹微笑看似匕首在厚粉塗抹的蒼白臉龐上劃出的一道傷口。

依萊想抬起頭，好好看清他整張臉。稚氣的藍色大眼睛，還有眼睛上方……氣息從依萊肺腔斷斷續續吐出，她的頭重重垂地，鼻子撞出了碎裂聲。眞好笑，他還戴著牛仔帽。

「依——萊——」

還有其他聲音，孩童的聲音。依萊又抬起頭，像個嬰兒一樣不穩地晃動，鼻孔流下有病的血液，流到嘴巴裡。那人展開手臂表示歡迎，露出了長袍的紅色襯裡。這些襯裡翻騰湧出，蜂擁而至，全都變成了紅唇。幾百張孩童的嘴痛苦地扭曲，低聲訴說自己的故事，還有依萊的故事。

「依萊……回家……」

依萊閉上眼睛，嗚嗚啜泣。等著冰冷雙手緊攫她的頸。什麼都沒發生。她又睜開眼，畫面已改變。現在是衣衫襤褸的孩子排成長長隊伍，慢步走在雪地裡，朝向遠方地平線上那座冰堡蹣跚前進。

這些都沒發生。

依萊對著電視吐出嘴裡的血。紅點戳破了延伸至冰堡的白雪畫面。

這不是真的。

依萊抓住救命繩，想將自己拉出隧道外。插頭被拔出，一聲喀啦響，電視關掉了。數條血色的黏稠唾涎滑下已黑的電視螢幕，滴滴答答流到地板。依萊頭枕著臂，消失在暗紅的漩渦裡。

十

薇吉妮雅趁著雷基沖澡時快速燉出一鍋牛肉，裡面放了洋蔥和碎番茄。他這澡洗得真久。食物備妥後她進浴室看看。他坐在浴缸裡，頭垂在兩膝間，蓮蓬頭就掛在一肩上。背部肌膚下拱起的一節節脊椎真像串起來的一顆顆乒乓球。

「雷基？可以吃飯嘍。」

「好，太好了。我洗很久了嗎？」

「還好，不過自來水公司剛剛打電話來說他們的水庫快乾了。」

「什麼？」

「來，起來了。」她從掛鉤抓起浴袍遞給雷基。他一手抓在浴缸邊穩住自己，慢慢起身。薇吉妮雅見到他消瘦的裸體不禁皺了眉。雷基看見她的表情。

「他沐浴過後起身，」他故意說：「像尊神，美到讓人讚嘆。」

兩人共進晚餐，共飲一瓶酒。雷基食量不多，但至少有吃。移到客廳又開了另一瓶酒，然後兩人上床。依偎並躺，四目相望。

「我沒吃避孕藥了。」

「我知道，我們不必……」

「我不是那個意思。只是不需要了，停經了。」

雷基點點頭，思索了一會，摸摸她臉頰。

「覺得難過嗎？」

薇吉妮雅笑了笑。

「你是唯一會這樣問我的人。是啊，的確有點難過。那是……讓我之所以成為女人的東西，不過現在已經不適用在我身上了。」

「嗯，不過這對我來說很棒。」

「真的？」

「是啊。」

「過來。」

他遵照她的命令開始辦事。

十

谷納．洪柏格拖著步伐在雪地行走，免得留下足跡妨礙待會兒的鑑定。他停下腳步，回頭望著從房子一路延伸過來的痕跡。火光將雪地照得橘亮，熱氣在他髮際邊緣烘出一顆顆汗珠。

洪柏格曾多次試探自己天真的信念，始終堅信年輕人本性善良。他之所以常到學校演講，與那些誤入歧途的孩子懇談，就是出於這股信念。而這也正是他對眼前景象如此震驚的緣故。

從雪中的腳印可看出這是雙小鞋。

甚至稱不上「年輕人」，著實是孩子的腳印。小巧利落，但步距驚人。用跑的，跑得非常快。

從眼尾餘光，他看見實習警員拉森走過來。

「拜託，拖著步伐走，免得破壞嫌犯腳印。」

「喔，對不起。」

拉森開始拖步跋涉過雪地，來到洪柏格身邊。拉森斗大外凸的雙眼老是露出大驚小怪的眼神，而現在這雙金魚眼正看著雪地上的足跡。

「該死。」

「我也有同感。應該是個孩子。」

「不過……這些腳印這麼……」拉森視線往前延伸，以目光追蹤了些足跡，「真像三級跳遠跳出來的。」

「沒錯，步伐很大。」

「不只是『大』，簡直……不可思議，竟然能跨這麼遠。」

「你的意思是？」

「我經常跑步，怎樣也不可能跨這麼大步啊。超過……至少兩步。而且還一路這樣。」

史泰凡越過附近房舍小跑步過來，還得先穿過好奇的圍觀民眾，以及路中間圍看救護人員將女屍蓋上白布抬上救護車的一小撮人。

「怎麼樣？」洪柏格問。

「呃……走到了伯橋森蓋頓街，然後……就追不到……蹤跡了……那些車子……我們得……放狗去追……」

洪柏格點點頭，不過也分神聆聽旁邊的交談。有個鄰居目睹了一些過程，目前正接受詢問。

「一開始我以爲是放煙火之類的，後來看見手，她的手在空中揮，接著就衝出來……從窗戶……她跳出來。」

「所以窗戶開著？」

「沒錯，開著。然後她跳出來，接著房子就起火。我看見了，房子在她身後燃燒，熊熊大火……還有她衝出來……哦，眞慘，她著火了，全身都是火，走離房子……」

「等等，你說她用走的？不是跑？」

「不是，就是這樣才……她用走的。手這樣揮，好像要……我不知道。然後她停下腳步。聽見了嗎？我說她停下腳步。她整個身體著火了，但像這樣停住，四處張望。好像……很平靜。然後又開始走。接著……彷彿……彷彿就這樣結束，你知道嗎？沒有驚慌或任何表情，她……喔……甚至沒尖叫，一聲都沒有。她就這樣倒下去，雙膝跪地，然後……砰，倒在雪地裡。」

「接著，好像……我不知道……反正就是很奇怪。這時我跑進屋裡拿一張毯子，喔，是兩張，然後跑出門……眞是見鬼，你知道嗎……她躺在那裡，眞的……不，太可怕了。」

那人燻黑的手捧住臉，開始啜泣，警官一手搭在他肩上。

「我們明天會把整件事理出個正式說法。你還有見到其他人離開房子嗎？」

男人搖頭，警官在紙上快速記下些什麼。

「像我之前說的，我們明天會跟你聯絡，要不要我請醫護人員離開前先開些藥給你，幫助你入睡？」

男人拭拭眼中的淚水，手在燻黑的臉上抹出一條濕痕。

「不用，這眞……需要靠藥入睡的話，我自己有。」

谷納・洪柏格再看那燃燒的屋子一眼。救火員效率很高，現在幾乎看不見火焰，只剩下巨柱般的濃煙竄升夜空。

十

就在薇吉妮雅張開手臂迎向雷基，就在刑事鑑定專家採集雪地腳印之際，奧斯卡站在窗邊往外望。窗戶底下的樹叢已覆上一層雪，白色雪堆厚實到眞讓人以爲能從上面溜滑而下。

這麼晚了依萊還沒回來。

奧斯卡佇立著，走動著，等候著，來回踱步，快要凍僵，從七點半到九點，在社區中庭癡癡等著她。還是沒見到依萊蹤影。九點他看見媽媽站在窗戶外，知道自己得進屋了，雖然仍滿心焦慮。《朱門恩怨》、熱巧克力和肉桂捲都已備妥。媽媽追問他一些問題，差點就吐露出祕密，幸好沒穿幫。

已經超過午夜十二點了，他站在窗邊，心焦如焚。打開窗戶，吸了一口夜晚的冷冽空氣。他決定反擊

眞的是爲了她？難道不也是爲了自己？

沒錯，是爲了自己。

但也是爲了她。

很悲哀，但的確如此。如果他們是週一找他麻煩，那他就不會有力氣，也不會想和他們對抗。他知道就是這樣。也不會去參加週四的體能訓練，因爲沒有動力。

他讓窗戶開著，隱約期望她半夜會回來，在下面輕輕喚著他名字。如果她會半夜溜出去，那也很可能半夜溜回來。

奧斯卡脫下衣服爬上床。敲敲牆壁。沒回應。將被子蓋住頭，跪在床上。十指交錯，頂住前額，壓低聲音說：「親愛的上帝啊，拜託，讓她回來，隨祢要什麼，我所有的雜誌、書、所有東西祢都拿去，要什麼都可以，只要讓她快回來。回到我身邊。拜託，上帝，拜託。」

他躲在被子裡，直到悶出汗。探出頭，躺在枕頭上。縮成胎兒姿勢，閉上眼睛。腦海浮現出依萊、強尼、麥奇和多瑪士的身影。還有媽媽和爸爸。他躺了好久，想像自己希望看見的畫面，栩栩如生，然後慢慢入睡。

依萊和他坐在鞦韆上，愈盪愈高，高到鐵鍊鬆開，兩人飛上天空。他們緊抓著鞦韆，雙膝互頂，依萊低聲喚：「奧斯卡，奧斯卡……」

睜開眼睛。地球儀裡的燈已被關掉，月光照得所有東西藍霧霧。Kiss樂團的主唱吉恩・西蒙斯正從靠床牆壁的另一頭看著他，伸出長長的舌頭。

他嚇得縮成一團，閉上眼睛。又聽到了低語。

「奧斯卡……」

從窗戶傳過來的。睜開眼，抬頭看，看見窗戶玻璃另一側有一小顆頭顱輪廓。他拉開棉被，還沒來得及下床，就聽到依萊悄聲說：「你在那兒等著，留在床上。我可以進來嗎？」

奧斯卡壓低聲音說：「好。」

「你說可以進來。」

「妳可以進來。」

「閉上眼睛。」

奧斯卡將雙眼緊閉。窗戶打開，一陣冷風竄入室內。窗戶被輕輕關上，他聽到了依萊的呼吸聲，低聲問：「我可以張開眼睛了嗎？」

「等一下。」

另一房間內的沙發床吱嘎叫一聲，媽媽起床了。奧斯卡仍緊閉雙眼，這時被子被掀開，有個冰冷的赤裸軀體鑽進來，拉起被子蓋住兩人，蜷縮在他背後。

房門打開。

「奧斯卡？」

「媽。」

「是你在說話嗎？」

「沒有啊。」

媽媽留在走道，聽著動靜。依萊躲在他背後，額頭緊貼他兩側肩胛骨之間，一動也不動。她的溫熱吐息滲進他一小塊背肉裡。

媽媽搖搖頭。

「一定是鄰居。」她又凝神聽了一會兒，然後說：「晚安，小寶貝。」將房門關上。

只剩下奧斯卡與依萊共處一室。他聽見身後傳來低語。

「那些鄰居？」

「噓——」

媽媽躺回沙發床，隔壁又傳出吱嘎聲。他抬頭看看窗戶。關上了。

一隻冰冷的手爬上他肚子，一路摸索到他胸膛，停在他的心窩上。他雙手疊在那隻手上，溫暖她。依萊另一手穿過他腋窩，探到他胸口，塞入他兩手中。依萊轉頭，將臉頰貼在他肩胛骨上。

一股味道瀰漫房間。爸爸的輕型機車灌滿油時的味道。是汽油。奧斯卡低頭聞聞她的手。沒錯，就是來自她的手。

兩人就這姿勢躺了很久。奧斯卡從隔房媽媽的呼吸聲聽出她已經睡著了，而兩人交疊的手也溫熱到開始冒汗。奧斯卡低聲問：

「妳剛剛去哪裡？」

「去吃東西。」

她的唇搔得他肩膀好癢。依萊鬆開手，轉身背向他。奧斯卡還留在原姿勢一會兒，注視著海報上吉恩・西蒙斯的眼。然後翻過身趴著，望著她腦後，逕自想像著牆上海報裡那些團員也好奇地看著她。而此刻她的雙眼圓睜，在月光下變成藍黑色。不知為何，奧斯卡的手臂突然起了雞皮疙瘩。

「妳爸爸呢？」

「走了。」

「走了？」奧斯卡忍不住提高音量。

「噓——沒關係。」

「可是……他……怎麼……？」

「沒・關・係。」

奧斯卡點點頭，以手勢表示他不會再問任何問題了。依萊翻過身躺著，雙手貼在腦後，凝視著天花板。

「我覺得好孤單，所以來找你，這樣可以吧？」

「可以啊。不過……妳怎麼沒穿衣服？」

「對不起。這樣很噁心嗎？」

「不是，不過妳不冷嗎？」

「不會，不會。」

她的白頭髮不見了，沒錯，現在的模樣比他們昨天見面時健康多了。雙頰變豐腴，聽到奧斯卡說的話，被逗笑的酒窩也變得更明顯。奧斯卡說：「妳該不會剛好經過情人亭之類的吧？」

依萊噗嗤笑了出來，故意以鬼魂般的聲音嚴肅地說：「沒錯，我的確去過，你怎麼知道？那猴子老闆探出頭，說：『來——來——我有糖果，還有香——蕉。』」

奧斯卡將臉埋進枕頭，依萊轉頭面向他，在他耳邊低聲說：「來——有軟糖。」

奧斯卡尖叫，「不要，不要！」又埋進枕頭裡。兩人這樣玩了一會兒。依萊抬頭看看床頭櫃書架上的書，奧斯卡將他最愛的那本書的內容說給她聽：詹姆士・哈伯特的《霧》。依萊趴著研究書架時，她赤裸的背部亮得像黑暗中一張純潔的白紙。

他的手離她肌膚如此近，甚至感覺得到她溫熱的身軀。他抖動手指拍拍她的背，輕聲地說：「布勒哩布勒哩巴克，多少角兒跑出頭？⑤」

「嗯，八根？」

「妳說八，就是八。布勒哩布勒哩巴克。」

然後換成依萊要他猜，不過他不像依萊那麼會猜。他比較擅長玩的是「剪刀、石頭、布」。七比三。又玩了一次，九比一大獲全勝。依萊看來有點生氣了。

「你知道我要出什麼，對不對？」

「對啊。」

「你怎麼知道的？」

「我就是知道，常常這樣，我腦袋裡會出現妳要比的東西。」

「再來一次，這次我不會先想了，隨便亂出。」

「試試看吧。」

他們又玩了一次，這次奧斯卡還是八比二輕取依萊。依萊假裝生氣，轉過身面向牆壁。

「不和你玩了，你作弊。」

奧斯卡看著她白皙的裸背。他敢嗎？敢，現在她沒看著他，他敢開口了。

「依萊，妳願意和我出去嗎？」

她轉身躺著，將棉被往上拉到下巴。

「什麼意思？」

奧斯卡凝視著眼前一排排的書脊，聳聳肩。

「就是……妳願意和我在一起嗎？」

「什麼意思，『在一起』？」

她聲音聽起來很遲疑，好像有困難。奧斯卡趕緊接著說：「或許妳在學校已經有男朋友了吧。」

「不，我沒有……可是奧斯卡，我不能，我不是女孩。」

奧斯卡哼了一聲，「什麼意思？難道妳是男的？」

「不是，不是。」

「那妳到底是什麼？」

「什麼都不是。」

「什麼意思，『什麼都不是』？」

⑤「布勒哩布勒哩巴克，多少角兒跑出頭？」是瑞典人會玩的小遊戲。遊戲的玩法是甲伸出十根手指，在乙的背後以手指輪流拍打乙的背，然後要乙猜一猜甲伸出了幾根手指來拍打。猜對了就換人。

「我什麼都不是，不是小孩，不是老人，不是男生，也不是女生，什麼都不是。」
奧斯卡手指撫過《老鼠》的書脊，抿著雙唇，搖搖頭。「妳要不要跟我出去？」
「奧斯卡，我真的很想，可是……我們不能像現在這樣嗎？」
「……好吧。」
「你很難過嗎？如果你要的話，我們可以接吻。」
「不要！」
「你不想接吻？」
「不要，我不要。」
依萊蹙著眉。
「你會和一起出去的人特別做些什麼，是不是？」
「沒有。」
「就和平常一樣？」
「對。」
依萊似乎突然高興起來，雙手疊在肚子上，凝視著奧斯卡。
「好，那我們出去。我們在一起。」
「可以嗎？」
「可以。」
「太棒了。」
奧斯卡內心有股靜靜的喜悅，但不動聲色繼續端詳自己的藏書。依萊靜靜躺著，等著，半晌後她決定開口：「還有其他事嗎？」

「沒有。」

「可以像剛剛那樣躺著嗎？」

奧斯卡翻過身，背對著她。她伸出手抱住他，他握著她的手。兩人這樣躺著，慢慢地，奧斯卡昏昏欲睡，雙眼沉重，幾乎睜不開。沉沉入睡前他喊著：「依萊？」

「嗯？」

「我好高興妳來找我。」

「是啊。」

「可是妳怎麼……聞起來都是汽油味？」

依萊的手握得更緊，緊緊貼住他的心，緊緊抱住他的人。奧斯卡身處的這房間愈來愈大，牆壁和天花板開始柔軟，地板鬆滑，連整張床都飄浮了起來，他知道，自己睡著了。

十月三十一日星期六

夜晚的燭光已熄滅，歡樂的白晝
躡腳登上雲霧迷濛的山巔。
我得離去求活，否則留下必死。

——莎士比亞，《羅密歐與茱麗葉》

灰色。萬物都是灰色。雙眼無法聚焦，彷彿躺在雨雲中。躺著？沒錯，是躺著。背、臀和腳跟都感覺到被東西頂著的壓力。左邊有嘶嘶聲，氣體，氣體開著。不，關掉了，又開了。每次一有嘶聲，胸腔感覺就跟著不一樣。隨著嘶聲間有間無，肺腔一會兒灌滿氣，一會兒又全空。

還在游泳池嗎？他是被自己那罐氣體迷昏了嗎？若是這樣，怎麼感覺清醒著？但他眞的清醒嗎？

哈肯試著眨眼。什麼都沒發生，幾乎沒發生，只感覺一隻眼睛前方有東西抽動，讓他視線更加渾濁。至於另一眼，不在了。他想張嘴，嘴也不在了。想像著自己嘴巴的形狀，想著照鏡子時看到的模樣，再試……還是不存在。什麼都不聽他使喚，彷彿硬把意識灌進岩石，要它動一動。沒交集。

整張臉好灼熱。一股恐懼遍流全身。臉被某種溫熱、僵硬的東西蓋住。是石蠟。機器幫他呼吸，因爲他整張臉都被石蠟覆蓋住。

精神集中到右手。有，它在那兒。張開手，握緊拳頭，感覺指尖碰到掌心。有觸覺。鬆了一口氣，想像自己鬆口氣的樣子，因爲胸口已不能隨心所欲地起伏。

他舉起手，慢慢地。前胸和肩膀繃緊。手移到視線可及處，一片血肉模糊。再移到臉龐前，停住。旁邊怎麼有低沉嗶嗶聲。慢慢將頭轉過去，下巴被硬硬的東西刮著。移過手去摸。

是個金屬造口，植入他喉嚨中。一條塑膠長管連接了金屬造口。循著管子摸到最遠處，尾端有個溝槽的金屬物。他知道了。若想死，就是要拔掉這東西。他們替他裝了呼吸器。他手指擱在管子尾端。

依萊。泳池、男孩、強酸。

記憶只停在他扭開玻璃瓶蓋的剎那。他一定是將強酸潑上自己的臉，按照計畫進行。唯一沒算準的是他竟然還活著。他看過那些毀容的照片，女性被嫉妒的男友潑硫酸。他不要自己有張這樣的臉，更不想見到這種臉。

緊緊握著管子。一扯，沒動，嵌得好緊。他試著轉動尾端的金屬，如他所料，轉開了。繼續扭鬆。想找自己的左手幫忙，但原本該有手的地方現在卻只有被針球滾過的刺痛。還活著的那隻手的指尖，感覺到了一股輕輕的噗噗壓力。封口處有氣體跑出來了。嘶嘶聲微微改變，變得比較稀。

某種閃爍的紅光滲入了四周原本的灰色光線。他閉上眼，想到了古希臘哲學家蘇格拉底和他手中被給的那杯毒藥，如此下場只因他蠱惑了雅典的年輕人。別忘了拿隻公雞給……那人叫什麼來著？阿契曼德拉斯⑥？不是……

有吸吮的聲音，這時病房門開啓，白色身影朝他而來。感覺有手指扳開他的手指，想拿開他手中的金屬片。女人的聲音。

「你在幹麼呀？」

阿斯克勒庇俄斯，獻隻公雞給阿斯克勒庇俄斯。

「放手！」

一隻公雞，給阿斯克勒庇俄斯，他是醫神。

手指放開後嘶嘶聲又出現了。管子被嵌回原來的位置。

「從現在起得找人戒護你。」

將公雞獻給他，別忘了。

十

奧斯卡醒來時依萊已經走了。他繼續躺著面向牆壁，背好冷。一隻手肘撐起身子，環顧全室。窗戶開

---

⑥蘇格拉底被迫服毒臨死前，對在旁的學生說：「我還欠醫神阿斯克勒庇俄斯一隻公雞，別忘了幫我還他。」當時生病的人會到這位醫神的廟堂住，祈求醫神的救治，回報之禮就是公雞一隻。哈肯記不得醫神正確名字，隨口說了這個顯然不對的名字：「阿契曼德拉斯」。

了一小縫，她一定是從那裡溜出去。

光著身體。

他翻過身，臉貼著她睡過的地方，聞一聞，什麼味道都沒有。鼻子在床單來回嗅，想找出一絲絲她來過的氣味，卻沒嗅出什麼。連汽油味也沒有。

真的發生過嗎？他趴在床上，開始回想。

沒錯，發生過。

是真的。她的纖指摸到他的背，這個記憶的確有，他們玩著「布勒哩巴克」。他還小時媽媽跟他玩過這遊戲，但此刻的回憶很鮮明，才剛剛發生，沒多久之前。突然，手臂、頸部寒毛直豎。

他起床，穿衣服。套上褲子後走到窗邊。沒下雪了。零下四度。很好。萬一氣溫升高開始融雪就會到處泥濘，這樣就不能把裝傳單的紙袋放在外面。

他想像著在零下四度的天氣裡光著身子攀到窗戶外，爬下被雪覆蓋的樹叢，爬到……

不可能。

他傾身向前看，眨眨眼。

樹叢上的覆雪絲毫沒有被破壞的跡象。

昨晚站在窗邊，看到外頭步道鋪上一層潔淨的新雪，那層雪現在看來與昨晚沒兩樣。把窗戶開大些，整個頭探出去，發現延伸到他窗戶下方牆壁的樹叢也覆蓋著雪，沒有被踩過的痕跡。

奧斯卡往左看，沿著粗糙的外牆望過去，她家窗戶應有三米遠。

冷風吹過奧斯卡赤裸的胸口，他心想，應該是昨晚她回去後又下過雪。這是唯一的解釋。不過……現在讓他不解的反而是：她怎麼爬上他的窗戶？踩著那些樹叢爬上來的嗎？

若是這樣，雪不應該看起來那樣。而且他上床後就一直沒下過雪。她身體頭髮都沒濕，可見她來之前的確沒下雪。她什麼時候走的？

從她來到離開那段時間，應該下了很大的雪，蓋住了她的腳印……

奧斯卡關上窗戶，繼續把衣服穿完。眞不可思議，他開始覺得這全是一場夢。但他旋即看見了字條，摺疊放在他書桌的鬧鐘下。他拿起字條，打開看。

那麼，窗兒，讓白晝進來，也讓生命出去。

畫了一顆心。接著：

今晚見，依萊。

他把紙條看了五次，想像她站在那裡，靠著書桌寫下字條的情景。牆壁海報上Kiss樂團主唱吉恩・西蒙斯就在她身後半米處，舌頭吐得長長。

他走向書桌，將海報撕下，揉成一團，丟到垃圾桶。

然後又看了字條三次才摺好放進口袋裡。穿上最後一件外衣。今天的傳單有五頁，對他來說小意思。

十

房間瀰漫著菸味，百葉窗透進來的陽光光束裡有塵埃飛舞。雷基剛醒來，躺在床上，咳嗽。眼前這些塵粒的飛舞姿態眞有趣。老菸槍的咳。他轉身，拿起邊桌上的香菸和打火機，旁邊的菸灰缸已經滿溢。

給自己拿根菸，駱駝牌的淡菸。薇吉妮雅上了年紀開始注意健康，改抽淡菸了。點燃菸，翻過身，一手枕在頭下，開始思索整個情況。

薇吉妮雅幾小時前就出門上班了，現在應該很累吧。兩人做完愛後聊天抽菸，熬夜到很晚，凌晨兩點她才熄菸說該睡了。她睡了後雷基溜下床，喝了一些酒又抽了幾根菸才上床睡覺。或許是因爲他喜歡鑽進已熟睡的溫暖軀體旁邊。

眞可惜，他沒能讓自己的生活過得永遠有人睡在身旁。如果有人能和他同床而眠，那人肯定是薇吉妮雅。可是……該死，他就是聽過有人說她這樣說她那樣。如雲霄飛車般的生活。據說那段時間她會到城裡酒吧買醉，隨便抓個老男人回家。她不想談，不過那段日子的確讓她蒼老不少。

如果他和薇吉妮雅能……好，能怎樣？變賣一切，到鄉下買間小屋，自己種種馬鈴薯。當然行，但持續不了多久的。一個月後他們就會惹惱對方。況且她媽媽住在這裡，還有工作的地方，而他……嗯，有集郵冊。

沒人知道，連姐姐也不知道，這點讓他有點罪惡感。

這是爸爸的集郵冊，沒列在遺產中，若變現的話能値不少錢。每次需款孔急時就賣個幾枚。

現在市場價錢不好，況且也沒剩多少。不過很快他又得變賣了。或許賣掉最特別的那幾枚，挪威一號，然後回請大家喝酒，前一陣子老是喝人家的，是該禮尚往來一下。

在鄉下買兩間小屋。小木屋，兩間離很近。小木屋花不了多少錢。還有薇吉妮雅的母親，那就三間。不過還有她女兒莉娜，四間。當然好。有辦法的話買下整個村子也行。

薇吉妮雅告訴過自己，只有和雷基在一起她才會快樂。至於雷基，他不確定自己有沒有快樂的能力，不過薇吉妮雅的確是他唯一喜歡相處的人。那，為何兩人就是無法長相廝守？

雷基將菸灰缸放在肚子上，抖抖菸灰，菸放進嘴裡，深深吸口氣。

薇吉妮雅是這些日子以來他唯一想在一起的人，自從喬齊消失以來。喬齊眞的很棒，是這些熟識者當中他唯一會稱爲朋友的。但他就這樣失蹤，簡直太扯了。這樣不對，至少要有葬禮，有遺體可以瞻仰，讓人可以說：嗨，老友，原來你在這兒，不過你死了。

雷基淚水盈眶。

每個人總有一些他媽的朋友，讓自己的世界運轉起來不會那麼吃力。他也有，有一個，但就這麼巧，他被冷血的盜匪幹掉了。那小鬼到底爲什麼要殺喬齊？

不知爲何，他就是知道古斯塔沒說謊，也沒捏造。喬齊的確走了，可是整件事就是該死的太沒道理。唯一的合理解釋就是嗑藥。喬齊一定染上毒癮，又背叛錯了人才慘遭毒手。可是怎麼之前都沒聽他說？

雷基離開前把菸灰缸清乾淨。將空酒瓶塞進櫥櫃裡，還得和其他瓶酒一樣上下顚倒放，免得被發現。

對，該死，就這麼辦。兩間小木屋，一畝馬鈴薯田。膝上有泥土，春天有雲雀，之類之類的。就等某一天。

他穿上大衣走出門。經過薇吉妮雅工作的ＩＣＡ超市，對著坐在收銀臺的她拋個飛吻。她笑顏綻放，噘嘴回應。

走回伊伯森嘉頓街途中見到男孩抱著兩大袋紙袋。是住在同社區的，雷基不知道名字，不過還是對他點點頭。

「看起來很重，你竟然拿得動。」

「還好。」

男孩蹣跚地抱著袋子走向隔壁棟，雷基一路看著他。他媽的，看起來眞快樂。就是應該這樣嘛，接受你的重擔，快樂地扛起來。

就是應該這樣嘛。

他在中庭閒晃，希望能遇見那個請他喝威士忌的人。現在這個時間那人偶爾會出現，在中庭繞圈子踱來踱去。不過好幾天沒見到他人。雷基抬頭看看一扇窗，他猜想那人應該住在那裡，不過窗戶緊閉。

當然，可能在裡頭喝酒。可以去按按門鈴。

或許，改天吧。

十

天色快黑，湯米和媽媽才來到墓園。爸爸的墳墓就在瑞克斯塔湖旁的堤岸裡。媽媽整路都不說話，湯米以爲她因爲難過不想開口，不過兩人來到坎南維根鎮，走上那條與湖平行的小路時，媽媽咳了一聲，對他說：「湯米，你知道……」

「什麼？」

「史泰凡說他屋裡有東西不見了，而我們昨晚都在那兒。」

「我明白了。」

「你是不是知道些什麼？」

湯米從頭上抓起一把雪，揉成雪球，砸向一棵樹。正中紅心。

「嗯，就在陽臺下。」

「這對他來說很重要，因爲……」

「我說了，就在陽臺下的樹叢裡。」

「怎麼會跑到那裡？」

眼前出現了被雪覆蓋的墓園圍牆。一道柔和的紅色光線由下往上照亮了松樹。媽媽提的小油燈因晃動而發出噹啷聲。湯米問媽媽：「妳帶了打火機嗎？」

「打火機？喔，有，我有打火機。那獎盃是怎麼……」

「被我丟下去的。」

走進墓園大門，湯米駐足看地圖。不同區域以不同字母標示，爸爸在D區。

若真仔細想一想，會覺得實在很可怕，將人燒了，把骨灰留下，埋在地底，然後標上「D區第一〇四號墳」。

大概三年前吧。湯米對葬禮或喪禮（隨便怎麼稱呼）的印象很模糊了。只記得有具棺材，還有很多人又哭又嘆息。

他記得當時穿了過大的鞋子，那是爸爸的。走回家途中，腳在鞋裡滑來滑去。他很怕那具棺材，整個過程坐在那裡直盯著它，他相信爸爸會從裡面起來，活過來，可是……一切都變了。

葬禮過後兩星期，不管走到哪裡都怕有殭屍。尤其天一黑，他望著陰暗處，總覺得自己看到了醫院病床上那具乾癟的軀體，這軀體不再是爸爸，它硬挺挺地伸出雙手，要走過來抓他，就像電影演的那樣。

這種恐懼持續到他們將骨灰罈埋起來。那天只有他、媽媽、挖墓人和牧師在場。挖墓人捧著骨灰罈，莊嚴尊重地跨步走。牧師在旁安慰媽媽。整個過程根本他媽的有夠荒謬。穿著工作服的挖墓人捧著一個小小的有蓋木盒往前走，那東西怎麼說都跟爸爸沒關係。

真是個大笑話。

不過說來奇怪，自從那天後，湯米就不再害怕。而且他和那座墳墓的關係也慢慢變得不一樣。現在他偶爾會獨自來這裡，坐在墓碑旁，手指輕撫過刻成爸爸名字形狀的那些字。他來這裡就是爲了這個。不是爲了地下的木盒子，而是爲了這個名字。

病床上扭曲變形的那個人，盒子裡的骨灰，這些都不是爸爸，只有這個名字與他記憶裡的人有關係，所以有時他會坐在這裡，輕輕撫過石頭上這些字，它們被雕成爸爸的名字：「馬汀・山謬森」。

「眞漂亮。」媽媽說。

湯米望向墓園。

小燭光全亮起，彷彿從空中俯瞰的城市夜景。墓園到處都有陰暗的身影四處走動。媽媽走向爸爸墳墓，手中的小油燈盪呀盪。湯米望著她消瘦的背影，突然悲從中來。不是替自己感到難過，也不是悲傷媽媽，而是替所有世間人悲哀。包括手中拿著燈沿著雪地走到這裡探墓的這些人，他們不過是坐在墓碑旁，看著碑文、摸著碑文的陰魂。實在太……太蠢了。

死了就死了。消失了。

雖然如此，湯米還是走到媽媽身邊，蹲在爸爸的墳墓旁，等著媽媽點亮油燈。有她在，他不想去摸那些字。

母子倆坐了一會兒，凝視著大理石上的陰影隨著搖曳的稀微亮光徐徐移動。此刻湯米唯一的感覺，只是困窘，想到自己竟然跟著玩這麼虛僞的遊戲。一分鐘後他起身，往家裡走。

媽媽在後跟著。太快了吧，他這麼覺得。在他看來，媽媽應該大聲哭泣，淚流滿面，在那裡坐整晚。她趕上他的步伐，小心翼翼伸手挽著他。湯米隨她挽。兩人並肩走，望向那已經結冰的瑞克斯塔湖。如果寒流繼續來襲，再過幾天應該能在湖上溜冰。

有句話一直像固執的吉他旋律在他腦海反覆出現。

死了就死了。死了就死了。死了就死了。

媽媽突然發抖，緊靠著他。

「眞可怕。」

「妳這麼覺得？」

「是啊，史泰凡告訴我很多可怕的事。」

史泰凡。可不可以別在這裡提起他……

「喔。」

「你知道花園住宅區安格拜那裡房子起火的事嗎？那女人……」

「知道。」

「史泰凡告訴我，他們把女人解剖驗屍。我真的覺得這種事情好恐怖。他們所做的那些事情。」

「是啊，是很恐怖。」

有隻鴨子正走在薄冰上，朝向一片小水池，這是通往湖裡的排水管出口附近所形成的。夏天那水池的氣味就像臭水溝，不過還是抓得到小魚。

「那些排水管是從哪裡來的？」湯米問，「從火葬場流出來的嗎？」

「不知道。你不想聽那些事嗎？是不是覺得很恐怖？」

「喔，不是。」

兩人穿越樹林走回家的路上，她將那些事說給他聽。沒多久湯米開始有興趣，問了些媽媽回答不了的問題，她知道的也就是史泰凡告訴她的那些。事實上媽媽見湯米有這麼多問題，反倒後悔不該提起這個話題。她怕兒子太沉迷。

十

那晚回家沒多久，湯米去了避難室，高高蹲在板條箱上，拿著手槍對著某人的照片這樣射，那樣射。然後將雕像放在三個裝有錄音帶的紙箱上頭，讓它成了一座獎盃。最上面還擺顆草莓。

偷來的……從警察那裡！

他小心翼翼將避難室用鐵鍊和掛鎖鎖住，將鑰匙藏回原來的地方，坐在俱樂部裡，開始想著媽媽告訴他的那些事。一會兒後，聽見外頭迴廊有躊躇腳步聲。有人壓低聲音叫喊著：「湯米……？」

他從扶手椅起身，走到門口，迅速打開門。奧斯卡站在門外，神色緊張，遞出一張紙鈔。

「這是要付你的錢。」

湯米接過五十克朗，塞進口袋，對著奧斯卡笑。

「你是想當這裡的常客啊？進來吧。」

「不是，我是要……」

「我叫你進來，想問你一些事。」

奧斯卡坐在沙發上，十指交握。湯米整個人一屁股坐進扶手椅裡，看著他。

「奧斯卡，你是個聰明人。」

奧斯卡謙虛地聳聳肩。

「你知道安格拜地區有間房子著火的事情吧？一個老女人全身著火衝到花園裡？」

「嗯，我看到報紙了。」

「我就想你應該知道。報紙有提到什麼解剖的事情嗎？」

「這我沒看到。」

「不知道喔。嗯，他們這麼做了，把她解剖驗屍。你知道嗎？他們在她肺部沒發現濃煙嗆傷的跡象，你了解這代表什麼嗎？」

奧斯卡想了想。

「火災發生時她已經沒呼吸。」

「沒錯，人什麼時候停止呼吸？死的時候，對不對？」

「沒錯，」奧斯卡急著接話，「我讀過這類事情。所以若有火災就要解剖驗屍，以確定沒有……沒人故意放火來掩飾在屋裡殺了人的罪行。放火掩飾。我曾讀過，好像是……喔，從《家庭週刊》看到的，英國有個人殺了妻子，他知道這種事……所以放火前先塞了一根管子到她喉嚨裡，而且……」

「行了，行了，所以你知道這種事，很好。老女人沒有吸進濃煙，可是竟然還能衝到花園，跑了一段路才死。這怎麼可能？」

「她應該是閉氣。不對，當然不是，不可能辦得到。我在某個地方看過這類報導，所以人才會……」

「好，好，解釋給我聽。」

奧斯卡用手撐著頭，認眞思索。「要不是法醫搞錯了，就是她衝出來時已經死了。」

湯米點點頭，「沒錯。你知道嗎？我不覺得那些驗屍的傢伙會犯這種錯。你認爲呢？」

「是不會，不過……」

「死了就是死了。」

「對。」

湯米將扶手椅鬆落的線頭抽出來，用手指搓成一團球後彈開。

「沒錯，至少我們是這麼覺得。」

第二部　雪，融化在肌膚上

他的手擱在我手上，
洋溢歡樂氣息，我由此得到安慰，
他領我進入祕密裡。

——但丁，《神曲——地獄篇》第三章

「我不是張床單，我是真正的鬼。呼……呼……你應該要害怕！」
「但我就是不怕。」

——瑞典搖滾樂團「國家劇院」（Nationalteatern）的歌曲《Kåldolmar och kalsipper》

十一月五日星期四

摩根的腿凍僵了。就在潛水艇沉沒之際，冷鋒也逼近。過去這個禮拜，天氣雪上又加霜。他很愛自己這雙舊牛仔靴，但就是塞不進厚襪子，而且一隻鞋底也破洞了。當然可以花個一百克朗去中國餐館買外帶食物暖暖身，不過他就是寧可讓自己冷。

早上九點半，他正下了電車要回家。剛剛去了位於斯德哥爾摩西邊的烏爾森達的廢車處理場，想看那裡缺不缺人手，有機會賺個兩、三百塊也好，無奈他們生意很差。看來今年又買不了新冬靴了。他和辦公室那些人喝了杯咖啡才去坐電車。辦公室裡頭什麼都有，備用零件、目錄和養眼海報堆滿整間辦公室。

回家路上突見賴瑞從高樓後頭冒出來，如同往常，那張臉好像剛聽到自己被判死刑。

「嗨，老兄。」摩根喊他。

賴瑞草草點個頭，然後走向他，神情之自然，彷彿一早起床就知道摩根會出現在這裡。

「嗨，還好吧？」

「腳趾快凍僵了。我車子已經進了廢車場，現在又沒工作，正想回家喝沖泡式的濃湯果腹。那你呢，還好嗎？」

賴瑞朝著伯橋森蓋頓街方向前進，走的是那條穿過公園的步道。

「我想去醫院看看赫伯特，一起去？」

「他精神狀況好點了嗎？」

「沒有，我想還是老樣子。」

「那我就不去了，看到那種事就讓我難過。上次他還以爲我是他媽，要我說故事給他聽。」

「你說了嗎？」

「當然啊。我說了金髮姑娘和三隻小熊的故事。不過今天沒那個心情。」

兩人繼續走。摩根看見賴瑞戴的厚手套，才驚覺自己的手已凍僵，趕緊縮進丹寧外套的窄小口袋裡，這口袋之小還得折騰一番才插得進去。喬齊失蹤的那個人行地下道就在眼前。

或許是想避開**那件事**吧，賴瑞開口問：「你看到今早的報紙了嗎？總理費爾丁說俄國人那艘潛艇上面載有核子武器。」

「不然咧，他以爲他們載的是彈弓啊？」

「不是，不過……那艘潛艇已經沉在那裡一個禮拜了，萬一爆炸怎麼辦？」

「別擔心了，俄國人知道自己那些玩意兒。」

「你知道的，我不是共產黨員。」

「難道我是啊？」

「這麼說吧，上次選舉你投誰？自由黨吧？」

「這不代表我效忠莫斯科啊。」

這話題兩人以前就抬槓過，現在老調重彈，只是爲了走過地下道時可以不去見到、不去想到**那件事**。雖然如此，兩人一走進橋下這座地下道，話語聲仍愈來愈稀微，到了最後連聲音都沒了。兩人都覺得是對方先不說話的。他們看看落葉堆，現在已成幾堆雪，雪堆的形狀讓他們渾身不自在。賴瑞搖搖頭。

「到底該怎麼辦？」

摩根兩手往口袋縮得更深，跺著腳步來取暖。

「古斯塔是唯一能做什麼的人。」

兩人望向古斯塔家的方向。

沒有窗簾，窗戶玻璃上一條條污跡。

賴瑞掏出一包菸。摩根拿一根，賴瑞跟著拿，然後將兩根菸點燃。兩人站在那裡抽菸，凝視著雪堆。沒多久孩童的聲音打斷他們的思緒。

一群孩子拿著溜冰鞋和頭盔魚貫走出學校，由一個軍人般威武神情的男子領軍。這些學童彼此間隔幾米之距，步伐整齊劃一。他們走過摩根和賴瑞，摩根對著一個孩子點點頭，他認出這學生和他住同棟樓。

「是要上戰場啊？」

那孩子搖搖頭，好像要說些什麼，不過還是繼續跟著前進，似乎很怕脫隊。兩人繼續走往醫院，心想這些孩童可能是要去郊遊之類的。摩根以腳踩熄菸蒂，雙手拱成杯狀放在嘴巴兩旁對那群學生喊著：

「空襲警報！敵軍來襲！」

賴瑞笑個不停，也將菸蒂踩熄。

「天啊，沒想到這年頭還有這種老師，該不會連外套都要立正掛好吧。喂，到底要不要跟我去醫院？」

「不要，今天不想。現在跑快點，或許能追上他們的步伐喔。」

「那待會兒見。」

「嗯，待會兒見。」

兩人就在地下道裡分手。賴瑞跟著孩子往同一方向慢慢走，摩根則步上階梯。現在整個身體真的凍僵了。沖杯即溶的濃湯應該不錯，尤其攙點牛奶風味會更棒。

十

奧斯卡走在老師身邊。他得找人談一談，而這位老師是他唯一能想到的人選，但即使如此，有機會的話，他還是想更換今天參加的團體。每次戶外活動，強尼和麥奇通常不會選擇健行團，不過他們今天卻在隊伍裡。打從一早開始兩人就不斷竊竊私語，還望著奧斯卡。

所以奧斯卡和老師走在一起。連他自己也不知道這是希望有老師保護，或者真的得找個大人談一談。

最近五天和依萊的交往很順利。兩人每晚在外面見面。奧斯卡都告訴媽媽，他要去找喬漢。

昨晚依萊又從他窗戶進來。兩人在床上躺了好久，輪流說故事，一人說完，一人接著起頭。而後兩人相擁入睡。早上起床就發現依萊離開了。

在他口袋裡，那張讀千百遍也不厭倦的字條旁邊又有張新字條，這是他今早準備上學時在書桌發現的。

我得離去求活，否則留下必死。你的愛，依萊。

他知道這句話出自《羅密歐與茱麗葉》。依萊曾告訴他，第一張字條是從這齣戲裡抄出來的，所以他去圖書館將這本書借出來看。他很喜歡這本書，雖然有很多地方看不懂。她那身純潔堅貞的制服，是令人作嘔的慘綠。這些句子依萊都懂嗎？

強尼、麥奇和一群女孩走在奧斯卡及老師身後二十米。他們走過中國公園，那兒正有幾個托兒所的小孩在滑雪橇，尖銳的喊叫聲劃破冷冽空氣。奧斯卡踢踢一團雪，壓低聲音說：「瑪莉老師？」

「什麼事？」

「妳是怎樣知道自己談戀愛了？」

「喔，我……」

老師將手插進粗呢大衣的口袋裡，抬頭瞥了眼天空。奧斯卡好奇她此刻是不是正想著來過學校等她幾次的那個男人。奧斯卡不喜歡他的長相，總覺得看起來讓人不寒而慄。

「這要看人而定，每個人都不同，不過……我想，你知道……或者當你真正相信你想永遠和那個人在一起，那應該就是了。」

「妳的意思是，如果覺得沒有那個人活不下去，就是在戀愛。」

「對，沒錯，沒有對方活不下去……愛情不就是這樣嗎？」

「就像《羅密歐與茱麗葉》。」

「對，而且阻礙愈大，就愛得愈深……你讀過這本書嗎？」

「讀過了。」

老師看著他，給了他一個微笑，以前奧斯卡很喜歡這樣的笑，但現在卻覺得這笑容讓他有點不好意思。他脫口說出：「那如果是兩個男的相愛呢？」

「那是友誼，也是一種愛。或者，你是指……嗯，兩個男的也能那樣相愛啦。」

「那要怎麼愛？」

老師壓低聲音。

「嗯，我不是說那樣不對，不過……如果你想多聊聊，改天我們再找時間來討論。」

奧斯卡和老師沉默地走了一會兒，走到通往柯瓦爾尼肯灣的小丘。這裡就是鬼丘。老師大口吸入松樹林的氣味，然後說：「愛情就像和某人立了約，兩人合而爲一。不論是男是女，都可以立約，代表……你和那個人，你們之間獨有的約定。」

奧斯卡點點頭，他聽見女同學的聲音愈來愈近。很快她們就會過來，分散老師的注意力，這種事很常見。他離老師很近，近到兩人的外套相碰觸，他開口繼續問：「一個人能同時……是女生又是男生嗎？或者，既不是女生也不是男生？」

「不行，人類無法這樣。有些動物……」

蜜雪兒跑過來，扯著尖銳的嗓音打小報告：「老師！強尼把雪塞進我的背。」

這段下坡山路已經走了一半，不用多久所有女同學都會過來告訴老師，強尼和麥奇幹了些什麼好事。

奧斯卡放慢速度，落後幾步。轉過身，看見強尼和麥奇正站在丘頂上。他們向奧斯卡揮手，但他不理會。走向路邊大樹，折下一根大樹枝，邊走邊將旁邊小枝椏摘掉。

一行人經過那棟聲名遠播的鬼屋，鬼丘這名字就是由此而來。這棟以波浪鐵片當牆壁的大倉庫矗立在四周矮小樹木中，顯得格格不入。面對小丘那面牆被人噴漆，大大寫著：「我們可以有你的輕型機車嗎？」

女同學和老師正玩著抓鬼遊戲，在沿著水邊的步道上嬉鬧。他不打算跟上前，雖然知道強尼和麥奇就在後面。他把手中的枝條抓得更緊，繼續踱步。

今天外頭眞舒服。幾天前湖面就結冰，現在厚度可以讓那群由阿維拉老師帶領的溜冰團上去練習。一聽到強尼和麥奇說他們要參加健行團，奧斯卡愼重考慮衝回家拿溜冰鞋，改參加溜冰團。不過他已經兩年沒買溜冰鞋，現在或許穿不下那雙了吧。

而且他也怕冰。

年紀還小時，曾和爸爸去斯德哥爾摩東北方的索德史維克鎭釣魚，爸爸走到湖面檢查魚餌。奧斯卡站在碼頭的制高點看到爸爸掉落冰水裡，他的頭沒入水裡那幾秒眞的好可怕。那時奧斯卡孤單站在碼頭上，使盡全力大聲喊救命。幸好爸爸口袋裡放著冰上救援用的十字鎬，他勾住冰層將自己拉出水裡。從此以後，奧斯卡就不喜歡走在底下是水的冰層上。

被人抓住了手臂。

他馬上轉頭，發現老師和女同學已經拐過轉彎處，消失在小丘後。強尼說：「豬頭要洗澡嘍。」

奧斯卡手中的枝條握得更緊，手指牢牢扣住。這是他唯一的機會。他們抓住他，開始準備將他丟向冰層下的湖水裡。

「豬頭身上好臭，來給他洗洗澡。」

「放開我。」

「等一下，放輕鬆，待會兒就會放你走。」

他們將他抓到結冰的湖面上，那裡空空曠曠沒東西讓他頂住腳抗拒。他們將他往後拖，走向溫泉池。他的腳跟在雪地裡拖出兩條痕跡，雙痕之間則是手中那根枝條畫出的一條淺線。

他看見遠方冰上有小小的身影移動，大聲呼喊，喊人來救他。

「喊啊，或許他們會來得及把你拉出來。」

黝黑水面就在幾步外，奧斯卡繃緊全身肌肉，猛然一扭將自己甩向旁邊，麥奇鬆了手，現在只剩強尼的手懸吊著奧斯卡。奧斯卡趁機以手中的枝條猛鞭強尼的小腿，用力之猛，使得反彈力道差點讓枝條從他手中飛出去。

「啊，好痛，可惡！」

強尼鬆開手，奧斯卡跌在冰上。他就在冰洞邊，雙手緊握枝條。強尼摸著自己小腿。

「死白癡，看我怎麼收拾……」

強尼慢慢逼近他，或許不敢用衝的，因爲他怕直接撲過去，自己也會跟著掉入水裡。他指著奧斯卡手中的枝條。

「把那根放下，不然我宰了你，聽見了嗎？」

奧斯卡咬緊牙根，就在強尼進逼到一臂多的距離時，奧斯卡將枝條揮向他的肩。強尼痛得蹲下，枝條另一端狠狠甩中強尼耳朵，奧斯卡的手也感受到一股沉默的鞭打聲。強尼像被保齡球擊中的瓶子倒向一側，張開四肢癱在冰上，放聲哀嚎。

站在強尼身後兩步距離的麥奇開始往後退，雙手擋住前面。

「你搞什麼……我們只是好玩呀……又不是想……」

奧斯卡左右揮舞枝條，在低沉的咻咻聲中走向麥奇。麥奇轉身往湖邊跑。奧斯卡停住腳步，垂下手中枝條。

強尼縮成一團，手壓住耳朵，鮮血從指尖滴滴淌出。奧斯卡想道歉，他不是故意打這麼大力。他蹲到強尼身邊，用枝條穩住自己，正想開口說「對不起」，就見到了強尼。

他變得好小，蜷縮成胎兒狀，「嗚嗚嗚嗚」地啜泣，稀稀血滴流到衣領旁，頭慢慢地來回轉動。

奧斯卡納悶地望著他。

現在冰層上這團流著血的小東西不能對他怎樣了，不能欺負他，嘲笑他，因為他連自己都保護不了。

我可以再多鞭他幾下，然後一切就結束了，不會再被欺負。

奧斯卡站起來，仍用枝條撐住地面。然而，那股反擊的衝動已消失，取而代之的是從心腹裡湧出的噁心感。他做了什麼？強尼那樣流著血一定很痛。萬一失血過多死掉，該怎麼辦？奧斯卡又坐下來，脫下一只鞋子，將羊毛襪拉出來。以膝蓋爬到強尼身邊，戳戳強尼摀住耳朵的手，將襪子塞進去。

「拿著，給你止血。」

強尼抓著襪子，用力壓在受傷的耳朵上。奧斯卡望向冰層另一端，有個人穿著溜冰鞋靠近。是個大人。

遠方傳來尖叫聲，孩童驚惶失措喊叫。幾秒鐘後，一聲幾乎要穿破耳膜的高亢尖鳴加入其他聲音。正要朝他們而來的那人停住腳步，楞了幾秒，轉身往回溜。

奧斯卡還跪在強尼身旁，感覺膝蓋底下的冰層正在融化，濡濕了他的膝。強尼閉上雙眼，咬緊的牙縫擠出一聲聲哀鳴。奧斯卡低頭靠近。

「你可以走路嗎？」

強尼張嘴想說話，不料雙唇間吐出的竟是某種白黃的液體，將冰層染了色，有些還落在奧斯卡手上。他看著那些黏滑的東西在手背上抖動，突然好害怕。趕緊丟下枝條，衝回陸地找人幫忙。

醫院旁傳來的孩童尖叫聲愈來愈響亮。奧斯卡往他們方向跑過去。

十

全名是費南多·克里斯多伯·雷耶斯·阿維拉的阿維拉老師很喜歡溜冰。他喜歡瑞典的理由之一，就是這裡冬季很長。他曾連續十年參加「瓦沙」全國長距離溜冰賽。只要外島的海水凍得夠堅固，週末就會開車去古拉多島，朝向索得盎姆島溜去，海水結冰到哪裡，他就溜到哪裡。

群島海域上次結冰已是三年前的事，不過今年冬天提早來，讓他又燃起希望。當然海水一結凍，古拉多島上就會擠滿溜冰迷，不過只有白天如此。阿維拉老師喜歡晚上溜冰，可以避開人潮。

雖然他對「瓦沙」溜冰賽很敬重，不過總覺得在比賽中，自己彷彿變成上千萬隻突然決定大移民的螞蟻的其中一隻。那種感覺和自己一人就著月光在寬闊冰層上溜滑截然不同。費南多·阿維拉是個不怎麼虔誠的天主教徒，不過自己獨享遼闊冰天雪地這一刻，的確能感受到上帝離他很近。

金屬冰刀有節奏的刮磨韻律、月光映照在冰層上的灰濛微光，還有無際星斗織成的穹蒼。冷風拂過臉龐，滲入這遼闊世界所有角落構築出的永恆和時空。生命不可能大過當下這片刻。

有個小男生抓住他褲管。

「老師，我要尿尿。」

阿維拉從陶醉的溜冰幻想曲中驚醒，四處張望，指向岸邊長到水面上的那幾株樹。樹的光禿枝椏在冰層上方形成了一片防護遮網。

「你去那裡尿。」

男孩瞇眼望著樹。

「在冰上尿？」

「是啊，不可以嗎？製造新的冰啊。黃色的冰。」

男孩看著老師，以為他瘋了，不過還是乖乖朝向樹木溜過去。

阿維拉環顧四周查看，以確定沒有大孩子溜得太遠。快速滑了幾步巡視，大致掌握了狀況，數數人頭，九個學生，沒錯，加上去尿尿那個，共十個。

他轉向另一邊，看著柯瓦爾尼肯鎮的方向，停住腳步。

那裡好像發生什麼事，兩、三個人圍攏在冰層裂開的水面旁，那兒長了些蔓生的枯樹，很好辨識。他遠遠駐足觀看，不知為何他們突然一哄而散，他看見有個人手裡拿根枝條。

枝條揮舞著，一個男孩倒地，然後出現哀號聲。阿維拉老師先轉頭看看自己帶出來這群學生沒問題，隨即迅速溜向在冰洞邊那些身影。其中一個正跑向陸地。

這時他聽見了後方傳來尖叫聲。

他帶的這群孩子裡有人發出足以震裂耳膜的尖叫。他緊急煞步，冰刀旁濺起幾絲冰屑。他看出在冰洞旁那幾個孩子年紀比較大，好像有奧斯卡，還有其他高年級的學生，他們應該可以應付自己的問題。所以他回頭看看這些低年級的孩子。

尖叫聲愈來愈大，他決定轉身往回溜，聽見更多孩子的尖叫聲加入。

Cojones！（「有種一點，別驚慌。」西班牙文。）

就在他離開那片刻，有事情發生了。上帝啊，千萬別是冰層滑動。火速地趕回去，奔向尖叫聲那裡，冰刀旁的硬雪被急速刮得旋轉濺起。他見到更多孩子聚攏，歇斯底里的尖叫聲此起彼落，更多孩子正要湊過去。有個大人從醫院方向跑往冰層。

阿維拉老師有力地滑出最後幾大步，終於來到孩子身邊。他戛然止步，濺起的冰塵噴到孩子的大衣上。他還不知道發生什麼事。全部孩子都聚攏在那片枝椏旁，低頭望著冰層放聲尖叫。

他靠近一些。

「怎麼了？」

一個孩子往下指著冰層，裡頭有東西凍住了，看起來像一大團草，不過側邊有條紅線。可能是被輾斃的豪豬。他彎腰靠向那團東西，仔細端詳發現竟是顆頭顱。一顆人頭凍在冰層裡，現在只看得到頭頂和前額。

被叫來這裡尿尿的孩子正坐在幾米外的冰上嗚嗚大哭。

「我，我，我看到那東西了。」

阿維拉老師站起來。

「離開！現在全部的人都回陸地上。」

孩子似乎也被凍在原處，動彈不得，幾個更年幼的仍繼續哭泣。他拿出哨子，用力吹了兩次。尖叫聲停止。他走在孩童後面，將他們押回岸邊。大家都離開了，不過有個五年級的還留在那裡，彎腰看著那團東西，滿臉好奇。

「你也上去！」

阿維拉用手指指他，要他也離開。學生走了後，阿維拉對著從醫院跑過來的女人說：「快報警，叫救護車。有具屍體凍在冰層裡。」

女人跑回醫院。阿維拉數數陸地上的人數，少了一個。發現屍體的那個孩子還坐在冰層上，臉埋在手裡哭泣。阿維拉滑過去，從胳肢窩把他架起，小男孩轉過身雙手緊緊抱住阿維拉。老師溫柔地扶著男孩，姿態彷彿撐著易碎的包裹，將他帶回岸邊。

十

「我可以和他說話嗎？」

「他現在無法開口……」

「我知道不行，不過他聽得到別人的話。」

「是沒錯，不過……」

「只要一會兒就行了。」

從籠罩視線的那團朦朧望出去，哈肯見到有個穿深色衣服的男人拉了張椅子，坐在他床邊。他看不清楚那人長相，不過神情似乎非常嚴肅。

過去幾天來哈肯的意識在一片紅色雲霧中浮浮沉沉，這片紅霧被細如髮絲的一條條線穿過。他知道自己被麻醉過幾次，他們替他做了些手術。今天是他首次意識完全清醒，不過仍不知道自己住進來幾天了。

今早哈肯曾用有感覺的那隻手去摸摸自己的新臉。整張臉被有如橡膠的繃帶蓋住，不過他忍痛戳入繃帶探索，從指尖摸到的那一丁點兒輪廓，他知道自己沒有臉了。

哈肯．班特森已經不存在了，只剩躺在病床上那具無法辨識的軀體。當然他們可以將他與其他殺人案扯在一起，但絕不會聯想到上次那條人命，也不會連累到依萊。

「你覺得怎樣？」

喔，非常好，警官，謝謝你。再好不過，除了覺得有人把灼熱的凝固汽油貼在我臉上，其他都很滿意，沒什麼好抱怨的。

「嗯，我知道你不能開口，如果你聽懂我的話就點點頭，可以嗎？你能點頭吧？」

我可以，但我不想。

他床邊那人嘆了口氣。

「你企圖自殺，不過顯然沒有完全……死掉。抬頭有困難嗎？若聽得到我說話，就舉個手好嗎？可以舉起手吧？」

哈肯將自己從警察的談話脈絡中脫離，逕自想著義大利詩人但丁所描寫的地獄，煉獄，那個不識基督的偉人離世後所去的地方。想著那裡的所有細節。

「你應該知道吧，我們很想知道你是誰。」

但丁自己死後是到哪一層？

警察把椅子拉靠近病床。

「你知道的，我們查得出來，遲早的事。不過現在你若能配合，和我們好好溝通，可以幫我們省些跑腿工。」

不會有人懷念我，不會有人認識我，儘管去查吧，去試試看啊。

護士進來，「有人打電話找你。」

警察站起來，朝門走出去。完全踏出門前回頭望了一眼，補上一句：「我會回來的。」

哈肯的思緒現在回到更重要的事。但丁會落在哪一層？弒童的兇手又是哪一層？是第七層吧，不過也可能是第一層，爲愛而犯罪的人都會落在這一層。當然，像他這樣的雞姦者也另有一層。最合理的方式應該是以最重的那項罪來決定吧。所以若犯了可怕的重罪，以後就能隨心所欲去幹些會落在較高層的其他小罪，反正也不可能更壞了，頂多就像美國那些被判了三百年刑期的殺人犯。

每一層都以螺旋方式旋轉著。形成一個地獄大漏斗，還有冥府的看門狗搖著尾巴看守。哈肯想像著暴力男人、惡毒女人和傲慢的人各自在油鍋裡、火焰雨裡受苦，失神漫遊，尋找自己的位置。

有件事他很確定，他絕不會落在最低那一層。在這一層中，撒旦路西法站在冰海中，嘴裡咀嚼著背叛耶穌的猶大和背叛凱撒大帝的布魯特斯。這層是背叛者要落入的地獄層。

房門又開了，同時還出現一種奇怪吸吮的聲音。警察坐在他病床邊。

「嗨，看來他們又發現另一個受害者了，他被扔在布雷奇堡鎮的湖泊裡。同樣的繩子。」

不！

聽到警察說的布雷奇堡鎮，哈肯身體不自主縮了一下。警察點點頭。「顯然你聽得到我說話。很好。我們猜想，你應該住在西郊。哪裡？瑞克斯塔？華倫拜？布雷奇堡鎮？」

那段回憶在哈肯腦海裡快速奔騰：他把那人沉入醫院旁那座湖泊裡的過程。實在太草率，把事情搞砸了。

「好吧，我不吵你，你自己想一想，看看是不是要和我們配合。你不覺得這樣大家都比較輕鬆嗎？」

警察起身離開。有個護士過來補上他的位置，坐在椅子上盯著他看。

哈肯將頭左右轉動，以表不滿。伸出手開始拉扯連接到呼吸器的管子。護士立刻跳起來撥開他的手。

「看來得把你綁起來。再拉一次，就綁你，聽到了嗎？你不想活是你的事，不過一旦你在這裡，不管你之前做了什麼或沒做什麼，我們的責任就是要讓你活下來，懂了吧？而且我們會竭盡所能盡到責任，就算要把你綁起來也在所不惜。聽到沒？乖乖合作，對你會比較好。」

合作，合作。突然每個人都要我合作。

我不再是人，成了一個任務，喔，神啊，依萊，依萊，救我。

十

奧斯卡從樓梯間就聽到媽媽的聲音。她正在講電話，聽起來很生氣。是跟強尼的媽媽說話嗎？他站在家門外偷聽。

「他們會打電話給我，問我我做錯了什麼……喔，對，他們就是會。我怎麼說？對不起，不過你也知道，我這孩子就是沒爸爸……不過要遵守……不，你又沒……我想你應該自己跟他談談這件事。」

奧斯卡扭開門鎖，踏進玄關。媽媽對著話筒說：「他現在就是這樣」，然後轉身看著奧斯卡。

「學校打電話來，我……我得和你爸談一談，因為我……」她又對著話筒說話：「現在你可以……我很平靜……你說得容易，只會坐在那裡……」

奧斯卡進自己臥房，躺在床上，手摀住臉。腦袋裡好像有顆心臟怦怦跳。

到醫院時，還以為那些人匆匆忙忙是跟強尼有關，原來不是。今天是他生平首次見到屍體。

媽媽打開他房門。奧斯卡將手從臉上移開。

「你爸要和你說話。」

奧斯卡接過話筒，壓在耳朵上，聽見話筒另一頭隱約有個聲音複誦著燈塔名、風力、風向等。他就著話筒等了一會兒，沒說任何話。媽媽皺起眉，質問的眼神望著他。奧斯卡將手壓在話筒上，悄聲對媽媽說：「是海上天氣預報。」

媽媽張嘴似乎想說些什麼，不過終究只嘆了口氣，雙手無力下垂。她走進廚房。奧斯卡坐在玄關椅子上，就著話筒和爸爸一起聽海上氣象報告。

奧斯卡知道若現在硬起個話頭，爸爸還是會分心去聽收音機。海上氣象報告就像聖旨。有陣子他和爸爸住，每天一到下午四點四十五分，屋內所有活動都停止，爸爸會坐在收音機旁，出神地望向窗外野地，彷彿想確認收音機所說的是否正確。

爸爸已經很久沒出海了，不過舊習難改。

「歐莫古蘭德海域吹西北風，風力八級，晚間轉爲西風。視線良好。阿蘭德海和群島地區吹西北風，風力十級，晚間轉爲大風。視線良好。」

來了，最重要的部分終於結束了。

「嗨，爸。」

「喔，是你，你好啊。晚上我們這裡會颳大風。」

「嗯，我聽到了。」

「那，最近好不好？」

「很好。」

「你知道吧，剛剛你媽告訴我強尼的事，聽起來不太妙喔。」

「是啊，不太妙。」

「有腦震盪吧。」

「對，他吐了。」

「這是常見的腦震盪副作用。哈利……對，你見過他，他曾被鉛片砸到頭，他……倒在桌上，像隻病牛，一動也不動。」

「還好嗎？」

「是啊，他很……好。不過去年春天死了。死因與腦震盪無關啦。腦震盪的問題，很快就好了。」

「眞好。」

「我們也希望強尼這孩子很快就會好。」

「是啊。」

收音機仍反覆提到不同的海域名稱，波騰維肯和其他地方。有兩次他在爸爸住處，坐下來將地圖攤在面前，跟著收音機指出所有燈塔。那段時間他把那些地名都記熟了，還照著順序記，不過現在全忘了。爸爸清清喉嚨。

「對，你媽和我談過……如果你要的話，這週末來找我吧。」

「嗯——。」

「我們可以聊聊這件事，以及其他事……什麼都能聊。」

「這週末？」

「是啊，如果你要的話。」

「應該行吧，不過我有些……那就週六吧。」

「週五晚上也行。」

「不……週六，早上。」

「好啊，很棒，那我就把野絨鴨拿出冷凍庫退冰。」

奧斯卡貼近話筒，壓低聲音說：「我比較喜歡沒彈頭的。」

爸爸噗嗤笑了出來。

去年秋天奧斯卡去爸爸那裡，兩人吃著海鳥，奧斯卡咬到彈頭斷了一根牙。他告訴媽媽是馬鈴薯裡有石頭。奧斯卡很愛吃海鳥，不過媽媽認爲射殺這種毫無抵抗力的鳥類「非常殘忍」。尤其若知道奧斯卡的牙齒是斷在謀殺兇器上，很可能會氣得暫停他們父子的聚餐。

「我這次會更小心檢查。」爸爸說。

「你那輛輕型機車還會跑嗎？」

「會啊，怎麼了？」

「沒有，只是突然想到。」

「喔。這裡下了不少雪，我們可以騎出去繞一繞。」

「太棒了。」

「好，那就週六見。你可以搭十點那班巴士來。」

「好。」

「我會騎著那臺小機車去接你，因爲我那輛車不太能跑了。」

「好，太棒了，還要跟媽說話嗎？」

「呃……不用……你會告訴她我們的計畫吧？」

「啊哈。再見嘍。」

「就知道你會。掰掰。」

奧斯卡放下電話，坐在原處發呆，想像那天會是怎樣的情景。騎著小機車，一定很有趣。奧斯卡會站在迷你滑雪板上，拉條繩子綁著機車，兩端各放一截棍子，然後兩手抓住拖曳繩，讓爸爸騎車帶他在村裡繞，在雪地上滑水。雪地滑水和沾著花楸漿果凍的烤鴨，都是他的最愛。況且，只不過與依萊離別一晚。

他走進臥房，將鍛鍊身體的器材放入背包，還有那把獵刀也要，因爲今晚見到依萊之前不會再回家。

他站在玄關穿大衣，媽媽從廚房走出來，沾了麵粉的手在圍裙上抹一抹。

「所以呢？他怎麼說？」

「我週六會去他那裡。」

「很好，其他的呢？」

「我得出去運動了。」

「他沒說其他的嗎？」

「有——，不過我現在得走了。」

「去哪裡？」

「游泳池。」

「什麼游泳池？」

「就是學校隔壁那間，那間小游泳池。」

「你去哪裡做什麼？」

「去運動。大概八點半回來，也可能九點。運動完後要和喬漢見面。」

媽媽看起來很沮喪，沾著麵粉那雙手不知該怎麼擺，索性直接插在圍裙前的兩個大口袋內。

「喔，我知道了，小心點。別在池邊摔跤，或發生其他意外啊。會戴上帽子吧？」

「會，會。」

「對，要戴上。你會下水，外頭天氣冷，萬一頭髮濕濕的……」

奧斯卡往前一步，輕吻媽媽臉頰，道別後出家門。走到樓下大門外，他抬頭看看自己家的窗戶。媽媽站在那裡，雙手還插在圍裙大口袋裡。奧斯卡揮揮手，媽媽慢慢舉起手朝他揮一揮。

走到泳池途中他落了淚。

十

這夥人聚集在古斯塔家門外的樓梯間。雷基、薇吉妮雅、摩根、賴瑞和卡爾森。沒人願意按門鈴，因爲出手的人彷彿有責任開口表明來意。即使只到樓梯間，他們也已聞到古斯塔的氣味：尿騷味。摩根戳戳卡爾森側邊，嘟囔了些什麼。卡爾森將用來代替帽子的保暖耳罩拿下，問他：「幹什麼？」

「我說，你能不能把那玩意兒拿掉？看起來眞蠢。」

「只有你這樣說。」

不過他還是拿下耳罩，塞進大衣口袋裡，開口道：「由你去，賴瑞，是你看到的。」

賴瑞嘆了口氣，伸手按門鈴。裡面傳出斥責聲，接著似乎有東西掉到地上輕輕砰的一響。賴瑞清清喉嚨。眞不喜歡這樣，此刻的他就像被身後一群匪徒脅迫的警察，唯一缺的，就是背部沒頂著一把豎起的手槍。屋裡傳來窸窣腳步聲，而後是人的說話聲。

「小寶貝，都還好吧？」

門開啓，一陣尿騷味撲面而來，賴瑞差點窒息。古斯塔站在門裡，穿著破舊T恤、套著背心還打領帶。臂彎裡夾著一隻蜷曲的橘白條紋貓。

「有事嗎？」

「嗨，古斯塔，最近還好吧？」

古斯塔的視線漫遊過他們的臉。看來他醉了。

「很好。」

「我們來這裡是因爲……你知道發生什麼事嗎？」

「不知道。」

「嗯，我們找到喬齊了。就在今天。」

「我懂了。喔，對。」

「那……你知道嗎……」

賴瑞轉過頭，希望這些團員能幫他加油打氣，結果只有摩根一人給了他鼓勵的手勢。賴瑞實在無法處理這種場面，站在那裡像個宣讀最後通牒的官方代表。但就算不喜歡，也只有這個辦法。他終於開口：「我們可以進屋嗎？」

他以爲會被拒絕，畢竟古斯塔不習慣一下冒出五個人登門造訪。沒想到他點點頭，退後幾步讓他們進去。

賴瑞躊躇了一會。屋裡那股氣味眞讓人難受，像某種黏答答的東西瀰漫在空氣中，甩都甩不掉。就在賴瑞猶豫的當口，雷基跨出一步進屋，後面跟著薇吉妮雅。雷基還搔了搔貓耳後，就是古斯塔臂彎裡那隻。

「眞可愛，叫什麼名字？」

「她是女生，迪絲碧。」

「好名字，有隻叫皮拉姆斯的嗎？」⑦

「沒有。」

大家一個個溜進屋，還不忘以口代鼻呼吸。

約一分鐘後，眾人就不再拒這氣味於千里之外，開始放輕鬆，慢慢地也就習慣了。貓咪被趕下沙發和扶手椅，古斯塔又從廚房拉出幾張椅子，桌上還擺了伏特加、葡萄通寧水和杯子。針對貓咪和天氣閒聊數分鐘，古斯塔開門見山：「所以，他們找到喬齊了。」

賴瑞灌下酒杯裡的最後一口酒，有了酒精暖肚，任務應該更容易達成。他又給自己倒了一杯，「沒錯，就在醫院附近，屍體被凍在冰層裡。」

「在冰層裡？」

「是啊，今天那兒可熱鬧了。我正要去看赫伯特，不知道你是否認識他，總之……我去到那附近，發現到處都是警察，還有救護車，沒多久連消防車都出動了。」

「發生火災？」

「不是，是要把他從冰層裡弄出來。那時我還不知道屍首就是喬齊，不過他們一把他弄到陸地上，我就從那身衣服認出他。之所以靠衣服認，是因爲那張臉……整個被冰凍住，所以沒辦法……不過那身衣服錯不了……」

古斯塔在半空揮揮手，模樣像在拍撫一隻隱形大狗。

「等等……所以他是溺死的？我的意思是，我不懂……」

賴瑞啜了一口酒，用手抹抹嘴巴。

「一開始警察也這麼認爲。一開始是這麼想，就我所知。他們站在那裡手交叉胸前，看著救護車的人忙著處理某個頭上流血的孩子，所以……」

古斯塔要不是更起勁地拍撫著那隻隱形狗，就是想趕牠走。動作激動到連酒都濺出杯子，灑在地毯上。

「等等……現在我實在不……他頭上流血？」

摩根放下蜷縮在他腿上的貓，拂拭自己褲子。

「兩件事不相干。繼續說吧，賴瑞。」

「沒錯。他們將他弄上陸地，我認出是他。後來他們發現繩子，瞧，就像這樣綁著，繩子上還捆了石塊，這時警察就開始行動了。以無線電呼叫，將那區域以封鎖線隔離起來，還把所有人趕出封鎖線外。他們突然興致勃勃，所以……嗯，總之，有人想把他丟入水裡滅屍，就是這個目的。」

⑦皮拉姆斯和迪絲碧是希臘神話中相愛的一對戀人。

古斯塔背靠著沙發，一手摀住眼睛。坐在他和雷基之間的薇吉妮雅，拍拍他膝蓋安慰他。

摩根又把杯子倒滿。「重點是他們找到喬齊了，對吧？要不要加點通寧水？來，在這裡。他們找到喬齊，知道他是被謀殺的。你們不覺得這是個轉捩點嗎？」

卡爾森清清喉嚨，以指揮的口吻說：「在瑞典的司法制度中有種東西叫……」

「你閉嘴。」摩根打斷他的話，「我可以抽菸吧？」

古斯塔有氣無力地點點頭。就在摩根拿出菸和打火機之際，雷基傾過身，直視著古斯塔的眼睛。

「古斯塔，你親眼目睹了這件事，應該說出來。」

「說出來？怎麼說？」

「去警局，將你所看到的一五一十告訴他們，就這樣。」

「不……不要。」

雷基嘆了口氣，給自己倒了半杯伏特加，攙入一些通寧水，大口喝下，閉上眼睛，感受那團灼熱的酒精灌入腹肚。他不想強迫他。

之前在中國餐館時，卡爾森嚷嚷著目擊證人有責任、有法律義務要出來作證。不過，不管雷基多麼希望將兇手繩之以法，他也不願意變成告密者，讓警察登門找上自己的朋友。

一隻灰斑點的貓咪以頭頂著他的小腿。他將牠抓起來放在大腿上，失神地撫摸著牠。**那又怎樣**？喬齊人死了，他現在很確定。死都死了，再做什麼都沒用吧？

摩根起身，手中拿著杯子走到窗邊。

「你那時站在這裡，是嗎？目睹那過程？」

「對。」

摩根點點頭，啜了一口酒。

「好，我懂了。站在這裡的確一目了然，果然是個好位置，視野很好。沒錯，我的意思是除了……視野的確很棒。」

一滴淚水悄悄滑落雷基臉龐。薇吉妮雅握起他的手捏捏。雷基又灌了一大口酒，想燒熔在他胸口撕扯的痛。

一直看著貓咪在屋裡隨意走動的賴瑞手指敲敲玻璃杯，開口說：「要不就用密報的方式？我是說把地點透露給他們，或許他們會在那裡採集到指紋……或其他證據。」

卡爾森笑了出來：「那要怎麼說我們是如何知道的？難不成就是知道？到時候他們眞正有興趣的是……我們這訊息打哪兒來。」

「可以打匿名電話啊。只要把資訊提供出去就好了。」

坐在長沙發的古斯塔嘴裡咕噥著。薇吉妮雅把頭靠過去聽。

「你說什麼？」

古斯塔凝視自己的酒杯，小小聲地說：「請原諒我。我太害怕，辦不到。」

在窗邊的摩根轉過身，揮揮手。

「就這樣，不用再談了。」他投給卡爾森一個銳利的眼神，「我們再來想想其他法子，換別的方式，或許畫張素描，打電話，其他方式。我們會想到的。」

他走到古斯塔身邊，用腳輕輕推古斯塔的腳。

「嗨，老兄，振作點，我們會處理這事，放輕鬆，古斯塔？聽到了嗎？我們會處理的，有精神點！」

他把自己酒杯和古斯塔的杯子對碰之後，啜飲一口。

「我們會處理的，是不是啊？」

十

他和體育館外頭那些人道別，準備回家，這時聽見學校那頭傳來她的聲音。

「噓。奧斯卡！」

階梯一陣腳步聲，她從陰暗處現身。她坐在那裡等了一段時間了，終於聽到他和其他人道別。從他和別人，以及別人和他道別的方式來看，彷彿他是個再普通不過的正常人。

訓練課上得非常好。他不像自己以爲得那麼瘦弱，甚至能比已上過幾次的兩、三位同學表現更好。他本來擔心阿維拉老師會質問他，今天在湖冰上是怎麼回事，幸好他沒問。老師只是說：「你想談一談嗎？」奧斯卡搖頭，他就沒再多說什麼。

體育館是另一個世界，和學校不同。阿維拉老師在那裡沒那麼嚴厲，而且那裡的人也不會騷擾欺負他。當然麥奇沒去那兒。麥奇現在怕他了嗎？光想到這種可能，奧斯卡就樂得暈頭轉向。

他走過去見依萊。

「嗨。」

「嗨。」

沒多餘的其他話，兩人這樣算打過招呼。依萊穿了件顯然過大的格紋襯衫，而且看起來……又枯瘪了。皮膚乾巴巴，臉頰很消瘦。昨天奧斯卡發現她有一根白髮，才過一天就冒出非常多。

奧斯卡覺得健康模樣的她是他見過最可愛的女孩，但她現在的樣子……實在找不出有誰像她這副模樣，或許只有發育不全的侏儒吧，不過侏儒也沒那麼瘦……沒人看起來這樣。他真慶幸她沒在其他人面前現身。

「妳還好吧？」他問。

「馬馬虎虎。」

「要不要做些什麼？」

「好啊。」

兩人並肩走回家。奧斯卡有個主意。兩人要立約，或許兩人立了約，依萊就會健康點。這種如魔法般神奇的好點子是從書裡學來的。不過，魔法……當然，這世界是有魔法的，但就是有人不相信，魔法對這些人當然起不了作用。

兩人走入社區中庭，他碰碰依萊的肩膀。

「我們今天去垃圾間看看？」

「好啊。」

走進依萊家那棟建築物的大門，奧斯卡解開通往地下室的門鎖。

「妳家沒地下室的鑰匙？」他問。

「沒有吧。」

地下室入口黑漆漆。門在身後重重關上。兩人並肩佇立，喘著氣。「依萊，妳知道嗎？」奧斯卡壓低聲音說：「今天……強尼和麥奇想把我丟進湖水，冰層裡的洞。」

「不會吧！你……」

「別緊張。妳知道我怎麼做嗎？我拿了根枝條，很大一根，打強尼的頭，把他打到流血，甚至腦震盪，還進了醫院。我絕不要被丟進水裡，所以就……打了他。」

一陣靜默。

依萊開口：「奧斯卡？」

「嗯。」

「太棒了。」

奧斯卡手伸向電燈開關，他想看到她的臉。燈打開。她凝視著他眼睛，他看著她的雙眸。適應光線前那片刻，她的雙瞳看起來就像物理課提到的那些水晶，稱爲……橢圓水晶。

像蜥蜴，不，是貓，貓的眼睛。

依萊眨眨眼。她的瞳眸又恢復正常了。

「怎麼啦？」

「沒什麼。來吧……」

奧斯卡走向擱置大型物品的垃圾間，打開門。裡面塞滿東西，看來有段時間沒清理。依萊挨擠在他身邊，兩人在散落的袋子間翻尋。奧斯卡找到了一袋空瓶子，這些空瓶可以退押金。依萊找到一把塑膠劍，隨性揮舞著，問奧斯卡：「可不可以再去看看另一間？」

「不要，湯米和那些人可能在那裡。」

「他們是誰？」

「喔，一些高年級的，他們占用了一間儲藏室。晚上經常會來這裡。」

「他們人多嗎？」

「沒有，就三個。多半時候就只有湯米一個人。」

「那他們是危險人物嗎？」

奧斯卡聳聳肩，「好吧，我們去看看。」

兩人穿越奧斯卡家那棟的地下室，進入下一個迴廊，從那迴廊直直進去就會到湯米的基地。奧斯卡站在那裡，手中拿著鑰匙，正準備打開最後一道鎖，突然猶豫了起來。萬一他們在裡面？萬一他們看到了依萊？萬一他們……事情有可能發展到他無法掌控的地步。

依萊拿著塑膠劍，問他：「怎麼了？」

「沒什麼。」

打開鎖，一踏入迴廊，就聽到儲藏室裡傳出音樂聲。他轉向她，「他們在裡面！」他壓低聲音：「走吧。」

依萊定住不動，鼻子嗅了嗅。

「什麼味道？」

奧斯卡看了一下，確定迴廊另一頭沒東西移動，然後跟著嗅一嗅。什麼都沒聞到，除了本來就有的地下室味道。依萊說：「油漆味、強力膠味。」奧斯卡又嗅了一次，聞不出來，不過他知道應該就是那氣味。他轉身想叫依萊跟著他，卻發現她正在扣動門鎖。

「走了。妳在幹麼？」

「我只是……」

奧斯卡想將下一道迴廊的門鎖打開，從那裡走出去，這時身後的門卻砰地關上。那聲音不正常，沒有鎖扣上的喀啦聲，只有金屬的砰咚響。走回自己家那棟樓的地下室，奧斯卡才告訴依萊有人在這裡吸強力膠，還說那些人吸了之後就會變得很奇怪。

回到自己家的地下室有安全感多了。他跪在地上，開始數袋子裡的空瓶。十四支，還有一支是不能退錢的酒瓶。

他抬頭正想向依萊報告數瓶的成果，卻發現她站在他面前，手中握著塑膠劍，那姿勢好像正準備攻擊他。習於被突襲的奧斯卡踉蹌後縮了一下。依萊呢喃些什麼，又將劍擱在他肩頭，然後以所能裝出的最低沉聲音說：「我據此冊封你為強尼的征服者，布雷奇堡鎮騎士，方圓百里之內，包括華倫拜……呃……」

「瑞克斯塔。」

「瑞克斯塔。」

「或許還包括安格拜？」

「安格拜也包括。」

依萊每說到一個地方就輕輕點他肩頭一下。奧斯卡從自己袋子拿出獵刀，朝前舉握，公告天下，自己就是安格拜的騎士。他希望依萊是漂亮的公主，他要從惡龍巢穴裡將她救出。

不過依萊要扮演吃掉公主當午餐的可怕怪獸，現在她是奧斯卡要奮戰的對象。奧斯卡將獵刀放回刀鞘，兩人開始混戰嬉鬧，在迴廊裡奔跑喊叫。玩到一半，聽見通往地下室的門的鎖頭有刮擦聲。

兩人趕緊躲進凹穴處，狹隘空間幾乎難以讓他們並臀而坐。兩人壓抑急喘的呼吸聲。聽見男人的聲音。

「你們在那裡幹什麼？」

奧斯卡和依萊屏住氣息，而男人就站在那裡聆聽。他只說了聲「可惡的小鬼」就離開了。兩人繼續留在凹穴中，確定男人已走遠，慢慢爬出來，倚著木牆，咯咯笑不停。一會兒後，依萊躺在水泥地面上，凝視著天花板。

奧斯卡摸摸她的腳。

「妳累了吧？」

「嗯，累了。」

奧斯卡從刀鞘抽出獵刀，看著它。沉甸甸又漂亮。小心翼翼將指尖壓下刀鋒，然後移開，有個紅色小點了。又將指尖壓上去，這次更用力。拿開手指。出現一顆珍珠大的血滴。但真正的歃血立約不是這樣。

「依萊？妳想要做某件事嗎？」

她還望著天花板。

「什麼事？」

「妳想和我……立約嗎？」

「好啊。」

如果她先追問該怎麼做，那他就會把自己的想法告訴她，然後才動手。不過她只是說好。她想做，不管要做什麼。奧斯卡用力嚥了口氣，握緊刀身讓利刃那側貼住掌心，然後閉上眼睛將刀子抽出。一陣尖銳刺痛。他屏住呼吸。

我做了嗎？

他睜開眼，張開手。沒錯，細薄血痕正出現在掌心裡。血流得很慢，不像他以為的會馬上流成一條紅線，反倒像一串珍珠。他陶醉地看著那些細小珍珠慢慢凝聚成粗大不勻的血團。

依萊抬起頭。

「你在幹什麼？」

奧斯卡的手還舉在自己眼前，凝視著。「很簡單，依萊，甚至不會……」

他將自己流血的手移到她面前。她雙眼圓睜，激烈搖頭，緩緩往後爬，遠離他的手。

「不，奧斯卡……」

「怎麼了？」

「奧斯卡，不行。」

「幾乎不會痛。」

依萊不再後退，但仍盯著他的手，不斷搖頭。奧斯卡另一手握著獵刀，將刀柄遞給她。

「妳只要在指尖刺一下就行了，把我們兩人的血和在一起，這樣就是歃血立約。」

依萊沒接過刀。奧斯卡先將刀放在地上，以便用手接住正從另一手傷口流下的血滴。

「來吧，還是妳不想了？」

「奧斯卡……我們不能。你會被感染，你……」

「感覺沒那麼……」

突然，一抹鬼魅神情蒙上依萊的臉，將她扭曲成他完全認不得的模樣，他驚愕得忘了接住掌心滴下的血液。現在她看起來就像她剛剛假裝的怪物。奧斯卡嚇得後退，這時掌心的刺痛也突然加劇。

「依萊，怎麼……」

她坐起來，雙腳抽回，四肢著地，直盯著他滴血的手掌，靠前一步。停住，齜牙咧嘴，粗啞吼著：

「離開！」

奧斯卡嚇得哭了出來，「依萊，別這樣，別玩了，不要這樣。」

依萊爬近他，又停住。她將身體拱起，讓頭靠近地，咆哮著。

「走！不然你會死。」

奧斯卡起身，後退了幾步，雙腳撞倒那袋空瓶，鏗鏘鏗鏘響。他貼住牆面，依萊爬到他掌心滑落的那片小血漬前。

奧斯卡緊貼著牆，看著依萊吐出舌頭舔著骯髒的水泥地，她的舌頭在血滴落下的地面附近來回彈動，突然，另一支空瓶掉落，砸碎在水泥地。

還有支瓶子從袋子滾出，輕輕發出噹啷聲，而後戛然停住。依萊不斷舔著地面。她抬起頭面向他，他看見她的鼻尖有灰色污跡。「走……拜託……快走。」

鬼魅神情又出現了，但就在她整張臉被那神情占領前，她站起來衝到迴廊，打開通往樓梯的門，消失無蹤。

奧斯卡呆立不動，另一手握著受傷那隻手。血液開始汩汩流出。他張開手，看著傷口。比他原本以爲的力道更深，不過應該沒危險，他這麼想，因爲有些血已經凝固了。

他注視著原本有血跡但現在只剩蒼白殘痕的地面。接著，謹慎地小小舔了自己掌心的血，立刻整口吐出。

十

夜燈亮著。

有個女人，不知道是警察或護士，坐在幾米外的角落看書，監視他。

明天他們就要給他動手術，處理嘴巴和喉嚨，或許希望能讓他開口說些什麼。舌頭還在，雖然嘴巴黏住了，不過舌頭能在口腔裡移動，甚至能搔得上顎發癢。即使雙唇都沒有，還是能說話吧，不過他不打算再開口。

若是個無名小卒想結束生命，他們會這樣勞師動眾浪費資源來阻止嗎？

他知道自己有價值，對他們很重要。或許他們正埋首翻尋舊紀錄，希望找出能將他定罪的案子。昨天有警察來採集他的指紋，他沒抗拒，反正無所謂。

或許指紋會讓他與維克久市和諾羅平市的兇殺案有所關聯。他努力回想當初是怎麼進行的，自己是不是留下指紋或其他線索。很可能留下了吧。

唯一讓他擔憂的是，透過這幾樁案件，人們會循線找到依萊。

人們……

人們放紙條在他信箱裡，威脅他。

有個在郵局上班的鄰居向其他鄰居洩漏他收到的信件內容，還有錄影帶。大約一個月後學校才解聘他。這樣的人不能在有孩子的地方工作。他認命地離開，雖然應該可以向教師工會申訴。

事實上他在學校根本什麼都沒做，他沒那麼笨。

反對仇視他的舉動愈來愈激烈，終於有天晚上，有人從他家客廳窗戶扔進燃燒彈。他逃到外頭草坪，當時只穿了件內褲，站在那裡看著自己的畢生心血付之一炬。

當時警方已經在調查他的犯罪案件，所以保險公司不理賠。他帶著微薄的積蓄搭了火車到維克久市，在那裡租房子。他就是在那裡開始過著尋死的生活。

他嚴重酗酒，任何東西只要有酒精就拿來喝：治療青春痘的化妝水、工業用酒精。還到油漆行偷製酒的原料和酵母，但酒精還沒發酵完全就直接拿來喝。

他幾乎整天待在外面，似乎故意讓「人們」見到他快死的模樣，一天一天死去的模樣。

爛醉如泥的他變得漫不經心，隨便出手猥褻年幼男孩，被人狠揍抓入警察局。有次在牢裡蹲三天，吐得五臟六腑都快吐出來。被放出來後仍繼續喝。

那天晚上哈肯坐在遊樂場旁的長椅上，手中的塑膠袋裡裝著一瓶半發酵的酒。依萊過來坐在他身邊。醉茫茫的哈肯立刻將手摸上依萊大腿，依萊讓手留在那裡。她雙手捧住哈肯的頭，將他轉向自己，對他說：「你要和我在一起。」

哈肯嘟囔說自己配不上這麼美麗的小女孩，不過若未婚妻答應的話……

依萊將他擱在她腿上的手移開，彎腰拿起他的酒瓶，將酒倒光，對他說：「你不懂。你不能再喝了，你得和我在一起，幫我。我需要你，我也會幫你。」依萊伸出手，哈肯伸手握住，兩人一起離開。

從此他就不再酗酒，也開始接受依萊的供給。

依萊給他錢買衣服，還租了房子。他對她言聽計從，什麼都做，從不懷疑依萊是「善」、是「惡」，或者是什麼。依萊很漂亮，依萊會讓他有尊嚴，而且在難得的片刻……還有溫柔。

晚上值班的女警沙沙地翻著書頁，可能是廉價商店買來的小說吧。在柏拉圖《共和國》一書裡，「守衛者」應該從人民當中挑選教育程度最高者來擔任。但這是一九八一年的瑞典，大家讀的可能是瑞典作家約翰．吉盧⑧寫的通俗小說吧。

那個在水裡的男人，就是被他沉入湖裡的屍體，果然又是他笨手笨腳造成的結果。他該照依萊的話將他埋起來的。不過從那人身上應該追查不到依萊吧。他脖子上的咬痕是不尋常，不過他們會以為他的血是被湖水沖光。至於他的衣服……

她的上衣！

依萊的上衣。哈肯去處理時發現依萊的上衣在那人身上。他應該帶回家的，燒掉，怎樣都行。但他卻將那件衣服塞進男人大衣裡。他們會怎麼詮釋？小孩的上衣，還沾有血漬。會不會有人見過依萊穿這件上衣？會不會有人認出來？萬一出現在報紙上。依萊之前見過的人，那人……

奧斯卡，隔壁那個男孩。

哈肯不安地在床上扭來扭去，女警放下書，盯著他看。

「別想做蠢事啊。」

⑧約翰．吉盧（Jan Guillou），一九四四年生，是瑞典著名的記者與小說家。其撰寫的偵探小說在瑞典很受歡迎。一九七三年曾因洩漏機密組織被判刑十個月，因而聲名大噪。

十

依萊走過伯橋森蓋頓街，進入被九層樓建築包圍的中庭，這兩座九層高樓像巨大燈塔，巍峨地俯瞰著四周卑屈的三層樓建築。沒有人在外面，不過體育館仍亮著燈。依萊從逃生梯溜上去，探看裡面。

一臺小錄音機吼出高分貝的音樂，中年婦女隨著音樂節拍跳動，震得木地板砰砰響。依萊蜷縮在逃生梯的一層層鐵格下，下巴從雙膝上方頂出去，看著裡頭情景。

幾個婦女很肥腫，T恤底下的碩大雙峰像興高采烈的保齡球跳呀跳。她們蹦啊蹦，抬起雙膝讓過緊運動褲裡的肥肉抖呀抖。繞圈圈，拍手再跳動。整個過程都有音樂伴奏著。溫暖、涵氧的血液流遍缺水的肌肉裡。

可惜她們人太多。

依萊跳下逃生梯，輕輕落在下方結冰的地面，接著繞到體育館後方，駐足在游泳池外。

泳池大扇霧狀玻璃投射出的長條燈光映照在積雪上。每扇大窗戶都有一小片透明的普通玻璃。依萊跳起來，雙手抓住屋簷，從透明的狹窄玻璃望進去。沒人在裡面。泳池水面被鹵素燈一照，閃閃發亮，水面中央還浮著幾顆球。

游泳、水花、玩耍。

依萊前後擺動身子，像只闇黑的鐘擺。她注視著球，彷彿見到它們飛過半空，又被丟高，歡笑聲、尖叫聲，還有四濺的水花。依萊放開抓著屋簷的手，讓身體掉落，故意重重跌到地上，讓自己感覺痛。然後穿越操場，走到通往公園那條步道，駐足在那棵能替步道遮蔭的大樹下。黑漆漆。沒有人跡。依萊抬頭，沿著平滑樹幹望向五米高的樹頂。踢掉鞋子。集中意念想像自己長出了新手和新腳。

新的手腳不再痛了，只有剛拉長、快變成新形狀時有點刺刺的感覺，像電流穿過手指和腳趾。雙手拉長時骨頭出現碎裂聲，手指的肌膚溶解，變成彎曲的長爪子。腳趾也變了。

依萊跳上兩米高的樹幹，爪子戳進去，攀爬到蔓生至步道上方的樹枝上。將爪子縮入緊抓著樹枝的腳盤裡。踞坐在那裡一動也不動。

依萊想到牙齒必須更銳利，果然馬上有外突射出的感覺。琺瑯質膨脹，還有一股隱形的力量慢慢削磨著牙齒，將它們磨得又尖又銳。依萊小心翼翼咬咬下唇測試，如新月般的一排獠牙差點咬穿唇膚。

現在只要等待。

十

將近十點，室內溫度幾乎讓人無法忍受。兩瓶伏特加已經灌下，還拿了一瓶新的出來。大家都同意應該要由古斯塔出面，還說他的好心不會不被當一回事。

只有薇吉妮雅一副無所謂態度，因為她得告辭了，明天要上班呢。她似乎也是唯一受不了屋內空氣的人。貓的尿騷味加上悶濕的空氣，現在混合著香菸、酒精，以及六個身體的汗臭味。

已經半醉的雷基和古斯塔仍癱在沙發上，分別坐於她兩側。古斯塔拍拍大腿上的貓。這隻貓老翻著白眼，摩根看了捧腹大笑，說牠大概一頭撞上桌子後灌了一杯醇酒來麻痺疼痛。

雷基整晚沒說太多話，多半坐在那裡凝視前方，眼神一開始只是迷茫，而後矇矓，而後陷在雲霧中。雙唇偶爾無聲地動一動，彷彿正和鬼魂交談。

薇吉妮雅起身，走到窗邊，「開一下好吧？」

古斯塔搖搖頭。

「貓……會……跳出去。」

「我會站在這裡看著。」

古斯塔像機器人繼續搖頭。薇吉妮雅還是打開窗。空氣！她貪婪地猛吸幾大口清新的空氣，瞬間舒暢許多。少了薇吉妮雅可倚靠的雷基在沙發上愈坐愈斜，但他突然坐直身子，大聲喊著：「朋友！真正的……朋友！」

屋內各角落傳出同意的咕噥聲。每個人都知道他說的是喬齊。雷基望著手中的空玻璃杯，繼續說道：

「你有朋友……他從不讓你失望。這比任何事都值得。聽到了嗎？任何事。你們要知道，我和喬齊……就像這樣！」

他手握拳頭，激動地在自己面前晃著。

「沒有什麼能取代這種友情。什麼都不行！你們只是坐在這裡哀嘆『他是個這麼棒的人』，但什麼都沒做，只會空口說白話。喬齊走了，我什麼都沒有。別跟我談什麼失落，別談……」

站在窗戶邊的薇吉妮雅靜靜聽著，然後走到雷基身邊，想提醒他還有她。她蹲在他膝蓋邊，想捕捉他的眼神，輕輕喚了聲：「雷基。」

「不！別過來……什麼『雷基，雷基』的……反正就是這樣，妳不會明白。妳根本……冷血無情。妳去城裡，隨便釣個他媽的卡車司機或什麼的，把他帶回家，讓他上妳。妳就是這種德性。去死吧……妳水性楊花、放浪無情，至於朋友……朋友……」

薇吉妮雅噙淚起身，甩了雷基一巴掌，衝出屋外。坐在沙發上的雷基被她一摑失去平衡，歪倒撞上古斯塔肩膀。古斯塔還在嘟囔：「窗戶……窗戶。」

摩根關上窗，開口說：「很厲害嘛，雷基，你很帶種啊，看來這輩子都別想再見到她了。」

雷基站起來，抖著不穩的雙腳蹣跚走到正瞄向窗外的摩根面前，「我怎麼會，我不是故意……」

「不是，當然不是，那你自己去告訴**她**啊。」

摩根以頭點點薇吉妮雅剛剛衝出去的路徑。此刻的她正低著頭，疾步朝向公園走去。雷基聽到自己說的話，最後那句話像回聲不斷撞擊他腦袋。我真的這麼說嗎？他腳跟一轉，衝到門口。

「我只是要……」

摩根點點頭，「快一點啊，替我安慰她。」

雷基顫抖著腿，以能力所及的最快速度衝下樓。這污跡斑斑的樓梯在他眼前成了亮晃晃一片，欄杆從手中快速滑過，磨得手刺痛。失足跌跤，手肘強烈撞擊。整隻手臂灼熱，而後變麻痺。他掙扎起身，踉蹌衝下樓。他要去解救一個性命，他自己的命。

薇吉妮雅離開建築物，直向公園走去，完全不回頭。

身體因啜泣而抽搐，疾走半跑，彷彿想趕過眼淚飆出的速度。但淚水卻緊追不捨，強硬從眼眶冒出，形成斗大淚珠滑下她雙頰。鞋後跟刺穿積雪，踩著柏油路喀啦響。雙手環抱胸前，她想抱抱自己。

回家這一路既然沒人看見，索性放聲啜泣。雙手壓著胃，痛楚像個壞脾氣的胎兒踞在那裡作怪。

敞開心房讓人進來，讓他進來傷害妳。

她讓每段感情快快結束不是沒有原因。別讓他們進入。一旦他們進入妳心房，就更有機會傷害妳。安慰，靠自己吧。如果生活只有自己，就不會過得那麼痛苦。只要沒希望，就不會有失望。

但對雷基，她已經給了希望。兩人間有某種東西慢慢滋長。然而，到頭來，終有一天，才發現那又**怎樣**？他接受她的食物和溫暖，但事實上根本沒把她當一回事。

她縮屈著身子走在步道上，悲從中來，身形更佝僂。弓著背的姿態彷彿有個惡魔坐在背上，就著耳邊悄悄對她說出可怕的話。

不會了，再也不會了。

她開始想像坐在她背上的惡魔長得什麼樣，就在這時，它眞的落了下來。

沉重的東西壓住了背，她無助地失去平衡倒在一邊。臉頰撞著雪地，朦朧眼淚結成冰。重量還壓著。

有那麼半晌她以爲是悲傷惡魔幻化成形撲在她背上，讓她承受不住。但獠牙一穿透肌膚，馬上感覺到頸部的劇烈痛楚。

她想站起來，旋轉身子甩掉背上那東西。

有東西啃齧她的頸、她的喉，一道鮮血流淌前胸。她從肺頂放聲呼號，又想將背上的生物狠狠甩下。倒臥雪地時仍繼續尖叫。

直到有東西蓋住她的嘴。是隻手。

但手上有爪子戳入她臉頰的柔嫩肌膚……深戳到碰觸了頰骨。

獠牙不再啃齧，現在聽到的是拿著吸管將杯底渣物吸出的聲音。一隻眼流出某種液體，她不知那是淚還是血。

雷基衝到外頭，薇吉妮雅只剩陰暗身影，疾走在步道上，朝著阿維德莫內街前進。從樓梯摔下，胸口被撞擊的疼痛陣陣襲來，手肘的痛麻也一波波湧向肩頭。儘管如此，他還是奔跑，使盡全力狂奔。冷冽的空氣清醒了他的腦袋，失去她的恐懼讓他往前奔行。

走到轉彎處，「喬齊道」（他開始這麼稱呼）和「薇吉妮雅道」相交處，他停下腳步，深吸一口氣後準備大聲呼喚她的名字。她就在前方，大約五十米遠。

正要開口之際，看見有個身影從樹上跳下，落在她背上，將她撞倒在地。他原本的呼喚在驚愕之下化成無力的嘶噓。加快腳步趕去。想大喊，但吸不到足夠的空氣讓他邊跑邊喊。

只能跑。

就在他眼前，薇吉妮雅站起來，背上隆起個大東西。她像發瘋的駝子不停轉呀轉，而後倒地。他無計可施，手足無措。什麼都不管，只想要救回薇吉妮雅，把她背上的東西弄掉。她躺在步道旁的雪地上，那團黑色東西正趴在她身上。

他終於來到，使盡全力朝那東西猛踢。他的腳接觸到某種硬硬的東西，隨後聽見一聲爆裂，是冰破碎了。那黑色東西從薇吉妮雅背上被踢開，重重落在旁邊的雪地上。

薇吉妮雅一動也不動躺在那裡，白色雪地都是深色污跡。那黑色東西坐起來。

是個孩子。

雷基楞住呆望著那張臉蛋，在可想像到的美麗臉龐中，沒一張比得上眼前這女孩。一頭黑髮宛如面紗。一雙黑色大眼凝視著他。

女孩四肢著地，像貓咪，準備攻擊。就在女孩咧嘴時那張臉變了，雷基看見一排獠牙在黑暗中閃閃發亮。

兩人保持原姿勢對峙了幾個喘息。雷基看著孩子著地的四肢，前肢的手指成了爪子，在雪地裡顯得銳利無比。

突然孩子臉上出現痛苦的扭曲表情，她兩腿直立，以疾速的巨大步伐奔往學校的方向。幾秒鐘後，她遁形於陰暗處，消失不見蹤影。

雷基呆立著，將流入眼裡的汗水給眨掉。隨即撲到躺在地上的薇吉妮雅身邊。他看見傷口了，整個喉嚨被扯裂，深色血液流上她的髮，流下她的背。他脫掉自己大衣，拉起毛衣，將毛衣捲成一團壓在傷口處。

「薇吉妮雅！薇吉妮雅！我的寶貝，我的最愛……」

終於，他能說出口了。

去爸爸家的路上，每個轉彎都如此熟悉，他走過這條路……多少次？自己一人，十次或十二次吧。和媽媽一起，至少三十次。四歲時爸媽就離婚了，不過奧斯卡和媽媽還是會在週末及假日去找爸爸。

十一月七日星期六

過去這三年媽媽都讓他自己搭巴士去。這次甚至沒陪他到科技大學的巴士站。他現在是大男孩了，錢包裡有自己的儲值車票。

事實上他之所以有皮夾，就是爲了放車票，不過現在裡面也會放二十克朗來買買糖果，還有依萊寫給他的字條。

奧斯卡不經心地撫摸掌心的綳帶。他不想再見到她了，她太可怕。發生在地下室那件事……

她終於露出眞面目了。

她身上有種東西，那東西……非常恐怖。就像那些他要提防的事物：高處、火、碎玻璃、蛇。這些都是媽媽竭力不讓他碰的東西。

或許就是這樣，他才不想讓媽媽和依萊見面。媽媽會看出來那種恐怖的東西，她會禁止奧斯卡接近它。接近依萊。

巴士駛下高速公路，朝向史皮勒史波達區。這是唯一到雷德曼索島的巴士。之所以上上下下高速公路那麼多次，就是想繞到更多載客點，提高載客量。巴士駛經史皮勒史波達鋸木場的成堆木材附近的蜿蜒山路，在那兒有個急彎，巴士後端差點滑下河畔的碼頭。

週五晚上他不想等依萊。

那晚他帶了雪橇，自己到鬼丘。媽媽很不高興，因為他白天還因感冒沒上學在家休息一天，不過他告訴媽媽，現在已經好多了。

背著雪橇走過中國公園。滑雪坡的前一百米會經過公園最後幾盞路燈，之後一百米則會進入漆黑的樹林。他可以感覺到腳底的雪嘎扎嘎扎響，樹林裡傳來輕輕的颯颯聲，彷彿有人在呼吸。月光從樹隙灑落，樹木之間的地面成了陰影斑斑的織錦。某種沒有臉龐的形體等候著，來回搖晃著。

他停下腳步。從這裡開始，就是通往柯瓦爾尼肯灣的陡坡。坐上雪橇。小丘旁那黑漆漆的牆面是鬼屋，它似乎正怒吼著：不准晚上到這裡來，現在這是我們的地盤。如果要在這裡玩耍，就得和我們一起玩。

從小丘底端可見到柯瓦爾尼肯灣上船家俱樂部偶爾閃爍的燈火。奧斯卡身體微微前傾，重心向下，雪橇開始滑。他抓緊方向盤，想閉上眼睛又不敢，就怕自己偏離跑道，滾下通往鬼屋的陡坡。

滑下山丘，放膽奔馳，肌肉緊繃。愈來愈快，愈來愈快。被雪覆蓋的無影手從鬼屋竄出，拂過他臉頰，要抓起他的帽子。

或許只是颳起一陣風。然而在小丘最底部，他的確撞上一道透明黏稠的薄膜障礙物，那東西從步道延伸而出試圖擋下他，不料他速度太快直接往前衝。

雪橇衝過那薄膜般的障礙物，臉和身體都黏到東西，他繼續滑行直到撐破薄膜，一股腦兒衝出去。

柯瓦爾尼肯灣上漁火點點。他坐下來望向昨天早上擊倒強尼的地方。轉過身，鬼屋成了醜陋的鐵皮屋。

他將雪橇拉上丘頂，再滑一次。又上去，再滑下。一遍一遍不想停，滑呀滑，滑到臉蛋凍了一層冰。然後走回家。

昨晚只睡了四、五個小時，因爲怕依萊會來找他，也怕萬一她眞的出現，他會被逼得說出某些話，做出某些事。譬如推開她。所以在往諾泰傑鎮的巴士上，他累得睡著了，直到終點才醒來。不過換了往雷德曼索島的巴士後，他就努力保持清醒，玩著預測沿路景致的遊戲。

很快就會出現那間草坪上有風車的黃色房子。

窗外果然有間黃色房子，屋前的風車覆蓋著白雪。諸如此類，一路玩。到了史皮勒史波達區有個女孩上車。奧斯卡見到她，緊張得抓住前方椅背。長得好像依萊，當然不是她。女孩坐在他前方幾排的椅子上。他凝望著她後頸背。

她到底怎麼了？

那天他在地下室將瓶子收集起來，並用垃圾堆裡的破布抹去血跡之際，心中已經有譜：依萊是吸血鬼。這樣一想，全都通了。

難怪她從不在白天外出。

難怪她在黑暗中也看得到，這點是後來才明白。

還有其他很多事：她說話的樣子、魔術方塊、她身體的柔軟度和彈性，當然這些都可以有自然的合理解釋……可是，她竟然舔他滴在地上的血，還有，讓他一想就更戰慄的是，「我可以進來嗎？說我可以進來。」

得有人邀請，她才能進到他房間，到他床上。而他邀請她進入了，邀請了吸血鬼進入。這個靠別人血液才能活的生物。依萊。他沒人可以訴說這一切，沒人會相信他。若有人相信，那會怎麼樣？

奧斯卡想像大批人馬拿著能置吸血鬼於死地的尖銳木樁在布雷奇堡鎮梭巡，他們走進他和依萊相擁的那個屋簷下。他現在的確很怕依萊，也不想再見到她。但即便如此，也不想見到那種事發生。

在諾泰傑鎮坐上巴士已經四十五分鐘了，終於來到索德史維克鎮。他拉了繩子，司機座位旁的下車鈴響起。巴士停在一間商店前，奧斯卡讓一位老太太先下車，他認得這老人家，不過不知道她的名字。

爸爸站在巴士的臺階下，對老太太點頭說聲「嗯」打招呼。奧斯卡下車，在爸爸面前呆站了幾秒鐘。上個禮拜發生那些事讓奧斯卡變得更成熟，雖然還不是大人，但的確更成熟。但在父親面前，那些成熟的感覺突然全消失了。

媽媽說他爸爸就像個孩子，意思是幼稚不成熟，沒有責任感。喔，她也會稱讚爸爸，不過說來說去還是會回到這句：不成熟。

但對奧斯卡來說，現在爸爸伸出寬闊手臂讓奧斯卡投入懷抱的模樣，就是他心目中的大人形象。

爸爸身上的氣味和城裡的人就是不同。他身上那件破舊到用魔鬼氈黏起來的哈里漢森牌的背心，仍舊散發出混合著木材、油漆、金屬，以及最特別的，石油的氣味。這些味道不好聞，但奧斯卡不這麼覺得，反正這就是「爸爸的味道」。他非常喜歡這氣味，貼在爸爸胸膛將這氣味深深吸進去。

「嗨，兒子好。」

「嗨，爸爸。」

「路程都還好吧？」

「不好，撞上麋鹿了。」

「不，不會吧，那一定很糟糕。」

「開玩笑的啦。」

「我就知道，我就知道。不過你知道嗎，我記得……」

兩人一邊走向商店，爸爸一邊說著他曾開卡車撞到麋鹿的故事。以前就聽過這故事的奧斯卡心不在焉四處張望，偶爾應和應和。

索德史維克鎮這家商店永遠像垃圾間。那些能用到夏天的冰品海報和布條把整間店搞得像個超大的冰淇淋攤。商店後方原本有頂大帳篷，下面賣些庭院用具、土壤、戶外桌椅之類的，現在倒是因應季節收了起來。

一到夏天，索德史維克鎮的人口就會增爲四倍。附近整個區域，從這裡到諾泰傑維肯灣和拉加洛鎮，遍布著隨意蓋起的避暑小屋。通往拉加洛鎮的路上分立著兩排各十五個人家的信箱，但這個季節郵差根本不需要去到那裡，因爲沒有人煙，沒有郵件。

兩人走到爸爸的輕型機車邊，他也剛好說完撞上麋鹿的故事。

「……後來我得拿原本用來撬開抽屜的鐵橇將牠打昏，就砸在牠兩眼間。牠像這樣抽搐，然後……沒錯。不好，這樣做是不太好。」

「不好，當然很不好。」

奧斯卡跳上機車後面掛的小拖車，將雙腿縮到身體底下坐著。爸爸手伸入背心口袋裡，掏出一頂帽子。

「戴上，不然耳朵會很冷。」

「不用，我自己有。」

奧斯卡拿出自己的帽子戴上。爸爸將這頂塞回口袋。

「那你呢？你的耳朵會很冷。」

爸爸噗嗤笑出來。

「不用，我習慣了。」

奧斯卡當然知道爸爸不怕冷，他只是故意揶揄他。印象中從沒見過爸爸戴毛帽。如果真的很冷又颳風，頂多戴上那種能遮耳的熊皮帽，他說這是他繼承來的「遺物」。

爸爸踩動引擎，機車開始如電鋸轟隆咆哮。爸爸吼著說什麼要先空轉一下。突然，機車暴衝，差點將奧斯卡往後摔。接著他又吼著說排檔如何，說完車子就發動了。

從二檔到三檔。機車在鎮上穿梭。奧斯卡雙腿盤坐在鏗啷鏗啷響的拖車上，感覺自己就像世界之王，也覺得他眞的能一直這樣稱王下去。

十

醫生跟他說明過：他吸入的毒煙傷到了聲帶，很可能永遠都不能正常說話。他們會幫他動手術，讓他可以發出基本的母音，不過由於舌頭和雙唇都嚴重損傷，所以恐怕還得另外動手術，才有可能發得出子音。

以前曾身為瑞典教師的哈肯忍不住癡迷地想著：以手術方式來創造語言能力的這種奇蹟。他略懂音位，這是語言的最小成分，許多文化都有這種東西。不過他從未以這種方式來思索產生語言的實際工具：上顎、嘴唇、舌頭和聲帶。利用手術刀處理這些奇形怪狀的語言原始材料，就能慢慢製造出語言能力。

其實他們這麼做沒意義，因爲他根本不打算再開口說話。此外他也懷疑醫生這麼告訴他其實另有目的。他們認爲他有自殺傾向，所以要灌輸他線性的時間感，讓他感受到生命有目標，對未來的挑戰有夢想。

但他可不買帳。

如果依萊需要他，他會考慮活下來，否則活著也沒意思。但現在看來，毫無跡象顯示依萊需要他。

不過話說回來，他在這種地方，依萊要怎麼跟他聯繫？

從窗外的樹梢來研判，他所在樓層應該頗高。況且，還有警力戒護著，除了醫護人員，隨時至少有一名警察在旁邊。依萊接觸不到他，他也無法靠近依萊。之前曾動過念頭想逃跑去找依萊，但要怎麼辦到？

喉嚨的手術讓他已能自行呼吸，不需要再插著呼吸器，但仍無法正常進食（醫生向他保證，這部分他們絕對能醫治）。鼻胃管老是在視線旁懸盪。若把管子拉掉，病房某個地方就有鈴會響，反正看來機會渺茫。逃跑，連想都別想。

他還動過整型手術，背部一塊皮膚被移植到眼皮，好讓他能閉上眼睛。

當下就閉上。

病房門開啓。時間又到了。他認得那聲音，之前那個男的。

「唉，唉，」那人說：「他們告訴我短期內你不可能說話，眞糟糕。不過我這人很固執，我想我們還是能溝通，就你和我，如果你同意的話。」

哈肯努力回想柏拉圖在《共和國》一書中所說的話，關於殺人犯和殘暴者，以及對這些人該有的處置。

「我發現你現在能閉上眼睛，太好了。你知道嗎？我要把狀況具體說給你聽，因爲我突然想到，或許你不相信我們快要查出你的身分了，沒錯，一定會查出來的。我想你應該記得你那支手錶吧。我們運氣眞好，那支老錶上有廠商名的縮寫，還有序號等各種資料。幾天內就會查出來了，不管用什麼方式。頂多一個禮拜吧。除了這個還有很多線索。

「總之我們會查出你的，百分之百肯定。

「所以……麥克斯，搞不清楚我爲何想叫你麥克斯，反正這名字只是暫時的吧，麥克斯？或許你願意多幫我們一些。否則我只好拍張你的照片，送到各報社，然後……嗯，你知道的。這樣一來事情就複雜多了。如果你現在能跟我談談……或用任何方式溝通之類的……大家都會比較輕鬆。

「你口袋裡有張紙寫著摩斯密碼。你知道摩斯密碼吧？知道的話，我們就能透過拍擊來溝通。」

哈肯張開眼睛，望向白色長橢圓模糊影子的兩個黑點，這個影子應該就是男人的臉。男人顯然決定將這句話當成邀請而不是詢問，所以逕自往下說。

「水裡撈出來的那個人，不是你殺的，對不對？法醫說他脖子上的咬痕很可能是孩子幹的，根據我們手上的報告，可惜不能透露更多細節，不過……我想你是在保護某個人，我說的沒錯吧？如果我說對了，請你舉起手。」

哈肯閉上眼。警察嘆了口氣。

「好吧，那就讓調查的機制繼續運作吧。我走之前你有什麼想說的嗎？」

就在男人起身之際，哈肯舉起手。警察趕緊坐下。哈肯把手舉得更高。揮一揮。

再會。

警察不悅地哼了口氣，起身離開。

十

薇吉妮雅的傷勢沒有生命危險，週五晚上就能出院，不過得帶著縫合的十四針、脖子上的大繃帶和臉頰上的小繃帶。雷基說要陪她，住在她家直到她復元，但被她拒絕。

週五晚上上床時她告訴自己，明天週六一早就能起床去上班。她可負擔不起無薪待在家裡。

輾轉難眠。被攻擊的景象不斷在腦海重演，她無法平靜。躺在床上眼睛睜得大大，老是覺得那團黑漆漆的東西會從房間陰暗處冒出，撲到她身上。脖子繃帶下的傷口好癢。凌晨兩點，她肚子餓，起床到廚房打開冰箱。

飢腸轆轆，但站在那裡看著冰箱內食物，沒一種想吃。不過還是出於習慣地拿出麵包、奶油、起司和牛奶，將這些食物一一擺在餐桌上。

她給自己做了起司三明治，再將牛奶倒入杯子裡。坐在餐桌邊，看著杯子裡的白色液體，還有那夾著黃色起司片的褐色麵包。看起來就反胃，不想吃。將食物扔掉，牛奶倒進水槽裡。冰箱有半瓶白酒，將酒倒入酒杯，送到唇間。一聞到味道，她又失去興致。

帶著進食失敗的挫折感，她乾脆給自己倒杯白開水。躊躇了一下。妳確定自己能永遠只喝白開水……？沒錯，是可以只喝白開水，不過嘗起來……好難喝。彷彿水裡所有好東西都被剔除，只剩下平淡的渣滓。

她乾脆上床，翻來覆去幾小時，終於慢慢睡著。

醒來已經十點半。她跳下床，在昏暗的臥房內穿衣服。天啊，八點就應該上班的。他們怎麼沒打電話來找人？

喔，等等，是有聽到電話響，起床前最後那個夢裡的確有電話聲，不過後來斷了。如果不是那聲電話，她可能還繼續睡。扣上鈕釦，走到窗邊，拉開百葉窗。

外頭陽光像扎實的一拳撲向她的臉，踉蹌後退，遠離窗邊。不忘將百葉窗的拉繩往下扯，百葉窗嘩啷滑下，卡在歪曲的角度。她坐在床上。一束陽光從窗子透進，照在她赤裸的足踝上。

千根針刺。

彷彿皮膚同時被扭往兩個方向。

怎麼會這樣？

將腳移開，穿上襪子，再放回陽光下。好多了。只有百根針刺。她起身準備去上班，立刻又坐下。

某種……震驚。

拉開窗簾的感覺怎麼會那麼可怕。光線成了某種沉甸的東西撲向她，讓她想逃離。眼睛最難受，彷彿被兩隻有力的拇指壓住，威脅要將眼珠從頭顱裡挖出。現在兩眼仍刺痛。

她用手掌揉揉眼睛，從臥房櫃子拿出太陽眼鏡戴上。

肚子好餓，但只要想到冰箱裡那些食物和食物櫃裡的東西，早餐的胃口就全失。反正也沒時間吃。快遲到三小時了。

走出家門，上鎖，飛奔下樓。身體好虛弱，或許今天還不該上班。嗯，超市再四小時就休息了，況且此刻正是週末顧客開始湧入的時候。

心思全被這些事占據，想都沒想就直接打開樓下大門。

可怕的光線霎時湧入。

雖然戴著太陽眼鏡，但雙眼仍刺痛不堪。手和臉彷彿被滾燙的熱水澆淋。尖叫了一聲，將手縮回大衣，頭埋得低低的趕緊跑出去。頭皮和脖子保護不了，現在就像被火灼燒。還好家裡離超市不遠。

衝入店裡，刺痛感舒緩許多。超市多數窗戶都被廣告海報和塑膠薄膜遮住，免得太陽曬壞貨物。她拿下太陽眼鏡。還是有點痛，或許是廣告海報之間仍有空隙讓陽光照進來。將太陽眼鏡放入口袋，走進辦公室。

雷納特是店經理也是她上司，正低頭忙著填寫文件，不過仍抬起頭看了她一眼。她以為會被訓兩句，沒想到他只是說聲：「嗨，還好吧？」

「喔……很好。」

「妳不是應該在家多休息嗎？」

「不用，我想……」

「妳不用來的，蘿婷會幫妳代班。稍早前我打了電話給妳，不過妳沒接……」

「那我今天沒事做嗎？」

「去問問肉品部的貝瑞特。還有，薇吉妮雅……」

「是。」

「很難過妳發生了那種事。我不知該怎麼說，不過……真的很難過。如果妳想休息一陣子，我完全能諒解。」

薇吉妮雅一頭霧水。上司雷納特平常可不像別人會對請病假或者遇上麻煩的員工報以同情，但此刻他卻表現出基於他個人的關懷態度，真是前所未聞。想必腫脹的臉頰和繃帶讓她看起來病懨懨。

「謝謝。」薇吉妮雅說：「我想應該沒事了。」然後走到肉品部。

她繞到收銀臺向幫忙代班的蘿婷打招呼。她那收銀臺有五個客人在排隊，薇吉妮雅心想應該多開個結帳櫃。不過問題是雷納特可能不希望這副模樣的她坐在收銀臺嚇客人。

走進結帳櫃臺後方窗戶照射進來的陽光裡，那種可怕的感覺又出現了。皮膚緊繃，雙眼刺痛，雖然不像在街道被陽光直射那麼痛苦，但也夠折磨人的了。不能坐在那兒。

蘿婷看到她，趁著服務兩位客人的空檔跟她揮手。

「嗨，我看了報紙……妳還好吧？」

薇吉妮雅舉起手，左右擺動：馬馬虎虎。

看了報紙？

她抓起《瑞典日報》和《每日新聞》朝向肉品部裡走，快速瞄過頭版。沒有。媒體一定會渲染誇大。肉品櫃在超市最後面，乳品部旁邊，這種賣場安排很有技巧，讓人必須走過整間超市才能拿到肉。薇吉妮雅站在罐頭食物架旁，她餓得發抖。仔細看著這些罐頭：碎番茄、蘑菇、淡菜、鮪魚、義式餛飩、啤酒香腸、豆子湯……都不行。看到這些毫無食欲，只想反胃。

貝瑞特從肉品櫃臺後方見到她，揮揮手。薇吉妮雅一走到後面，就被貝瑞特熱情擁抱，他還小心翼翼摸著她臉頰上的繃帶。

「啊，好可憐哪。」

「喔，還……」

很好？

她趕緊躲入櫃臺後方的儲藏室。如果讓貝瑞特起了話頭，就得忍受他長篇大論，說什麼社會大眾都在受苦，竟然還有這種邪惡的人。

薇吉妮雅坐在磅秤和冷凍櫃門之間的椅子上。這裡只有幾平方米，不過是整間店最舒服的地方。她翻開報紙，《每日新聞》地方版裡有一小篇報導。

布雷奇堡鎮有女性受到攻擊

一名年約五十歲的婦女週四晚上在斯德哥爾摩郊區的布雷奇堡鎮受到攻擊，幸好有路人出手相救。攻擊者可能是名年輕女子，迅速逃離現場。攻擊動機目前仍不明。警方現正調查此樁攻擊案件是否與過去幾週西郊的暴力事件有關。這名五十歲婦女的傷勢沒有大礙。

薇吉妮雅放下報紙。這種措辭讀起來實在很奇怪：「五十歲婦女」、「路人」、「傷勢沒有大礙」。這幾個措詞掩蓋了真實的一切。

「可能關聯」，沒錯，雷基深信攻擊她的就是殺死喬齊的那個小孩。週五早上他幾乎快把舌頭咬斷了才克制住自己，沒對女警和正幫她檢查傷勢的醫師這麼說。

他是打算告訴警察，不過想先知會過古斯塔。他心想現在薇吉妮雅也被攻擊了，或許這會讓古斯塔從新的角度來思考整件事。

她聽見窸窣聲，四處張望。半晌後才發現是自己手中的報紙抖得太厲害而發出的噪音。將報紙放在工作白袍上方的架子上，過去找貝瑞特。

「有什麼我能幫的嗎？」

「親愛的，妳眞的覺得可以嗎？」

「沒問題，況且做點事也比較好。」

「我懂了。那妳就去那裡幫忙把蝦子裝袋吧，五百公克一袋。可是妳不是應該……？」

薇吉妮雅搖搖頭，走回儲藏室，穿上白袍，戴上帽子，從冷凍櫃拿出一箱蝦，一手套上塑膠袋，開始準備秤重。她將套住手的塑膠袋戳入箱子，撈起一大把蝦，分裝到小塑膠袋，放到磅秤上。眞是無聊的機械工作。裝到第四袋右手就凍僵了。不過她還是得找事情做做，這樣才能趁機思考。

在醫院時雷基說了些奇怪的話：攻擊她的小孩看起來不像人，它有獠牙和利爪。

薇吉妮雅將這些話當成他酒醉的胡言亂語。

她不記得這麼多，不過她的確同意：跳到她背上那東西很輕，不可能是大人，但也輕得不太像小孩。或許五、六歲吧。她僅有的回憶就是她站著而背上有東西的那一幕，之後是一片漆黑。接著是在家裡醒來，除了古斯塔，還有整夥朋友都圍在身邊。

本店請客。

她把秤重好的袋子綁緊，拿起下個袋子，抓進一把蝦，四百三十克，再七隻。五百一十克。

低頭看著自己那雙與腦袋分離、逕自工作著的手。手。有著長指甲，尖銳牙齒，那叫什麼來著？雷基大聲說了出來：吸血鬼。但薇吉妮雅噗嗤而笑，笑得很慢，因爲怕臉頰傷口的縫線被撐開。而雷基笑都沒笑。

「因爲妳沒看到。」

「可是雷基……世上沒有吸血鬼。」

「若沒有，那它到底是什麼？」

「是個小孩。活在奇怪扭曲幻想世界裡的小孩。」

「會長出那樣的指甲？長出那樣的牙齒？我得去問問牙醫師……」

「雷基，那地方很暗，你又喝醉了，它……」

「的確暗，我也醉，不過我眞的看見。」

臉頰繃帶底下的肌肉開始灼熱繃緊。她放開右手的塑膠袋，將冰冷的手貼在繃帶上。舒服多了。不過還是好虛弱，覺得雙腿快撐不住身體。

裝完這箱就得回家。這樣不行。或許這週末好好休息，下週一就會好多了。將塑膠袋套回手上，帶著微慍開始工作。眞恨自己這樣病懨懨。

食指一陣刺痛，可惡。不專心就是會這樣。蝦子結凍後會變得很銳利，果眞刺傷了食指。她抽掉套在手上的塑膠袋，看著食指。小傷口滲出一些血。

本能地將食指伸進嘴裡吸出血。

舌頭接觸食指的地方散發出一股溫暖、療癒、美味的感覺，那感覺開始遍布。她更用力吸吮手指。人間所有的美味全在嘴裡湧現，幸福的悸動貫穿全身。她吸吮又吸吮，沉醉在那股愉悅中，直到驚察自己的舉動。

將手指抽出來，凝視它。上頭閃亮著唾液，小血滴一滲出就被稀釋，像水彩調得過淡。她看著箱子裡的蝦，幾百隻粉紅蝦體覆蓋著一層霜。還有蝦子眼睛，如散布在白色與粉紅色之間的黑色針頭，混亂顛倒的滿天星斗。星座、星圖開始在她眼前跳躍。

世界繞著軸心旋轉，有東西撞到後腦袋。眼前有層白色外觀的東西，是天花板角落的蜘蛛網。她知道自己倒在地上，但就是沒力氣做些什麼。

聽見遠方傳來貝瑞特的聲音：「哦，我的天啊……薇吉妮雅……」

十

強尼喜歡和哥哥混在一塊兒，至少身邊沒那群膚淺的狐群狗黨時，就會黏著哥哥。哥哥吉米認識一些來自瑞克斯塔的傢伙，強尼還挺怕這些人。幾天前那個晚上，他們來找吉米，沒按門鈴在屋外徘徊。強尼告訴他們吉米不在家，他們要他轉達訊息。

「告訴你哥，如果週一前沒把錢拿出來，我們就把他的頭用老虎鉗夾住。你知道這什麼意思嗎？好……就像這樣扭，扭到有錢從他耳朵掉出來，像這樣。你會這樣告訴他吧？好，很好。你叫強尼是吧？那就掰掰了，強尼。」

強尼把口信帶給哥哥，吉米只是點點頭說知道了。後來媽媽錢包裡掉了些錢，她大發雷霆。吉米現在沒那麼常在家。自從小妹妹出生後，他就沒自己的房間。強尼已經有兩個弟妹，照理說不應該再有。不過媽媽後來認識個傢伙……嗯……反正就是這麼發生了。

至少強尼和吉米是同一個爸爸。爸爸在挪威海岸的石油鑽井臺工作，現在不只會定時送上扶養費，還會多寄些錢來彌補以前的虧欠。媽媽很感激他，好幾次喝醉哭著說，她再也沒機會遇到這麼好的男人。就強尼有記憶以來，這陣子是爸媽第一次沒因爲缺錢而吵鬧不休。

此刻這兩兄弟坐在布雷奇堡鎮主廣場的披薩店內。吉米今天早上回家，跟媽吵了一架，然後就和強尼走出家門。吉米在自己那塊披薩上加了一堆調味料，然後兩手將披薩捲成大大一捲，開始吃了起來。強尼以平常方式吃著披薩，他心想下次哥哥若不在，他也要學他這樣吃看看。

吉米嘴裡不停咀嚼，朝著強尼耳朵上的綁帶點點頭，說：「看起來眞慘。」

「是啊。」

「會痛嗎？」

「還好。」

「媽說這肯定會留下後遺症，以後你會聽不見。」

「還不確定，應該不會有事吧。」

「哼，你是說那傢伙撿起一根大樹枝，然後往你的頭打下去。」

「嗯。」

「可惡，那你打算怎麼做？」

「不知道。」

「要我幫忙嗎？」

「不用。」

「爲什麼？我和一些兄弟可以把他揪出來。」

強尼抓起一隻大蝦，這是他的最愛，放進嘴裡嚼呀嚼。不用。不能把吉米那些朋友扯進來，否則肯定很難收拾。雖然有這層顧慮，不過一想到自己跟著老哥吉米，或許還有那些來自瑞克斯塔的兄弟出現在奧斯卡家門口，把他嚇得臉色發白，強尼就得意地笑了起來。他搖搖頭不要哥哥出面。

吉米將披薩捲放下，嚴肅地看著強尼。

「好，我只是說說。不過若再來一次……」

他大力彈了手指，然後握緊拳頭。

「你是我老弟，我絕不會讓你受一丁點委屈……若他再這樣搞一次，看你想怎麼報仇儘管開口，我去把他揪出來，好不好？」

吉米的拳頭橫跨桌面，強尼也握拳和老哥對碰。感覺好棒，有人這樣相挺。吉米點點頭。

「好。對了，我有東西要給你。」

吉米彎下腰，從桌底拿出塑膠袋，整個早上這袋子都不離身。從袋子裡拿出薄薄一本相簿。「上個禮拜爸爸來找我，他留了大鬍子，我差點認不得。他帶來這個。」

吉米將相本遞給強尼。他先用紙巾擦擦手指才打開相本。

是他們小時候拍的照片，裡面也有媽媽。大概十年前照的。他認出那個幫孩子推鞦韆的是爸爸。另外一張照片裡他戴著一頂顯然太小的牛仔帽。吉米，那時約九歲吧，就站在他身邊，手裡拿著塑膠步槍，還裝出兇狠的表情。有個更小的男孩坐在旁邊草坪上，睜著大眼看他們，這應該是強尼。

「他說可以借我看，但下次見面時要還。他要把相本拿回去，說這是……呃，什麼東西來著……『我最珍貴的財產』，我想他就是這麼說的。我猜你可能也想看看這些照片。」

強尼點點頭，視線仍留在相本上。強尼四歲時爸爸離家，此後父子只見過兩次面。家裡有張他的照片，不過那張感覺很不好，他旁邊坐了其他人。但相本裡這張不同，可以構築出他心目中眞正的爸爸形象。

「還有件事，別讓媽看到相本。我想這是爸爸離家時偷夾帶出去的，如果給媽看到……嗯，我說了，爸爸要把這本拿回去，所以答應我，千萬不能給媽看到。」

強尼繼續埋首於相本，不過仍伸出拳頭，橫過桌面。吉米笑了出來，強尼感覺到吉米指關節與他指關節對碰。一言爲定。

「喂，待會兒再看啦。這袋子也拿著。」

吉米遞出裝相本的袋子，強尼心不甘情不願將相本闔上，放進袋子中。吉米已經吃完披薩，靠著椅背，拍拍肚子。

「嗯，櫃臺那小妞如何？」

十

村落從旁奔逝而過，機車後那只拖車的輪子所濺起的雪花朝後噴到奧斯卡臉頰。他雙手緊抓著拖曳繩，重心忽左忽右，徜徉在雪花雲朵之上。雪屐刮過鬆軟雪地，發出尖銳摩擦聲。飆馳過岔路時，雪屐外側輕輕擦撞橘色反光板，震得奧斯卡抖了一下，旋即抓回平衡。

通往拉加洛鎮和那片避暑小屋的道路沒人鏟雪。機車駛過無人踏及的雪地，留下三條深深的輪跡。機車後五米是奧斯卡，他穿著的雪屐在雪地上多劃出兩條痕。沿著機車胎痕蛇形，像特技表演有時單腳站立，有時蹲伏成一團快速前滾的小球。

來到一處長坡，從這裡下去就是老蒸汽船的碼頭，爸爸在長坡前放慢速度，奧斯卡卻衝過頭，得來個緊急煞車才沒讓拖曳繩過鬆。若繩子過鬆，待會兒坡度平緩機車加速後，奧斯卡就會劇烈晃動。

機車一路騎到碼頭，爸爸換檔踩煞車，奧斯卡也放慢速度但仍在滑行。有那麼片刻他想**放掉繩子，繼續滑**……滑到碼頭外，掉落黑色海水中。不過他還是在離岸邊兩米處將迷你雪屐往內偏，讓自己及時煞住。

停在原地喘著氣，望向海水。海面開始結凍的那層薄冰，隨著湧上岸的海浪起起伏伏。或許今年有機會真正結冰，這樣就能走到另一端的瓦多村。還是，通往諾泰傑鎮的隧道已經打通？奧斯卡記不得。海水結冰已經是好幾年前的事了。

奧斯卡夏天來這裡會在岸邊釣鯡魚。鬆開繩鉤，尾端綁上魚餌。若遇上魚群，有耐心的話，可以釣上好幾公斤，不過他多半只釣個十來隻。夠讓他和爸爸當晚餐就好，小隻的送給貓吃。

爸爸走過來，站在他身後。

「很棒吧。」

「嗯，不過有幾次被雪花濺得滿頭滿臉。」

「的確是，現在雪還太鬆軟，可以想法子弄緊實點。或許可以……拿塊重板子，拴在機車上，在雪地上壓點重量。你知道的吧，如果放了板子，壓下去，那麼……」

「現在嗎？」

「不行，得等到明天。天色快黑了，我們得回家準備野鴨大餐，不然就沒晚飯可吃嘍。」

「好。」

爸爸望著海水，沉默佇立了一會兒。

「你知道嗎，我在想一件事。」

「什麼事？」

終於來了。媽媽告訴奧斯卡，她斬釘截鐵告訴過爸爸，要他和奧斯卡談談強尼那件事。事實上奧斯卡也想和爸爸談。爸爸和這件事有個安全距離，不會眞正插手介入。爸爸清清喉嚨，整理思緒，吐了一口氣，又看看海水，然後才開口：「嗯，我是在想……你有溜冰鞋嗎？」

「沒有，舊的穿不下了。」

「沒有，沒，沒有？嗯，這個冬天海水若能結冰，看來……有機會溜冰一定很好玩，對不對？我有溜冰鞋喔。」

「應該不合腳吧。」

爸爸噗嗤一聲笑了出來。

「不是，不是……是歐斯頓家的男孩以前穿的，三十九號。你穿幾號？」

「三十八。」

「可以啊，只要穿上厚毛襪，那就……我問問看他們，是不是可以送你。」

「太棒了。」

「那就說定嘍。很好，現在可以走了嗎？」

奧斯卡點點頭。強尼那事或許待會兒才會說吧。不過有溜冰鞋，太好了。如果明天能談妥，那他回家時就能帶著溜冰鞋了。

他穿著迷你雪屐走到機車拖曳繩尾端，將繩子拉緊，舉手對爸爸示意，可以出發了。爸爸發動引擎，得打一檔才能衝上山坡。機車震耳欲聾的砰砰聲把松樹梢那些烏鴉嚇得振翅疾飛。

奧斯卡慢慢滑上山坡，那姿態彷彿讓繩子拖著走。身體打直，雙腿併攏。此刻他心無旁騖，只是專注讓自己的雪屐保持在之前來的舊跡上，免得陷進鬆軟的雪地裡。暮色漸沉，父子倆踏上回家的路。

十

雷基從主廣場走下階梯，褲頭塞了一盒阿拉丁巧克力。他很不想偷，可是沒錢買禮物送薇吉妮雅。應該也要送幾朵玫瑰，不過只能看看在花店順手偷到什麼就送什麼。

天色已黑。他駐足在通往學校的那座小丘底，躊躇不定，四處張望，用腳磨開地面的雪，露出一塊約拳頭大小的石塊，他將石塊踢鬆，撿起來緊握著放入口袋。他才不是想用這石塊來對付可能會見到的東西，而是石塊的重量和冰涼涼的觸感讓他覺得舒服。

他曾到各社區的中庭詢問，但沒什麼結果，只惹來與孩子堆雪人的家長警戒狐疑的眼神。全身髒兮兮的老男人。

不過一直到他開口詢問了正在搥打地毯的那個婦女，他才知道這樣的舉止有多怪異。女人停下手邊的工作，轉身看著他，手裡那根棒子眞像武器。

「對不起，」雷基說：「是這樣的，不知道……我正在找一個孩子。」

「是嗎？」

他聽著自己的口氣，那種口吻聽起來就很不篤定。「沒錯，她……失蹤了。不知道有沒有人看過她出現在這附近。」

「是你的孩子嗎？」

「不是，不過……」

除了那幾個青少年，他已經決定不再向陌生人開口詢問，至少要找他認識的人。沿路遇到幾個熟人，不過他們也沒看見。聖經說，尋求的必尋見。但至少也得明確知道自己在找什麼吧。

他走上穿越公園可直達學校的那條步道。遠遠瞥向喬齊的人行地下道。

昨天的新聞引起軒然大波，主要是因爲他屍體被發現的過程太嚇人。被謀殺的醉漢本來沒什麼值得社會大眾注意，不過孩子好奇又驚嚇的圍觀和消防隊員將冰塊鋸開撈出屍體的場景實在太恐怖。那篇報導旁放了張喬齊的護照照片，照片中的他反倒看起來像個殺人狂，至少有點像。

雷基繼續走，經過了布雷奇堡鎮小學。學校陰鬱莊嚴的磚牆正門有著寬大的高聳臺階，眞像國家法院，或者地獄，的大門。最低一層臺階旁的牆面被人噴漆寫著「鐵娘子」，不知道是什麼意思，可能是某些團體幹的吧。

他走過停車場，進入伯橋森蓋頓街。平常他會從學校後面抄捷徑，不過這當下……太暗了。隨便就能想像出有個生物伏踞在陰暗處。他抬頭望了立於步道兩側的高聳松樹頂，枝椏間有幾團深色的東西。應該是鳥巢吧。

不止那東西的長相嚇到他，它攻擊的方式更讓他驚恐。如果它不是從樹上跳下來，或許他會願意相信那獠牙和利爪有合理的解釋。那天把薇吉妮雅扶回家前，他抬頭看了那棵樹。那生物所跳下的枝椏離地應該有五米。

從五米高跳到人的背上！如果他們所說的「合理解釋」再加上「馬戲團特技演員」這一項，或許就說得通。可是從各方面來看，他對薇吉妮雅說的那種解釋似乎又不大可能，現在他眞後悔那麼說。

該死……

他從褲頭拿出巧克力，會不會被體溫融化了？輕輕晃動著盒子，沒有，還是有硬物碰撞的聲音，巧克力沒融在一起。他繼續沿著伯橋森蓋頓街走，經過了薇吉妮雅工作的ＩＣＡ超市。

「碎番茄，三罐五克朗。」

六天以前。

雷基的手還握著石塊。他看著海報，想像薇吉妮雅專心寫下那勻稱筆直字體的模樣。她今天大概不會好好在家休息吧？她就是那種等不及血液凝固，就蹣跚趕著去上班的人。

靠近她家那棟建築物了，他抬起頭看著她的窗戶。沒燈。或許去找女兒了吧？嗯，至少得上樓將巧克力擱在門把上，如果她眞不在的話。樓梯間漆黑一片，頸背的寒毛突然直豎。

那個孩子在那裡。

他僵住不動半晌，接著匆忙走到亮閃著紅光的電燈開關旁，拿著巧克力那隻手的手背用力按下去，另一手緊緊抓住口袋裡的石頭。

電燈亮起時，地下室的電箱傳出輕輕一聲咚。什麼都沒有，薇吉妮雅家的樓梯間。只有像黃色嘔吐物圖案的水泥樓梯。還有一扇扇的木門。他深呼吸了幾次，然後步上階梯。

直到現在他才發現自己眞的累了。薇吉妮雅住在遙遠的三樓，他得拖著連接臀部的那兩條無生氣的腿爬到上面。眞希望薇吉妮雅在家，希望她舒服多了，希望他能放鬆地坐在她的扶手椅上，在這個他最想待的地方好好休息休息。他放開手中的石塊，伸手按門鈴。等了一會兒。再按一次。

他試著讓那盒巧克力穩穩地擱在門把上，這時卻聽到屋內傳出拖緩的腳步聲。趕緊從門退後幾步。裡面的腳步聲停了。她正站在門邊，另一側的門邊。

「誰啊？」

不會，她從不會這樣問。通常他一按門鈴，就會聽到裡頭腳步快速地啪啦啪啦走過來，接著門就咻地打開。進來，進來。他清清喉嚨。

「是我。」

沒動靜。他聽到她的呼吸聲嗎？或者是自己想像的？

「有事嗎？」

「我只是想來看看妳，就這樣。」

再次沉默。

「我不太舒服。」

「我可以進去嗎？」

他佇立等待，雙手握著那盒巧克力，心想自己此刻模樣一定很蠢。她轉開第一道鎖，裡面傳出砰砰聲，接著是鑰匙插入門閂的沙沙響。把鎖鍊解開時又是另一陣沙沙聲。門把壓下，門開啓。

他本能地後退半步，後背碰撞到樓梯欄杆。薇吉妮雅站在門口，看起來好像病得快死了。

除了滿是水泡的腫脹臉頰，雙眼看起來彷彿宿醉了一世紀。眼白布滿密密血絲，瞳孔緊縮到幾乎看不見。她點點頭，「我看起來像鬼吧。」

「不，不會，我只是……我只是在想……我可以進來嗎？」

「不要，我現在沒力氣。」

「妳去看醫生了嗎？」

「我會去，明天。」

「很好，嗯，我……」

他將巧克力遞給她。從頭到尾他都把那盒巧克力當成盾牌捧在身體前。薇吉妮雅接過，說聲：「謝謝。」

「薇吉妮雅，有什麼我可以……？」

「沒有，沒事。我只是需要休息，沒辦法站太久。我們再聯絡吧。」

「好，明天……」

「……我會再過來。」

薇吉妮雅關上門。

門閂和鎖鍊再次沙沙響。他站在她的門外，雙手無力癱垂兩側。往前走到門邊，附耳傾聽。聽見櫃子開啓，屋內腳步聲緩緩移動。

我該怎麼辦？

他沒立場強迫她去做她不想做的事，不過現在眞的很希望能說服她去看醫生。唉，明天早上再過來吧。如果沒起色，不管她願不願意都要帶她上醫院。

雷基走下樓，一次一階慢慢走。好累。終於走到樓下大門前的最後那段階梯，他決定坐下，坐在最上面一階，雙手撐著頭。

我是……有責任的。

電燈滅了。頸部肌腱繃緊，開始喘氣。不過是電箱，不過是定時器。他坐在漆黑的階梯上，慢慢拿出口袋裡的石塊，穩穩以兩手握著，凝向黑暗中。

來啊，那就來啊。

十

薇吉妮雅在雷基那張充滿懇求的臉龐前狠狠關上門，鎖上門閂，掛上鎖鏈。不想讓他見到她，不想見到任何人。現在她得費力才能說出那些話，表現出正常舉止。

從ICA超市回家後，情況快速惡化。蘿婷扶她走回家，暈茫狀態之下，也只能咬著牙任由陽光刺痛地燒灼她的臉。回到家一照鏡子，發現手臉已經出現上百顆水泡。灼傷的痕跡。

她睡了幾小時，天黑後才醒來。飢餓感覺已經轉變，變成一種焦躁。身體整個循環系統彷彿有群歇斯底里扭動的魚，讓她躺也不是、坐也不是、站也不是。她在屋裡不斷走動，全身抓癢，沖冷水澡來減輕那讓人不安的刺痛感。無濟於事。

難以言喻。這種感覺令她想起了二十二歲那年，聽到父親從避暑小屋的屋頂摔下來，跌斷頸椎的情景。那次她也是在屋裡走來走去，彷彿地球上找不到一處可以讓她坐下來而不感覺到痛的地方。

現在就是這種感覺，但這次更糟糕。那種焦躁一秒都不曾離去，逼得她整屋子踱步，直到沒力氣站立。終於坐在椅子上，卻開始用頭撞餐桌。絕望中她以此刻嘗起來像洗碗水的紅酒灌下兩顆安眠藥。

通常只要一顆，就能讓她像撞到頭一般的昏睡到不省人事。但現在這兩顆安眠藥的唯一效果只是讓她反胃，整整吐了五分鐘，吐出一堆綠色黏稠物和兩顆半溶解的藥錠。她繼續滿屋子走，將報紙撕成碎片，在地上爬行啜泣。爬到廚房，推倒餐桌上的酒瓶，讓它滾落地面，在她眼前裂成碎片。

拿起一片碎玻璃。別多想，直接戳進掌心，那種痛很舒服，很暢快。身體裡的那群魚奔游到血液湧出的那個痛點。將掌心壓在唇上吸吮，焦躁感消失了。她出聲地暢快吐氣。又在手臂多戳幾個點，不斷吸吮。血液與淚水交融的滋味。

蜷縮在廚房地板，手貼著嘴，像嬰兒首次找到母親乳房般貪婪地吸吮著，她感覺到一種平靜，這混亂一天裡的第二次平靜。

站起來，將碎玻璃掃乾淨，傷口貼上繃帶，半小時後，焦躁感又出現了，就在這時雷基按了門鈴。她將他打發走，鎖上門後進到廚房，將巧克力放入櫥櫃裡。坐在餐椅上，努力弄明白。原來這焦躁感不放過她，很快地又會逼得她蜷縮起來。她唯一知道的是，這時旁邊不能夠有人，尤其不能讓雷基在場。她會傷害他，那股焦躁感會逼她動手。

她染上了某種病。既然是病就有藥醫。

明天她會去找醫生，去找能診斷出來並這樣告訴她的人：「嗯，妳是感染上X病毒，只要以Y和Z的藥物治療兩週，就能把病毒殺光光。」

她在屋裡踱步。又開始難受了。

她用手、用腳去撞牆。那群小魚活了過來，讓她毫無招架餘地。她知道自己得那樣做了。想到那種痛就開始嗚嗚啜泣。那痛覺很短暫，而紓解的感覺很暢快。

走進廚房，拿起銳利水果刀，退回客廳坐在沙發上，將利刃壓在手臂內側。

只要撐過今晚，明天她就會去求助。不用說也知道她不能這樣下去。不斷喝自己的血，當然不行。得設法改變這種狀況，可是現在……

唾液在嘴裡湧現，濕潤的期待。割下自己，深深地……

十一月七日星期六晚上

奧斯卡擦桌子，爸爸洗碗盤。野絨鴨好好吃，裡面當然沒子彈。父子倆吃得精光，光到碗盤幾乎不用洗。解決掉整隻鴨子和馬鈴薯後，兩人還拿了白吐司將盤底餘渣抹得乾乾淨淨然後吃掉，這可是整道菜的最精華。先將肉汁倒在盤子裡，用吸滲力很強的吐司來蘸肉汁，吐司半溶於肉汁後，送進嘴裡慢慢溶化。

爸爸不是什麼了不起的廚師，不過有三道菜，有殘羹佳餚之稱的「霹提啪納」、煎鯡魚和烤野鴨，爸爸常煮到快成了專家。明天父子就會用今天剩餘的食材來做「霹提啪納」。

晚餐前奧斯卡待在臥房內。在爸爸這裡他有自己的房間，雖然無法和布雷奇堡鎮那個家的臥房相提並論，不過他還是很喜歡。那個家的臥房裡有海報、照片、很多東西，他經常將擺飾物換來換去。但爸爸家的這個房間從來不會變，而他之所以喜歡這裡正是這個原因。

這裡看起來和他七歲時一模一樣。

走進房間，就能聞到它熱切期盼他歸來所散發出來的熟悉濕氣味，彷彿什麼都不曾發生過……在這麼長的一段時間裡。

這裡還有那幾年夏天買的唐老鴨和巴姆賽漫畫。住在鎮上，他不再看這些漫畫，但一回來這裡，就會重新拿起來讀。其實裡面故事已經倒背如流，但他就是想再翻一翻。

廚房香味溢入房間，他正躺在床上看著舊期的唐老鴨。唐老鴨和姪子及史高治叔叔要去很遠的國家旅行，那兒沒有貨幣，所以他們把史高治叔叔的舒緩平衡液的蓋子拿來當錢幣。

漫畫看完，轉而摸摸那些放在舊針線盒裡的誘餌和鉛錘。這個針線盒是爸爸送他的。將鬆開的五個魚鉤綁上新的魚線，再把夏天用來釣鯡魚的誘餌綁上去。

然後父子共進晚餐。爸爸洗完碗盤後，兩人就玩圈叉的井字遊戲。

奧斯卡喜歡和爸爸這樣坐著，單薄桌面上擺張方格紙，兩人傾身到紙面上，頭靠得好近。壁爐裡有柴火劈劈啪啪響。

按照慣例，奧斯卡是叉叉，爸爸是圈圈。爸爸從不會故意放水，所以一直到幾年前，爸爸都還能輕易打敗奧斯卡，不過奧斯卡偶爾也會走好運，至於現在，更常贏了，這或許與他經常玩魔術方塊有關。遊戲可以玩上半張紙，這種方式對奧斯卡最有利，因爲他記憶力很好，不管爸爸怎樣畫，他都能記住自己應該塡上的空格。還會用以退爲進的策略。

今晚又是奧斯卡贏了。

整面紙上已經連續三局都被奧斯卡圈起來，每局正中央還標示了代表奧斯卡名字的「O」。只有一局在奧斯卡分心的狀況下，被爸爸贏了，上面標示出代表爸爸的「P」。而這一局奧斯卡一畫叉，原本有機會的兩排空格，現在只能被爸爸塡滿一排。爸爸嘆了口氣，搖搖頭。

「哇，奧斯卡，看來我遇到對手嘍。」

「的確是喲。」

再來一盤，這次爸爸將一排四空格塡滿，不過奧斯卡也隨即塡上另一排。爸爸堵住另一邊，奧斯卡隨即在另一邊畫上第五個叉叉，並將整局大大圈起來，工工整整寫了個「O」。爸爸搔搔頭，抽出一張新格紙，拿起筆。

「這次我要……」

「別做夢了。由你開始吧。」

格子上填入了四個叉叉和三個圈圈，這時傳來敲門聲。屋門旋即被開啓，兩人聽見有人重步將腳上的雪跺掉的聲音。

「哈囉，哈囉！」

爸爸從方格紙上抬起頭，背靠椅子望向玄關。奧斯卡擰著自己雙唇。

不會吧。

爸爸點頭向訪客打招呼，「進來吧。」

「謝啦。」

那人腳上穿著厚毛襪走進玄關，發出輕輕的砰砰聲。沒多久就見到嘉納走進廚房，「喔，原來，」他說：「是父子倆在享受溫馨時光啊。」

爸爸指向奧斯卡，「我兒子，你見過的。」

「是啊。」嘉納說：「嗨，奧斯卡，你好嗎？」

「很好。」

到剛才都很好。你走開。

嘉納砰砰走到廚房餐桌旁，腳跟上的毛襪滑下一半，堆在腳趾前像畸形的腳蹼抖動著。他拉出椅子逕自坐下。

「你們在玩圈叉啊。」

「是啊，這孩子太厲害，我已經贏不過他了。」

「不會吧，在鎮裡都有練習喔？敢不敢跟我玩一局啊，奧斯卡？」

奧斯卡搖搖頭，連瞧都不想瞧一眼，他知道抬頭會見到的那張臉是什麼德性：醉到昏茫的雙眼，還有咧成綿羊般的嘴，嘉納看起來果然像隻老綿羊，尤其那頭金色鬈髮更加深這種形象。他是爸爸的「朋友」，卻是奧斯卡的敵人。

嘉納搓搓手，發出像砂紙摩擦的聲音。就著玄關的逆光，奧斯卡看見一片片皮膚屑落地。嘉納有某種皮膚病，一到夏天就會更惡化，整張臉成了腐爛出血的橘皮。

「喔，喔，這裡眞舒服。」

你每次都這樣說。帶著你那張噁心的臉和老掉牙的話滾出我家。

「爸爸，我們不繼續玩了嗎？」

「當然要啊，不過我們現在有客人……」

「繼續啊，繼續玩。」

嘉納靠著椅背，看起來多的是時間和他們消磨。奧斯卡知道自己輸了，結束了，又跟以前一樣。

他現在好想尖叫，摔東西，最想摔的就是嘉納。而爸爸卻走到櫥櫃，拿出一瓶酒和兩只玻璃杯，將酒瓶和杯子放在桌上。嘉納又搓搓手，搓得皮屑滿天飛。

「哇，哇，這裡有……」

奧斯卡低頭看著那局還沒結束的遊戲。

他要把叉叉畫在那兒。

看來今天會有很多叉叉，但不會有圈圈了。什麼都沒有了。

爸爸倒出酒的聲音咕嚕咕嚕響。裝了透明液體的倒錐形精緻玻璃杯被爸爸握在手裡顯得藐小脆弱，幾乎看不見。

一切還是毀了，什麼都毀了。

奧斯卡將那張還沒結束的遊戲方格紙揉成一團，丟進爐灶裡。爸爸沒生氣。他和嘉納已經開始談起某人跌斷腿的事情，接著又聊到自己或別人跌斷腿的經驗，繼續往酒杯裡倒酒。

奧斯卡待在灶門敞開的爐灶前，看著那張紙成了一團火焰而後焦黑。又拿起其他玩過圈叉遊戲的方格紙，一樣丟入火裡。

爸爸和嘉納拿起酒杯移往客廳，還對奧斯卡說：「來聊聊」，奧斯卡回他：「待會兒吧。」奧斯卡繼續坐在爐灶前，凝視著火焰。熱氣直撲他的臉。站起來，從餐桌拿起整本方格紙，即使沒用過的也一頁頁撕下，全丟進火焰裡。最後整本方格紙，從封面到封底全焦黑，甚至鉛筆也一起丟進去。

十

夜晚這時刻的醫院感覺不太尋常。毛蒂．卡伯格坐在服務臺，望著幾乎空蕩蕩的大廳。自助餐廳和小報亭都關了，只有偶爾出現的人影像幽魂遊蕩在挑高的大廳中。

在這樣的深夜，她總喜歡想像整棟巨大的丹德亞醫院全靠她一人來守護。當然，事實並非如此。若有任何狀況，只要按下按鈕，夜間警衛三分鐘內就會來到。

她還會玩一種遊戲來度過漫漫長夜。

想像某種職業、某種居住處所，和某種生活背景輪廓，譬如生了某種病。然後將心裡這些想像冠在等一下走經服務臺的人身上，結果……經常很有趣。

譬如她會想像有個機師，住在果賈頓街，養了兩條狗，機師飛往國外時，就由鄰居來照顧他或她的狗。這鄰居暗戀機師，她或他的最大困擾是他或她在天上飛時，她或他總會看到天上有戴著紅色制服帽的搗蛋小綠人在雲朵四周游來游去。

好，現在只需等待。

或許不消多久，就會出現個頹廢邋遢的女性。原本是個女機長。她將機上供應的小瓶酒夾帶進駕駛艙，執勤時喝得爛醉，看見了小綠人，結果被開除。現在整天和狗兒坐在家裡，不過鄰居還是很愛慕她。

毛蒂繼續想像。

有時她會訓誡自己別老愛這樣幻想，因爲這會讓她不把別人當一回事。不過她就是克制不了。而這會兒要等的是個牧師，一個對跑車十分著迷，還喜歡讓人搭便車以便趁機勸人信教的牧師。

毛蒂手撐著下巴，看著前方大門。今晚人不多，探訪時間已過，而週末夜晚受傷的病患多半與酒精有關，所以通常被直接送到急診室。

旋轉門動了，可能是熱愛跑車的牧師出現了。

不是，遇到這種狀況她不得不放棄，因爲是個孩子，像個流浪兒般的小……女孩，大約十、十二歲。

毛蒂開始想像這女孩遭遇了一連串經歷，最後變成牧師。不過她還算節制，很快就打住，因爲這女孩看起來很不快樂。

她走到那張醫院大地圖前方，地圖上有各種顏色的線條以標示路徑，指引訪客方向。看得懂這地圖的成人恐怕沒幾個，更何況是個孩子，怎麼可能搞得清楚？

毛蒂傾身向前，壓低聲音說：「需要我幫忙嗎？」

女孩轉身，笑得靦腆，走向服務臺。她頭髮都濕了，還沒融化的雪花襯著她烏黑的頭髮顯得白亮亮。她不像一般孩子在陌生環境會低頭盯著地板。不，走向服務臺時，她那雙深色的憂鬱眼眸直直凝視著毛蒂。一股念頭，如歷歷可聞的話語，閃過毛蒂腦海。

我要送些東西給妳，不過要送什麼呢？

她竟然愚蠢地開始在腦海快速翻尋桌子抽屜裡的東西。原子筆？氣球？

女孩駐足在服務臺前，只有頭頸橫過桌面。

「不好意思……我要找我爸爸。」

「喔，他住在這家醫院嗎？」

「對，不過我不確定是在……」

毛蒂從她身旁望向大門，快速瞥了大廳一眼，然後將視線停留在這個連外套都沒穿的小女孩身上。她只穿了件黑色的高領針織衣，衣服上有幾滴水珠和雪花被服務臺附近的燈光映照得閃閃發亮。

「妳自己來的呀，親愛的？在這種時間？」

「對，我只是……想知道爸爸是不是在這裡。」

「那我來查看看吧，他叫什麼名字？」

「我不知道。」

「妳不知道？」

女孩低著頭，似乎在尋找地上的什麼。又抬起頭時，那雙黑色大眼已經淚水汪汪，下唇還顫抖著。

「不知道。他……可是他在這裡。」

「親愛的，不過這樣……」

毛蒂覺得自己胸口彷彿有東西碎裂了，心好痛，得做些什麼來逃避這種感覺。她低頭，從抽屜底部拿出一捲紙巾，撕了一張給小女孩。至少有能力給個東西，雖然不過是張紙巾。

女孩擤擤鼻子，擦乾眼淚，但那姿態……眞像大人。

「謝謝。」

「那我就不知道……妳爸爸他怎麼了？」

「他……警察把他帶來這裡。」

「那妳得去找警察喔。」

「我知道，可是他們把他留在這裡，他生病了。」

「哦，他生了什麼病？」

「他……我只知道警察把他留在醫院。他會在哪裡？」

「可能在頂樓，可是妳不能上去，除非妳……事先和警察約了時間。」

「我只想知道我爸病房的窗戶是哪一個，這樣我才能……我不知道。」

女孩又哭了起來。毛蒂喉頭一緊，緊到甚至會痛。女孩只是想知道爸爸的病房哪一間，這樣就能佇立在醫院外頭的雪地中……抬頭看著爸爸窗戶。毛蒂哽咽。

「如果妳願意，我可以幫妳打電話問他們，我想妳一定可以……」

「不用了，沒關係。現在我知道了，我可以……謝謝，謝謝妳。」

女孩轉身，走向旋轉門。

我的天啊，這些破碎的家庭。

女孩走向大門，毛蒂繼續望著女孩剛剛消逝的地方。

好像不對勁。

毛蒂心裡閃過女孩的模樣，還有她走路的方式，總覺得有東西不太符合……讓人覺得……思索了半分鐘終於想起是什麼，小女孩沒穿鞋。

毛蒂從椅子上跳起來，衝到門邊。只有在特殊情況下她才能離開服務臺，不過她心想這應該算特殊狀況。她焦急地匆忙通過旋轉門，*快點、快點、快點、快點*，然後衝向停車場。女孩不見人影。現在該怎麼辦？應該要有社福人員介入的，他們一定沒找人確定這女孩是否有人照顧，這是唯一的解釋。不過，她爸爸到底是哪一位？

毛蒂四處張望了停車場，還是沒見到小女孩。她又跑到另一頭，電車站的方向，也沒有。走回服務臺途中，她不斷思索該打電話給誰，自己該怎麼做。

十

奧斯卡躺在床上，等著狼人出現。此刻胸膛裡翻湧的除了憤怒，還有絕望。他聽見客廳傳來爸爸和嘉納的大嗓門，混雜著錄音機流瀉的音樂。是「深奧兄弟」的歌曲。奧斯卡沒辦法記住所有歌詞，不過這首歌的確已經耳熟能詳。

我們住在鄉村，
很快我們就會發現，
這裡需要有動物跑來跑去，
我們賣掉瓷器，買了一頭豬……

唱到這裡，樂團開始模仿各種農村動物的叫聲。平常奧斯卡覺得「深奧兄弟」很有趣，但當下他卻恨死他們，因為他們也是他厭惡情境的一部分。他們替酒醉的爸爸和嘉納唱著那些白癡歌曲。

他非常清楚接下來事情會怎麼發展。

大概再一個小時，酒瓶就會見底，這時嘉納終於要回家。接著爸爸會在廚房踱來踱去，然後決定要跟奧斯卡好好談一談。

他會進奧斯卡房間，這時的他已經不是爸爸，而是一個渾身酒臭、東倒西歪、多愁善感、窮途潦倒的醉漢。他會要奧斯卡滾下床，說要和他談一談，談他多愛媽媽，多愛奧斯卡，還問奧斯卡愛不愛他？含糊說著自己做過的錯事，說到最慘的地方還會對自己生氣，開始暴跳如雷。

雖然他不曾暴力相向或出手打人，不過此時從他眼中的確可以見到最可怕的東西。那時的他不再是爸爸，而是一個被魔鬼占據身體、被魔鬼控制的人。

爸爸酒醉後所變成的那個人與清醒時的他完全無關，所以把喝醉的爸爸想成狼人，會讓奧斯卡心裡好過些。想像爸爸被一個完全不同的人所占據。就像滿月會把狼變成狼人，酒精也會把爸爸變成另一個怪物。

奧斯卡拿起巴賽姆漫畫書，想讀卻無法專注。他覺得……淒涼無助。再一個小時，他就得孤獨面對那個怪物，而現在他能做的，也只是等待他出現。

他將巴賽姆砸向牆壁，下床拿錢包。裡頭有張電車儲值票和兩張依萊寫的字條。他將字條拿出來併排在床上。

那麼，窗兒，讓白晝進來，也讓生命出去。

畫了一顆心。

今晚見，依萊。

第二張字條。

我得離去求活，否則留下必死。

你的愛，依萊。

吸血鬼是不存在的。

窗外夜幕漆黑。奧斯卡閉上眼睛，想著回斯德哥爾摩的路，腦海閃過途中的那些房子、農地和原野。飛進布雷奇堡鎮社區的中庭，穿進她家窗戶，看見她在那裡。

睜開眼睛，凝望著長方形的黝黑窗戶。就在那裡。

「深奧兄弟」現在唱的是一輛單車破著輪胎，而爸爸和嘉納正大聲笑著某個事。然後有東西翻倒了。

要選哪個怪物？

奧斯卡將依萊的字條放回皮夾，穿上衣服。偷偷溜到玄關，穿上鞋子、大衣，還戴上帽子。他在玄關佇立半晌，聆聽客廳傳出的聲響。

轉身準備走，卻看見了某個東西，停住腳步。

玄關的鞋櫃上有雙他的舊靴子，四、五歲時穿的那雙。就他記憶所及，這雙靴子放在那裡好久了，雖然現在根本沒人穿。旁邊則是爸爸的大靴。大靴的腳後跟貼著一塊像補單車輪胎用的補靪。

他為什麼還留著靴子？

奧斯卡知道為什麼。因為靴子有他和爸爸兩人的共同回憶。爸爸寬闊的後背旁邊會有奧斯卡單薄的後背。奧斯卡的手往上伸，讓爸爸的大手握住他的小手。父子倆穿著靴子走在圓石上，或許是要去採摘覆盆子。

強壓住從喉頭湧起的淚水和啜泣，他伸手摸摸那雙小靴，此時客廳爆出哄堂大笑。嘉納怪腔怪調，可能在模仿某個人，他最會這招。

奧斯卡手指一夾，抓起靴子上端。沒錯，雖然不知道原因，但就是覺得該這樣做。他小心翼翼打開門，輕輕將門在背後關上。夜晚好冰冷。月光映照下片片雪花成了滿天小碎鑽。

他走向大馬路，手上緊緊抓著那雙靴子。

十

戒護的人睡著了。醫院抱怨他們得額外調度人力來看著哈肯，於是警方自行派了年輕警員過來負責這項任務。病房門有密碼鎖牢牢扣著，或許是這樣，戒護的人才敢打盹兒。

只有小夜燈亮著，哈肯研究天花板上的陰影，就像健康的人躺在草地上仰望雲朵。他在陰影裡尋找各種形狀和圖案。不知道還能不能閱讀，眞想好好看本書。

依萊已經走了，他昨日種種的那些又全回來了。他得坐很久的牢，眞想把這段時間拿來讀遍所有沒讀過以及曾誓言要再重讀的書。

就在想著女作家賽爾瑪．拉格洛夫的所有作品之際，突然聽見摩擦聲音，屛神凝聽，又出現了。是從窗戶那裡傳來的。

他努力將頭轉動到那個方向。投射於窗邊的夜燈在漆黑夜色中映照出一片橢圓亮光，橢圓亮光旁有個蒼白的小東西動來動去。是隻手，揮舞著。手抓著窗戶，又出現摩擦尖銳聲。

依萊。

哈肯眞高興自己沒連著監測心跳的機器，因爲此刻他的心臟跳好快，彷彿鳥巢裡撲撲振翅的小鳥。想像著自己的心臟跳出胸膛，沿著地面爬向窗戶。

進來，我的愛人，快進來。

窗戶鎖住了，但就算開著，他的雙唇也無法說出准許依萊進入的話。或許能以手勢代表。他一直都沒搞懂這些規矩。

可以這樣嗎？

他試著將一條腿拖下床，然後另一條。雙腿都在地上了，站看看。床上躺了十天，雙腿就是不想撐住他的重量，趕緊扶著床欄穩住，差點倒下去。

點滴的管子繃得緊緊，與肌膚的接觸點被拉扯著。他們在點滴上裝了某種警報器，一根細細的電線沿著點滴管穿入。若拔掉任一端，警報就會響。他將手臂移往點滴架的方向，讓管子鬆開些。面向窗戶。

必須過去。

點滴架上有輪子，警報器的電池就裝在袋子下面。他伸手去抓點滴架，抓到了。以架子為支撐，慢慢、慢慢地站起來。病房在他僅剩的獨眼前旋晃，他謹慎地踏出一步，然後聆聽。守衛的呼吸仍平緩規律。

他以蝸牛速度將自己徐徐拖過房間，只要點滴架的輪子一嘎吱，立刻駐足聆聽。心中有股聲音告訴他，這是最後一次見到依萊，他可不想……

……毀了這次機會。

彷彿跑了馬拉松般筋疲力盡，終於抵達窗邊。他緊貼著窗，臉上的膠狀薄膜物黏住了窗戶玻璃，肌膚開始灼燒。

現在眼睛與摯愛的雙眸只隔了數公分的雙層玻璃。依萊手滑過窗戶，彷彿撫摸著他畸殘的臉。依萊的黑色眼眸濡濕了，變得朦朦朧朧。

他以為自己的淚腺像其他部位一樣全被灼光，怎知並非如此。盈眶的淚水遮盲了他的眼睛。臨時的人工眼皮眨不掉眼淚，只好用沒受傷那隻手小心翼翼抹去淚水。全身因無聲的啜泣而顫抖不停。

手慌亂地摸索著窗鎖。轉開。原本留在鼻腔內的鼻涕倏地從鼻孔溜出，就在打開窗戶之際跟著滴落窗臺。

冷風灌進病房，在守衛醒來前只有一丁點時間。哈肯伸出手，將健康那隻手伸出窗戶迎向依萊。依萊爬上窗外小平臺，兩手握著他，親吻著，呢喃著：「哈囉，我的朋友。」

哈肯慢慢點頭，讓她知道他聽到了。抽回自己的手，摸摸依萊的臉。她的肌膚像結凍的絲綢。

一切都回來了。

他不會在囚牢，被一堆無意義的文字圍繞而槁木死灰，不會因他所犯之罪而被其他囚犯凌虐。在囚犯眼中他犯的是最惡劣之罪。終於能和依萊在一起了，他可以……

依萊蜷縮在窗外平臺，傾身靠近他。

「你希望我怎麼做？」

哈肯將手從她臉頰移動到自己的喉嚨。

依萊搖搖頭。

「這樣一來我得殺死你……我做完之後。」

哈肯將手從喉嚨移回依萊的臉。一根手指在她雙唇上停駐，然後又抽回。

再次指指自己喉嚨。

十

吐出的氣息成了朵朵白雲，但他眞的不冷。走了十分鐘，奧斯卡終於到了那間商店。月亮跟著他從爸爸家一路到這裡，在雲端玩著捉迷藏的遊戲。奧斯卡看看時間，十點半。從貼在玄關的巴士時刻表來看，由諾泰傑鎮出發的巴士大約十二點半發車。

穿越商店前方被油罐車點亮的寬曠空地，走向卡佩爾卡斯維根鎮。他從沒搭過便車，媽媽若知道了肯定會歇斯底里。進陌生人的車裡……

他加速步伐，走過幾戶燈火通明的人家。他們愉快地坐在屋裡，孩童安詳地睡在床上，毋須擔心父母會進房將他們吵醒，鬼扯些無意義的話語。

這是爸爸的錯，不是我的錯。

他低頭看著還在手上的那雙靴子，決定將它們丟進路旁小溝裡。出手後卻又駐足思忖。靴子躺在那裡，月光在白色雪地映照出兩團黑黑的東西。

媽媽以後都不會再讓我來這裡了。

爸爸很快就會發現他不見，或許……一個小時後吧。他會到外面找他，喊著他的名字，然後打電話給媽媽。他會這樣嗎？應該會，問媽媽奧斯卡是否與她聯絡過。爸爸告訴媽媽奧斯卡不見時，她就會知道爸爸喝醉了，然後……

等等。就這麼做。

到了諾泰傑鎮，他就要找公共電話打給爸爸，告訴他他已經回到斯德哥爾摩，打算去朋友家住一晚，明早再回媽媽家，還有他不打算告訴媽媽這件事。

這樣爸爸就會學到教訓，不會再把親子日搞得天翻地覆。

太棒了，而且這樣一來……

奧斯卡走到小溝，撿起那雙合成橡膠製的小靴，將它們擠入大衣口袋裡，繼續往前走。現在感覺非常好。奧斯卡是個能決定自己去向的人了，而月光也溫煦地照耀在他身上，點亮他的路途。他舉起手向月亮打招呼，開始唱起歌。

「前方來個安福傑，雪花飄落他帽簷……」

接下來的歌詞記不得，只好以哼嗚來代替。

走了約兩百公尺，有車子經過。他聽見車聲從遠方駛近，放慢速度，趕緊舉起大拇指。車子開過，停車，倒退。乘客座那側車門打開，有個女人在車裡，比媽媽稍年輕。沒什麼好害怕的。

「哈囉，請問妳要去哪裡？」

「斯德哥爾摩。嗯，是諾泰傑鎮。」

「我正要去諾泰傑鎮，那麼……」

奧斯卡身子探進車裡。

「是啊，沒錯。」

「一定是非常特別的事，才讓你像這樣連夜趕回去。」

「對。」

「我懂了，那裡一定有什麼重要的事等著你？」

「我想是吧，大家都說那裡是西郊，所以應該是。」

「布雷奇堡鎮……是在西郊吧，對不對？」

「對，郊區的布雷奇堡鎮。」

「你住在斯德哥爾摩嗎？」

唱著歌，玩著遊戲，我們去到西班牙和……某個地方。

來吧，坐上這裡。

奧斯卡靠著椅背，享受體內升起的暖意，尤其是後背。這椅子一定是電暖椅。沒想到搭便車這麼容易。路邊燈火通明的人家閃爍而逝。

「好，麻煩妳。」

「要我載你到巴士站嗎？」

奧斯卡滑進座位，關上車門。車子駛入馬路。

「謝謝。」

「好吧，進來。」

女人看著他，似乎在思索些什麼。

「知道，我爸的車壞了，所以……」

「喔，天啊，你爸爸媽媽知道你在這裡嗎？」

十

房間怎麼這麼冷。長時間姿勢不良使得關節硬邦邦。守衛伸伸腿，關節啪啦響。瞥了病床一眼，兩眼斗大圓睜。

不見了……冷風……完蛋了！

他踉蹌起身，環顧四周。感謝老天爺，沒給他跑掉。不過他是怎麼走到窗邊的，而且……

什麼東西呀？

這個受傷的殺人兇手身子傾過窗外平臺，肩上有團黑色東西。一截赤裸頸背從病袍下露出。守衛朝窗前靠近一步，駐足，屏住呼吸。

那團東西是顆頭顱，兩隻黑色大眼還與他四目交接。

他倉卒摸索武器，這才發現自己沒帶在身上——爲了安全起見。而最靠近的槍又鎖在外頭走廊的櫃子裡。幸好，不過是個孩子，他現在看清楚了。

「喂，妳不准動！」

跨了三步到窗邊，孩子的頭從病人脖子上抬起。

就在守衛靠近的刹那，孩子從窗外平臺跳開，往上消失無蹤。消失之前兩腿懸盪半空。

赤裸的雙腳。

守衛探出頭，想抓住跳上屋簷逃逸無蹤的身影。而旁邊這男人痛苦地喘息著。

全能的上帝啊。幹。

就著黯淡的光線，他看見男人的肩背深沉沉一片，他的頭下垂，脖子上有道新傷口。此時聽見屋簷傳來腳步跑過鐵皮的咚咚聲。他直挺挺楞住，呆若木雞。

順序，哪個優先？

他想不起來了。救命優先，沒錯。不過那個人可能……他衝到房門，按下密碼，跑出走廊，大聲喊叫：「護士！護士！快來，緊急狀況！」

就在夜間值班護士衝出辦公室跑向病房之際，他正衝向逃生梯。兩人錯身而過之際，她問：「怎麼了？」

「緊急狀況，是……緊急狀況。快找人來……有兇手。」

話就是說不成句。從沒遇過這種狀況。而他之所以被派來執行這無聊的監控任務，就因爲他是菜鳥，換句話說，隨時可取代。他邊跑向逃生梯，邊拿出無線電呼叫，請求總部增派人力。

護士心裡有了最壞的打算：躺在地上血流成河，或用床單吊在天花板熱水管上的屍首。這兩種情況她都見過。

結果走進病房只見到空著的病床，不過窗戶邊有東西。一開始她以爲是一堆衣服疊在窗臺上，後來發現那堆東西正在動。

她衝到窗邊阻止，但他已爬得太遠。就在她拔腿時，他已經爬上窗臺，半身在窗外。她只來得及抓住他一截衣角，隨後男人就從窗臺滾落，還拔起手臂上的點滴。一陣衣物撕裂聲，她呆立原地，手裡握著一塊藍布料，幾秒鐘後聽見軀體掉落地面遠遠傳來的重擊聲。接著點滴架的高分貝警報器響起。

十

計程車司機在急診室門口停車。後座這老人家，從傑克斯堡上車後，就一路說著自己心臟的毛病史來娛樂司機，這會兒他打開車門，但仍留在座位上，期待著什麼。

好，好。

司機打開自己那側車門，走到老人家那邊，伸出手讓他攙扶。雪花飄進外套領子裡。老人正準備伸手，卻瞥見天空有個黑點。視線停駐，動作也中止。

「來啊，我幫你。」

老人指指上頭，「那是什麼？」

司機抬頭朝老人所指方向望去。

有個人站在醫院屋頂，一個小小的人。袒胸露背，雙手緊貼在身體兩側。

他應該透過無線電發出警訊，但是，卻只能楞在原地，一動都不敢動。彷彿一動，就會擾亂某種平衡，讓屋頂上那小人摔落。

得提醒別人。

老人如爪般的指甲緊緊掐入他的手掌，掐得他好痛。不過他還是呆站不動。

雪花落入眼裡，他眨呀眨。屋頂上的人張開他或她的手臂，舉過頭頂。手臂和軀體間有個東西，好像是層薄膜、蹼之類的東西。老人拉住他的手，將自己拉出車外，站在他旁邊。

就在老人與他並肩之際，那小人……孩子……跌下來。他驚愕得倒抽口氣，而老人的指甲又掐進他掌心裡。孩子朝他們直直落下。

兩人本能地抱頭蹲伏。

什麼事都沒發生。

抬起頭那孩子已經不見了。司機四處張望，只見到路燈映照下的飄落雪花。老人斷斷續續吸著氣。

「是死亡天使，是死亡天使。我不可能活著離開這裡了。」

十一月七日星期六深夜

這群唱著歌的男孩和女孩在哈特蓋特站上車，他們約莫是湯米的年紀。男孩三不五時鬼吼亂叫，倒在女孩身上，女孩咯咯笑著搥打男生要他們滾開。一群人不斷唱歌，同樣歌曲，反覆旋律。奧斯卡偷偷瞄望他們。

「哈巴—哈巴—蘇的—蘇的！」

我從來不曾這樣過。

遺憾的是，他非常想這樣，看起來好好玩。但奧斯卡從沒辦法像這些男孩一樣。有個男孩站到椅子上，大聲唱著：「阿—胡列巴—胡列巴，阿—哈—胡列巴……」

在電車廂另一頭的殘障座椅上打盹兒的老人對著他們吼：「小聲一點可以嗎？我想睡覺！」

其中一名女孩對他比出中指。

「要睡回家睡。」

一群人爆出笑聲，又開始大聲唱歌。幾個座位外有個男人正在看書，奧斯卡伸長頸子想知道他在看什麼，不過只瞥到作者名字：戈蘭．敦斯崇姆。沒聽過。

鄰近的面對面雙人椅上坐著一位老太太，腿上擱著一只手提袋。她低聲地自言自語，和隱形的對話者比手畫腳。

奧斯卡不曾這麼晚搭電車。這些人和白天時那些安靜坐著、凝視前方或者低頭閱報的乘客同一批人嗎？或者他們是只在夜間才會出現的特殊族群？

看書的男人翻了一頁。說來奇怪，奧斯卡竟然沒把書帶在身上。眞可惜，此刻他好希望能像男子一樣埋首於書本，忘卻周遭所有事物。但現在袋子裡只有隨身聽和魔術方塊。他本來想聽湯米給他的那捲Kiss樂團的錄音帶，不過在巴士上聽兩首就厭煩了。

從袋子拿出魔術方塊，已經轉出三面，第四面也只剩一點就能完成。依萊曾和他花了一個晚上研究，討論該怎麼轉，那天之後奧斯卡就愈來愈上手。他看著魔術方塊每一面，想找出最好的策略，但依萊的臉龐老是在眼前浮現，甩都甩不開。

她變得什麼樣？

他不害怕，只是……沒錯……不能在那裡，這個時間，不能繼續以前那些事了。那些事情都不存在，不是他做的。

我不存在，這樣就沒人可以對我怎麼樣。

已經在諾泰傑鎭打過電話給爸爸，他在電話那頭哭泣，說什麼可以找人去接奧斯卡。這是奧斯卡第二次聽到爸爸哭。有那麼一會兒奧斯卡差點心軟，不過爸爸後來開始發飆，說什麼他必須有自己的生活，在自己家裡高興怎樣就怎樣。奧斯卡一聽直接掛掉電話。

就在這時他開始起了這種感覺，希望自己不存在的感覺。

那群男孩女孩在安拜普蘭站下車。其中一個男孩轉身對著電車廂吆喝著：「祝你們有個好夢，我的……我的……」

他想不出該怎麼說，有個女孩拉了他衣服要他跟著走。就在車門關上之際，他從女孩手心掙脫，衝回電車，將門撐開，喊著：「我的乘客朋友們！祝你們有個好夢，我的乘客朋友！」

他放開車門，電車開動。看書的男子放低手中的書，轉頭望向月臺那些年輕人，然後看著奧斯卡，凝視他的眼，微微一笑。奧斯卡淺笑回應，旋即低頭假裝專心玩著魔術方塊。

奧斯卡胸中湧起一股感覺……過關的感覺。男人看著他，用意念告訴他：你很棒，表現很好。

他不敢再抬頭看那男子。他覺得他知道。奧斯卡隨意轉動了魔術方塊的一角，再把它轉回來。

布雷奇堡站到了，除了奧斯卡，別節電車廂還有兩人下車。其中一人是個老人，奧斯卡不認識，另一個是渾身充滿鄉村搖滾味的男人。他一臉醉態，走向老人，大聲說：「嗨，老兄，給根菸吧？」

「對不起，我不抽菸。」

鄉村搖滾男人顯然沒聽到，從口袋掏出十克朗揮舞，「我有十克朗，我只要一根菸。」

老人搖搖頭離去。鄉村搖滾男還佇立原地搖晃紙鈔。見到奧斯卡走過去，抬起頭說：「你！」兩眼瞇起，聚焦在奧斯卡身上，隨後又搖搖頭，「沒，沒事，乖乖離開，小弟。」

奧斯卡走上車站的樓梯，心想那鄉村搖滾男可能會在手扶梯尿尿。老人已經離開出口，此刻車站裡除了亭子裡的票務員，只剩奧斯卡。

夜晚什麼都不同。車站裡的照相館、花店和服飾店都打烊，現在黑漆漆一片。票務員坐著看書，雙腳還翹在櫃臺上。好安靜。牆上的時鐘指著兩點過幾分鐘。這時早該上床，熟睡著，不然至少也昏昏欲睡了。但沒有。雖然現在疲累到身體很虛脫，不過虛脫中卻帶著興奮。毫無睡意。

下方月臺旁邊的門打開，他聽見鄉村搖滾男的聲音傳上來：「趴下，你們這些戴著頭盔、拿著警棍的傢伙……」

他又開始唱起同首歌。奧斯卡咯咯笑著跑開。跑出車站門，跑下通往學校的小丘，越過學校和停車場。又開始下雪了，偌大雪片降低了臉龐的熱度。邊跑邊抬頭看，月亮還在那兒，從房屋間隙偷偷露臉。

跑到自家社區中庭，他停下腳步，讓呼吸平緩。幾乎每扇窗都暗了，但依萊家的百葉窗後卻透出幽微光線。

她現在變成什麼樣？

走上微陡的中庭，望著自己那扇黑漆漆的窗。平常這時候奧斯卡已經躺在床上睡著了。奧斯卡……遇見依萊之前的奧斯卡。那個內褲裡塞著尿尿球的奧斯卡，但現在他已經搞定這毛病，不需要尿尿球了。

奧斯卡打開自家樓下大門，走到通往她家地下室的迴廊，沒有停下腳步看看那污跡是否還在地上。直直走過去，不存在了。此刻，他沒有媽媽，沒有爸爸，沒有之前那些生活，他只是……在這兒。他走出地下室的門，爬上樓梯。

站在樓梯平臺上，望著那道破舊木門，姓名牌子上空蕩蕩。就在門後。

他曾想像自己衝上樓，啪地出手按門鈴。然而此刻，他只是坐在階梯上，離她家門就一階。

若她不想見到他來這裡呢？

畢竟，是她跑開的。她可以叫他走開，說她想自己獨處，說她……

地下室儲藏室，湯米那夥人的祕密基地。

他可以去那兒，睡沙發。他們今晚不會在那兒吧，會嗎？然後明天晚上他就去找依萊，像平常一樣。

但是，不可能像平常一樣了。

他望著門鈴，事情就是不可能像平常那樣了。不能老是杵在這兒，得有些突破，譬如走掉、搭便車旅行、半夜溜回家，以表示有其他事情更……重要。他怕的不是她真的變成吸人血以活命的怪物，不是，他怕的是她會將他推開。

按了門鈴。

屋內傳出刺耳門鈴聲，手一放開，鈴聲戛然而止。他佇立等待。又按了一次，這次按得更久。沒動靜。半點聲響都沒有。

她不在家。

奧斯卡坐在階梯上，失望感像顆石頭沉沉壓在心頭。突然覺得好疲憊，非常疲憊。他慢慢站起來，走向樓梯。半途想到了個主意，很蠢，但有何不可。又走上她家，以忽長忽短的摩斯密碼方式，利用門鈴拼出她的名字。

短，停，短，長，短，短。停。短，短。依……萊……

等待。門的另一側沒聲音。正要轉身離開，聽見了她的聲音。

「奧斯卡？是你嗎？」

終於出現了。內心湧起一股喜悅，彷彿火箭從嘴裡猛然發射，以巨響說出：「對！」

十

爲了找些事情做，毛蒂進服務臺後方的房間給自己倒了杯咖啡，然後坐在陰暗的櫃臺前。再一小時就下班了，但那警察要她再多留一會兒。

有兩個人，沒穿警察制服，正費力地將某種粉末撒在女孩赤腳走過的地面上。

警察兇巴巴地問毛蒂，那女孩說了些什麼、做了什麼、還有她的長相。毛蒂從警察口氣察覺女孩做了什麼不該做的事。可是她哪知道啊？

值班時間經常與她重疊的警衛亨瑞克走到服務臺，指指她手中的咖啡。

「給我的嗎？」

「要喝就給你啊。」

亨瑞克端起杯子，啜了一口，望向大廳。除了在地上刷刷拂拂以採集腳紋的那兩個人，還有一個穿著警察制服的人正在跟計程車司機談話。

「今晚很熱鬧喔。」

「我眞搞不懂，她是怎麼爬上去的？」

「不知道耶，他們正在研究，看來是爬牆。」

「不可能吧？」

「是不可能。」

亨瑞克從口袋掏出一包甘草，遞給毛蒂，她搖搖頭，亨瑞克自己拿出三片，放進嘴裡，聳聳肩，給自己找出嚼甘草的理由。

「我正在戒菸，兩個禮拜胖了四公斤。」他扮了個鬼臉，接著說：「天啊，妳眞該看看他。」

「他……那個兇手？」

「沒錯，濺得整面牆都是。還有那張臉……眞慘。若要自殺，我肯定選擇吞藥丸。想到那些要驗屍的人，還得……」

「亨瑞克。」

「幹麼？」

「別再說了。」

依萊站在門口。奧斯卡仍坐在階梯上，一手擰著袋子提把，彷彿隨時準備轉身離開。依萊將一綹鬈髮塞到耳後，看起來非常健康。此刻神情像個小女孩，靦腆不知所措。她低頭看著自己的手，低聲問：「你要不要進來？」

「好。」

依萊以幾乎難以察覺的幅度點著頭，不安地玩弄著自己手指。奧斯卡還坐在階梯上。

「我可以……進去嗎？」

「可以。」

他起了壞念頭：「妳說我可以進去。」

依萊抬起頭，想說些什麼，但終究沒說出口。她將門關上一點，停住，重心在赤裸的雙腳間移動，然後說：「你可以進來。」

她轉身進屋裡，奧斯卡隨後跟上，關起身後的門。袋子放在玄關，脫下大衣，吊在有小掛鉤的帽架上，他注意到了，帽架上什麼都沒有。

依萊站在通往客廳的門框邊，雙手垮垮垂在兩側。她穿著內褲和紅色T恤，T恤上印著「鐵娘子」的字樣，下面圖案是「鐵娘子」樂團專輯封面上的骷髏怪物。奧斯卡想起自己認得這幾個字，在垃圾間的牆壁塗鴉見過。是同一個詞嗎？

依萊盯著自己骯髒的雙腳。

「你為什麼那樣說？」

奧斯卡摸摸自己大衣的袖子，思忖了一會兒。

「不是，也不是。這就是唯一奇怪的地方，我也搞不懂。我不知道自己怎麼從來不會……就某種角度來說……超過十二歲。」

「所以妳裡面很老，腦袋裡很老。」

「我只有十二歲。不過已經十二歲很久了。」

「那妳多老？」

「不是，正好相反，我活很久了。」

「看不出來，不過我的意思是……妳會不會是曾經死過，很久以前？」

「不是，你看不出來嗎？」

她噗嗤一笑，這是他來這裡後第一次見到她笑。

奧斯卡看見她的腳趾緊縮，放鬆，緊縮。她赤裸的雙腿好瘦，T恤長度剛好讓白色內褲的下緣露出來。他指指她，「妳是不是某種……死人？」

她凝視著他雙眼，帶著有力的口吻說：「很不一樣。」

「有什麼不一樣？」

「我……靠吸血維生，但我不是……那樣。」

她雙手環抱自己，慢慢搖頭。

「妳是吸血鬼嗎？」

她欲言又止，奧斯卡立在原地，手還擱在剛掛上去的大衣。他看著自己大衣，邊問她：

「沒錯，奧斯卡……」

「是妳先說的。」

「或許就是這樣。」

「什麼意思？」

「我是說……妳想不透為何永遠十二歲，是因為妳只有十二歲。」

依萊皺皺眉，「你是說我很笨？」

「不是，只是理解比較慢，小孩都這樣。」

「我懂了。你的魔術方塊玩得如何？」

奧斯卡哼了一聲，凝視她的雙眼，突然想起她的瞳孔。雙瞳現在看來很正常，可是之前真的很奇怪，不是嗎？但現在……真的變很多，實在難以置信。

「依萊，那些全是妳捏造的吧，對不對？」

依萊摸摸她肚子上那個骷髏怪物的圖案，手正落在怪物張大的嘴巴上。

「你還想跟我歃血立約嗎？」

奧斯卡退後半步。

「不想。」

她抬起頭看著他，神情悲傷，似乎還帶著責難。

「不是你想的**那樣**。你還不了解……如果……」

她將話打住，奧斯卡幫她說完。

「如果妳要殺我，早就動手了。」

依萊點點頭。奧斯卡往前移動半步。多快能衝到門口？袋子扔在這裡不管嗎？依萊似乎沒留意到他的焦慮：一股想逃之夭夭的衝動。奧斯卡故作鎮定，但肌肉繃緊。

「我會被……感染嗎？」

依萊又低頭看著自己T恤上的怪物，搖搖頭：「我根本不想傳染給任何人，尤其是你。」

「那，是怎麼一回事？那種吸血鬼聯盟。」

她抬起頭，以爲會見到他，卻發現他走開，不在原地了。躊躇半晌，決定走到他面前，雙手捧著他的臉，奧斯卡任由她這麼做。依萊看起來……茫然、失神，但完全沒有他在地下室見到的那絲痕跡。她的手指拂過他雙耳，他心裡默默泛起一種平靜。

讓它發生吧。

不管是什麼。

依萊的臉龐就在二十公分外，她的氣息聞起來很怪，像爸爸堆放鐵片和零件的小棚子。對，聞起來有種……鐵鏽味。她的指尖撫著他的耳。

「我好孤單，」她呢喃：「沒人了解我，你想了解我嗎？」

「想。」

她的臉倏地貼近他，嘴巴封住了他上唇，以微微力道緊緊壓著。她的雙唇溫暖但乾燥。嘴裡唾涎泛湧的他闔起下唇，將她的唇緊擁在裡面，濕潤它，柔軟它。兩人小心翼翼地舔嘗著對方的唇，任它們彼此滑蹭。奧斯卡消融在溫暖的黑暗中，慢慢地，燈光亮起……

成了一間大房，城堡裡的大房，房中有桌擺滿食物，奧斯卡……奔向筵席，以手從大盤抓起食物開始吃。在他周圍還有其他孩子，有大有小。每個人都吃著桌上的食物。桌子另一頭，有個……男人？……女人……有個人戴著假髮。那人頭上頂著巨大毛鬃，手裡握著一只斟有深紅液體的玻璃杯，舒服斜靠著椅子，啜飲著玻璃杯內的液體，對奧斯卡點頭鼓勵。

他們吃著吃著。遠遠一端，就在牆邊，奧斯卡看見有衣衫襤褸之人渴望地看著桌上筵席。有個女人頭罩褐色披肩，雙手緊壓住肚子，奧斯卡想到了「媽媽」。

玻璃杯敲擊聲，眾人注意力全向著桌子遠端那個人。他站起來。奧斯卡對他很畏懼。他的嘴巴小小薄薄，呈現不自然的紅色，臉龐如粉筆慘白。奧斯卡頓覺自己嘴角湧出唾涎，頰內有片肉鬆垮垮地垂向前頭，伸舌蹭蹭它。

男子舉起一只絨面袋，以優雅姿態鬆開握緊袋子的手，袋裡滾出兩顆巨大的白骰子，滾動的聲音迴盪在大房裡，骰子終於停住。男人拿起骰子，分別遞給奧斯卡和其他孩子。

男人張嘴說些什麼，但這時奧斯卡嘴裡那片小肉卻掉了出來……

依萊的唇離開奧斯卡，雙手放開他的頭，往後退一步。雖然剛剛的景象嚇到他，但奧斯卡仍想再抓住城堡，無奈影像已消逝無蹤。依萊端詳著他，奧斯卡揉揉眼，點點頭。

「真的發生過，對不對？」

「對。」

兩人佇立片刻，什麼都沒說。然後依萊開口：「你想進來嗎？」

奧斯卡沒回答。依萊舉起手，隨後又讓它們無力地垂落。

「我從沒想傷害你。」

「我知道。」

「那你在考慮什麼？」

「那件T恤，是從垃圾間撿來的嗎？」

「……對。」

「洗過嗎？」

依萊沒回答。

「妳有點噁心，妳知道嗎？」

「我可以改，若你希望我改的話。」

「很好，改一改。」

十

他研究過輪床上被單底下這個人了。爲了獻祭儀式而殺人的兇手。

班凱．艾德華曾在這走廊上推送過各種屍體到冷凍櫃。各種年紀和身材的男男女女。也有孩童。孩童沒有專用的輪床。每次班凱推著孩童屍體，見到那沒被填滿的輪床，就會湧起一股任何事物都無法相比的不舒服感覺。白布下的小小屍體頂著床頭板，下半床空蕩蕩，白布平坦坦。平坦的白布本身就是死亡。

但此刻他處理的是個成人，而且是個名聲響亮的人。

他將輪床推過寂靜的走廊，橡膠輪子摩擦亞麻油地氈的吱嘎是唯一的聲響。這裡的地面沒有指引訪客的標色循線。偶有訪客，也一定有工作人員陪同。

班凱在醫院外待了一會兒，等警察照完屍體相片。幾家媒體記者已經拿著相機圍在界線外，以強烈的閃光燈拍攝醫院照片。明天這些照片就會出現在報紙上，照片上還會以點線標示，說明男人如何墜樓。

名人啊。

從白布隆起的身形看不出他的名氣。他這具皮囊與其他人沒兩樣。他知道他看起來像怪物，撞擊地面時，身體還像西瓜砸地般爆開。幸好他們已經蓋住他。在白布下，誰都一樣。

就算如此，應該還是有很多人慶幸這具皮囊不再有血有肉，即將被送進冷凍庫存放，等著法醫相驗完後運至火葬場。男人頸部有傷口，警方拍攝人員特別有興趣地對著傷口多照了幾張相。

這有關係嗎？

班凱也視自己為攝影師。或許與工作有關吧。他已經見多了分析到底的人類本相，而且也發展出一套相對來說不太複雜的理論。

「什麼都在腦袋裡。」

聲音迴盪在空蕩蕩的走廊上。他在太平間門口前停下輪床，按下密碼打開門。

是的，什麼都在腦袋裡。從呱呱落地便是如此。身體只是服務腦袋的皮囊，而腦袋肩負著各種壓力就是為了讓身體活下去。一切的一切都始於那裡，始於腦袋。改變白布下這種人的唯一方式，就是把他的腦袋好好處理處理。

或者直接關掉。

按下密碼後讓門自動開啟十秒的閘鎖設定還沒修理好，班凱只好一手壓著門，一手將輪床拉進去。輪床撞到了門柱，班凱咒罵一聲。

如果這裡是手術室，就會立刻修好吧。

這時他注意到不尋常的事。

白布，就在男人臉部凸起區域的下方，約往左偏的位置，有個褐色污跡。班凱彎腰看仔細之際，身後的門自動鎖上。污跡慢慢變大。

他在流血。

班凱沒那麼容易受到驚嚇。這種事情以前也遇過。可能是輪床撞到門框，把之前堆聚在頭顱裡的血液給震開來。

白布上的污跡愈來愈大。

班凱走到放置急救用品的櫃子，拿出外科膠帶和紗布。他常常覺得很好笑，這種地方竟還放著急救用品，不過這當然是給受傷的活人用，例如被輪床割傷之類的。

他一手放在污跡上方的白布上，鼓起勇氣。他不怕屍體，不過這具實在不怎麼好看。而這會兒竟然還得替他包紮傷口。萬一血濺得到處都是，把地板搞得亂七八糟，到頭來遭殃的還是他。

他大大嚥了口氣，將白布往下摺。

這男人的臉實在難以形容。真無法相信他就這樣活了一個禮拜。面目全非，絲毫看不出人樣，除了一只耳朵和一隻……眼睛。

他們不能把它……貼起來嗎？

那隻眼睛睜得大大。當然，幾乎沒眼皮可以闔上，而且眼睛本身受傷嚴重，眼球看起來已成了傷疤組織。

班凱努力不理會死人的瞪視，專心手邊的任務。污跡來源似乎是他脖子那處傷口。

突然聽見輕輕的水滴聲，迅速環顧四周。該死，一定是自己太過緊張。又一滴，來自他腳邊。低頭看，一滴水正從輪床滴落，掉在他鞋子上。

水？

檢查男人喉嚨傷口。滲出的液體在傷口裡形成小水窪，甚至漫流到擔架的鐵欄外。

噗通。

移開腳，又一滴落在瓷磚地面上。

液體。

他用食指攪攪那水窪，然後食指與拇指搓搓，不是水，是某種透明滑溜的東西。聞聞自己的手，辨識不出什麼氣味。

又低頭看著白色地面，現在眞的出現一灘水了。那液體不完全透明，帶點粉紅色，讓他想起輸血袋裡被分離過的血液，就是紅血球沉在袋底，留在上面的那層東西。

血漿。

這人正流出血漿。

怎麼會流出血漿這問題要由專家明天或者稍晚再來解答，他的工作只是負責把傷口封好，不讓血漿流得到處都是。眞想現在就回家，爬進熟睡的老婆身邊，讀讀幾頁小說《來自塞佛爾鎮的可惡之人》，然後好好睡個覺。

班凱將紗布摺得厚厚，壓在傷口上。這怎麼用膠布固定？男人脖子的其他部位根本血肉模糊，幾乎找不到一處完整的肌膚來貼膠布。不過他在乎個什麼勁兒呀？現在只想回家。拉出一截長長膠布，隨便纏住脖子，這種纏法肯定會被嘮叨，不過管他的。

我只是個工友，又不是外科醫生。

黏好後將擔架擦乾淨，再抹抹地板。把屍體滾入第四格冰櫃後，搓搓自己雙手。任務完成。這樁任務日後還眞能用來誇口。就在進行最後檢查，關掉電燈之際，他已經興致勃勃地想著該怎麼吹牛了。

你知道那個從頂樓摔下來的兇手嗎？他就是由我處理的，我把他推進太平間時，看見有種奇怪的……

他搭著電梯到辦公室，徹底洗了手，換掉工作服，走出去時，順手丟到洗衣籃裡。走到停車場，坐進車裡，發動引擎前先點燃一根菸。將菸蒂捻熄在那只實在該清一清的菸灰缸裡，接著轉動點火孔裡的車鑰匙。

車子拒絕發動，每次天氣一冷或潮濕就會這樣。不過最後總能發得動，只要堅持不懈，不停地轉動鑰匙。第三次轉動的嗡嗡聲變成引擎的乾咳，就在這時他突然想到：

那根本沒凝固。

沒有。從那男人脖子流出的東西在包紮的壓迫下根本沒凝固。它會滲出來，流到地面……幾小時後他們一打開冰櫃的門……

幹！

將鑰匙拔出點火孔，不悅地塞進口袋，步下車子，走回醫院。

十

客廳不像玄關和廚房那麼空蕩。裡頭有沙發、一張扶手椅和一張大茶几，茶几上放了不少小東西。一根寂寥的落地燈散發出柔和黃光照射在茶几上。就這些。沒地毯、沒掛畫，也沒電視機。窗戶上掛了厚毯子。

眞像監獄。一間大牢房。

奧斯卡小心翼翼地吹聲口哨。有回音，不過沒太大聲，可能是被那些毯子吸走了。他將袋子拿到扶手椅旁，擱置地面時，袋底撞擊堅硬木地板發出的喀聲放大回響，聽起來頗淒涼。

他一一掃視桌面那些東西，這時依萊從另一個房間走出來，換上過大的方格襯衫。奧斯卡揮手告訴她他在客廳。

「你們兩個要搬家啊？」

「沒有，爲什麼這麼問？」

「只是隨便猜猜。」

你們兩個？

以前怎麼沒這麼想過？奧斯卡讓視線流連於桌上那些小東西，看起來像玩具。每件東西，全是舊玩具。

「之前在這裡那個老人，不是妳爸爸吧？」

「不是。」

「他也……?」

「不是。」

奧斯卡點點頭，又環顧了屋內。眞難想像可以這樣生活，除非……

「妳是不是有點……窮?」

依萊走到茶几邊，拿起一個像皮蛋的黑色球狀物遞給奧斯卡。他接過手，放在落地燈下仔細端詳。黑蛋的表面看似粗糙，但奧斯卡定睛一瞧才發現上頭有幾百條金線。整顆沉甸甸，彷彿以某種金屬製作而成。奧斯卡將蛋翻來覆去，看著嵌在蛋殼上的金絲線。依萊走到奧斯卡旁邊，他又聞到那氣味了……鐵鏽味。

「你猜，這值多少錢?」

「不知道，很多嗎?」

「這東西全世界只有兩個。如果兩個都有，賣掉的錢就能給自己買個……核電廠。」

「不會吧?……」

「嗯，我不知道啦，核電廠價値多少錢?五千萬嗎?」

「我想，應該要……好幾億。」

「眞的啊?這樣的話我應該買不到。」

「買核電廠幹麼?」

依萊笑了出來。

「把蛋放進兩手中，像這樣捧住，然後來回滾動。」

奧斯卡照依萊的話做，在成杯狀的掌心裡慢慢滾動，然後感覺到蛋……裂開了，在他掌心裡垮了。他嚇得倒抽口氣，將上方的手移開。這些蛋，現在全成了幾百……幾千個細細的銀片。

「天啊，對不起，我很小心，我……」

「噓，沒關係，本來就會這樣。小心一點，別讓任何一片掉下去，把它們捧來這裡。」

依萊指指桌上一張白紙。奧斯卡大氣不敢喘，慢慢讓那些閃亮奪目的碎片從手中滑落。每片都比水滴小，奧斯卡還得用另一手將掌心最後幾片撥到白紙上。

「可是蛋破了。」

「這裡，看著。」

依萊將落地燈靠近茶几，讓昏黃的亮光集中照射在銀片堆上。奧斯卡傾身看仔細。有一片，比壁蝨大不了多少，躺在成堆銀片的一側，仔細一瞧，才發現那銀片的幾側有凹痕缺口，另一側則有如燈泡形狀的小小凸出物，小到要用顯微鏡才能看清楚。他懂了。

「這是拼圖。」

「沒錯。」

「可是……能把它們拼回去嗎？」

「應該可以吧。」

「那一定得拼很久。」

「是啊。」

奧斯卡注視著銀片堆旁散落的那些，看起來和第一片一模一樣，不過更湊近瞧才發現細微差異。凹痕的位置不完全相同，凸出的角度也有差異。此外，有片非常平滑，只有外緣鑲著條如髮寬的金線……這片在最外層。

他癱坐在扶手椅上。

「快把我搞瘋了。」

「製作這蛋的人是怎麼**辦到**的啊。」

依萊轉動眼珠，還將舌頭伸出，看起來眞像白雪公主中的小矮人糊塗蛋。奧斯卡噗嗤笑了出來，哈哈。闔上嘴巴後，笑聲仍在牆壁上迴盪。空蕩淒涼。依萊坐在沙發上，翹著腳，看著他……滿心期待。他望向別處，看著茶几，上面的玩具散落得像廢墟。

淒涼。

突然，他又萬般疲憊。她不會是「他的女孩」，不可能是。她是……某種不同的東西。他們之間有鴻溝，那是不能……他閉上眼睛，靠著椅背，眼瞼底下的黑色是兩人相隔的距離。

他睡著了，沉入短暫的睡夢中。

兩人之間的距離被醜陋黏濘的小蟲塡滿了，那些蟲子飛向他，靠近時他看見它們有牙齒。他揮手想趕它們走，然後，醒了過來。依萊坐在沙發上望著他。

「奧斯卡，我也是人，和你一樣，只不過我得了……一種非常罕見的疾病。」

奧斯卡點點頭。

有個念頭想冒出來，某種念頭，有背景脈絡，但他掌握不到，讓它溜掉了。後來還有另一股念頭出現，可怕的念頭。依萊是**裝出來的**。她身體裡面有個古代人，正看著他，那人知道所有事情，還對他微笑，竊竊地笑。

不可能吧。

爲了找事情做，他手伸入袋子摸索隨身聽，拿出裡面的錄音帶，讀著上面的文字，Kiss樂團：《卸下面具》，轉到另一面，Kiss樂團：《破壞者》。隨後又將錄音帶放回去。

我該回家了。

依萊傾身向前。

「那是什麼？」

「這個？隨身聽。」

「是用來……聽音樂的嗎？」

「對。」

她什麼都不知道。她超級聰明但她什麼都不知道。她整天都做些什麼？睡覺，當然。棺材放在哪裡？沒錯。她來找我時從來沒睡覺。她只是躺在我床上等著太陽升起。我要走了……

「我可以聽看看嗎？」

奧斯卡遞給她。她接過隨身聽彷彿不知道該怎麼做，不過隨即戴上耳機，探詢地望著他。奧斯卡指指按鈕。

「按下『播放』那個鍵。」

依萊看著上面的按鈕，選擇了「播放」。奧斯卡升起平靜感，這樣就正常了，放音樂給朋友聽。他很好奇依萊對Kiss樂團有什麼感覺。

她按著鍵，連坐在扶手椅上的奧斯卡都聽得見吉他的呢喃和刺耳聲，以及鼓聲和歌聲。一首重節奏的歌曲聽到一半，依萊戛然將音樂停住。

她雙眼圓睜，開始尖叫。奧斯卡受到驚嚇，整個人縮回扶手椅裡，用力過猛，椅子往後傾，差點倒栽蔥。這時奧斯卡見到依萊粗暴地扯下耳機，甚至扯斷接線，還將耳機往下甩。她雙手摀著耳朵，嗚咽啜泣著。

奧斯卡驚愕得瞠目結舌，呆望著被甩到牆壁的耳機。他站起來撿回耳機。徹底毀了，兩端電線都被扯斷。將耳機放在茶几上，又癱坐在扶手椅裡。

依萊將手從耳朵拿開。

「對不起，我……好難過。」

「別擔心。」

「很貴吧？」

「不會。」

依萊去拿了疊在最上層的盒子，伸手從裡面掏出數張紙鈔，遞給奧斯卡。

「收下。」

奧斯卡接過，數了數，三張千克朗鈔和兩張百克朗鈔。感覺到一種近乎恐懼的東西。他注視著她拿出錢的那個紙盒，然後看著依萊，再看看錢。

「我……這只要五十克朗。」

「反正你就拿著。」

「不行。可是……壞掉的只有耳機，而且……」

「但我就是要你收下。拜託好嗎？」

奧斯卡猶豫半晌，隨即將紙鈔塞進褲子口袋裡，心裡計算著得發多少份傳單才有這些錢。每個週六都發，要一整年，或許……要兩萬五千份，花上一百五十個小時。應該不止。好大一筆錢。口袋裡的紙鈔磨得他不太舒服。

「謝謝。」

依萊點點頭，從桌上拿起一捆看起來像金屬繩的東西，不過或許是個益智遊戲。奧斯卡看著她翻弄那些繩結，還注視著她彎曲的頸子、拂過金屬繩上的纖長手指。腦海浮現她說過的每件事：她的爸爸、住在城裡的姨媽、上的學校。謊言，全是謊言。

還有，她的錢從哪裡來？偷來的？

他實在無法接受這種打從一開始就不知道錢財來歷的感覺。始於腦袋的刺痛繼續蔓延全身，然後從肚子到頭頂架起一道冷酷的銳利弓箭。他……生氣了，不是絕望或恐懼，而是憤怒。

因爲她對他說謊，接著……這些錢到底是從哪兒偷來？從被她……？他雙手在腹肚前交叉，身子往後靠著椅背。

「妳殺人。」

「奧斯卡……」

「如果這些錢是眞的，那妳一定殺了人，拿走他們的錢。」

「這些錢是別人給我的。」

「妳撒謊，從頭到尾妳都在撒謊。」

「是眞的。」

「哪部分是眞的？妳撒謊這部分嗎？」

依萊放下那團糾纏的繩結，以受傷的眼神凝望著他，伸出雙手，「你要我怎麼做？」

「證明給我看。」

「證明什麼？」

「證明妳就是……妳說的那樣。」

「我不要。」

她凝視他久久，然後搖搖頭。

「爲什麼？」

「你自己猜。」

奧斯卡深陷扶手椅裡，感覺到口袋裡那小團紙鈔。腦海浮現那天早上送到家門口的大捆傳單，週二前得發完。身體裡灰撲撲的疲憊，腦袋裡噴湧的淚水，以及憤怒。「猜」，又要玩遊戲，又有更多謊言。眞想離開，好好睡一覺。

錢，她給了我錢，我就要留下來。

他從扶手椅裡站起來，將口袋那團皺巴巴的紙鈔掏出來，一張張全都放到茶几上，除了一張百克朗鈔。他將這張紙鈔放回口袋中，開口說：「我要回家了。」

她傾身向他，抓著他手腕，「留下來，拜託。」

「為什麼要留？妳說的全是謊言。」

他想離開，但她更用力掐住了他的手腕。

「讓我走！」

「我不是馬戲團的怪物。」

奧斯卡咬緊牙根，平靜地說：「讓我走。」

她不讓他走，奧斯卡胸膛湧起的那道憤怒的冷弓開始震動，鳴叫。他整個人撲到她身上，將她往後壓制在沙發上。她就像沒重量般被他牢牢釘在沙發扶手上。他坐在她胸口，舉起手用盡力氣朝她的臉揮去，這時那道憤怒之弓彎曲搖晃，他眼前出現斑斑黑點。

刺耳掌摑聲在牆壁與她猛撇至一側的頭顱之間迴盪，幾滴唾液從她嘴巴噴出，他的手感到一陣灼熱。憤怒之弓爆裂成碎片，他的憤怒消失了。

他坐在她胸膛上，困惑地望著她的小頭顱映著黑色皮沙發而呈現的輪廓剪影，這時被他掌摑的臉頰泛起盛開的紅花。她靜靜躺著，雙眼睜得斗大。他摸摸她的臉。

「對不起，對不起，我……」

突然她翻身，將他從胸口甩開，反壓在沙發背上。他想抓她的肩膀但失手，抓到了她的髖部。她的肚子直接頂住他的臉。他甩開她，想扭轉翻身，兩人就這樣試圖壓制對方。

在沙發上滾動扭打。肌肉緊繃，全神貫注。但不忘小心謹慎，不想傷到對方。兩人在對方身上扭動，砰地一聲，撞到茶几。

片片的黑蛋掉落地上，傳來陣陣雨滴打在鐵皮屋頂的聲音。

十

他懶得到辦公室換上工作袍，反正值班的時間早已結束。

現在是下班時間，我做這事全爲了樂趣。

況且太平間裡還有多餘的法醫袍可以借用，萬一眞的搞得……亂七八糟。電梯來了，他走進去，按了地下二樓。若眞這樣那該怎麼辦？打電話到急診室，找人下來幫他縫合？醫院對這種狀況怎麼都沒明文規定呀。

或許流出來的血，或者叫什麼東西的，已經止住，不過還是得確認一下，否則肯定睡不著，躺在床上會老聽到滴滴答答聲。

走出電梯忍不住給自己一個微笑。有多少正常人能像他這樣眼睛連眨都不眨地處理這種事？可不多喔。他很得意自己能……嗯，勝任這份工作，承擔起責任。

我是不完全正常。

他不能否認，心中確實希望……血還在流，流到讓他必須打電話找急診室的人，這樣一來就很有看頭。即使現在很想回家睡大覺，不過這場面肯定是個更能誇口的話題，所以怎樣也要去看看。

不，他的確不完全正常。他面對屍體毫不畏懼，反正是具腦袋關閉的生物機器罷了。不過這裡的走廊倒是會讓他緊張兮兮。

光想到地底綿延十米的通道，還有宛如地獄行政單位的偌大房間和辦公室，就讓人不寒而慄。這麼大，這麼安靜，這麼空蕩。

相較起來屍體反倒具健康形象。

他按下密碼，將手指擱在只有用力猛敲才會回應的啓動器上。以人工的方式推開門，走進太平間，戴上塑膠手套。

什麼東西呀？

原本被白布蓋住的男人現在全身暴露在外頭，陽具勃起，歪向一邊。白布扔在地上。班凱被菸所荼毒的呼吸道在他嚇得倒抽口氣時發出吱吱哀鳴。

沒死，沒死，不可能死了，因爲他在動。

他以一種幾近做夢的姿態慢慢地在輪床上翻身，伸出雙手想摸索什麼，看起來甚至不像手的一隻手掃過班凱臉前，嚇得班凱本能地往後退一步。男人想起身，卻往後跌到擔架上。那隻獨眼直楞楞地瞪著前方，眨都沒眨。

有聲音，他發出聲音。

「依——……」

班凱搓搓臉，皮膚不對勁，感覺……他看看自己的手，原來是塑膠手套。

就在手的後方，他看見那人又想起身。

我到底該怎麼辦？

男人再次跌回輪床上，發出倒在液體中的聲音。幾滴東西噴濺到班凱的臉，他以戴著塑膠手套的手擦掉，卻愈抹愈開，沾了整臉。

抓起自己的衣角去擦。

十樓，這傢伙從十樓掉下來耶。

好，好，現在有狀況，那就好好處理。

就算這男人沒死，也應該快死了。他需要被照顧。

「依——……」

「我在這裡，我會幫你，我要把你送到急診室，你躺好，我會……」

班凱走過去，將手放在男人費力掙扎的身體上。男人完好的那隻手突然伸出一握，抓住了班凱手腕。該死，眞有力。班凱得以兩手才能讓自己從男人掌心掙脫。

附近唯一能幫男人保暖的東西就只有太平間的標準蓋屍布。班凱抓了三條蓋在男人身上。他還繼續像掛在魚鉤的小蟲蠕動不停，邊發出聲音。

班凱前傾靠向男人，「現在我把你送去急診室，好吧？你不要亂動。」

他將輪床推到門口，雖然有這突發狀況，仍不忘開門的啓動器有問題。走到輪床頭，先將門推開，低頭看了男人一眼。當下眞希望自己沒這麼做。

那嘴巴，其實已稱不上嘴巴，張得開開。

隨著聲音發出，嘴巴半癒合的傷口狠狠撕裂。有條像剝魚皮時拒絕被撕開的粉紅色肌肉，在他下半張臉那處洞口不斷的撐張下，延伸開來。

「啊啊啊啊！」

哀號聲在空蕩的走廊迴盪，把班凱的心臟搞得噗通噗通響。

別亂動！安靜！

若此刻手中有槌子，很可能會直接往那團有隻獨眼直瞪著、還抖動不停的噁心東西砸下去。嘴巴洞口上藕斷絲連的一條條肌膚，就像延伸過度的橡皮筋啪地一聲斷裂。班凱見到那滿臉紅褐液體之下的亮白牙齒。

班凱走回輪床尾端，將它推入走廊，朝著電梯前進。他半跑著，眞怕這傢伙扭動到整個人掉下來。眼前的走廊似乎如噩夢般無盡延伸。沒錯，這根本是噩夢。什麼值得說嘴的「好故事」全毀了，現在班凱只想衝到有人氣的地面，讓有血有肉的活人將他從這個在輪床上尖叫的怪物手中解救出來。

終於抵達電梯，他按下按鈕，從這按鈕彷彿能歷歷見到通往急診室的路徑。五分鐘後他就能到那裡了。

只要到地面上就有人可以幫他。只要兩分鐘他就能回到眞實世界。

快啊，眞該死！

男人完整的那隻手還在揮舞。

班凱看了一眼，閉上眼睛再張開。男人想說些什麼，輕聲地說。他示意要班凱靠近，顯然意識清醒。

班凱走向輪床，彎腰看著男人。「嗯，什麼事？」

突然，男人抓住班凱的脖子，壓下他的頭。班凱失去平衡整個人倒在男人身上。他脖子上的手掐得好緊，把他壓往那個……洞。

班凱想抓住擔架頂端的鐵棒反擊，但他的頭被扭到一邊，雙眼離男人脖子上那個濕漉漉的紗布只有幾公分遠。

「放開我……」

有根手指戳進他耳朵裡，他**聽見**耳腔內骨頭碎裂的聲音，手指長驅直入，愈戳愈深。他雙腿掙踢，脛骨撞到輪床下的鐵條，他終於放聲尖叫。

有牙齒鉗住他的臉頰，耳朵裡那根手指戳到了某個點，關掉了某種東西，某種東西被關掉，然後……他放棄了。

最後見到的是眼前那團濕漉漉的紗布變了顏色。就在男人咀嚼他的臉時，紗布變成粉紅色。

他最後聽見的聲音是

叮

電梯終於到了的聲音。

十

兩人並躺在沙發上，冒汗、喘息。奧斯卡全身痠痛，筋疲力盡。他打呵欠的嘴張得過大，下巴甚至喀吱響。依萊也打了呵欠。奧斯卡轉向她。

「算了吧。」

「什麼？」

「妳又不是真的想睡，對不對？」

「是不想。」

奧斯卡努力睜開眼，嘴唇似乎動不了地說著話。依萊的臉龐開始變得模糊朦朧。

「妳現在要做什麼？應該是去喝血吧。」

依萊看著他，注視良久。奧斯卡從她那似乎下定決心的臉龐看見她雙頰裡似乎有東西在鼓動，彷彿捲起舌頭往裡面頂。然後她張開雙唇，大大張開。

他看見了她的獠牙。她又閉上嘴巴。

奧斯卡轉過身，望著天花板，那兒有縷蒙塵的蜘蛛絲從頭上那盞沒使用的電燈延伸出去。他甚至連驚訝的力氣都沒有。喔，她是個吸血鬼。不過他早就知道了。

「你們人很多嗎？」

「什麼意思？」

「妳知道的呀。」

「不，我不知道。」

奧斯卡視線漫遊於天花板，想找出更多蜘蛛網。有兩個。其中一個好像還有蜘蛛在上面爬行。眨眨眼，又眨眨眼。眼裡全是沙。沒有蜘蛛。

「那，我該怎麼稱呼妳？像妳這種東西。」

「依萊。」

「這是妳的眞名嗎？」

「可說是。」

「妳的眞名是什麼？」

停頓了半晌。依萊挪遠了幾步，挪向沙發背，然後轉身背對他。

「伊雷斯。」

「但這是……男生的名字。」

「對。」

奧斯卡閉上眼睛，再也撐不下去，眼皮幾乎黏住了眼球。有個黑洞正在擴大，包覆了他整個身軀。腦袋深處似乎隱約有個感覺，覺得自己該說些什麼，做些什麼，但就是沒力氣。

黑洞以慢速爆炸，他被往前吸，吸到裡面，在太空中緩緩地翻了筋斗，沉入睡夢裡。

隱隱約約有人撫摸他的臉頰，但無法清楚確定是否如此，因爲他總覺得是他摸著自己。然而，在某處，就在地球某個遙遠的地方，有人正溫柔地摸著某人的臉。

感覺眞好。

然後，只剩下星星。

第四部　我們是侏儒好夥伴

我們是侏儒好夥伴，
我們不讓任何人逃開！
——魯恩・安德森（Rune Andréasson）的兒童漫畫《魔幻森林中的巴姆賽》（Bamse in the Magic Forest）

十一月八日星期日

崔那伯格橋。一九三四年揭幕啓用時，還被譽為工程界的小小奇蹟。這是當時全世界最長的單一墩距水泥橋。聳立在昆索爾門島和斯德哥爾摩西郊之間的這座巨大拱橋，涵蓋了布洛瑪和阿沛維肯這些小小的花園城市。而這種有自家庭院的獨棟花園住宅的原形就是始於安格拜地區。

不過現代化的住宅趨勢已開始流行，三層公寓住宅所形成的郊鎮居住型態，已出現在崔那伯格地區和阿布拉罕斯伯格地區，並且延伸到西郊更大範圍，形塑了日後的華倫拜、海瑟拜和布雷奇堡。

而這些新興地區就是靠崔那伯格橋來串連。來往西郊的車輛行人幾乎都會用到這座橋。

一九六〇年代，媒體開始報導崔那伯格橋因交通流量頻繁而慢慢損壞。政府偶爾會修繕補強，但大規模的修整更新還只是紙上談兵，有待未來實行。

所以一九八一年十一月八日那天早上，這座橋依舊顯露疲態。如已厭倦生命的老人，悲哀地緬懷過去那段天空明亮、雲朵輕盈、還被譽為世界最長單一墩距水泥橋的光榮日子。

那天早上開始融雪，泥濘消融的雪水流進了橋的縫隙。市政府不敢在橋上撒鹽，就怕已經老化的水泥會被侵蝕得更嚴重。

這個時間交通流量本來就不大，週日清晨更是如此。夜間的電車已經停駛，開車經過這座橋的人要不渴望上床睡覺，就是急著要回到床上。

除了貝尼．莫林。當然，他也很想回到家裡溫暖的被窩，不過這會兒恐怕會興奮到睡不著覺。他曾透過徵友啓事和八名女子約過會，不過週六見面的這個貝蒂是第一個真正和他來電的。會繼續發展下去，兩人都感覺得到。

他們對兩人名字如此湊巧笑彎了腰，「貝尼和貝蒂」，眞像喜劇二人組。不過事實如此，又能怎麼樣？若兩人開花結果，生的孩子該怎麼叫？雷尼和娜堤？

是啊，兩人在一起眞有趣。他們坐在她位於昆索爾門島的住處，聊著各自的世界，攜手玩拼圖，拼出非常棒的一張圖。快天亮了，接下來只有兩個選擇。

貝尼選擇了他認爲正確的決定，雖然這樣做很難。他起身道別，相約週日晚再見，然後坐進車裡，駛向位於布洛瑪的家，愉快大聲哼唱著《我無法不愛上妳》。

所以貝尼絕不是那種有額外精力來抱怨，甚至注意到週日凌晨崔那伯格橋況不佳的人。對他來說，這是一座通往天堂、通往愛情的橋。

就在抵達崔那伯格這端，他開始唱起副歌，這會兒或許是第十遍了吧。突然車燈光束裡有個藍色身影，就站在橋中央。

他還有時間思考，*別急踩煞車！*鬆開油門，扭轉方向盤，偏往左側，距離那人僅剩五米。就在車角撞上分隔島前，他瞥見了那一身藍衣和蒼白的腿。

車子擦撞分隔島所發出的劇烈摩擦聲幾乎震耳欲聾。側照鏡粉碎噴濺，駕駛座的車門內凹到他髖部，整輛車接著又滑行到馬路中央。

他試著導正方向，但車輛不聽使喚地偏滑到對向車道，撞上人行道護欄。另一邊的側照鏡也被撞飛，飛躍橋欄時還將橋梁燈光反射入天空。他小心翼翼踩下煞車，接下來的打滑沒那麼劇烈，車子只是輕輕撞上水泥分隔島。

拖行了一百米，終於將車子停住。驚呼了一聲，呆坐原位，雙手擱在大腿上，任憑引擎繼續響。嘴裡有血腥味，咬到嘴唇了。

哪個瘋子這樣冒出來？

他抬頭看著車內後照鏡，就著街燈暗黃光線，看見有個人蹣跚走在橋中央，彷彿什麼都沒發生。這景象讓他怒火中燒。肯定是瘋子，毫無疑問，但也該有分寸吧，可惡。

他想打開車門，卻動不了。鎖被撞壞了。鬆開安全帶，爬到乘客座那側。設法鑽出車子前，還不忘打開警示燈。他站在車邊，兩手交叉胸前，等待著。

走在橋上那人只穿著醫院病服，其他什麼都沒有。光著腳，裸著大腿。貝尼等著看能不能和他爭個道理。

他？

身形愈來愈近，融化的濘雪噴濺在裸足四周，他的走路姿態真像被胸前一條線拉扯著，無情地拉著他往前走。

貝尼朝他走近一步，然後駐足。現在那人離他約十米遠，貝尼能清楚看見他的……臉。

貝尼驚愕地倒抽口氣，得倚靠車子才能穩住身體。旋即轉身從乘客座鑽入，打到一檔，飛速駛離，後輪濺起的濘雪或許還噴濺到站在馬路上……那東西。

一回到家，馬上給自己倒了大大一杯威士忌，一口氣喝掉半杯。然後打電話給警察，告訴他們剛剛所見以及所發生的事。最後一滴威士忌下肚，身子開始往前晃，就要進入夢鄉之際，警方也正全力動員。

十

他們搜尋了整片諸達恩樹林。五隻警犬，二十名警員，甚至還出動直升機。以這種搜索來說頗不尋常。

因爲緝捕的對象是個受重傷還精神恍惚的人。照理說，一隊警犬就足以撂倒他。

不過由於這個案子備受媒體關注（警方甚至調派了兩名警官來應付聚集在阿凱雪夫電車站旁的威布爾托兒所附近的記者），所以風險跟著提高。況且警方也想展現他們在週日早上仍會盡全力緝捕兇手的有力作爲。

部分也是因爲他們發現了班凱．艾德華的屍體。

應該這麼說，他們假定那是班凱．艾德華，因爲他們找到的一枚結婚戒指上刻有古妮拉。古妮拉是班凱的妻子，他的同事都知道。沒人有勇氣打電話給她，告訴她他已經死了，況且他們也不能完全確定那就是他。沒人敢打電話問她有關他身體的任何特徵……主要是下半身。

早上七點本來要相驗爲獻祭儀式而殺人的兇手的法醫一到現場，才發現自己接了個新案子。如果他是在不知相關線索的狀況下見到班凱．艾德華的遺體，肯定會認爲這具屍體在嚴寒戶外曝置一、兩天，而且還被老鼠、狐狸，或許狼獾和野熊啃蝕而慘遭毀屍，若「毀屍」這個詞可以用在動物加害者的脈絡下的話。不管怎樣，應該只有大型掠食動物才可能把皮肉撕扯成這樣，齧齒動物頂多會咬咬人體凸出物，譬如鼻子、耳朵或手指。

法醫這份匆忙的初步評估報告也是讓警方決定大力動員的因素，因爲兇手被判定爲極端殘暴，以官方說法而言。

換成白話來說，根本是他媽的精神不正常的變態瘋子。

那傢伙還能活著根本就是奇蹟，不過可不是梵蒂岡教廷會想拿香膜拜的奇蹟，但終究也算奇蹟一樁。從十樓摔下之前曾是植物人狀態，而這會兒卻能起來走動，甚至做出更可怕的事。

不過他的狀況應該不會太好。雖然此時氣候溫和了些，但也不過攝氏幾度，而他只穿著醫院單薄的病袍。就警方所知，應該沒有共犯，所以他不可能在樹林裡藏匿超過幾小時。

貝尼．莫林的報案電話進來時，約是他在崔那伯格橋見到他之後一小時。數分鐘後，警方又接到另一通來自老太太的報案電話。

那天早上她出去溜狗，看見有個穿著醫院病袍的人出現在國王冬天安置羊群的阿凱雪夫區的欄舍附近。她立刻回家打電話報案，心想王室的羊隻大概危險了。

十分鐘後，第一輛巡邏車出現，警員下車第一件事就是檢查羊舍。警槍上膛，神經緊繃。羊群焦躁不安，待警員搜遍整棟建築物，那些毛茸茸的動物也被擾得騷動連連。牠們劇烈跳動，發出那種非人類的刺耳尖鳴引來更多警察關注。

警員搜索時，幾隻羊兒從欄圈跑到外面通道上。警員最後確定建築物內沒有可疑嫌犯，正欲離開之際，牠們耳尖地察覺機會來了。有隻公羊趁機溜出大門。一位出生農家的老警察躍身撲上前，一把抓住羊角，將牠拖回羊圈裡。

就在他終於將公羊哄誘回欄舍之際，突然想起剛剛伸展敏捷身手的剎那已被人用閃光燈拍下。他還以爲這個案子非常嚴肅，媒體不會想用這樣的照片。不過沒多久就發現在搜索區域的外圍，已經架起媒體採訪基地了。

早晨七點半，朝陽正從滴著水的樹隙慢慢露出臉。搜捕一名瘋狂兇手的行動井然有序但也火力全開，警方很篤定能在中午以前逮到人。

兩個小時後，直升機上的紅外線攝影機沒什麼發現，而警犬靈敏的鼻子也沒嗅出什麼東西，至此大家懷疑兇手應該已經死了，因此接下來就是要找到屍體。

十

第一道微弱晨光從百葉窗的細縫緩緩滲入，卻像炙熱燈泡灼傷了薇吉妮雅手掌，她此刻唯一想的就是：死。但即使起了這念頭，她還是本能地縮起手掌，爬回房間內。

她的皮膚已經有三十多處傷口，屋內到處血跡斑斑。

昨晚好幾次她割了動脈來飲血，但沒時間將所有流出的血液全數舔吸入肚，所以滴得地板、桌面和椅子到處都是。客廳那張大地毯眞像有頭鹿在上面被宰殺過。

每次劃開新傷口，每次大大喝下自己正快速稀薄的血液，心中的滿足和舒緩感就愈來愈少。到了早上，她終於因壓抑禁飲和極端的痛苦而蜷縮著嗚嗚啜泣。痛苦是因爲她明白了，若要活下去，自己就必須那樣做。

這種覺悟慢慢地清楚了，更加確定了，別人的血可以讓她……健康。而且她也沒辦法以自殺結束自己的性命，或許根本不可能，因爲用水果刀在肌膚上割的傷口會不尋常地迅速癒合。不論割得多深，流出的血液一分鐘內就止住，一小時後就出現明顯疤痂。

總之……

她察覺到了某種東西。

那時天快亮，她坐在廚房餐椅上，吸吮著胳臂內彎傷口的血液，同一處的第二次傷口。就在這時突然陷入自己軀體深處，看見了那東西。

感染。

當然，她不是眞的肉眼看見，但卻愈來愈清楚知道那是什麼東西。就像懷孕去照超音波，從螢幕可以看見肚子裡的東西，但現在她看見的不是寶寶，而是一尾扭曲盤繞的巨蛇。她懷的就是這種東西。

瞬間她明白了那感染物有自己的生命，自己的力量，完全不受她控制。就算她不想懷它，那東西一樣會自己活下去。準媽媽從超音波見到這種東西肯定會嚇死，但即使她嚇死也不會有人發現，因爲那條蛇會占據附身，讓人看不出她已死。

自殺也沒有用。

那感染物唯一怕的東西就是陽光，微弱陽光照射到手的傷害，遠甚於任何深深的傷口。

她在客廳角落蜷縮了好久，看著晨光從百葉窗間隙滲入，在玷污了的地毯上投下一格格的陽光。想到了孫子泰德。他會爬到午後陽光灑落的地方，沐浴在陽光下吮吸著拇指舒服地睡著。

那赤裸柔嫩的肌膚，妳只要……

我在想什麼！

薇吉妮雅驚懼自己竟起了這念頭，眼神空洞地凝視茫然的遠方。她看見了孫子泰德，開始想像她……

不！

她敲打自己腦袋，不斷打，打到那畫面粉碎。她不能再見到他了，不能再見到任何她摯愛的人。

我絕不能見到我所愛的人。

薇吉妮雅強迫自己打直身子，慢慢爬到一格格的陽光下。那感染物抗議，想將她往回拉，但她很堅持，仍能控制自己的身體。光線刺痛了雙眼，一格格的陽光就像紅熱的鐵絲燒灼著她的角膜。

燒啊，全燒光吧。

布滿傷疤和乾涸血漬的右手，伸到陽光下。

她從來沒想過會這樣。

週六早晨的陽光通常是種愛撫的啊。

但現在焊接槍啟動了，朝著她肌膚直直而來。第一秒鐘皮膚還如粉筆般蒼白，兩秒後開始冒煙。三秒，水泡出現、焦黑嘶嘶地爆破。第四秒，將手臂抽回，哭著爬進臥房內。

皮肉燒灼的惡臭瀰漫在空氣中。她連走帶爬地滾上床，沒膽看自己手臂。

休息吧。

可是床……

就算百葉窗全拉上，房內的光線仍太強。就算全身鑽入被窩裡，待在這床上也覺得太暴露。她耳朵聽到四周鄰舍傳出的晨間聲響，就連最細微的聲音都很刺耳，每個聲音都是威脅。樓上有人走過地板。她畏縮著，將頭轉至那方向聆聽。有抽屜被拉開，樓上傳來金屬鏗啷響。

是咖啡匙。

從那細微的聲音她聽得出是……咖啡匙。眼前浮現了天鵝絨盒子裡的咖啡匙，那是外婆傳給媽媽的，而媽媽搬進養老院時就把它傳給了薇吉妮雅。她曾打開盒子，看著湯匙，才突然發現**這些湯匙從來沒用過**。

薇吉妮雅滑下床，將身上的被子拉開，爬到雙門衣櫃前，打開櫃門，又突然想起這件事。衣櫃底有張羽絨被，還有兩張毯子。

看著那些湯匙，她覺得好難過。它們躺在盒子裡或許六十年了，卻從來沒人把它們拿出來、握著、使用過。

四周出現更多聲音，全棟鄰居展開忙碌的作息。她爬進衣櫃，將羽絨被和毯子全裹在身上，拉起衣櫃門，終於聽不到了。裡頭一片漆黑。將被子和毯子拉過頭頂，蜷曲得像被雙層繭裹覆的幼蟲。

絕對不會了。

這些精緻的銀製咖啡匙筆直炫耀地躺在天鵝絨的襯墊上，等待著。她轉個身將毯子緊緊壓住臉龐。

現在誰會得到它們？

女兒吧。沒錯，莉娜會得到它們，她會用這些湯匙來餵小泰德。這樣它們應該很高興。她的孫子泰德會用這些湯匙來吃馬鈴薯泥。太好了。

她靜靜躺著，不動如石，平靜的感覺蔓延全身。沉沉睡著前還有點時間想到這個：*怎麼不會熱？*

毯子蒙住頭，身上裹著厚重布料，照理說應該覺得熱，應該滿頭大汗。這問題昏睏地飄浮在一間漆黑的大房內，最後落定在一個簡單不過的答案上。

因爲我已經好幾分鐘沒呼吸。

就在這時，她才意識到自己不需要呼吸。沒有窒息缺氧的感覺。她再也不需要呼吸了。就這麼簡單。

十

彌撒十一點才開始，不過湯米和媽媽依凡十點十五分就在布雷奇堡的月臺等電車了。

參加唱詩班的史泰凡已經跟依凡說過今天的彌撒主題，依凡告訴兒子湯米，並小心翼翼地試探他是否想去。出乎意料，他竟然答應了。

主題是今日年輕人。

講道從舊約聖經以色列人出埃及談起，牧師在史泰凡的幫忙下，製作了一系列經句板，以闡述指引之星的眞諦。在今日的社會中，這指引之星可說是年輕人應該高舉的明燈，好讓自己迷失徘徊於荒漠時能找出方向。

湯米曾在聖經讀過這章節，還說自己很高興有機會參加今天的彌撒。

所以，電車從冰島廣場的隧道轟隆駛出，車前旋起的陣風將依凡頭髮吹散時，她高興得不得了。

看著站在身旁的兒子，他的雙手正深深插入夾克口袋中。

會沒事的。

沒錯。他願意和她上教堂就是很大的突破，而且這也代表他願意接受史泰凡了，不是嗎？

母子上電車，在一位老人旁的面對面椅子坐下。兩人上車前正聊到今早收音機聽到的事：警方正在諸達恩樹林搜捕那個為獻祭儀式而殺人的兇手。依凡傾身朝著湯米說：

「你想，他們抓得到他嗎？」

湯米聳聳肩。

「可能會吧。不過那片樹林很大，而且……這得問史泰凡。」

「一想到整件事就覺得恐怖。萬一他跑來這裡呢？」

「他來這裡幹麼？不過話說回來，他去諸達恩樹林幹麼？所以還是有可能跑來這裡吧。」

「啊。」

旁邊坐的老人伸展了一下，彷彿要抖落肩上什麼東西，然後開口：「你們想想看，那樣的人渣算是人嗎？」

湯米抬頭看著老人，依凡回應「嗯」，還對他微笑。老人將這視為她希望他繼續說下去的鼓勵。

「我的意思是……他竟然做得出那麼可怕的事……然後又從那種高度掉下來。不是，我告訴你們，他不可能是人類。我眞希望警察一槍斃了他。」

湯米點點頭，假裝同意他的話。

「找到他時，就直接把他吊死在最近的一棵樹上。」

男人愈說愈興奮。

「沒錯，我要說的重點就是這個。在醫院時，就應該給他注射毒液之類的，就像處理瘋狗一樣。這樣我們就不會坐在這裡擔心受怕，目睹警察膽戰心驚地搜捕他，而且還浪費我們納稅人的錢。連直升機都出動。眞的，我在阿凱雪夫電車站附近就看見直升機在天空。哼，這種錢可出得起，但要他們發給民眾不過足以糊口的養老金，卻說辦不到，也不想想我們可是替社會貢獻了一輩子啊。能派出直升機在上頭盤旋，把底下的動物嚇得雞飛狗跳的……」

他就這麼一路自言自語到華倫拜，依凡和湯米要下車了，老人的獨白還沒結束。電車在這裡就要轉彎，所以或許他得往回搭才能再看直升機一眼，也或許會對著新乘客繼續他的長篇大論。

史泰凡在聖湯瑪斯教堂的磚牆外等他們。

他穿著西裝，打了淺黃條紋的領帶，這打扮讓湯米想起了一幅戰時保密防諜的政治宣傳海報：「瑞典虎」。一見到他們，史泰凡臉上綻放光芒，高興地走上前迎接。他擁抱了依凡，手遞向湯米，兩人握握手。

「我好高興你們兩個能來，尤其是你，湯米。是什麼讓你做出決定啊？」

「我只是想來看看。」

「嗯，希望你會喜歡，更期待日後還有機會在這裡見到你。」

依凡摸摸湯米的肩膀。

「他在聖經裡讀過這章節……就是今天要談的部分。」

「是嗎？眞的呀？哇，沒想到。對了，湯米，我還沒找到那個獎盃，不過……我想，我們就一筆勾銷吧，如何？」

「嗯。」

史泰凡等著湯米開口說些什麼卻等不到，只好直接轉向依凡。

「其實我現在應該要去阿凱雪夫區了，不過……我不想錯過今天的聚會。待會兒結束後，就得立刻趕過去，所以我們只好……」

湯米走進教堂。

前方有幾位老人背對著他坐在長椅上，從那帽子來看，應該是老太太。

教堂四周牆壁懸掛的電燈散發出黃色亮光，替教堂提供照明。兩側的靠背長椅之間鋪了條延伸到講壇的紅地毯，毯面呈現出幾何圖案。前方有排石椅，上面插擺著花。最重要的是，前方牆壁上的木製大十字架，上頭釘了個具現代感的耶穌雕像。祂臉上的表情很容易讓人解讀成奚落的嘲笑。

在教堂後方，也就是湯米佇立的入口處，有個擺了傳單的檯子，還有奉獻箱和聖水盆。湯米走到盆子邊，探往裡面。

完美。

第一眼見到覺得這水盆漂亮到不眞實，他還以爲裡面裝了水，其實不然。整個聖水盆本身是由一整塊石頭雕鑿而成，高度約及湯米的腰。盆子部分成深灰色，表面粗質，裡頭沒一滴水。

好，動手吧。

他從口袋掏出一個容量爲兩升，裡頭裝了白色粉末的塑膠袋。環顧四周，沒人看著他這方向。用手指把袋子戳個洞，讓裡頭的白粉掉入聖水盆裡。

然後將空了的塑膠袋塞回口袋中，朝後走出去，思索著該編出什麼好理由來告訴他們，他不能和媽媽坐在一起，而是要坐到遠遠的後側，坐在聖水盆邊。

就說他希望能不打擾到別人地偷偷離開，萬一覺得彌撒很無聊的話。這主意不錯，聽起來……很完美。

十

奧斯卡張開眼，整個人焦慮不已。他不知道自己身在何處。房間燈光昏暗，想不起這光禿牆壁是何所在。

他躺在沙發上，蓋在身上的毯子有點臭。

眼前的牆壁開始浮動，在空中自由地飄來飄去，他努力將它們固定住，讓它們組合成他能辨認出的房間。可是沒成功。

將毯子拉上鼻頭，一股霉味竄進鼻腔。他努力讓自己平靜，不再硬將房間組成他要的樣子，而是開始回想。

沒錯，現在想起來了。

爸爸，爸爸的朋友嘉納，搭便車，依萊，沙發，蜘蛛網。

他瞪著上方的天花板，骯髒的蜘蛛網還在那兒，不過燈光昏暗看不太清楚。他在沙發上睡著時，依萊就在他身邊。多久以前的事？今天早上？

窗戶都用毯子遮住，不過從角落看得出灰蒙光線的隱約輪廓。他將身上毯子拉開，走到陽臺窗邊，拉起掛著的毯子的一角。百葉窗已拉下，他將它們歪個角度弄開看向外面，沒錯，已經早晨了。

他頭好痛，雙眼也被光線刺痛。急促吸著氣，放下毯子，兩手摸摸脖子。沒有，當然沒有。她說過她絕不會……

不過她現在在哪裡？

環顧四周，雙眼落在依萊昨晚進去換襯衫的那房間，房門現在已關起。朝門走了幾步，停住。門落在陰暗處。他舉起握著的拳頭，緊張地吮著指關節。

萬一她眞的……睡在棺材裡？

蠢。她幹麼睡在棺材裡？吸血鬼爲什麼會這樣？因爲它們是死人，可是依萊說她不是……

但萬一……

他又吸吮了自己的指關節，還伸出舌頭舔舔。她的吻，滿桌的食物，還有她能那樣做，以及……她的牙齒，掠食性動物的牙齒。

若這裡沒那麼黑。

頭上電燈的開關就在門邊，他按下。本以為不會亮，但沒錯，燈亮了。強光照得眼睛很不舒服。先讓雙眼熟悉光線後，他才走到那扇門邊，將手擱在門把上。

燈光沒什麼用，事實上反而讓氣氛更恐怖。因為現在這扇門看起來只是一道正常的門，就像他自己的房門，一模一樣，連門把感覺都相同。萬一她躺在裡面？或許雙手工工整整地交疊在胸口。

我得看一看。

他壓下門把，小心翼翼地。只有些微抗拒，門一定沒鎖，只是被帶上。他將門把壓到底，門開了，門縫變大。房間裡漆黑一片。

等等！

若打開房門，照射進去的光線會傷到她嗎？

不會，昨晚她就坐在落地燈旁，看來也沒事。不過天花板這燈光強烈多了，或許……落地燈用的是某種特殊燈泡，那種光線……吸血鬼可以承受。

荒謬。難不成還有「吸血鬼燈泡專賣店」。

話說回來，為何還留著頭頂那盞燈，如果它會……傷到她？

雖然心裡有各種顧慮，他還是謹慎地打開房門，讓圓錐狀的光線慢慢擴大到整個房間。房裡如客廳幾乎一無長物。床上只有一張被單和一個枕頭。他在沙發睡覺時所蓋的毯子一定是從裡面拿出去的。床邊牆壁貼著一張紙。

摩斯密碼。

所以這就是她躺著的地方，當她……

他深吸口氣，想努力忘掉。

我的房間就在這道牆的另一側。

沒錯，此刻他與自己的床、自己原本的正常生活，僅相距兩米遠。

他躺到床上，有股衝動想對著牆壁敲訊息。敲給奧斯卡，給另一端的人聽。那人會怎麼說？

你·在·哪·裡。

他又吮了自己指關節。他在這裡，不見的人是依萊。

一陣暈眩，滿頭霧水。讓頭撲倒在枕頭上，面朝上環視房間。枕頭味道很奇怪，和毯子的氣味很像，但更強烈。一種悶濁、油膩的氣味。他看著床邊那疊衣服。

眞令人厭惡。

他不想待在這裡。屋裡太安靜、太空蕩，而且所有東西似乎這麼……不正常。視線流連過那疊衣服，停駐在占了他對面整道牆且一路延伸到房門的衣櫃。兩個雙門櫃，還有一個單門櫃。

那裡。

他縮起雙膝頂住肚子，望著那被緊緊關上的衣櫃門。他不想。胃好痛。下腹傳來抽痛。得尿尿。

他從床上起身，走出臥房，雙眼仍盯視著衣櫃門。他房間裡也有相同的衣櫃，知道她可以輕易塞在裡面。她就在那裡，而他不想再見到她了。

原來連通道的電燈也能亮。他打開燈，沿著短短的通道走向廁所。廁所的門鎖住了，門把上的條槓現在露出紅色。他敲敲門。

「依萊？」

沒聲音。又敲敲。

「依萊？妳在裡面嗎？」

沒動靜。就在他大聲喊出她名字時突然想起喊錯了。兩人躺在沙發上她說的最後一件事就是，她的眞正名字是……伊雷斯。伊雷斯。男孩的名字。依萊是男生嗎？之前兩人……親吻，睡在同一張床上，還……

奧斯卡手貼著廁所門，額頭頂著手。他努力思考，用力想，就是想不通。他可以接受她是**吸血鬼**，不過想到她也可能是個**男生**，這就……難多了。

他知道這世界。同性戀。他媽的同性戀。強尼就是這麼說。當個同性戀實在比……更慘。

他又敲敲門。

「伊雷斯？」

開口說出這個名字，內心湧起奇怪的感覺。不，他不會習慣。她……他的名字是依萊。這太難接受。不管依萊是人或鬼，他就是難以接受她是男生，沒辦法接受。與她有關的事情，沒一件正常。

額頭從手上抬起，堅定地忍住尿意。

門外樓梯間有腳步聲，旋即響起信箱口被推開的聲音，砰。走到門邊，看看是什麼。廣告傳單。牛絞肉，每公斤十四點九克朗。

鮮紅字體和數字。他拿起傳單，似乎有點明白。將眼貼在門孔窺視，這時腳步聲迴盪在樓梯間。隨著其他人家的信箱口被推開又闔上，響起更多傳單落地的砰聲。

大約半分鐘後媽媽經過，走下樓。他只瞥見她的頭髮和外套衣領，但他知道那就是她。除了她還會有誰？

趁他不在時幫忙發傳單。

手裡緊捏著傳單，奧斯卡蹲縮在門邊，前額頂著膝蓋。他沒哭。尿意就像鼠蹊裡窩著一巢會叮人的螞蟻，這種感覺多多少少壓抑了他的淚水。

但這念頭仍不斷、不斷在腦海中翻騰：

我不存在，我不存在。

十

雷基擔心了整夜。打從離開薇吉妮雅家，一股隱隱的焦慮折磨得他穿心刺腹。在中國餐館待了近一小時，對那裡的常客訴說他的憂慮，但沒人想聽。雷基感覺事情快失控了，那種危險他覺察得出，所以他起身離開。

那些傢伙不值得他耗時間。

當然，這不是突然冒出來的新鮮事，但他開始想到……啊，想到什麼呀？

想到所有人都捲進去了。

至少還有一人也感覺到某種毛骨悚然的事情正在發生。繪聲繪影，瞎扯大話，尤其是摩根，但說到底，就是沒人有能耐動根手指頭正做點事情。

要怎麼做，雷基也不知道，但至少他會擔憂，若擔憂有用的話。他幾乎徹夜未眠，想讀讀俄國大文豪杜斯陀也夫斯基的《惡魔》，但老是忘了前一頁，甚至前一句，最後索性放棄。

不過這樣失眠的夜也有些收穫：讓他下定決心。

週日一早他就到薇吉妮雅家，敲敲門。沒人回應。他心想……希望她去醫院了。回家路上經過兩個女人，她們正談論著警方在諸達恩樹林裡搜捕的兇手。

拜託，最近怎麼老是有殺人兇手躲在天殺的樹叢後呀。現在報紙又有新聞可以大肆炒作了。

抓到華倫拜弒童兇手已經十天了，報紙開始懶得揣測他的身分和作案動機。

從那些談論兇手的報導約略可嗅到一絲殘忍的愉悅心情。他們費力且謹慎地描述兇手現在的狀況，還說他傷勢嚴重到半年內出不了醫院。又另闢了小資訊欄來說明他自殺用的氯化氫酸對人體有何影響，好讓讀者能陶醉地想像它所造成的傷害。

不，雷基對這種事情一點都不覺得有趣。他反而認爲社會大眾對於某人「罪有應得」的高昂興致，讓人不寒而慄。他本身絕對反對死刑，不是因爲他有某種「現代」的司法觀念。不，而是因爲他的司法觀念是前現代的。

他的理由大概是這樣：若有人殺我孩子，我就親手殺那人，不用透過司法來判他死刑。杜斯陀也夫斯基談到很多關於原諒、仁慈等觀念。當然，從社會的觀點來看，絕對該這樣。但身爲孩子的父母，我當然有道德權利來終結弒我兒女者的性命。至於社會因此判我八年徒刑，那又是另外一回事。

這當然不是杜斯陀也夫斯基的意思，雷基也知道。不過在這點上他和杜氏的觀點顯然不同。

走回位於伊伯森嘉頓街的住處途中，他專心思索這些事，直到返家才發現自己飢腸轆轆。煮了包速食通心麵，擠些番茄醬，拿著湯匙就著平底鍋吃了起來。對著鍋子沖水以便易於稍後清洗，這時聽見有東西丟入信箱。

廣告傳單吧。管他是什麼廣告，反正也沒錢。

不。他有錢。

他拿起抹布將餐桌擦乾淨，然後從餐具櫃裡拿出爸爸的集郵冊，這是從父親那兒繼承來的，最後終於帶回了布雷奇堡。他將集郵冊放在餐桌上，然後打開。

就在那裡。

四枚挪威發行的第一張郵票的樣本，上面沒郵戳。他傾身瞇眼端詳，看著藍光背景下那頭以後腿撐立的獅子。

眞不可思議。

一八五五年發行時才四先令。現在……可值錢了。尤其他手邊這些是兩張一組的套票，價值更不菲。

這就是他昨晚下定決心的事情。在自己那床滿是菸味的被褥裡輾轉反側時，他下定決心：時機到了。薇吉妮雅這件事是促使他做出此決定的最後一根稻草，而那些傢伙無法理解他，則是臨門一腳，讓他徹底覺悟：這些人不值得繼續廝混。

他要離開這地方，薇吉妮雅也是。

不管行情多差，這些郵票應該賣得了三十萬，再加上賣掉房子的二十萬，如此一來，就能在鄉下買間房，或者，兩間也行。還有一塊小農地。這些錢應該夠，而且也應該行得通。只要薇吉妮雅康復，他就要告訴她這個主意，而且他心想……他幾乎很確定她會答應，事實上應該會愛死這個計畫。

所以，就是要這樣進行。

雷基覺得平靜多了，一切都變得清晰了。今天和未來該做的事，全都行得通的。

腦袋裡裝滿這些愉快的憧憬，他踱步到臥房內，想躺個五分鐘，結果卻沉沉入睡。

十

「我們在街道和廣場看見他們，我們發現自己站在他們面前卻也茫然無措，問著自己：我們能做些什麼？」

湯米這輩子從沒這麼無聊過。整個彌撒已經進行半小時，湯米心想，坐在椅子上瞪著牆壁發呆還比這有趣。

「稱頌祢的名」、「哈利路亞」、「主的喜樂」，既然如此，為何他們只會坐在那裡楞視前方，彷彿癡呆看著保加利亞與羅馬尼亞兩國間的資格賽？這一切，讀的經文內容，唱的歌，對他們全都**沒意義**。就連對牧師也似乎沒意義，彷彿這只是把流程走完好拿到薪水的一份差事。

終於，他要開始講道了。

如果牧師提到聖經裡那個地方，就是湯米讀過的那部分，那他就要動手。不然就不做。

由他決定。

湯米摸摸口袋，萬事俱備。而聖水盆離他所坐的後排位置只有三米遠。媽媽坐在最前面，想也知道這樣她才能在史泰凡唱著無聊聖歌，十指鬆握垂在他那根警屌前面時，對他眨眼放電。

湯米咬著牙，眞希望牧師很快就會說出口。

「我們看見他們眼神中的迷惘，迷途的羔羊找不到回家的方向。每次看見這樣的年輕人，我總是想起以色列人出埃及。」

湯米全身繃緊。或許牧師不會明確說出那個地方，或許只會提到紅海。不過他還是從口袋掏出那東西，一只打火機和小火種。雙手顫抖著。

「因此我們必須將這些有時離我們而去的年輕人視爲迷途羔羊。他們遊蕩在沒有答案的疑問荒漠中，不知未來何去何從。以色列那些人和今天年輕人有很大的不同……」

快啊，說出來……

「以色列那些人有人帶領。大家或許很熟悉聖經的句子：日間，耶和華在雲柱中領他們的路；夜間，在火柱中光照他們。今天年輕人欠缺的，就是這樣的雲和火，而且……」

牧師低頭看著講稿。

湯米已點燃火種，此刻正以食指和拇指捏著。火種頂端有道純藍火焰正逼近手指。就在牧師低頭看稿之際，湯米抓住機會。

蹲下，跨出長椅，努力伸長手將火種丟到聖水盆中，然後迅速回坐在長椅上，沒人注意到。

牧師又抬起頭。

「……而我們身為成人的責任就是要當那樣的雲柱，成為年輕人的指引之星。他們能往哪裡去？擔起這重任的力量就是從神的作為而來。」

白煙從聖水盆裊裊升起，湯米已經聞到那股熟悉的甜美氣味。

他已經做過好多次，燃燒硝石和白糖。不過很少一次燒這麼多，況且從沒在室內做過。他很興奮想看看沒有風將煙吹散，會有什麼結果。他十指交錯，雙手緊握。

華倫拜教區這位暫代牧師布羅・阿德流斯最先注意到。他看到了真實的景象：聖水盆冒煙了。他這輩子就等著見神蹟顯靈，而此刻眼前出現的第一道雲柱無疑地正是神蹟。喔，我的主啊，終於。

但這念頭沒持續多久。神蹟顯靈的感覺怎麼那麼快消逝無蹤，他據此認為這應該不是神蹟，不是顯靈。只是聖水盆冒出一陣煙。不過，為什麼會冒煙？

可能是那位讓他略有微詞的警衛開玩笑報復吧。盆裡的聖水開始……滾。

問題是此刻正在講道，沒法花太多時間思考這件事。所以布羅・阿德流斯牧師就做了多數人在這種狀況下會做出的決定：繼續講道，當作沒事發生，暗自期待問題會自己解決。他清清喉嚨，努力想著自己剛剛說到哪兒。

神的作為。從神的作為中尋求力量。要舉個例子。

他低頭看著講稿。之前寫了「赤腳」。

赤腳？什麼意思？是以色列人赤腳走路，還是耶穌……長時間漫遊在……

他抬起頭，見到那陣煙變濃了，又形成一道雲柱從盆子竄升到天花板。他最後一句說了什麼？對，想起來了。話語還迴盪在半空中。

「而這力量就是從神的作爲而來。」

這個結論應該可被接受，雖然不夠好，不像之前擬稿時構思的那麼棒，但應該還算可以接受。他向信眾擠出個困惑的微笑，對著唱詩班的班長伯吉特點頭示意。

八人唱詩班動作整齊劃一走上講臺。從他們面向會眾的表情，牧師看得出他們也見到白煙了。上帝的祝福。他還以爲只有他才能見到這種神蹟呢。

伯吉特看著牧師想知道該怎麼辦，他以手示意：繼續，開始。

於是唱詩班齊聲吟唱。

引領我，神啊，領我走上公義道路。

讓我眼睛看見祢的道路……

這是著名聖樂家族衛斯理所寫的優美聖詩。牧師布羅．阿德流斯眞希望自己也能陶醉在美麗的詩歌中，無奈盆子冒出的雲柱讓他開始擔憂。白色的濃煙從聖水盆翻騰湧出，盆裡有某種東西正在燃燒，劈劈啪啪還冒出藍白火焰和白煙。一股甜味撲鼻而來，會眾開始轉身探尋那劈啪聲從何而來。

唯有祢，我的主，

賜我靈魂和

平安，保守我……

唱詩班一名女性開始咳嗽。會眾將目光從冒煙的聖水盆移至牧師，想知道現在該起身離開，或者這是彌撒的一部分。

愈來愈多人咳嗽，以手帕或衣袖掩住口鼻。教堂內瀰漫著薄霧，從薄霧中，牧師看見最後一排有人起身跑出門口。

沒錯，現在就該這麼做。

他靠向麥克風。

「沒錯，嗯，現在有點小……狀況，我想大家最好……離開教堂。」

牧師只說到「狀況」這個字，史泰凡就已經離開講臺，以快速堅定的步伐走向出口。他知道了。這是依凡那無可救藥的孩子搞的鬼。就算在這種情況步下講臺，他仍努力控制自己不驚慌，因爲他知道待會兒抓到湯米，自己得好好揍他一頓。

沒錯，這個不良少年正需要有人好好管教他，他欠缺的正是這樣的指引。

雲柱會幫助我，這孩子唯一需要的就是被好好打頓屁股。

但依凡不會接受的，就像她也不接受剛剛發生的事。不過等到他們結婚就不同了，到時候他會承擔起管教湯米的責任，上帝會幫助他的。不過現在他也想立刻逮到他，至少抓著他搖晃，看能不能震醒他。

史泰凡還沒走遠。牧師在講臺上說出的話成了會眾起跑的鳴槍，他們終於等到槍響，即刻拔腿衝出教堂。史泰凡才到走道半途，就已經被那些堅決要活著離開而奔竄的小老太太給包圍。

他右手伸往髖部，但在半途停住，十指一縮成拳頭。雖然身帶警棍，但此時恐怕不是拿出警棍的好時機。

前方的白煙開始消褪，但教堂內已濃煙密布，還瀰漫著糖果和化學氣味。大門敞開，從煙霧中看得見長方形門框外的強烈晨光。

會眾朝光線奔去，不斷咳嗽。

十

廚房裡只有一把木椅，其他什麼都沒有。奧斯卡將椅子搬到水槽邊，站上去，望入排水管，此時也讓水龍頭繼續出水。看完後將椅子放回去。空蕩蕩的廚房內就這麼把椅子，感覺眞怪，好像是擺在美術館裡的某個展覽物。

她留著這把椅子幹麼？

奧斯卡環顧四周，冰箱上方有排櫃子，得站在椅子上才能搆到。他把椅子拿過來，一手扶著冰箱門把穩住身體。肚子咕嚕叫，餓了。

沒想太多，直接打開冰箱看看裡頭有什麼。沒什麼東西。一罐打開了的牛奶，半包麵包。奶油和起司。奧斯卡伸手拿牛奶。

可是……依萊……

他手中拿著牛奶定住不動，眨眨眼。沒道理啊。她也吃眞正的食物嗎？沒錯，一定吃。將牛奶放到流理臺上。臺子上方的櫥櫃裡幾乎什麼都沒有，只有兩個盤子、兩個杯子。拿下玻璃杯，將牛奶倒進去。

這時突然想到。手中端著裝入牛奶的冰冷玻璃杯，令他恍然想起。

她喝人血。

昨天晚上，他被睡意和與世界脫離的感覺搞得神智不清，但在黑暗中，每件事情似乎都很眞實。而此刻在廚房，窗戶沒有厚重毯子封住，百葉窗還能讓微弱晨光瀉入，手中有杯牛奶，這些……反而讓他無法理解。

譬如：既然冰箱裡有牛奶和麵包，那應該就是正常人。

他喝了口牛奶，立即吐出。酸掉了。聞聞杯子裡那些，沒錯，絕對壞了。將牛奶倒進水槽，洗了杯子，然後喝了些水將嘴裡味道清掉。看看牛奶盒上的到期日：十月二十八日。

已經過期十天了。奧斯卡這時明白。

這是那老人的牛奶。

冰箱門還開著。老人的食物。

厭惡，非常厭惡。

奧斯卡將冰箱門用力關上。那老人到底爲什麼在這裡？他和依萊到底……奧斯卡打了個寒顫。

她殺了他。

對，依萊關著這老人一定是爲了喝他的血。將他當成活血庫。她的目的就是如此。不過爲什麼老人願意？況且若她眞的殺了他，那屍體呢？

奧斯卡抬頭看著上方的櫥櫃。突然不想多待一分鐘，他走出廚房，穿越通道，也走過那掩上的浴室門。

她在裡面。

衝到客廳，收拾包包。隨身聽在桌上，只是得買新耳機。就在拿起隨身聽放入袋子時，見到了字條。放在茶几上，在他睡覺時頭部位置的旁邊。

嗨，希望你睡得好。我也要去睡覺了。我在浴室，拜託別進來。我相信你。我不知道該寫些什麼，只希望你知道我是誰之後還能繼續喜歡我。我喜歡你，非常喜歡。你現在睡在沙發上，還打呼。拜託，別怕我。

拜託，拜託，拜託，別怕我。

今晚想和我見面嗎？如果願意就寫在這張字條上。

如果你寫的是「不要」，那我今晚就會搬走。反正很快就會搬。若你寫是「要」，那我就會多待一陣子。我不知道該寫些什麼。我好孤單。或許比你想像得更孤單。你可能會明瞭吧。

對不起，弄壞了你的音樂機器。若你願意的話就把錢拿走吧，我有很多錢。別怕我，你沒理由怕我，或許你也知道，我希望你知道。我眞的好喜歡你。

你的依萊。

P.S. 歡迎你留下來，不過若要離開的話，請記得把門鎖上。

奧斯卡把字條讀了好幾遍，然後拿起旁邊的筆。抬頭環視空蕩蕩的屋子，這是依萊的生活。她想給他的紙鈔還放在桌子上，揉成一團。他拿起一張千克朗鈔，塞入口袋裡。

凝視著依萊簽名下的空白處好久好久。終於將筆放低，大大寫下：

要。

放下筆，起身將隨身聽放進袋內。最後一次轉身，看著那此刻顛倒的字。

要。

搖搖頭，將口袋千克朗鈔掏出來放回桌上。走到樓梯間又回頭檢查門，還動手拉幾次，確定已經關上鎖好。

一九八一年十一月八日星期日，下午四點四十五分「每日更新」新聞報導

週日清早兇手從丹德亞醫院殺了一人後逃逸，警方立刻展開搜捕，截至目前爲止仍毫無所獲。警方搜尋了斯德哥爾摩西郊的諸達恩樹林，想找到那名據說爲了獻祭儀式而殺人的兇手。逃脫時該名兇手身受重傷，警方懷疑另有共犯。

斯德哥爾摩警局的阿諾德·雷赫曼表示：

「沒錯，這是唯一合理的解釋。以他目前的……狀況來說，不可能躲藏這麼久。我們現在派出了三十名警察，還出動警犬、直升機。他不可能自己一人躲這麼久。大概是這樣。」

「你們還會繼續搜索諸達恩樹林嗎？」

「會，我們不排除他還在那附近。不過我們會把一些警力轉移，集中到……以便調查他是怎麼逃脫的。」

這人嚴重毀容，逃逸時穿著淺藍的醫院病袍。警方要求有任何線索的民眾跟他們聯絡，聯絡電話……

十一月八日星期日晚上

社會大眾對警方在諸達恩樹林的搜捕行動的興致達到最高潮。晚報也知道他們不能再用兇手的合成照片來敷衍讀者了。本以爲可以拿到嫌犯的照片，不料希望落空，於是兩家晚報都以抓羊的照片來充數。

《快捷小報》甚至把這張照片放在頭版。

儘管惹人議論，但不能否認這照片的確很有看頭。抓羊警員因太過用力而扭曲的臉部表情，還有那張著大口、四肢也伸得開開的羊兒。照片栩栩如生，甚至能聽見喘息和咩咩聲。

有家報社甚至問了皇室對此的看法，因爲警員粗暴對待的這隻羊可是國王所飼養。兩天前國王和皇后才剛昭告天下，第三個王子就要出世，而且他們決定只生三個。所以皇室對抓羊事件不予置評。

當然還有幾頁篇幅對諸達恩樹林和斯德哥爾摩西郊的地理狀況多所著墨，譬如那人在哪裡被發現，以及警方的搜捕行動如何進行。不過這些訊息在其他地方早就見過了，只有抓羊的照片還算新鮮，所以大家翻了報紙後，也只記得這張照片。

《快捷小報》甚至開了個小玩笑。它的標題寫著：是「披著羊皮的狼」嗎？

或許可笑，不過讀者就需要這種報導，因爲大家都嚇壞了。這名兇手殺了兩個人，還有一個幸運逃過一劫，而現在殘暴的他卻逍遙法外，於是孩子又得開始遵守宵禁規定。有個學校本來週一要去諸達恩樹林遠足，現在也被迫取消了。

瀰漫在這股恐懼氣氛下的是大家的憤怒，爲什麼一個人可以掌控這麼多人的生活，只因爲他的邪惡，以及他有……辦法逃過死劫？

沒錯，報紙和電視新聞訪問的專家學者都不約而同提到一件事：這人能活命簡直就是天方夜譚。若被直接追問，他們多半嘆口氣說，實在想不透他怎能這樣逃脫。

丹德亞醫院的一位醫學教授接受晚間新聞訪問所說的話，讓人印象深刻，但也令人不快，他以挑釁的口吻說：「那人到最近都還得插著呼吸器，你知道這代表什麼嗎？代表他不能自己呼吸。而且又從三十米高的地方跌下來……」教授的口吻聽來彷彿記者是白癡，而整件事根本是媒體捏造，無中生有。

整件事就是一團迷霧，裡面攙雜著揣測、匪夷所思、謠言，當然還有恐懼的色彩。也難怪有人會把抓羊的照片拿來大作文章，儘管這樁綁兇事件如此嚴肅。抓羊這事兒至少具體明確。這張照片傳播全國，幾乎人盡皆睹。

雷基去找古斯塔途中，掏出身上最後幾塊錢在「情人亭」買「王子」牌香菸時，見到了這張照片。他睡了整個下午，此刻覺得自己就像杜斯陀也夫斯基《罪與罰》故事中的主人公拉斯科利尼科夫，眼前的世界總是模糊不定。他瞥了眼抓羊照片，點點頭。以他目前昏沉的狀態來看，警察逮捕羊隻似乎不足為奇。

不過去找古斯塔半途中，突然又想起這張照片，他心想：「搞什麼東西呀？」但也沒力氣弄個明白。他點燃菸，繼續往前走。

奧斯卡見到這張照片，是在華倫拜見了整個下午之後要回家時看到的。他下電車之際，湯米正要上車。他看起來緊張兮兮，說剛剛做了件很「他媽的好笑」的事，不過來不及多談，電車門就關上了。奧斯卡回到家，發現餐桌上有張字條：媽媽和教堂唱詩班的人去吃晚餐。冰箱裡有食物。傳單已經發完。給兒子一個擁抱和親吻。

廚房長椅上有份晚報。奧斯卡看到了頭版的抓羊照片，仔細閱讀關於搜捕兇手的報導。然後開始進行拖延甚久的事：將過去幾天與那個為了獻祭儀式而殺人的兇手有關的所有報導剪下來保存。他從放清潔工具的櫃子裡拿出報紙，還把剪貼簿、剪刀、膠水準備好，開始工作。

史泰凡就在距離抓羊事件兩百米的地方見到這張照片。他沒追上湯米，和心煩意亂的依凡簡短交談後，立即前往阿凱雪夫區。到了那裡，聽見有人以「抓羊人」稱呼某位他不知名字的警察同事，不過那時沒聽懂意思，直到幾小時後才有機會從晚報得知內情。

警政單位對於報社這種輕率的作法非常不悅，不過多數警員覺得挺有趣，當然，除了「抓羊人」這位當事者。之後好幾個禮拜他都得忍受三不五時的嘲笑，「咩——」「毛衣眞漂亮，是那隻羊的毛嗎？」

強尼見到這張照片，則是在他同母異父的四歲小弟凱爾將禮物遞給他時。小凱爾拿晚報頭版包了一塊積木送給他。強尼將弟弟噓出房間，說自己心情不好，然後鎖上房門。又拿出相本，看著爸爸的照片。他是他眞正的爸爸，但不是小凱爾的爸爸。

沒多久就聽見繼父吼著凱爾，因為他把今天晚報毀了。強尼解開禮物，邊以手指玩弄著積木，邊端詳抓羊的特寫照片。咯咯笑了出來，耳朵傷口附近繃緊的肌膚被拉扯著。他將相本藏在運動袋裡，藏在學校應該最安全。接著開始盤算要怎麼對付奧斯卡。

抓羊照片引起社會對於新聞道德的小小議論，儘管如此，這張照片肯定會躋身兩家報社年度最難忘影像的剪輯中。不過到了春天，這隻羊主角就會被帶到瑞典皇家夏宮「皇后島」的草地放牧，永遠忘記牠突然爆紅的那一小段時間。

十

薇吉妮雅蜷縮在羽絨被和毯子裡。雙眼緊閉，身體一動也不動，再過一會兒就會醒來。她已經躺在那裡十一個小時了，體溫降至二十七度，正好與衣櫥內的溫度一致。心跳速度也降到一分鐘微弱四下。

在這十一個小時裡，她的身體產生了不可逆轉的變化，胃和肺都適應了一種新的存在方式。從醫學的觀點來說，最有趣的地方在於其心臟裡竇房結的囊胞還繼續發展，而竇房結就是控制心臟收縮的細胞團。囊胞現在變得兩倍大，一種像腫瘤般的異體細胞不受阻撓地持續變大。

若能取出這些細胞的切片，放在顯微鏡下研究，就能看見某種所有心臟專家拒絕接受的東西，他們會說這細胞樣本受到污染，混雜了其他東西。誰開這種沒水準的玩笑。

因爲，心臟竇房結裡的腫瘤竟然含有腦細胞。

沒錯，就在薇吉妮雅的心臟內有一個獨立的小腦正在形成。在初期發展階段，這個新腦必須仰賴原來的大腦，但現在它已能自給自足。薇吉妮雅在之前那段恐怖片刻中所感覺到的事情完全正確：它會自己存活，即使她的身軀已死。

薇吉妮雅睜開眼，知道自己醒了，知道張開眼皮一切依舊，仍像之前一樣黑暗。她的意識醒了，是的，她的意識活過來了，但同時彷彿也有東西迅速離開。

就像……

就像到了一間冬天空蕩蕩的避暑小屋。打開門，摸索著電燈開關，就在這時聽見什麼東西快速溜逃。小爪子扣著地板，老鼠鑽入廚房流理臺下面。

很詭異的感覺。你知道自己不在這段期間，那老鼠一直生活在這裡，牠認爲這是牠家。等到你關上燈，牠又會溜出來。

我不孤單。

嘴巴似乎像紙張，舌頭沒有感覺。薇吉妮雅繼續躺著，想著女兒莉娜還小時，和莉娜爸爸派爾租來度過兩、三個夏天的那間小屋。

他們在廚房流理臺找到老鼠窩。牠們將牛奶紙盒和穀物片的盒子咬成小碎片，築了自己的窩，蓋得還眞有模有樣，宛如小屋舍，各種彩色紙板打造起來的夢幻建築物。

薇吉妮雅將那間小屋清掉時，心裡有種罪惡感。不，不只罪惡感，而是帶著罪過的迷信感覺。她把吸塵器冰冷的長管深入老鼠花了整個冬天才建造起來的精緻小屋，頓時覺得自己彷彿正將善靈驅逐出。

當然，每個捕鼠器都沒抓到老鼠，牠們依舊繼續吃著乾糧，即使現在是夏天。派爾忍無可忍只好祭出毒餌。夫妻倆曾爲此爭執過，當然也爲其他事情爭執，幾乎每件事都能吵。七月某天，老鼠終於死了，死在牆角某處。

隨著老鼠腐爛分解的屍體散發的臭味瀰漫整屋，那個夏天他們的婚姻也慢慢瓦解。終於，比原定日程早一星期打道回府，因爲再也忍受不了臭味，或對方。善靈眞的離開他們了。

那房子最後怎麼了？現在還有其他人住嗎？

她聽見吱吱聲，嘶嘶聲。

有老鼠！就在毯子裡！

驚惶失措。

她仍裹著毯子，整個人彈到一邊，撞到衣櫃門，門被撞開，踉蹌跌出地板上。她踢腿揮手，終於把自己從毯子裡掙脫開。好噁心。她爬到床上，縮在角落，下巴頂膝，凝視著那堆毯子和羽絨被，等著動靜出現。牠出現時她一定會尖叫，然後拿著槌子斧頭猛打那堆毯子，直到確定老鼠死掉。

最上面是那件帶著綠點的藍毯子。那裡是不是有動靜？她吸了口氣準備尖叫，因為又聽見吱吱、嘶嘶聲了。

我在……呼吸。

沒錯。她睡著前最後確定的就是：她沒呼吸。而現在她又呼吸了。謹慎地吸了口氣，又聽見吱吱、嘶嘶聲。原來，聲音從她自己的呼吸道跑出來。她睡著時呼吸道已經乾涸，所以才會一呼吸就發出那種聲音。她清清喉嚨，感覺嘴裡有股腐臭味。

什麼都記得了，每件事都想起來了。

看看自己手臂，上面布滿一條條乾涸的血跡，卻見不到傷口或疤痕。她翻起手肘內側，知道自己至少割了那裡兩次。可能就是那條隱約的粉紅色。沒錯，應該是。除了那地方，其他傷口全都癒合得不留痕跡。

她揉揉眼睛，看看時間。六點十五分。傍晚，天色暗了。低頭看著那條藍色毯子，綠色斑點。

這光從哪裡來的？

頭頂的燈沒開，外面天色又暗，所有的百葉窗也都拉上，可是竟然還能清晰看見四周物體的輪廓和顏色？衣櫃裡太過漆黑，什麼都看不見，可是現在……卻清楚得有如白天。

總是會滲入微弱光線吧。

她還在呼吸嗎？

想不通。一**想到**自己是不是在呼吸，她似乎覺得自己能控制氣息，或許只有想到時才會呼吸吧。可是那第一次呼吸，就是她誤以為老鼠聲音那次……她根本沒意識到自己正在呼吸。或許那次就像……就像……

閉上眼。

泰德。

從孫子泰德出生起，她就在旁照顧他。莉娜這兒子受孕那晚過後，莉娜就沒見過泰德的爸爸，是個來斯德哥爾摩參加會議的芬蘭商人。所以打從泰德一出生，薇吉妮雅就幫忙照顧，並趁機對女兒莉娜嘮叨責罵，央求她別再幹出這種事。

現在那幕景象回來了，泰德的第一聲呼吸。

他來到人世的方式。小小的軀體，濕黏略紫，幾乎不像人的生物。一發現他沒呼吸，她胸中那股喜悅頓時化爲一團愁霧。助產士冷靜地從她手中接過這小生物，薇吉妮雅以爲她會將嬰孩頭下腳上抓起來拍打屁股。然而就在助產士接過寶寶時，他的嘴角吐出口水泡，泡泡開始變大、變大……破掉。接著哭聲響起，第一聲哭泣，於是他開始呼吸

那麼？

薇吉妮雅那吱嗚的呼吸也是如此嗎？誕生的哭泣？

她攤直身子，躺在床上，繼續回想接生的景象。莉娜因失血過多太衰弱，所以清洗泰德的任務就交給她。沒錯，就在泰德生出來後，大量鮮血遍流至產床邊緣，護士忙著用紙，大團紙擦拭。終於，血自己止住。

那一大團被血浸濕的紙、助產士深紅的雙手、她的冷靜和效率，雖然冒出了那麼多……血。那些血。

好渴。

嘴巴濕黏了起來。她開始多次回想那些畫面，將所有沾上血的東西放大特寫：助產士的手，讓我的舌頭滑過那雙手，地上那些被血浸濕的紙，把它們放進我嘴裡，吸吮它們。還有莉娜雙腿間如淺溪般緩緩流出的涓血，流到……

她突然坐起，彎著腰衝到浴室，將馬桶蓋倏地掀起，頭趴在馬桶上。沒東西出來，只是乾嘔。前額靠

在馬桶邊，接生的畫面又湧現。

不要不要不要不要不要——

她以額頭用力去撞瓷製馬桶，頭顱生出一陣清晰的冰冷刺痛。眼前所有東西都成了鮮藍色。她微笑，側倒於地，躺在浴室踏墊上……

這張地毯標價十四點九克朗，不過我用十克朗就買到，因為收銀員撕下標籤時，將一大團絨毛也撕掉。我從歐聯百貨公司走到廣場，有鴿子啄食紙罐裡的東西，裡面有一些薯條，鴿子是灰色……和……藍色……還有……很強的逆光……

她不知道自己消失了多久。一分鐘、一小時？或許只有幾秒鐘。不過某種東西改變了。她很平靜。浴室踏墊的毛茸茸墊面蹭著她的臉頰好舒服，她躺在那裡看著從水槽延伸到地面的生鏽水管。心想這些水管形狀眞漂亮。

一陣強烈尿騷味。不是她尿褲子，不是，這是……雷基的尿味。她彎下身，將頭移動到馬桶下的地面，嗅一嗅。雷基……和摩根。她不知道自己怎麼會知道，但她就是知道：摩根尿到外面了。

可是摩根沒來這裡呀。

不，不完全正確。那晚他們把她送回來。就是她被攻擊，被咬了一口那晚。沒錯，果然。一切都清楚了。摩根來過這裡，摩根用過她的廁所。被咬了之後，她被他們送回來躺在外頭沙發上。而現在她能看見黑暗裡的東西，對光敏感，需要血液，而且……

吸血鬼。

原來如此。她不是被感染了什麼麻煩罕見卻可以在醫院或精神病院治療的疾病，或者透過……

光療法！

她開始大笑，接著咳嗽，躺下來，望著天花板，開始思索每件事。迅速癒合的傷口、被太陽炙烤的肌膚，以及血。她大聲說出：

「我是吸血鬼。」

不可能，沒有吸血鬼這東西。不過說出這句話後突然感覺輕盈了。好像腦袋的壓力解除了，重擔卸下了。這不是她的錯。那令人作嘔的幻覺，整晚對自己做出的可怕事情。這些都不該由她負責。

它們都是……非常自然的反應。

她坐起身，開始放水，坐在馬桶上，看著水不斷流，浴缸慢慢被水塡滿。電話響起。她把那當成無關緊要的噪音，某種機器發出的訊號，不代表任何意義。反正她也不能和任何人說話。沒人可以和她說話。

十

奧斯卡沒看星期六的報紙，而現在這份報紙就攤在他眼前的餐桌上。他已經停留在同一頁好一會兒了，不斷讀著照片的說明文字。他無法放掉那張照片。

文字裡提到那個凍在布雷奇堡醫院旁冰湖裡的人，描述他是怎麼被發現，以及如何將他從冰層裡弄出來。還有張小照片，照片中阿維拉老師指向水面，冰層裡的一個洞。記者引用阿維拉老師的話，不過已將他說話的怪異方式潤飾過。

這些太有趣了，絕對值得剪下來保存。不過讓他不斷流連，無法抽離的報導不是這則。

他繼續沉浸的是，那張襯衫的照片。

被棄屍的男人大衣口袋裡有件兒童尺寸的衣服，上頭血跡斑斑。那衣服被放在單色背景下翻拍成相片。奧斯卡立刻認出這件衣服。

妳不冷嗎？

報導提到這名死者叫喬齊・班特森，他生前最後被人看見的時間是十月二十四日星期六。也就是兩個禮拜之前。奧斯卡記得那天晚上。那天依萊把魔術方塊成功轉出來了。他摸了她的臉頰，她走出中庭。那晚她和……那老人吵架，後來老人走出家門。

這件事是依萊那晚做的嗎？

對，很有可能，因爲隔天她看起來就健康多了。

他看著照片，雖然是黑白照，不過照片說明提到那件衣服是淺粉紅色。記者揣測兇手可能也殺了另一個年紀較輕的人，心生愧疚而將死者衣服塞在這男人大衣口袋裡。

等等。

華倫拜的兇手。報導提到警方現在強烈懷疑凍在冰層裡那個死者，也是慘遭那個據說爲了獻祭儀式而殺人的兇手所殺害，這兇手就是一個禮拜前在華倫拜游泳池被抓到的那個人，而他此刻正逍遙法外。

難道是……那個老人？可是……樹林裡那個孩子……爲什麼？

恍然大悟，全都明白了。這些剪報、收音機、電視、所有謠傳、恐懼……

依萊。

奧斯卡當下不知該怎麼辦，只好走去冰箱拿出媽媽留給他的千層麵，冷冷的吃，繼續看著報紙。吃完後，聽見牆壁傳來叩叩聲，閉上眼睛以便聽得更清楚。這時聽出了密碼。

我・要・出・去・了。

他立即從桌前起身，走到房間，趴在床上，敲著回應：

來・我・家。

停了一下，接著：

你・媽・媽。

奧斯卡繼續敲牆壁回答：

不·在。

媽媽要十點左右才會回來。他們有三小時可獨處。敲完最後這句，奧斯卡頭靠在枕頭上。過了半晌，才專心想起原本要說但忘記的話。

她的上衣……報紙。

他跳了起來，得趕緊將那些報紙收掉。她會看到……知道他……

但接著又把頭擱回枕頭上，決定不管。

窗外傳來輕輕口哨聲，他爬下床，走到窗邊，倚著窗臺。她站在下面，臉朝向光線。又穿著那件過大的格子襯衫。

他以手指示意：到門口。

†

「別告訴他是我幹的，好吧？」

依凡皺著五官，對著半敞的窗戶吐出嘴角的煙，沒有回答。

湯米不高興地哼了一聲：「妳幹麼那樣抽菸，朝向窗戶外？」

她香菸的灰柱長到開始彎曲了。湯米指指那截菸灰，以手指做出彈彈菸灰的動作，彷彿這樣就能將菸灰彈掉。她當作沒看到。

「因爲史泰凡不喜歡菸味，對不對？」

湯米背靠著餐椅，看著菸灰，納悶裡頭到底有什麼東西可以讓它那麼長還不會斷。故意舉手在她面前揮空氣。

「我也不喜歡菸味，從很小時就完全不喜歡，不過妳也沒因此像這樣打開窗戶。喔，看吧，又來了……」菸灰柱終於斷了，落在依凡大腿。她用手拂掉，但仍在褲子留下一條灰色污跡。她舉起握著香菸那隻手。

「我有開窗啊，至少大部分時間都有。或許有時有客人，或者什麼事，讓我沒有……等等，你以爲你是誰，有資格坐在那裡教訓我，說什麼自己不喜歡菸味。」

湯米咧嘴笑著轉移話題，「關於那事，妳得承認還滿好玩的。」

「不，一點都不好玩。想想大家驚嚇的模樣，萬一有人……還有那盆子，那……」

「聖水盆。」

「對，聖水盆。牧師很難過，現在整個……有層像……都焦黑了。史泰凡得……」

「史泰凡，史泰凡。」

「對，史泰凡，他沒說出是你搞的鬼。他告訴我，這對他來說很困難，因爲他的……信仰，要他站在牧師面前說謊……可是他……想保護你。」

「不過妳也知道，對不對？」

「知道什麼？」

「知道他其實是爲了保護自己。」

「他不是，我……」

「妳自己想想就知道。」

依凡長長吸了一口菸後，將菸蒂捻熄在菸灰缸裡，隨即又點燃一根。

「那可是個……骨董。現在得送去請人修復。」

「而這正是史泰凡的繼子惹出來的禍。這麼一說多難聽啊？」

「你不是他繼子。」

「不是，不過妳心知肚明。如果我告訴史泰凡我要去找牧師，告訴牧師是我搞的鬼，我的名字叫湯米，史泰凡是我的……類似繼父。我想，史泰凡不希望我這樣做吧。」

「你應該自己去跟他談談。」

「不要，反正今天不想。」

「你沒種。」

「妳的口吻聽起來眞像小孩。」

「而你的行爲舉止更像小孩般幼稚。」

「不過還滿有趣的，不是嗎？」

「不，湯米，一點都不有趣。」

湯米嘆了口氣。他知道媽媽快要發火了，但他還是覺得她會看見其中的趣味。不過此刻她就是站在史泰凡那邊。雖然不滿也只能接受。

所以，問題，眞正的問題，就是要找地方住。等他們結婚，就得如此。現在史泰凡來家裡那幾晚，他還能暫且窩在地下室的祕密基地。待會兒八點史泰凡結束在阿凱雪夫地區的執勤任務，就會直接過來這裡。湯米實在不想聽那傢伙說教，這輩子都不想。

所以湯米走進臥室，從床上拿起毯子和枕頭，而這時媽媽依凡還在廚房窗邊抽菸。他準備妥當後，就一手夾著枕頭，另一手夾著捲起來的毯子來到廚房門口。

「好，那我走了。如果妳不告訴他我在哪裡，我會很感激妳。」

依凡轉向他，眼中噙淚，輕輕一笑，「你看起來眞像……每次你來問我……」

話語哽在喉頭。湯米靜靜站著。依凡嘸了口氣，清清喉嚨，用清澈的眼神看著兒子，輕聲地問：「湯米，我該怎麼做？」

「我不知道。」

「我應該……？」

「不，不用爲了我。該怎樣就怎樣。」

依凡點點頭。湯米覺得自己也快難過起來了，得馬上離開免得出錯。

「那妳不會說……」

「不，不會，我不會。」

「那就好，謝謝。」

依凡站起來走向湯米，抱抱他。她身上菸味好重。如果湯米手是空的，就會回抱，不過當下沒辦法，所以只將頭靠著她肩膀，母子倆就這樣站了半晌。

然後湯米轉身離開。

別信任她。史泰凡可能會因爲某些鳥事或者……而大發雷霆。

走到地下室，湯米將枕頭和毯子丟到沙發上。嘴裡塞進一坨菸草，躺下來想事情。

若他中彈那就太好了。

不過史泰凡大概不是那種人，會……不，不是。他比較像那種會把子彈正中紅心打進兇手前額的警察，然後從警察朋友手中接過一盒巧克力。英雄啊。接著出現在這裡找湯米。或許吧。

他翻出鑰匙，走到迴廊，將避難室的門打開，門上的鐵鍊掛在手上。拿出打火機當燈照路，走到短迴廊，那兒兩側各有兩個儲藏室。儲藏室裡有乾糧、罐頭、老掉牙的紙上遊戲、野炊爐，以及其他能讓大家度過圍城等緊急狀況的用品。

他打開門，將鐵鍊丟進去。

好，現在有緊急出口了。

離開避難室前，他拿下那座射擊冠軍獎盃，放在手上掂掂重量，至少兩公斤。或許可以賣掉？當成廢鐵賣。他們能將它熔化做成其他東西。

他研究獎盃上射擊手的臉。跟史泰凡還滿像的吧？看來將它熔掉是最好的決定。

焚化。當然。

他笑了起來。

最好是能夠全熔掉，不過射擊者的那顆頭除外，然後再將獎盃還給史泰凡。一團熔化但硬掉的鐵，上面還頂著一顆人頭。不過要熔成這樣可能不容易，眞可惜。

他將獎盃放回原位，走出去關上門，沒把用來上鎖的輪舵轉上。現在一有需要就能馬上溜進來。不過他心想這不太可能會發生。

以備不時之需吧。

十

雷基讓電話響了十聲才掛掉。古斯塔坐在沙發上，輕撫著一隻橘條紋貓咪的頭，頭也沒抬地問：「沒人在家嗎？」

雷基手搓著臉，有點惱怒地說：「對，該死，難不成你聽見我們說話了啊？」

「再來一杯吧？」

雷基火氣消了，努力擠出一絲微笑。

「對不起，我不是故意……當然，好啊，我在幹麼呀。謝謝。」

古斯塔將身子謹慎緩慢地前傾，故意擠壓膝蓋上的貓咪。牠叫了幾聲，不甘願地跳到地上，一臉指責地瞪著古斯塔，而他此刻正忙著在雷基玻璃杯裡倒入大量琴酒和幾滴通寧水，然後將酒杯遞給雷基。

「給你。別擔心了，她可能只是……你知道的……」

「住院了。謝謝你的安慰。她應該是去醫院，他們叫她住院了。」

「沒錯……就是這樣。」

「然後就那樣說了。」

「什麼？」

「喔，沒事。乾杯。」

「乾杯。」

兩人對飲。沒多久古斯塔開始挖起鼻孔。雷基驚訝地望著他，古斯塔趕緊將手指移開，不好意思地笑笑。不習慣家裡有客人。

一隻灰白的大貓咪癱在地上，好像連抬頭的力氣都沒有。古斯塔對著牠點點頭：「米瑞恩快生寶寶了。」

雷基灌了一大口酒，皺眉擠眼。酒精每給他一滴麻醉感，屋子裡的臭味就減少一些。

「那該怎麼處理牠們？」

「什麼意思？」

「小貓咪啊。要怎麼處理？就讓牠們活著，是吧？」

「是啊，不過多半會死。現在都這樣。」

「所以，那……什麼，那隻肥貓，你說叫……米瑞恩？……那麼大的肚子裡裝著……一窩死貓？」

「是啊。」

雷基將杯子裡剩的酒一乾而盡，酒杯放在桌上。古斯塔指指琴酒瓶，雷基搖搖頭。

「不了，休息一下。」

他低著頭，橘色地毯上全是貓毛，乍看之下，還以為是利用貓毛製成的毯子。這裡那裡，到處都是貓。到底有幾隻？他開始數。光是客廳就有十八隻。

「你沒想過……給牠們綁起來嗎？我是說閹掉，或者應該說……結紮？或者也可以只養公貓或母貓的，你知道吧。」

古斯塔一臉不解地望著他。

「我怎麼可能做得下去？」

「是很難，我知道。」雷基開始想像古斯塔走進電車，帶著或許……二十五隻貓。裝在一個箱子裡，不，是袋子裡，麻布袋裡。到了獸醫那裡，將貓咪全倒出來。「全閹掉，麻煩你了。」想著想著忍不住咯咯笑。

古斯塔的頭歪側一邊，「怎麼了？」

「沒事，我只是想到……或許可以享受團體折扣價。」

古斯塔一點都不欣賞這個笑話，雷基雙手在他面前猛搖，「不是啦，對不起，我只是……啊，我太……就是薇吉妮雅的事，你知道的，我……」接著突然坐直身子，手往桌面猛力一捶。

「我不想待在這裡了。」

古斯塔驚嚇得從沙發上跳起。腳跟前的貓咪也跟著溜開，躲進扶手椅下。屋裡某處傳來貓咪憤怒的嘶嘶聲。古斯塔移動身體重心，扭動手中的酒杯。

「不必這樣。不要為了我……」

「不，不是，這裡，與這屋子無關。而是布雷奇堡，每件事。這些建築物、這些步道、這個地方、這裡的人，每件事……就像他媽的一種重病，你不覺得嗎？就是不對勁。他們精心思量，把這裡規劃得……如此完美，可是在某些皺褶陰暗的角落，就是不對勁。某種不對勁的鳥事。

「就像……我不會解釋……就像他們對角度，或者他媽的什麼鬼東西，譬如建築物的角度，每棟建築物之間的關係，你知道的，搞得這麼井然有序。結果測量時，或者三角測量，管他怎麼說，反正就出了錯。打從一開始就不對勁，後面就愈來愈糟糕，所以走在這些建築物當中，你就覺得……不，不，不。根本不應該住在這裡，這地方全不對勁，你知道嗎？

「不是建築物角度的問題，而是某種東西，像是……有種疾病，就在……牆壁裡，反正我……不想繼續待在這裡了。」

古斯塔沒開口問，主動替雷基斟了酒，杯瓶發出鏗啷聲。雷基感激地端起酒杯。宣泄過後，整個人感到一種愉悅的平靜感，而現在酒精又溫熱了這種感覺。他靠在椅背上，吐了口氣。

兩人沉默地坐著，突然門鈴響。「你在等人嗎？」雷基問。

古斯塔搖搖頭，費力從沙發起身。

「沒有啊。媽的，今晚我這裡倒成了熱鬧的中央車站了。」

古斯塔走過身邊，雷基咧嘴笑開，還舉起酒杯對他致意。現在覺得好多了，真的感覺還不錯。

門打開，有人在外頭說了什麼，古斯塔回答：「請進。」

十

薇吉妮雅躺在浴缸裡，皮膚上乾涸的血漬開始溶解，將溫熱的浴水染成粉紅色。薇吉妮雅下定決心了。

古斯塔。

她新萌的意識告訴她，必須找個會讓她進門的人。她舊有的意識告訴她絕不能找她所愛，或者還算喜歡的人。而古斯塔正符合這兩種條件。

她起身，擦乾身體，穿上褲子和短衫。上了街才發現自己沒穿外套，不過她也不冷。

隨時都有新發現。

走到高樓下，駐足仰望古斯塔家窗戶。在家。總是在家。

他會反抗嗎？

她沒想過，一心只想著所需的東西。不過或許古斯塔會想活命而反抗？

當然會想活命，他是人，有自己的生命樂趣，而且光想著那些貓就……

她急踩煞車，將這念頭甩開。手放到心臟上，現在一分鐘跳五下，她知道自己得好好保護心臟。這樣做還是有些……風險。

搭了電梯到頂樓數來第二層，按下門鈴。古斯塔打開門看見薇吉妮雅，雙眼圓睜，似乎受到驚嚇。

他知道了嗎？你察覺到了嗎？

古斯塔說：「這……是妳嗎？」

「是啊，我可以……？」

她指指屋內。其實不懂。只是直覺知道她需要被邀請入內，否則……否則……某種事情就會發生。古斯塔點點頭，後退一步。

「請進。」

她踏進玄關，古斯塔關上門，雙眼迷茫地看著她。他沒刮鬍子，垂垮的頸部皮膚骯髒地布滿鬍碴。屋內的臭氣遠比她印象中更薰人也更明顯。

我眞不想……

可是舊腦關閉了，現在被飢餓占領。她雙手搭在他肩頭，看著自己落在他肩頭的雙手。讓它發生吧。以前那個薇吉妮雅現在蜷縮在腦袋深處的角落，毫無控制力。

嘴巴自己開口：「你可以幫我些事情嗎？請你站著不要動。」

她聽見有東西，是個聲音。

「薇吉妮雅！嗨，我好高興……」

看見薇吉妮雅轉過來的臉，雷基驚縮了一下。

她眼神空洞，彷彿有人拿針戳進她雙眼，將以前那個薇吉妮雅給吸出來，現在她的雙眸只剩下展示生理構造的假人臉上那種毫無表情的呆滯目光。第八號圖示：眼睛。

薇吉妮雅望了雷基約一秒，隨即放開古斯塔，轉身面向門，壓下門把，無奈門已上鎖。她扭動門鎖，不過雷基衝上前抓住了她，將她拉離門。

「妳哪裡都不能去，除非……」

薇吉妮雅想逃脫，掙扎當中手肘撞傷了他的唇。他從後面緊緊抱住她，臉頰貼著她的背。「妮雅，眞該死，我得和妳談一談，我眞的他媽的擔心死了，妳冷靜下來，到底怎麼了？」

她撲向門，但雷基仍將她抱得緊緊，努力哄勸她進客廳。他設法以祥和平靜的口吻說話，彷彿在安撫受驚嚇的小動物，接著一把將她轉向他。

「現在古斯塔要去替我們倒杯酒，我們可以冷靜坐下來聊聊，因爲我……我會幫妳，不論發生什麼事，我會幫妳，好不好？」

「不，雷基，不行。」

「可以的，妮雅，可以的。」

古斯塔越過他們進入客廳，以雷基的杯子給薇吉妮雅倒了杯酒。雷基還在設法將薇吉妮雅勸進來。他放開她了，但像個哨兵擋在門口。

他舔了舔下唇撞傷流出的血。

薇吉妮雅佇立在屋子中央緊張得四處張望，想找其他地方出去。視線停駐在窗戶上。

「不行，妮雅。」

雷基衝上前，似乎深怕她會做出什麼蠢事而一把抓住她。

她怎麼了？看起來好像見到滿屋子的鬼。

他聽見一種聲音，彷彿將蛋打入熱騰騰油鍋裡發出的嘶嘶聲。

又一聲。

再一聲。

屋裡傳出愈來愈多嘶鳴。

每隻貓全都豎立，拱起背，尾巴迅速擺動，瞪視著薇吉妮雅。就連大腹便便的米瑞恩也蹣跚站起，隆腹墜地，雙耳平貼，咧露利齒。

臥房、廚房，更多貓的嘶鳴加入。

古斯塔停住倒酒動作，手中握著酒瓶，睜大眼睛看著貓咪。匯聚的嘶鳴聲在屋裡變成一股電流，強度加劇。雷基得放聲大喊才能壓過那些嘶鳴。

「古斯塔，牠們怎麼了？」

古斯塔搖搖頭，手往旁一揮，瓶裡的琴酒跟著灑落一些。

「我不知道……從來沒……」

一隻黑貓跳上薇吉妮雅的大腿，利爪戳入，利齒咬緊。古斯塔將酒瓶砰的一聲置於桌面，喝斥著：

「不可以，鐵達尼亞，不行！」

薇吉妮雅彎腰抓起黑貓，想將牠拉開。兩隻貓趁機跳上她的背和頸。薇吉妮雅放聲尖叫，將大腿上的貓硬生生拔起丟開。貓咪飛出，撞上桌緣，落在古斯塔腳邊。

薇吉妮雅背上那隻貓爬到她頭部，利爪戳入，還想往她前額撲進。

雷基衝過去解圍前，又有三隻撲上去。薇吉妮雅握拳猛捶，牠們扯開喉嚨嘶聲尖鳴。就算受到她強力抵抗，牠們還是有辦法以銳利的小齒咬下她的皮肉。

雷基雙手撲向在她胸口騷動的那群東西，抓起牠們緊繃肌肉上那層毛皮，一把拉開，而薇吉妮雅的衣服也跟著扯裂。她尖叫，而且……

她在哭泣。

不行，她臉頰有血流下來了。雷基趕緊抓住盤據在她頭上那隻貓，可是貓爪已經掐得很深，彷彿與頭顱緊密縫合地穩貼著。雷基雙手抓住牠的頭，左右不斷扭轉，直到他聽見一股聲音從鼻梁竄上腦門。

啪啦

他放開貓頭，牠無生命跡象癱在薇吉妮雅頭上，鼻孔還滴出血。

「啊——我的寶貝……」

古斯塔走向薇吉妮雅，雙眼含淚撫摸著死了都還緊抓著薇吉妮雅頭顱的貓咪。

「我的寶貝，可憐的小甜蜜……」

雷基視線往下移，碰觸到了薇吉妮雅的眼睛。

又是她了。

以前那個薇吉妮雅。

讓我走。

薇吉妮雅從眼穴望出去，看著身上的斑斑傷痕，還有拚命救她的雷基。

放手吧。

出手將牠們擊退的不是她。而是那個想活著，也要身爲宿主的她活著的那個東西。一進門看見古斯塔的喉嚨，吸入屋內的貓臭，她就決定放棄了。她知道會這樣，她不想參與。

好痛，她感覺到了痛，傷口的痛。不過很快就會結束了。

所以……放手吧。

雷基看見了，但他不能接受。

農地……兩間小屋……花園……

他驚慌地想將薇吉妮雅身上的貓咪拉開，可是牠們抓得好緊，全身緊綳成一團毛結。少數幾隻被他抓下的也順勢撕扯了她的衣服，在衣服底下的皮肉留下深刻傷痕。其他多數的貓卻像血蛭緊緊吸附，怎樣也拔不開。他打牠們，聽見骨頭碎裂聲音，但就算打掉一隻，又會有其他隻撲上來，因爲牠們前仆後繼就是急著要……

黑色。

他頓時明白，踉蹌後退，差點跌跤，靠著牆穩住身子，不敢置信地眨眨眼。古斯塔站在薇吉妮雅身邊，握緊雙拳，怒視著他。

「你傷了牠們！你傷了牠們！」

而立在古斯塔身旁的薇吉妮雅此時成了一團毛茸茸的東西。懷有身孕的母貓米瑞恩拖著龐大身軀走過來，後足撐立一口咬住薇吉妮雅的小腿。古斯塔見狀，彎下腰對著母貓搖搖手指。

「不可以這樣，小姐，這樣會痛！」

雷基失去理智了，跨前兩步，瞄準米瑞恩踢過去。踹出去的腳陷進牠膨脹的大腹時，一點也不覺得後悔，看著那團東西飛離腳邊，撞上牆邊的暖氣機，只有暢快滿足感。他抓起薇吉妮雅的手……

出去，必須離開這裡。

……拉起她朝向門口。

薇吉妮雅想抗拒，但雷基和她病態的獨立意志同樣堅定，兩者都比薇吉妮雅自己還堅決。從頭顱眼穴望出去，她看見古斯塔雙膝跪地，手裡捧著死貓，悲傷地哀號還撫著牠的背。

原諒我，原諒我。

雷基拉著她，但她的視線此時卻被蒙蔽，因為有隻貓正跳上她的臉，朝她的頭咬下去。一陣痛楚，活的尖針刺穿肌膚，她失衡倒在地上，被拖過地板的感覺彷彿被布滿尖釘的刑具戳刺。

讓我走。

眼前的貓改變位置，她看見門開了，雷基的手，深紅色的手拖著她，看見了樓梯間，階梯，她又站起來了，掙扎逃出去，以她自己的意識來控制，而且……

薇吉妮雅的手脫離了他的掌握。

雷基轉身去抓她那已成一團毛茸茸的身體，重新掌握住她，為了……

什麼？什麼？

出去。爲了逃出去。

但薇吉妮雅掙脫開了。就那麼瞬間，顫抖的貓背貼住了雷基的臉。而薇吉妮雅已經逃到樓梯間，貓的憤怒嘶鳴成了激動的低語在樓梯間擴大迴盪，就在這時她衝到了階梯平臺邊緣……

不不不。

雷基伸手想及時抓住她，但她彷彿以爲自己會落在柔軟墊子，或者根本不在乎可能摔得粉身碎骨，就這麼全身放鬆地往前倒，任憑自己跌落樓梯。

她砰砰滾落，撞擊水泥階梯，被她壓在底下的貓不斷哀號。牠們纖骨碎裂發出悶沉吱嘎聲，而撞擊地面的厚重砰響讓雷基抖擢了一下，他看見薇吉妮雅的頭……

有東西走過他腳邊。

一隻後腿有問題的灰色小貓將自己拖到樓梯間，蹲坐在階梯最上層，悲愁地哀鳴。

薇吉妮雅躺在樓梯底，跟著跌落卻倖存的貓紛紛跳開，爬上階梯，回到屋裡，牠們走入玄關，舔梳打理自己。

只有那隻小灰貓還留在原地，哀嘆自己沒機會參上一腳。

十

警方週日晚間舉行記者會。

他們選擇警局一間可容納四十人的會議室召開，不料場地仍太小。來自歐洲各報和電視臺的記者全都出席。白天沒能將那人成功緝捕，使得新聞媒體開始議論紛紛，有位英國記者還進行了精闢分析，說明爲何此案會引起這般矚目。

「這是一場追緝原形怪物的搜索行動。這人的外貌，他所幹的事，在在都說明他是個怪物，是所有童話故事核心的邪惡人物。每次想起這樣的角色，我們總會假裝它永遠不存在了。」

記者會開始前十五分鐘，通風不良的會議室已經悶熱起來，唯一沒開口抱怨的是義大利的電視團隊，他們說早已習慣惡劣的工作環境。

終於大家移師到更大間的會議室，八點整斯德哥爾摩地區的警政首長出現，旁邊跟著負責進行調查此案的警局局長，他曾親自在醫院審問過那名據說爲了獻祭儀式而殺人的兇手。出席的還有負責稍早前諸達恩樹林搜索行動的小隊長。

他們不怕如餓犬般的記者撲上來圍剿，因爲他們已經決定要丟出準備好的骨頭了。

就是兇手的照片。

以錶追人終於有了成果。週六位於卡爾斯寇嘎市的鐘錶匠花了些時間翻尋過期的保證卡資料，終於看到警方正在追查，而其他鐘錶匠也努力確認的那組號碼。

他打電話給警察，將買主的姓名、地址和電話號碼交出去。斯德哥爾摩警局將那人的名字輸入通報系統，並請求卡爾斯寇嘎市的警察前往該地址，看看能否找出什麼線索。

斯德哥爾摩警局瀰漫著興奮雀躍的氣氛，因爲從這人的案底來看，他七年前曾被指控強暴九歲孩童未遂，而後被判定精神有問題，在精神病院待過三年。之後院方認爲他已痊癒，所以准許他出院。

不過卡爾斯寇嘎市的警察去到那人家裡，發現他健康地安坐家中。

沒錯，他也有支相同的錶。不，他想不起來這支錶發生了什麼事。警察將他帶到卡爾斯寇嘎市警局訊問了兩個鐘頭，被逼著想起會讓他精神狀況良好的證書重新評估的一些狀況，終於，他想起了自己將那支錶賣給誰。

卡爾斯達特市的哈肯·班特森。他們相約碰面還一起做了些事情，不過細節想不起來了，反正他將錶賣給了他，不過沒有他的地址，而且對他的印象也非常模糊。那現在能回家了嗎？

警局查不到任何哈肯·班特森的資料，整個卡爾斯達特市共有二十四個哈肯·班特森。其中一半不列入考慮，因爲年齡完全不符。於是警察開始一一打電話。這項尋人任務很簡單，能立刻開口接電話的顯然不是嫌犯。

晚間九點左右，名單只剩下一個人。這個哈肯·班特森曾是中學教師，他在自家因不明原因遭到縱火燒毀後，就離開了卡爾斯達特市。

他們打電話給該校校長，證實有關哈肯·班特森的謠言……有點過於喜歡孩童，可以這麼說。他們請校長週六晚上到校，從檔案中調出哈肯·班特森的照片，這是一九七六年爲了製作學校概況而拍攝的。

一位原本週日就要到斯德哥爾摩的卡爾斯達特市警局的警員，先將影印的照片傳真到斯德哥爾摩警局，然後週六夜晚駕車帶著照片前往斯德哥爾摩。他週日早上九點左右抵達斯德哥爾摩警局總部，此時正是該名兇手從醫院墜樓被宣布死亡的半小時後。

週日早上他們忙著確認身分，透過來自卡爾斯達特市的牙齒與就醫紀錄，查到照片中的男子就是前一晚還待在醫院病床上那人。沒錯：就是他。

週日下午警局召開內部會議，研究了好久，才釐清這墜樓而死的兇手在離開卡爾斯達特市後幹過些什麼事，研判他的罪行是否只是更大案件的其中一部分，以及後續是否會有更多受害者出現。

不過現在情勢全變了。

這人還活著，甚至逍遙法外。此刻最重要的就是找出他曾居住過的地方，因爲他很有可能，雖然機會不大，回去那裡。根據情資判斷，他很有可能朝向斯德哥爾摩的西郊移動。

因此他們決定，若在記者會之前仍無法逮捕該人，警方就訴諸或許不怎麼可靠但為數頗眾的獵犬來尋找：社會大眾。

在他模樣仍與照片差不多時應該有人見過他，或許也知道他住在哪裡。況且，當然這是次要考量，總得有骨頭來餵餵媒體。

所以現在三位警官就坐在講臺旁的長桌。這時出席的媒體間起了一陣騷動，因為有個長官，以他確信最具效果的姿態、戲劇化的方式，將那張放大的學校照片舉得高高，開口說：「我們正在搜尋的人叫哈肯・班特森，在他將自己毀容之前，他的長相就是……這模樣。」

長官還停頓了一下，等待相機快門此起彼落按下，閃光燈將整個房間變成快速急閃的觀測站。

當然他們已經準備了粒子較粗糙的複製照片要分送給媒體記者，不過外國報紙比較有興趣的是，這位長官提到兇手時那情緒激昂的舞臺演出，換句話說，他暗示兇手已經在他們掌握中。

大家都拿到照片，偵辦此案的團隊也報告了警方會採取的行動，接下來就是提問時間。最先舉手發問的是瑞典大報《每日新聞》日報的記者。

「預計何時能逮捕到他？」

長官深吸了口氣，決定賭上個人名譽：「最晚明天。」

十

「嗨，你好。」

「嗨。」

奧斯卡走在她前面，直直進入客廳去拿他要的那張唱片。在媽媽數量不多的唱片堆中翻找，找到了。「維京人」樂團。團員齊聚在某個看起來像維京船骸的船隻裡，卻穿著突兀不搭的閃亮服飾。

依萊沒進屋。奧斯卡手中拿著唱片走回玄關。她還站在門外。

「奧斯卡，你得邀請我進入。」

「可是……窗戶，妳已經……」

「這是新的出入口。」

「我懂了，好，妳可以……」

奧斯卡停住，舔了一下嘴唇，看著唱片封面。這張照片是在黑暗中用閃光燈拍成的，讓「維京人」看起來像一群聖人正要踏上陸地。奧斯卡走向依萊，給她看唱片。

「看看這封面，他們好像在鯨魚肚裡之類的。」

「奧斯卡……」

「怎麼了？」

依萊仍站在原地，雙手懸在身體兩側，看著奧斯卡。他笑了一下，走到門口，在門框和門柱之間、依萊的面前揮著手。

「什麼啦？這裡是有什麼東西，還是怎樣？」

「別這樣。」

「好，認眞說吧，如果我不做，那會怎樣？」

「別這樣，快說。」依萊淺淺地笑，「難道你眞的想看？想知道會發生什麼事？是不是？你要的就是這樣嗎？」

依萊說的口氣顯然要奧斯卡回答不是，但這樣的回答代表的是一種可怕的承諾。奧斯卡嘆了嘆氣，然後說：「對，我想看，讓我看看。」

「你在字條上寫了……」

「沒錯，我知道，不過讓我看看嘛，看看會發生什麼事。」

依萊抿著嘴，思索了一會兒往前跨一步，跨過門檻。奧斯卡全身緊繃，等著藍色閃光出現，或者整道門往前穿越依萊而後關閉之類的。不過什麼都沒發生。依萊走進玄關，關上身後的門。奧斯卡聳聳肩。

「就這樣。」

「不盡然。」

依萊站姿就像她站在門外時，雙臂垂在兩側，兩眼盯視著奧斯卡的眼睛。奧斯卡搖搖頭。

「什麼啦？又沒……」

奧斯卡楞住了，看見依萊一隻眼角有淚，不，是兩眼角各有一滴淚。但應該不是淚，因爲它們是黑色的。她臉上的肌膚開始泛紅，變成粉紅色、紅色、酒紅。雙手緊握成拳，就在這時臉上的毛孔擴張，裡頭冒出的一顆顆血珠布滿整張臉，連脖子也出現同樣的血珠。

依萊雙唇痛苦地扭曲，嘴角滲出的一滴血與下巴毛孔冒出的血珠交融成一大顆，沿著下巴滴落，又和脖子上的血珠會合。

奧斯卡雙手痲痺，無力癱垂，唱片從封套裡掉出來，片緣撞擊地面，而後躺平在玄關地毯上。他的視線移到依萊雙手。

她的手背濕濡地覆蓋了薄薄一層血，還有更多血正在滲出。

他再次凝視依萊雙眼，卻看不見她。她的眼球彷彿陷入正充盈著鮮血的眼窩，裡頭滲出的血液沿著鼻梁流到雙唇，滲入嘴裡，但嘴裡一樣有血液冒出，兩道血河從兩側嘴角緩緩流到頸部，消失在她T恤的領子裡，而T恤開始出現深色污跡。

她七孔和全身每個毛孔都在流血。

奧斯卡嚇得倒抽口氣，大聲喊：「妳可以進來，妳可以……歡迎妳……妳可以到這裡來！」

依萊全身放鬆，握緊的拳頭鬆開了，痛苦的扭曲表情不見了。奧斯卡有那麼一會兒以爲連那些血都會消散無蹤，以爲一邀請她進入，情況就會回復到幾分鐘前。

但不然。血是不再流，但依萊的臉和手仍深紅遍布。然而，就在兩人相對佇立、不發一語之際，那些血開始凝固，在流出的地方結成更深色的條斑或血塊。奧斯卡隱約聞到了一種醫院的氣味。

他從地板拾起唱片，放回封套內，避開依萊的眼神，開口說：「對不起，我……我不知道……」

「沒關係，是我自己決定這麼做的，不過我想現在或許該沖個澡。你有塑膠袋嗎？」

「塑膠袋？」

「是啊，來裝我的衣服。」

奧斯卡點點頭，進去廚房從水槽下方的櫃子裡掏出塑膠袋，上面還有標語：「ICA超市，吃吃喝喝，享受快樂。」他走到客廳，將唱片放在茶几上。停住動作思索著，手中的塑膠袋被捏得沙沙作響。

如果我沒說，如果我讓她繼續……流血。

他將袋子捏成一團，放開手，袋子在手中跳開，掉落地面。撿起袋子，拋到空中，接住。浴室裡的水龍頭打開了。

是眞的，她是……他是……

邊走向浴室，邊將袋子攤平。吃吃喝喝，享受快樂。他聽見門後傳出水濺聲。門鎖顯示著白色，沒上鎖。他輕輕敲敲門。

「依萊……」

「嗯，進來……」

「沒事，只是……袋子。」

「聽不見你的話，進來。」

「不用。」

「奧斯卡，我……」

「我把塑膠袋放在這裡給妳！」

他將袋子放在門外，逃回客廳。將唱片從封套內拿出來放在唱盤上，按下啓動鍵，把唱針放到第三軌，這是他的最愛。

長長的優美前奏，然後歌手的輕柔聲音從喇叭流瀉而出。

女孩將花插在髮際，
緩緩走過原野，
今年就要十九歲，
邊走邊對自己微笑。

依萊走進客廳。頭上包了條毛巾，手中抱著裡頭裝有自己衣服的塑膠袋。她的臉現在乾淨無比，幾綹濕濕的鬈髮垂在臉頰和耳邊。奧斯卡雙手交叉胸前，站在唱機旁對她點點頭。

妳爲何笑，男孩這樣問。
就在兩人於大門無意相遇時。
我正想著那可能是我良人的他，
女孩湛藍著雙眼這麼回答，
那個我深愛的他。

「奧斯卡？」

「什麼？」他頭靠向唱機，傾身將音量調低。「很蠢的歌，是不是？」

依萊搖搖頭，「不，很好聽，我喜歡這首歌。」

「妳喜歡？」

「沒錯。不過奧斯卡……」依萊表情看似還想說些什麼，但終究只說了：「喔，嗯。」然後解開纏在腰際的毛巾。毛巾滑落腳邊，她就這麼全身赤裸站著。依萊以手掃過自己全身，「這樣你知道了吧。」

……來到湖邊，兩人捧著沙，

悄悄地互訴衷曲，

你，我的朋友，你就是我要的，

啦啦啦啦啦……

短短樂器伴奏，歌曲就這麼結束。唱針移動到下首歌時喇叭傳出輕微劈啪聲。奧斯卡看著依萊。她蒼白肌膚襯得小小乳頭恍若黑色，上半身消瘦扁直，幾乎沒什麼曲線。頭頂電燈只清楚照射出嶙峋外凸的肋骨。纖細的手腳從她那樣的身體長出，顯得特別長，彷彿一棵披著人皮的小樹苗。就在兩腿間，她有……什麼都沒有。沒有裂縫陰部，沒有凸出陽具。平順的表面。

奧斯卡舉手梳理頭髮，最後讓手拱成杯狀留在頸子上。他不想說出什麼可笑的媽媽話，不過還是自然地溜出口。

「可是妳沒有……小雞雞。」

依萊低頭，看著自己鼠蹊部，彷彿這是個新發現。下首歌流瀉出來，奧斯卡沒聽清楚依萊怎麼回答。他將唱桿往後推，讓唱針抬起，離開唱片。

「妳說什麼？」

「我說，我曾有。」

「後來怎麼了？」

依萊咯咯笑，奧斯卡聽到自己問了好笑的問題，不由得羞紅了臉。依萊兩手往旁邊一攤，下唇往上撐，蓋住上唇。

「我把它留在電車上了。」

「別傻了。」

奧斯卡沒看依萊，逕自埋頭走進浴室檢查是否留下什麼蛛絲馬跡。

溫暖蒸氣飄浮空中，鏡子還霧濛濛一片。浴缸仍像以前那麼潔白，只有邊緣殘存著一條永遠洗不掉的淺黃污跡。水槽，乾淨。

沒發生過。

彷彿依萊只是進去浴室整理一下儀容，抹去剛剛可怕的假象。可是，不對：肥皂。他拿起肥皂，上面隱約有粉紅污跡，聚在肥皂盒裡的水還有一團像蝌蚪的東西：活的。他縮了一下，看見它開始……

游泳

……移動，搖擺尾巴，扭動到瓷盆出口，掉入水槽，卡在邊緣。到了那裡就不動，沒活了。他打開水龍頭，用手潑它，讓它流進水管。接著又洗了肥皂和肥皂盒，然後拿起掛鉤上的浴袍，走回客廳遞給仍裸體站著四處張望的依萊。

「謝謝。你媽媽什麼時候回來？」

「兩、三個小時吧。」奧斯卡拿起裝著他衣服的袋子，「要我拿去丟掉嗎？」

依萊穿上浴袍，將袍帶繫在腰際間。

「不用，等會兒我就拿走。」他戳戳奧斯卡肩膀。「奧斯卡？你現在知道我不是女生，但我也……」

奧斯卡走離他。

「你就像該死的破裂唱片。我懂，你早告訴過我了。」

「沒有，我沒說過。」

「有，當然說過。」

「什麼時候？」

奧斯卡思索了一會兒。

「我不記得了，但我就是知道。已經知道有一陣子了。」

「你……失望嗎？」

「爲什麼要失望？」

「因爲……我不知道。因爲你可能會覺得這很……複雜。你的朋友……」

「別說了！別說了！你生病了。就是這麼回事。」

「好吧。」

「你知道嗎？我已經很久沒……像這樣到別人家裡。我眞的不知道……該怎麼做？」

依萊玩弄著浴袍帶子，然後走近唱機，看著旋轉的唱片。而後轉過身，環顧室內。

「我不知道。」

依萊肩頭一垮，雙手插進浴袍口袋裡，彷彿被催了眠楞視著黑膠唱片中央那個洞。張開嘴想說些什麼，隨後又緊閉。右手抽出口袋，伸向唱片，將手指放在唱片上，讓唱片停止轉動。

「小心，這樣會壞掉。」

「對不起。」

依萊迅速抽回手，唱片加快速度繼續轉。奧斯卡看見他的手指已經在唱片上留下濕印，現在唱片一轉動，頭頂的燈光就會映照出那個指印。依萊將手放回浴袍口袋裡，繼續凝視唱片，彷彿想藉由研究唱片上的溝槽來聆聽音樂。

「這聽起來有點……可是……」依萊嘴角抽動著，「我眞的已經兩百年沒有……和任何人有平常的友誼關係了。」

他看著奧斯卡，臉上出現一種「對不起說了這種蠢話」的微笑。奧斯卡睜大眼睛。

「你眞的那麼老了？」

「對。也不對。我大約是兩百二十年前出生的，不過一半的時間都在睡覺。」

「這很正常，我也這樣。或者，至少有……八小時……這也有……三分之一的時間。」

「沒錯，可是……我說的睡覺是指一次睡幾個月，完全沒……醒來。然後又好幾個月……活著。不過活著時的白天也多半在睡覺。」

「原來你們都是這樣的啊？」

「我不知道，不過至少我是這樣。每次我醒來，我就會……變得更小，也更虛弱。這時我就需要幫助。或許是因爲這樣我才能活下去，因爲我很瘦小，人家會願意幫我，不過……幫忙的理由不同。」

一抹陰影閃過依萊臉龐，他咬著牙，將手插入浴袍口袋裡，摸到了個東西，抽出來，是張閃亮細長的紙片。是奧斯卡的媽媽放的。有時她會穿奧斯卡的浴袍。依萊輕輕將紙片放回口袋裡，彷彿那是什麼貴重的東西。

「你睡在棺材裡嗎？」

依萊笑了出來，搖搖頭：「沒有，沒有，我……」

奧斯卡再也憋不住了，決定說出口。他不是那個意思，但話一說出，聽來仍像指控：「可是你會殺人！」

依萊回望著他，表情訝異，彷彿奧斯卡有力地指出了他每手有五根手指或者同樣不證自明的其他事實。

「沒錯，很不幸，我會殺人。」

「爲什麼這麼做？」

依萊眼神閃過一絲憤怒。

「如果你有更好的主意，我倒想聽看看。」

「當然有，那……血……一定有其他方式……其他方式……你……」

「沒有。」

「爲什麼沒有？」

依萊哼了一聲，瞇起眼睛。

「因爲我像你一樣。」

「什麼意思？像我？我……」

依萊突然將手往上揮，彷彿握著一把刀，開口說：「你在看什麼，白癡？想死嗎？」

徒手刺向空中，「如果你看我，就是這種下場。」

奧斯卡兩唇相摩，口水濕潤了嘴唇。

「你在說什麼？」

「說這話的不是我，是你。這是我第一次聽到你說的話。就在社區中庭。」

奧斯卡想起來了。那棵樹、那把刀。還有那天他將刀身舉起當成鏡子，第一次見到依萊。

你會有倒影嗎？我第一次見到你就是在鏡子裡。

「我沒……殺人。」

「是沒有，但你想殺人，如果可以的話。若有必要你就會動手。」

「因爲我恨某人，這是很大的……」

「不同。是嗎？」

「對……？」

「如果你眞的有魔力，能讓它發生，如果你希望某人死而且他也眞的會死，難道你不會這樣做？」

「當然會。」

「當然你會這麼做。而你這樣做只是爲了樂趣，爲了你的報復。但我之所以殺人，是因爲我非如此不可，別無選擇。」

「可是我想這樣是因爲……他們欺負我，嘲笑我，因爲我……」

「因爲你想活著，就像我。」

依萊伸出手，摸著奧斯卡臉頰，自己的臉也靠近他。

「稍稍體會一下我的處境。」

然後親吻了他。

男人的手指蜷握著骰子，奧斯卡看見那指甲塗得黑漆漆。

沉默像團濃霧籠罩房間。纖瘦的手傾斜……慢慢地……骰子掉落，掉在桌面……啪砰。骰子互撞，旋轉，停住。

一顆出現的數字是二，一顆四。

男人繞著桌子走，在一排男孩面前停住，像個將軍立於麾下軍隊面前，這時奧斯卡鬆了一口氣，雖然不知這感覺從何而來。男人聲音平緩單調，沒抑揚、沒頓挫，他伸出長長的食指，開始數人頭。

「一……二……三……四……」

奧斯卡望向左側，男人開始數起的方向。那些男孩輕鬆隨性站著。一聲啜泣。奧斯卡身邊的男孩彎下腰，下唇顫抖。喔，他是第……六號。奧斯卡現在知道自己爲何鬆了口氣。

「五……六……七……」

手指直直指向奧斯卡，男人注視他的眼睛，然後微笑。

不！

不是……奧斯卡撇開男人的盯視，轉而看著骰子。現在上面的點數分別是三和四。站在奧斯卡身邊的男孩慌張地環顧四周，彷彿剛從噩夢中驚醒。瞬間兩人眼神相遇。空洞，不明白。

牆邊傳出一聲尖叫。

……母親……

頭上披著褐巾的女人跑向他，但被兩男阻擋，他們抓著她的胳臂，將她推回石牆邊。奧斯卡手臂甩出，彷彿想抓住跌倒的她，他的雙唇發出了這個音：「……媽媽！」

如樹瘤般壯硬的手搭在他肩頭，他被帶出線外，領到小門邊。帶著假髮的男人仍伸著手指，一路指著被推出房間，推入有著……酒精味……的陰暗地窖的他。

接著是閃爍模糊的畫面：光線、幽暗、石頭、赤裸肌膚……終於畫面穩定，奧斯卡覺得胸口有股沉重壓力。他無法移動手臂。右耳快爆開，壓在一塊……木板上。

嘴裡有東西。一截繩段。他吸吮著繩段。睜開眼睛。

面趴著桌子。雙手被綁在桌腳。全身赤裸。眼前有兩個身影：戴假髮的男人和另一人，這人肥肥小小，看起來……很好笑。不，看起來像某個會讓他覺得好笑的人。這人總是說些沒人笑的笑話。好笑的男人一手握刀，另一手端碗。

有事情不對勁。

胸口和耳朵的壓力。膝蓋的壓力。應該也有壓力在……小雞雞上。可是彷彿有個……洞，就在那桌上。奧斯卡想扭動身子看個清楚，但身體被綁得動彈不得。

戴假髮的男人對好笑的男人說了些什麼，他聽了後大笑點頭。而後兩人蹲下。假髮男人目光盯著奧斯卡，雙眼一如秋季冷冽的天空般澄藍，看來似乎對奧斯卡存著友善的興趣。男人看著奧斯卡的雙眼，彷彿想從裡面搜尋到什麼很棒的東西，某種他鍾愛的東西。

好笑男人手仍握著刀端著碗，爬進桌底。這時奧斯卡明白了。

他也知道若能……將口中那截繩段弄出，他就不會在這兒了，就能消失了。

奧斯卡努力將頭後仰，逃離那個吻。可是依萊，正準備吻下他的依萊，一手捧著他的後腦杓，將他的唇湊近自己的唇，強逼他停留在依萊的回憶裡，延續下去。

繩段被塞進他嘴裡，他因驚恐而放了個屁，發出潮濕的嘶嘶聲。假髮男人不悅地捏皺鼻子，癟著嘴。他的眼神依舊不變，像孩子正要打開紙箱，而且知道裡面藏了小狗的表情。

冰冷手指握著奧斯卡陽具拉扯。他張開嘴想喊出「不——！」，然而嘴裡的繩段卻阻止他發出這個字，最後出口的只是「啊——！」

桌底下的男人問了些什麼，假髮男人點點頭，但目光仍沒離開奧斯卡。痛。有根火熱鐵棒逼近他鼠蹊，滑上肚腹。胸口被貫穿身體的火柱灼蝕，他嘶喊著，嘶喊著，喊到淚水盈眶，身體焦灼。

心臟在桌面上跳動，就像拳頭敲捶著門。他雙眼緊閉，咬著繩段。聽見遠處傳來水濺聲，他看見……

……母親跪在溪邊洗衣服。媽媽，媽媽。她掉了件衣裳。奧斯卡起身，他一直趴在那裡，身體如火燃燒。現在終於起身了，奔向溪邊，奔向那件快速消失的衣裳。跳入溪水，滅熄已成火炬的身體，救起那件衣裳，終於抓住它。是妹妹的衣服，他將衣服舉向亮光，舉給在衣服上映出剪影的媽媽。衣服滴落水珠，在陽光下閃閃發亮，落入溪裡，濺起水花。他看不清，因爲水濺到了眼睛，濺到了臉頰。他……睜開眼睛，看見朦朧的金髮，還有像遠方森林池水的湛藍眼睛。看見男人捧在手中的碗。碗被捧近嘴巴，他喝著水的模樣，以及他閉上眼睛，終於閉上，喝著……

更多次……無止境。被囚禁。男人咬著，喝著，咬著，又喝著。

火紅的棒條逼近他的頭，一切都成了粉紅色。他的頭猛然抽離繩索，落到……

奧斯卡掙離他的雙唇往後倒，依萊接住了他，讓他靠在他懷裡。奧斯卡慌亂地想抓住什麼，眼前有副軀體，緊緊抓住。環顧房內卻看不見。

直楞楞站住。

半晌後有圖案出現在奧斯卡眼前，是壁紙。米黃色中帶著幾乎隱形的白色玫瑰。他認出來了，這是他家客廳的壁紙。他在客廳，在他和媽媽住的屋子裡。

而在他兩手間的是……依萊。

一個男孩，我的朋友，沒錯。

奧斯卡覺得噁心反胃，頭昏目眩。他從依萊懷裡掙開，坐在沙發上，環顧四周確認自己已經回來，不在……那裡。他嚥了嚥口水，發現自己能想起那裡的每個細節。就像真實的回憶，確確實實發生在他身上，最近才發生。那個好笑的男人，碗，痛……

依萊屈膝在他面前，雙手貼著他的肚。

就像……

「對不起。」

「媽媽怎麼了？」

依萊一臉疑惑，問他：

「你是說……我母親？」

「不……」奧斯卡沉默，眼前浮現媽媽在溪邊洗衣服的畫面。但那不是他的母親，一點都不像。他揉揉眼睛。

「對，沒錯，你媽。」

「我不知道。」

「他們不是那些……」

「我不知道！」

依萊雙手緊握得指關節發白，肩膀聳起。後來放鬆身子，輕輕地說：「我不知道，原諒我，原諒整件……事。我想要你……我不知道。請原諒我。這眞是太……愚蠢了。」

依萊簡直是媽媽的翻版。身材瘦些、平板些，年紀也更輕，但的確是翻版。二十年後依萊應該會長得與溪邊婦人一模一樣吧。

然而，事實上他不會。他永遠都會是現在這長相。

奧斯卡筋疲力盡嘆了口氣，背靠著沙發。太過了，難以承受。太陽穴有初萌的頭痛正在摸索，找到了立足點，定定盤據。太過了。依萊起身。

「我要走了。」

奧斯卡手擱在頭上，點點頭。沒力氣反對，沒力氣思索該怎麼做。依萊脫下浴袍，奧斯卡又瞥了眼他的鼠蹊。現在看見在他蒼白肌膚的正中央，有個粉紅色的點，傷疤。

他是怎麼做的……要尿尿時？或者他根本不……

連問的力氣都沒有。依萊蹲在塑膠袋旁，解開袋口，拿出自己的衣服。

「你可以穿我的。」奧斯卡說。

「沒關係。」

依萊拿著格子襯衫，有著深色格紋的藍襯衫。奧斯卡坐起來。頭痛還盤旋在太陽穴。

「別傻了，你可以……」

「沒關係。」

依萊正要套上那件血跡斑斑的襯衫，奧斯卡說：「你這樣很噁心，你不知道嗎？真噁心。」

依萊手握著襯衫轉向他：「你真的這麼覺得？」

「對。」

依萊將衣服放回袋子裡。

「那我該穿哪件？」

「去衣櫃找找，隨你挑。」

依萊點頭，走進衣櫃所在的奧斯卡房間。奧斯卡側躺在沙發上，手壓著太陽穴免得它迸裂。

媽媽、依萊的媽媽、依萊、我。兩百年。依萊的爸爸，依萊的爸爸？那老人他……那老人。

依萊回到客廳，奧斯卡正想說出本來要說的話，但一看見依萊穿上那件洋裝，未出口的話語戛然而止。褪了色的夏天黃洋裝，上面還有白色小碎點。是媽媽的洋裝。依萊摸摸衣服。

「這件可以嗎？我挑選了看起來最舊的。」

「可是這……」

「我會還的。」

「好，好，好。」

依萊走向他，蹲下來握著他的手。

「奧斯卡？對不起……我不知道該……」

奧斯卡揮著另隻手要他別再說。「你知道那個老人，已經脫逃了，對不對？」

「什麼老人？」

「就是那個……你說是你爸爸的老人，和你住在一起那個。」

「他怎麼了？」

奧斯卡閉上眼睛，藍色閃光在眼皮裡曳動。他從報紙拼湊出來的一連串事件不斷閃過，開始怒火中燒。他掙開被依萊抓著的手，握成拳頭，猛捶著自己陣陣作痛的頭，閉著眼說：「夠了，夠了，我全知道了。別再裝了，別再說謊了，我眞是他媽的受夠了。」

依萊什麼都沒說，奧斯卡緊閉著眼，憤怒喘氣。

「那男人逃了。他們找了一整天都沒找到。現在你知道了吧。」

一陣沉默。奧斯卡頭上響起依萊的聲音。

「在哪裡？」

「這裡，諸達恩樹林，就在阿凱雪夫地區旁。」

奧斯卡睜開眼，依萊已經起身，手遮著嘴，露出上方一雙圓睜驚恐的眼睛。洋裝過大，如布袋鬆垮在他消瘦的肩頭。看起來就像個小孩偷穿媽媽的衣服，現在等著被處罰。

「奧斯卡，」依萊說，「別出門，天黑之後。答應我。」

洋裝、話語，奧斯卡哼了一聲，忍不住這麼說：

「口氣聽起來眞像我媽。」

十

松鼠箭步溜下橡木樹幹，急停，聆聽。有警笛聲，遠遠的。

柏格斯洛維根街上有輛救護車閃著藍燈，警笛大作，呼嘯而過。

救護車內有三人。雷基·索瑞恩森坐在摺疊椅裡，握著薇吉妮雅·林德毫無血色、傷痕累累的手。救護車技士正調整對薇吉妮雅施予生理食鹽水的點滴管子，她失血過多，得先讓她心臟有力氣跳動。

松鼠判定警笛聲無害，不相干，繼續蹦下樹幹。樹林裡整天都有人和狗走動，沒一刻安寧，直到這會兒天黑了，松鼠才敢溜下橡木。牠已經在上頭縮躲了一整天。

現在狗的吠聲和人聲已經微弱漸遠，而在樹梢盤旋、如雷貫耳啼鳴的鳥兒也都回巢了。

松鼠溜到樹下，沿著厚實的樹根走跳。牠實在不喜歡這麼暗了在地面跑，不過飢腸轆轆只好如此。機警地移動，隨時駐足聆聽，每十米就環顧一下四周，好確定自己離這夏天才築起的獾穴遠遠的。牠有段時間沒見到獾家一族了，不過還是小心點好。

終於，松鼠抵達目標：眾多冬藏庫所中距離最近的那處。今晚的氣溫降至零下，已消融整天的雪地上現在結了一層硬薄冰。松鼠爪子抓著薄冰，停住不動，傾聽，又繼續掘。掘開雪地、樹葉和泥土。

就在爪掌抓起了一顆堅果之際，聽見了聲音。

危險。

牙齒咬著堅果，直竄上松樹，至於冬藏倉庫沒時間關了。一到安全的枝椏，又將堅果放入爪掌間，想確認聲音來源。雖然飢腸轆轆，食物又只離嘴邊幾公分，但在進食之前還是得先辨識出危險來源。

松鼠的頭忽左忽右抽動，鼻子顫抖，望著下方被月光投影的地形，搜尋著聲音來源。沒錯，帶著食物大老遠逃離是正確的決定。那帶著濕氣的刮磨聲音來自貛穴。

貛不會爬樹，松鼠鬆了口氣，咬了一口堅果，但仍繼續觀察地面動靜，不過現在比較像看戲的觀眾，坐在三樓包廂悠閒望著下方，想看看會上演什麼好戲，會出現多少隻貛。

然而，從貛穴冒出的不是貛。松鼠將嘴裡的堅果移開，望著下方，想搞明白，想靠著牠已知的事實來弄懂眼前事物，仍舊一頭霧水。又將堅果放進嘴裡，沿著樹幹一路竄上樹頂。

或許那東西會爬樹。

小心至上啊。

十一月八日星期日晚上至深夜

週日晚上八點半。

載有薇吉妮雅和雷基的救護車駛過崔那伯格橋之際，斯德哥爾摩警局的地方長官正舉著兇手照片來滿足急需影像填版面的媒體；而依萊正從奧斯卡母親的衣櫃挑選衣服；湯米正將強力膠擠入塑膠袋裡，吸著那能讓他麻痺遺忘的刺鼻氣味；松鼠看見了哈肯．班特森，第一個經歷這般處境還能活過十四小時的生物；而已搜捕他很久的史泰凡則正給自己倒了杯茶。

史泰凡沒察覺壺嘴那圈銀口已經不見，大量茶水正沿著茶壺流到廚房流理臺上。他咕噥著什麼，失神地將茶壺傾得過斜，不僅溢出茶水，連壺蓋都翻了跟斗滾落茶杯裡。沸騰熱水濺到手，猛然將茶壺放下，手臂僵硬地撐在身體兩側，腦袋念著希伯來字母，壓抑住想將茶壺扔向牆壁的衝動。

阿法、貝特、吉摩、達勒斯……

依凡走進廚房，見到史泰凡傾身頂著流理臺，雙眼緊閉。

「你還好嗎？」

史泰凡搖搖頭。「沒什麼。」

拉梅德、梅恩、囊恩、賽梅區……

「你是不是很難過？」

「沒事。」

卡夫、瑞虛、須恩、塔夫。到這裡。好多了。

他張開眼，指著茶壺。

「這茶壺眞爛。」

「是嗎？」

「對，它……倒茶時漏得很厲害。」

「我從沒發現。」

「對，就是會。」

「可能是哪裡有問題。」

史泰凡抿著嘴，然後將燙傷那隻手伸向她，比了個和平、猶太人問候或道別、安靜的手勢。「依凡，現在我有股很……強烈的衝動想打妳，所以，拜託，什麼都別說了。」

依凡嚇得退半步，她似乎早有準備這刻會來臨。雖然不願承認自己的這種洞察力，但她的確感覺到在他虔敬的外表下隱藏著某種憤怒。

她雙手交叉胸前，深呼吸了幾次，而史泰凡仍站在原地，瞪視著壺蓋所落入的茶杯。她開口了：「這就是你要的嗎？」

「什麼？」

「打我啊。事情搞砸時就打我。」

「我打過妳嗎？」

「是沒有，但你說……」

「我是說了，不過妳也聽進去。那現在沒事了。」

「那如果我沒聽進去呢？」

史泰凡恢復平靜。依凡也跟著放鬆，交叉胸前的雙手垂落。他握住她的手，輕輕地吻了手背。

「依凡，我們必須傾聽彼此的聲音。」

倒了茶，端到客廳喝。

史泰凡心裡默記著要給依凡買只新茶壺。她問了在諸達恩樹林搜索的事，史泰凡告訴她。她努力想以別的話題來轉移他的注意力，不過終究還是出現了那避不掉的問題。

「湯米呢？」

「我……不知道。」

「妳不知道？依凡……」

「嗯，去朋友家了。」

「那，什麼時候回來？」

「我想，他會……在那裡過夜吧。」

「那裡？」

「對，在……」

依凡在腦海搜尋湯米朋友的名字。她可不想說自己不知道湯米去哪兒過夜。史泰凡非常看重身為父母該有的責任。

「……去羅本家。」

「羅本。就是那個他最好的朋友嗎？」

「對，應該是。」

「他姓什麼？」

「……阿爾葛蘭。怎麼？難道是你曾……」

「沒事，我只是隨便猜猜。」

史泰凡拿起湯匙時輕輕碰到了杯子，清脆的噹聲響起。他點點頭。

「好。妳知道嗎，我在想，應該打電話到羅本家，叫湯米回來一下，這樣我才能跟他談談。」

「我沒電話號碼。」

「沒有？……姓阿爾葛蘭，而且妳也知道他住哪裡，是不是？這樣查電話簿就知道了。」

史泰凡從沙發上起身，依凡咬著下唇，心想自己怎麼搞出了個迷宮，讓自己愈來愈脫不了身。他拿起電話簿，站在客廳中央，一頁頁翻找，嘴裡念念有詞：「阿爾葛蘭、阿爾葛蘭……嗯，他住哪條街？」

「我……伯橋森蓋頓街。」

「伯橋森蓋頓街……沒有，這條街上沒有人家姓阿爾葛蘭，不過倒有一個住在伊伯森嘉頓街。會是這個嗎？」

依凡沒有回答，史泰凡將手指按住那個電話做記號，繼續說：「反正就打打看。那孩子叫羅本，是嗎？」

「史泰凡……」

「什麼事?」

「我答應他不說的。」

「這我就不懂了。」

「湯米,我答應他,不會告訴你……他在哪裡。」

「所以他不在羅本家?」

「不在。」

「那他在哪兒?」

「我……答應過。」

史泰凡將電話簿放在茶几上,走過去坐在依凡身旁。她啜了一口茶,將茶杯端在臉龐正前方,彷彿想躲在茶杯後,這時史泰凡等著她喝完茶。她將茶杯放在小碟上,看見自己的雙手微微顫抖。史泰凡的手放在她膝上。

「依凡,妳要明白……」

「我答應他了。」

「我只是要跟他談談。請原諒我這麼說,但我眞的覺得事情發生時若沒有去處理,就會……嗯,眞的發生事情。在我的經驗中,如果孩子做了錯事,有人愈快糾正他們的行爲,他們就有更大的機會……就拿吸食海洛因來說吧,如果孩子一開始,譬如吸大麻,若有人及時……」

「湯米沒做這種事。」

「妳敢百分之百確定?」

一陣沉默。依凡非常清楚隨著時間一秒一秒過去,對史泰凡這個問題即使回答「是,確定」,也會愈來愈沒說服力。心臟怦怦跳。

而現在雖然不發一語，但事實上她已經回答「不確定」了。的確，湯米的舉止有時很奇怪。他回家時的眼神不太對勁。萬一他……

史泰凡身子往後靠，知道自己贏了這場戰爭，現在只要等著她開出條件。

依凡的目光搜尋桌面。

「怎麼了？」

「我的菸，你是不是……」

「在廚房，依凡……」

「對，對，放在廚房。你現在不能去找他。」

「好，不去，由妳決定。如果妳認為……」

「明天早上，他上學前再和他談。答應我，你不會現在找他。」

「我答應。好，那麼總可以告訴我他躲在哪裡吧？」

依凡告訴了他。

然後她走進廚房點了菸，將煙吐出敞開的窗戶外。又抽了一根，但這次沒那麼在乎煙往哪裡飄。史泰凡走進廚房，手揮著煙，問她地下室鑰匙在哪裡。她說忘記了，不過或許明天早上會記起來。

如果他對她夠好的話。

十

依萊走後，奧斯卡又坐回餐桌上瀏覽報紙。頭痛已經減緩了，眼前的影像開始比較具體。

依萊說那人已經……被感染了，變得更可怕。他身上活著的只有那個感染物，他的腦已死，現在全是那個感染物在控制他，左右他。追逐著依萊。

依萊求奧斯卡什麼都別做。他說明天天一黑，他就會迅速搬離，當然奧斯卡問他，為什麼不能今晚離開？

因為……我不能。

為什麼不能？我可以幫你啊。

奧斯卡，我不行，我太虛弱。

怎麼會？你不是才……

我就是太虛弱。

奧斯卡想起自己正是依萊此刻虛弱的主要原因。他的血剛剛在玄關流盡了。依萊若被那老人抓到，就是奧斯卡的錯。

衣服！

奧斯卡起身過猛，撞倒了椅子。

裝著依萊血衣的袋子在沙發邊，襯衫露出一截在外面。他將襯衫全塞入袋子深處，往下壓時衣袖還如濕答答的海綿，綁緊袋口……停住，看著自己剛剛壓下衣服的那隻手。

之前劃開手掌那道傷的硬痂現在裂開了些，露出底下的傷口。

血……他可不想跟他的血混合。我會不會……也感染了？

雙腿如機械般將他失神的身軀帶到門口，手中抓著袋子。他先查聽外頭聲音，確定沒人後，趕緊跑上樓到丟置垃圾的通道，打開垃圾井口的門。拿著那包衣服伸入井口，緊緊抓住，懸握在闇黑中。

通道旋起一股嘶嘶冷風，凍著他伸出去緊掐袋結的手。塑膠袋映襯著漆黑顛簸的井道壁面，顯得潔白亮閃。若放開，袋子就不會留在手上，它會直直墜落，被地心引力往下拉，拉入底端巨大的垃圾布袋裡。

幾天後垃圾車會來收布袋。一大早就來。垃圾車頂閃爍的橘燈會投射到奧斯卡房間的天花板，就在這時他差不多醒來，躺在床上聽著垃圾被壓擠碎磨的轟隆聲。或許會起床，走到窗邊看著穿工作服的人以練就出來的輕鬆姿態，將大垃圾袋丟上車，按下按鈕。垃圾車巨口關閉，清潔隊員跳上車，往前駛一小段路到下棟建築物。

這景象總能帶給他一種……溫暖的感覺。感覺自己在房裡眞安全，感覺事情能這樣妥善處理。或許還有種渴望，渴望見到清潔隊員，見到垃圾車。能夠坐在昏暗的車裡，慢慢駛離……

放手，我得放手。

掐緊袋口的手不斷顫抖，伸出去過久整隻手開始痠痛，手背凍得痲痺，他放開手。

袋子滑入壁面，摩擦出咻咻聲，而後不受阻礙自由墜落，四周靜默了半秒鐘，接著響起落到底端布袋的一聲砰。

我會幫你。

他又看了自己的手。這隻手來幫，這隻手……

我會殺了那個人，我會進去拿刀，然後出來殺那個人。強尼。我會劃開他的喉嚨，收集他的血液，帶回家給依萊。有什麼關係呢，反正我已經被感染，很快就會……

雙腿一軟，得靠著垃圾井道邊才不至於摔倒。他考慮過了，認眞的。這不像拿刀砍樹的遊戲。他有……

那麼一會兒……眞的考慮這麼做。

熱熱的，身體熱熱的，好像發燒了。全身痠痛，眞想躺下來。現在。

我被感染了，我就要變成……吸血鬼了。

他拖著雙腳走下樓，一手穩住身體——

沒被感染那隻手

——扶著欄杆，終於回到家，進入房內，倒在床上，凝視著壁紙。森林。幻想世界裡的精靈出現了，凝視著他的眼睛。

小精靈。他摸摸它們，這時冒出個極爲荒謬的思緒：

明天得去上學。

還有作業沒寫，非洲地理。他應該立刻起床，坐在書桌前，打開檯燈，查出地理課本上的地方。找出那些無意義的地名，將它們寫在空格裡。

他應該這麼做。但現在輕輕摸著小精靈的帽子，接著敲敲牆壁。

依．萊。

沒回應。或許出門了。

進行我們該做的事。

他拉上被單蓋住頭。一陣像發燒的冷遍布全身。他想像，那會是怎樣，永遠活著。恐懼、怨恨。不，依萊不會恨他，若他們能……廝守……

他開始想像，構築出如斯的幻想世界。沒多久，大門開啓，媽媽回來了。

十

豐滿的肉枕。

湯米眼神空洞地望著這張照片。女孩雙手擠壓乳房，讓它們如兩顆氣球鼓鼓外凸，嘴巴還噘得高高。看起來眞變態。他以爲自己會打手槍，不過腦袋大概不對勁，此刻只覺得這女人眞像怪物。

他以不自然的緩慢速度將雜誌闔起，慢慢塞進沙發座墊裡。每個小動作都得透過有意識的思想來控制。茫了，強力膠的氣味讓他徹底茫了。感覺眞好。沒有世界，只有他所在的這個房間，外面……翻騰的荒漠。

史泰凡。

他試著想史泰凡的樣子，就是想不起來。無法掌握他的長相，只看見郵局外的警察人形立牌。巨大立牌，以嚇唬想犯案的盜匪。

我們要去搶郵局嗎？

兄弟，你是瘋了啊！沒看見那個硬紙板的警察嗎？

硬紙板做的警察是史泰凡的臉，把湯米逗得咯咯笑。他被處罰來執行這項任務：當郵局的警衛。人形立牌上還寫了字，什麼字？

犯罪沒好下場。不是。警察正盯著你。不是。到底是什麼鬼東西？給我小心！我是神槍手！

湯米哈哈大笑，不斷笑，笑到全身顫抖，以爲天花板上的光禿禿燈泡也隨著笑聲節奏前後擺盪。笑死人了。小心！硬紙板警察！硬紙板警槍！硬紙板腦袋！

腦袋裡有人敲門。那人想進去郵局。

硬紙板警察豎起耳朵，有兩百個硬紙板在郵局。解開手槍的保險裝置。砰，砰。

敲、敲、敲。

砰。

史泰凡……媽，幹……

湯米愣住，想思考卻辦不到，腦袋一團亂。終於平靜下來，或許是羅本或拉席。也可能是史泰凡，由硬紙板做成的史泰凡。

假的陽具，硬紙板木乃伊。

湯米清清喉嚨，以渾厚的聲音說：「誰？」

「是我。」

認得這聲音，卻想不起來是誰。反正不是史泰凡，不是紙做的爸爸。

那就是棉花糖爸爸。夠了。

「你到底是誰？」

「可以開門嗎？」

「郵局今天休息，五年後再來。」

「我有錢。」

「紙做的錢嗎？」

「對。」

「很好。」

他從沙發起身，緩緩地，慢慢地。眼前東西的輪廓就是不肯安安分分定住。腦袋裡滿是鉛條。

水泥蓋。

他站了一會兒，左搖右擺。水泥地面隱隱約約往右傾，感覺就像走進怪怪屋。他往前走，一次一腳步，拉起門閂，推開門。是個女生。奧斯卡的朋友。湯米呆望著她，不明白眼前看到的是什麼。

太陽和浪花。

女孩穿得很單薄，白點的黃洋裝吸引了湯米目光。他想聚焦在那些白點上，它們卻跳起舞，搖來搖去，晃得他開始反胃。她離他應該不到二十公分遠。

眞可愛……像夏天。

「夏天突然來了嗎？」他問。

女孩頭側向一邊。

「什麼？」

「嗯，妳穿的……叫做……夏裝啊。」

「對。」

湯米點點頭，真高興自己想得出這個詞。她說什麼？錢。沒錯。奧斯卡應該告訴過她……

「妳……想買東西，是嗎？」

「對。」

「買什麼？」

「我可以進去嗎？」

「好，當然。」

「說我可以進去。」

湯米張開手臂做了個迎接入內的手勢。他看見自己的手以慢動作移動著，一尾麻醉了的魚緩緩優游過半空。

「走進來啊，歡迎來到……本郵政支局。」

他沒力氣站了，地板想要他躺下。轉身癱倒在沙發上。女孩走進，關上身後的門，扣上閂。在他眼中她是隻巨大的雞，在他眼前咯咯笑不停。雞坐在扶手椅上。

「怎麼了？」

「沒事，只是妳……顏色好黃。」

「喔。」

女孩雙手交叉擱在大腿的小錢包上。他剛剛沒注意到那個錢包。不，不是錢包，比較像化妝包。湯米看著它。納悶這包包裡有什麼東西。

「裡面是什麼？」

「錢。」

「當然是錢。」

不，有蹊蹺。感覺不太對。

「妳想買什麼？」

女孩拉開包包，拿出一千克朗紙鈔。又一張，再一張。共三千。在她嬌小的手裡紙鈔大得可笑，她傾身向前，將紙鈔放在地上。

湯米高興地笑了出來，「這什麼呀？」

「三千克朗。」

「是啊，要買什麼？」

「買你。」

「饒了我吧。」

「不，是真的。」

「這一定是他媽的……玩大富翁用的假鈔之類的吧，對不對？」

「不是。」

「不是？」

「不是。」

「那到底要買什麼？」

「我要跟你買些東西。」

「妳要用三千克朗跟我買東西……不會吧。」

湯米伸長了手拿起一張紙鈔。摸一摸，捏一捏，拿到燈下看著辨識眞假的浮水印。和眞鈔一樣都印有國王還是誰的照片。是眞的。

「妳不是開玩笑吧？」

「不是。」

三千，可以……去到別處，飛到別處。

那麼，史泰凡和媽媽就會站在那裡……湯米頓時覺得腦袋清醒不少。整件事很詭異，不過沒關係：三千克朗哪。這是千眞萬確的錢，不過現在問題是……

「妳要買什麼？這些錢可以……」

「血。」

「血？」

「對。」

湯米哼了一聲，搖搖頭。

「不行，對不起，賣完了。」

女孩仍坐在扶手椅裡看著他，連笑都沒笑。

「別鬧了，我說眞的，」湯米說：「妳到底要買什麼？」

「你可以拿走這些錢……如果讓我得到一些血。」

「我沒賣血。」

「有，你有。」

「沒有。」

「有。」

剎那，湯米頓時明白。

搞啥……

「妳是說眞的嗎？」

女孩指指鈔票。

「不會危險。」

「可是……什麼……怎麼？」

女孩手伸入包包，摸索著什麼。隨後拿出一個白色正方形的小塑膠盒。搖一搖，裡面有東西晃動。現在湯米看清楚那東西了，是一盒刮鬍刀片。她將那盒刮鬍刀塞入兩大腿間，又拿出了其他東西。膚色的長方形，是大繃帶。

這太扯了吧。

「別鬧，夠了。妳不知道嗎……我大可以直接拿錢走人，妳知道的吧，直接放入口袋裡，然後說：『什麼？三千克朗？沒看見啊。』這可是一大筆錢，妳不明白嗎？這些錢從哪裡來的？」

女孩閉上眼，嘆口氣，再次睜開時的眼神看來沒那麼友善了。

「要，還是不要？」

她來眞的，她是認眞的，不……不……

「那，妳是要……像殺豬割喉放血一樣，嗖，然後……」

女孩急切地點點頭。

嗖？等等，等一等……又不是……豬……

他皺著眉，殺豬景象如皮球在他腦袋猛彈亂撞，想找個可以安頓的地方停下來。停下來了。他想起某件事。瞠目結舌，望著她的眼睛。

「不……」

「對。」

「妳在開玩笑，對吧？妳知道嗎？我要妳現在離開，快走。」

「我有病，我需要血。你真要的話，我可以給你更多錢。」

她又從包包掏出兩張千克朗鈔，將它們放在地上。五千。「拜託。」

殺人兇手。華倫拜。喉嚨被割開。天啊，這女孩……

「妳需要……天啊，妳只是個孩子，妳……」

「你怕了？」

「沒有，我通常……那妳害怕嗎？」

「對。」

「怕什麼？」

「怕你說不要。」

「但我現在就說不要了啊。這簡直……夠了，回家去。」

女孩仍坐在椅子上，她在思索，然後點點頭，起身，從地上拿起錢，放回化妝包裡。湯米看著剛剛放著錢的地上。五．千。門閂被拉開，湯米轉身。

「可是……如何……妳是要劃開我的喉嚨嗎？」

「不，是手肘內側，只割一點點。」

「妳要血幹麼？」

「喝掉。」
「當場？」
「對。」
湯米思緒往自己身體裡探入，看見人體循環系統的解剖圖，如透明幻燈片投射到他皮膚上。霎時清晰感覺到，或許是生平第一次，原來自己的確有循環系統。不是單一獨立的點穴，也不是一、兩滴血流出來的傷口，而是有個龐大且砰砰流動的血管分支結構，裡面充滿了……多少？……四到五公升的血液。
「妳生了什麼病？」
女孩什麼都沒說，只是楞站在門口，手繼續握著門閂，端詳著他。他身體的動靜脈輪廓，那張血管分布圖，突然變成……屠夫手中的豬隻的血管圖。他將這念頭拋開，改將自己想成：捐血人。可以得到二十五克朗和一個起司三明治。「那，妳會給我錢？」
女孩拉開包包拉鍊，又拿出紙鈔。
「我先給你……三張，之後再給兩張？」
「好啊，沒問題。不過我大可以撲向妳，將錢拿走，妳不知道嗎？」
「不，你沒辦法。」
她將三千夾在食指和中指遞給他。他將每張放到燈下，一一檢查是否眞鈔，然後捲起來握在左手裡。
「好，那現在？」
女孩將另外兩張鈔票放在椅子上，蹲在椅子旁，從白盒子裡拿出一片刮鬍刀。
她以前做過。
女孩轉動刀緣查看是否夠銳利，然後將刀片舉到臉龐邊。小小訊息，就是一個字：嗖。
她說，「你不能跟任何人說這事。」

「如果我說會怎樣？」

「你絕不能告訴任何人，永遠不能。」

「好，不會。」湯米看著自己伸長的手，看著椅子上那千克朗鈔票。

「妳要拿我多少血？」

「一公升。」

「要那麼……多？」

「對。」

「這樣很多，我……」

「你可以承受的，不會有問題。」

「因爲血還會製造出來。」

「對。」

湯米點點頭，失神地看著刀片，如閃亮的小鏡子，慢慢靠近他的皮膚。彷彿這事將發生在別人身上，別的地方。現在看見的只是線條的移動。女孩的頷骨、她的黑髮、她的白皙手臂，還有那只長方形刀片將他手臂上的一根細髮撥掉。然後刀片落定位置，瞬間壓下浮脹的靜脈，那比四周肌膚更深色的地方。

壓下，輕輕地，輕輕地。沒有刻意刺穿，有個點就自然陷進去，然後……

嗖。

湯米本能地後縮，倒抽口氣，另一手緊捏著掌心裡的鈔票。牙根緊咬到腦袋出現咯吱聲。血液流出，一壓就加速噴湧。

刀片掉落地上，噹地一聲。女孩雙手抓著他，埋頭到他手臂內側。

湯米將頭轉開，現在只感覺到她溫熱的雙唇，和輕拍舔食他肌膚的舌頭。腦中又浮現人體血液分布圖，血液流經的那些管道，血液全衝到那個……傷口。

流出我的身體。

沒錯。痛的感覺加劇。手臂開始麻痺，不再感覺到她的唇，只感覺到用力的吸吮，血液從他身體被吸吮出來的感覺，血液……

流走的感覺。

他嚇到了。很想結束，好痛。眼睛開始流淚，張嘴想說些什麼……卻說不出來。沒有話語可以……他那隻自由的手握成拳頭頂著自己嘴巴，捲成條狀的鈔票從掌心凸出來，被牙齒緊緊咬下。

星期日晚上九點十七分，安拜普蘭街。

髮廊外有個男人，臉和手貼在玻璃上，似乎喝得醉醺醺。十五分鐘後警察據報趕到現場，男人已經離開。窗戶沒有被破壞的跡象，只有留下泥漿和沙土的污跡。亮著燈的櫥窗裡有好多年輕人照片，全是髮型模特兒。

十

「你睡著了嗎？」

「還沒。」

媽媽進入臥房，一陣香水味和冷空氣跟著飄入。她坐在他床邊。

「聚餐愉快嗎？」

「很好。」

「你呢，做了些什麼？」

「沒什麼特別的。」

「就是在餐桌上看看報紙。」

「嗯。」

奧斯卡將棉被裹緊，假裝打呵欠。

「想睡覺？」

「對。」

不管真想睡或假想睡，總之現在他的確很疲憊，疲憊到腦袋嗡嗡作響，只想蜷縮在棉被裡，將入口封住，不再出現，直到……直到……可是真的很想睡。不對。況且……被感染了也能睡？

聽見媽媽問爸爸的事，他隨口回應「好」，但根本不知道自己回答了什麼問題。接著一陣沉默。然後媽媽嘆了口氣，深深的一口氣。

「寶貝，說真的，你還好嗎？有沒有什麼我能做的？」

「我不好。」

「怎麼了？」

奧斯卡將臉埋進枕頭，呼吐的氣讓鼻子、嘴巴和雙唇變得又濕又熱。他辦不到，太難了，但還是得說出來。將自己悶在枕頭裡，他終於說出：「窩乾然……」

「你說什麼？」

他的嘴離開枕頭。

「我感染了。」

媽媽摸著他後腦袋，往下順到脖子，被單往後拉開了些。

「什麼意思，感……可是你衣服都還穿著的啊！」

「沒錯，可是我……」

「我來摸摸看，會覺得熱嗎？」她將自己冰冷的臉頰湊到他額頭。「你發燒了，來，得把衣服脫掉，好好躺著。」她站起來，輕輕搖晃他肩膀。「來。」

她呼吸急促，似乎想到什麼事，口氣開始變了：「在你爸爸那裡，是不是穿得不夠暖？」

「我穿得夠，不是那樣。」

「有戴帽子嗎？」

「有。不是**那樣**。」

「那是怎樣？」

奧斯卡又將臉埋進枕頭，緊壓著枕頭說：「邀邊成吸些貴……」

「奧斯卡，你到底在說什麼呀？」

「我要變成吸血鬼了。」

楞了一下。媽媽雙手抬起，在胸前交叉之前掠擦大衣輕輕發出沙沙聲。

「奧斯卡，起來，把衣服脫掉，躺進被窩裡。」

「我要變成**吸血鬼**了。」

媽媽微喘著氣，深思了一會兒，開始發火。「明天我就要把你整天看的那些書統統丟掉。」

被單抖開，他坐起來，慢慢將衣服脫掉，不想看到她。躺回床上，媽媽將被單兜攏著他。

「需不需要什麼？」

奧斯卡搖搖頭。

「要量個體溫吧？」

奧斯卡頭搖得更猛，現在看著媽媽。她傾身靠向床，手放在膝蓋上，帶著搜尋、關切的眼神。

「有什麼我能替你做的嗎？」

「沒有。有。」

「什麼？」

「沒，沒什麼。」

「不，告訴我。」

「可以……說故事給我聽嗎？」

媽媽臉龐橫抹過各種神情：悲傷、高興、憂慮、淺淺微笑、一絲擔心，全都在這幾秒內浮現。「我……又不知道什麼童話故事。」她這麼說：「不過……你要聽的話，我就念給你聽，如果有書的話……」

她視線移到奧斯卡床頭那排書。

「不用，別麻煩了。」

「我很樂意啊。」

「不，不用這麼做。」

「爲什麼？是你說……」

「對，我說過，可是……不用，現在不用了。」

「那，還是我……我唱歌給你聽？」

「不用！」

她手壓著雙唇，受傷了。但決定不計較，畢竟奧斯卡生病了。「我想，我可以想到一些……」

「不用，沒關係，我現在想睡覺。」

媽媽終於道晚安，離開房間。奧斯卡躺在床上，眼睛睜得大大，望著窗戶。想感覺自己是否正在……轉變。不知道那是什麼感覺。依萊。到底那會是怎樣，等到他……轉變之後？

與一切隔離開來。

離開。媽媽、爸爸、學校……強尼、多瑪士……

和依萊在一起，永遠廝守。

他聽見客廳電視響起，音量旋即被調低。廚房隱約傳來咖啡壺碰撞聲。瓦斯爐打開，杯子和盤子。櫥櫃打開。

尋常的聲音。他聽過上百次。而此刻聽來卻倍覺感傷。好感傷。

十

傷口癒合了。薇吉妮雅身體上的撕裂傷僅剩淺淺白線，不過這裡那裡到處都有些零星的疤痂還沒掉落。雷基摸摸她的手，以皮帶束壓她的身體，這時他的手指弄落了一片疤痂。

薇吉妮雅抗拒著。她完全恢復意識，可以了解周遭事物後就開始激烈反抗。此刻她將輸血的導管扯開，尖叫踢踹。

醫護人員努力壓制她，在旁的雷基不忍看下去，因爲她完全變了個人。他決定下樓到自助餐廳喝咖啡。喝了一杯，再一杯，又喝第三杯。給自己倒了第四杯時，收銀臺的女人以不耐煩的口吻說，應該只能續杯一次。雷基說自己窮途末路，明天或許就不在人世，問她能否通融一下？

她心軟了，甚至還送了雷基一塊乾掉的杏仁塔，反正隔天也得丟掉。他狼吞地哽了一大塊在喉嚨，思索著人性的善與惡。然後走到大門邊，拿起菸盒裡最後第二根菸，抽完後才上樓看薇吉妮雅。

他們已經將她用金屬帶捆綁住了。

有個護士被薇吉妮雅一拳揮破眼鏡，眉毛還被銀邊鏡框割傷。薇吉妮雅根本無法平靜，他們不敢給她打針，因爲她的整體狀況還不佳，而且手臂也被緊緊綁住，以防……「以防她自戕」，他們這麼說。

雷基搓搓指縫裡的疤痂，如顏料般細緻的粉末染紅了指尖。眼角餘光發現有動靜，薇吉妮雅床邊吊著的袋子裡滴出了血，落在那條將血液輸進薇吉妮雅手臂的塑膠管上。

他們一確認她的血型後，將大量血液灌進她身體，不過狀況穩定後，就開始以點滴注射的方式慢慢輸入。僅剩一半的血袋上寫著難以辨認的字跡，最明顯的是大寫「A」。當然，這是她的血型。

可是……等等……

雷基的血型是B。他記得他曾和薇吉妮雅聊過這話題，薇吉妮雅說自己也是B，所以他可以……沒錯。非常確定。他們可以相互輸血，因爲相同血型。雷基是B，百分之百確定。

他們應該不會犯這種錯吧？

他起身，步出走廊。

他叫住一名護士。

「對不起，不過……」

她瞥了眼他襤褸的衣衫，冷冷的說：「什麼事？」

「我只是在想，薇吉妮雅……薇吉妮雅．林德，就是……沒多久前剛住進醫院那……」

護士點點頭，現在大剌剌露出蔑視表情。或許她那時也在場，當他們……

「喔，我只是好奇，不知道……她的血型。」

「怎樣？」

「嗯，我看見血袋上寫著『A』……可是她不是A型。」

「我不懂你在說什麼。」

「妳知道……呃……可以耽誤妳一下嗎？」

護士望望走廊，或許想看看萬一這猥瑣的傢伙亂來的話，是不是能找得到人求救，也或許是要強調自己此刻還有其他更重要的事情得忙，不過，她終究還是同意跟雷基進病房看看。薇吉妮雅閉眼躺在床上，鮮血慢慢滴進管子裡，雷基指指血袋。

「這裡，這個『A』代表……」

「代表是A型的血液，沒錯。最近鬧血荒，如果有人知道……」

「對不起，可是她應該是B型，這樣輸血不是會有危險……」

「當然危險。」

護士態度不怎麼友善，不過她的身體語言更表現出雷基絲毫沒權利質疑醫護人員。她微微聳肩，說：「或許有人是B型，但這個病人不是，她是AB型。」

「可是……袋子上寫著A……」

護士點點頭，彷彿對著孩子解釋月球上沒有人住。「AB型的人可以接受任何一種血型。」

「可是……我懂了。這樣一來她的血型就會變。」

護士錯愕地揚揚眉。這孩子竟然說自己到過月球還看見那裡有人。她雙手往兩旁一扯，彷彿要拆開蝴蝶結，回答雷基：「那是不可能的事。」

「真的嗎？那，她一定搞錯了。」

「她的確是搞錯了。我還有其他事要忙，先走了。」

護士看看薇吉妮雅的手臂，稍微調整了一下點滴，最後看了雷基一眼，那眼神彷彿再次強調這世界還有其他更重要的事，若他不理會這些事很可能會萬劫不復，到頭來得求上帝救贖，然後帶著抖擻步伐離開病房。

輸錯血會怎樣？血液會……凝固。

不會。一定是薇吉妮雅自己記錯了。

他走到角落，那兒有張扶手椅，一張小桌上插了枝塑膠花。坐下來，環顧病房。光禿禿的牆壁，光可鑑人的地面。日光燈在天花板。薇吉妮雅躺的是金屬管架的病床，蓋在身上的是一條印有「縣立醫院」的黃色被單。

是以這種方式終結啊。

在杜斯陀也夫斯基的小說中，疾病、死亡總是骯髒卑賤。馬車輪下輾過的軀體、泥巴、傷寒、沾血的手帕，等等。可惡，怎麼淨與眼前景象不符。眼前這是在淨亮機器下緩慢的衰竭死亡。

雷基閉上眼睛，靠著椅背，過短的椅背讓他的頭懸空後傾。打直身子，手肘靠在扶手上，以手撐頭。看著塑膠花，插這樣一朵花彷彿要強調這裡不允許有活的生物。一切秩序至上。

再次閉上眼睛，花朵的影像還留在視網膜裡，但它卻變成了眞花，慢慢綻放，盛大成花園。花園旁那棟房子就是他們要買的屋。雷基站在花園，看著玫瑰花叢閃閃發亮的紅花。屋子裡出現個長長的身影。夕陽匆匆沉落，將影子拉得愈來愈長，長到延伸至花園……

他抖了一下，乍然驚醒。掌心被睡著時嘴角流下的口水沾濕。擦擦嘴，咂咂唇，想伸直脖子卻辦不到，頸部不知怎麼地卡住了。他強挺直，聽到韌帶喀的一聲。停住。

有雙圓睜的大眼直盯著他。

「啊，妳……」

話沒說完嘴巴就閉上。薇吉妮雅被五花大綁著，躺在床上臉朝向他。她的臉太過平靜，幾乎面無表情，絲毫沒認出人、高興……什麼表情都沒有。眼睛連眨都不眨。

死了！她……

雷基從椅子上跳起來，脖子又喀的一聲。雙膝跪地撲向床邊，緊抓著鐵管床架，臉湊近她，彷彿靠著自己的現身，就能以意志力將她靈魂從深處喚上容顏。

「妮雅！聽得見我嗎？」

沒回應。但他敢發誓她的眼睛回望他了，這就能證明那雙眼沒死。他尋找她，一路探進那雙眼裡苦尋，從自己內心深處擲出掛鉤，擲入她眼眸的深穴中，想在那黝暗空洞裡觸及……

她的瞳眸。看起來就像這樣嗎，當你……

她的瞳孔不是圓的，而是延長出去尾端成小點。一道冷酷的刺痛從頸部冒出，他忍不住皺起臉，手擱到脖子上搓一搓。

薇吉妮雅眨眼了，又睜開眼，回來了。

雷基如白癡楞楞地張著嘴，無意識繼續搓頸。薇吉妮雅張嘴時傳出木頭喀嚓聲，她開口問：「你很痛，是嗎？」

雷基放下脖子上的手，彷彿被抓到了什麼不該做的事。

「沒，我只是……我以爲妳……」

「我被綁住了。」

「對，妳……之前拳打腳踢。等等，我去……」雷基手放在床架的兩條鐵桿間，開始鬆開皮帶。

「不要。」

「什麼？」

「不要鬆開。」

雷基楞住，指間還抓著皮帶。

「難不成妳還打算繼續拳打腳踢？」

薇吉妮雅半闔著眼。

「別鬆開。」

雷基放下皮帶，那雙被剝奪了任務的手頓時不知該如何擺。他繼續雙膝著地，沒起身地將椅子拉到床邊，爬上椅子坐下，不料這動作引發脖子另一陣痛楚。

「沒有，我可以……」

薇吉妮雅以幾乎難被察覺的幅度點點頭。「你打電話給我女兒莉娜了嗎？」

「很好。」

「要我打嗎？」

「不要。」

兩人陷入沉默。這種沉默是醫院特有，其所源自的情境無需言語就足以說明一切：躺在病床上生病或受傷的人，以及隨侍在旁的健康的人。在這種情境下，話語變得微渺多餘。只有最重要的話才須說出口。

兩人對望良久，一切盡在不言中。然後薇吉妮雅將頭轉正與身體成一線，凝視著天花板。

「你得幫我。」

「任何事我都願意。」

薇吉妮雅舔舔唇，吸口氣，而後又深深長長嘆了口氣，彷彿要將身體裡儲藏的空氣一吐盡出。將視線移往雷基的身體，探尋，彷彿要跟這副她摯愛的軀體做最後道別，想將他的身影深深烙印心底。她兩唇磨蹭著，終於吐出話語。

「我是吸血鬼。」

雷基的嘴角想揚起蠢笑，想說些什麼無關緊要或者好笑的話。然而嘴角就是沒動，回應之語在某處拐錯了彎，終究到不了唇邊。唯一說出口的只有「不！」

他按摩自己脖子以轉移注意力，打破會讓她話語成眞的僵硬氛圍。薇吉妮雅以控制得宜的低沉聲音開口。

「我去找古斯塔，我想殺他，如果沒發生那些事，我就得逞了。我要殺他，然後喝下他的血，我想這麼做，這是我的意圖。就是這樣，你明白了嗎？」

雷基的視線搜尋牆壁，彷彿在找蚊子，想找出那個趁人沉默時不斷騷擾、使人無法思考、討人厭的嗡嗡聲。終於，目光停駐在頭頂那盞燈光。

「他媽的聽起來還眞像回事。」

薇吉妮雅抬頭看著燈。「我也不能忍受光線、我不能吃東西、我有可怕的想法、我會傷害人，包括傷害你。我眞的不想活下去。」

終於，她說出了更具體的話語讓他可以回應。

「不要這麼說，妮雅，不准妳這麼說，聽見了嗎？聽到了吧？」

「你不懂。」

「對，或許我不懂，可是妳不能死。他媽的。妳在這裡，妳在和我說話，妳會……沒事的。」

雷基從椅子上站起來，漫無目的走了幾步，伸出手指著她。

「妳不准……不准妳再說這種話。」

「雷基。雷基？」

「我在這裡。」

「你知道，你知道這是眞的，對不對？」

「什麼？」

「我說的都是眞的。」

雷基哼了一聲，搖搖頭，手摸摸自己胸前和褲袋，「得抽根菸，這……」摸到了皺巴巴的菸盒，找出打火機。惶亂地抽出最後一根菸，放進嘴裡，突然想起自己身在何處，帶著菸往外走。

「該死，他們肯定會把我轟出去，若被抓到……」

「打開窗吧。」

「妳要我從這裡跳下去抽菸啊？」

薇吉妮雅笑了出來。雷基走到窗邊，將窗戶開到底，盡可能伸到外面。剛剛和他交談的那名護士搞不好一哩外都能嗅到菸味。他點燃菸，深深吸了一口，用力呼出去，免得飄回窗戶裡。抬頭看星星。身後的薇吉妮雅又開口了。

「是那個孩子。我被感染了，然後……它變大了。我知道它在那裡，就在我的心臟裡。整顆心臟。像癌細胞，我無法控制。」

雷基吐出一縷煙。說話聲音響亮迴盪在四周高樓間。

「胡說八道。妳……很正常。」

「我努力撐著，而且他們給我輸了血。但如果我撐不住，隨時都可能撐不住，它就會掌控我，我感覺得到。」薇吉妮雅深呼吸數次，繼續說。「你站在那裡，我看著你，你知道我很想……吃你嗎？」

雷基不知道是自己脖子抽筋或什麼的，脊椎突然起了寒顫。旋即將菸捻熄在牆邊，以弧形幅度彈出菸蒂，轉身面向房間。

「這根本一派胡言。」

「沒錯，但事實就是如此。」

雷基雙手交叉胸前，擠出一絲嘲笑，開口問：「那妳要我怎麼做？」

「我要你……毀了我的心臟。」

「什麼？怎麼毀？」

「聽聽妳自己說的什麼話？聽起來像什麼嘛？簡直瘋了。好像要我……拿根木樁戳進妳身體之類的。」

雷基轉動著眼瞳。

「沒錯。」

「不，不，不，若是這樣，妳想都別想。想想其他更好的辦法吧。」雷基搖搖頭，繼續笑著。薇吉妮雅看著他雙手仍交叉胸前，在房裡走來踱去。她輕輕地點點頭。

「好吧。」

他走到她身邊，握住她一隻手。摸起來好怪……是被綁著的緣故吧，連讓他握住的空間都沒有。她另一隻溫暖的手握緊了他。他空著的那手摸摸她臉頰。

「妳確定不要我解開這些？」

「不要，它會……回來。」

「妳會好起來，沒事的。我只有妳。想聽祕密嗎？」

他坐在扶手椅上，繼續握著她的手，開始說出一切。關於郵票、郵票上的獅子、挪威以及郵票所價值的錢。還有他們將會買下的小屋，要採用瑞典沼銅製成的傳統紅漆色來塗。編織了長長的幻想，描述花園會長什麼樣，裡頭會栽植什麼花朵，要怎麼擺張小桌，弄個蔭涼的露臺，好能坐著……

說著說著，薇吉妮雅潸然落淚。安靜、透明的珍珠汩汩滑落臉頰，淚濕了枕巾。沒有啜泣，只是兩行清淚就這麼緩緩滑落，悲傷的珍珠……或者，是喜悅？

雷基愈來愈沉默，薇吉妮雅握著他的手，緊緊握著。

雷基起身走到迴廊，半說理半懇求地向護士弄到一張摺疊床。他將床擺在薇吉妮雅旁，熄燈，脫衣，鑽入硬邦邦的席褥裡，伸手摸尋著她的手。

兩人就這樣手牽手躺了好久。她一聲低語：「雷基，我愛你。」

雷基沒回應，讓這話語迴盪在空氣裡，而後被密封成囊，逐漸變大，大到成了一張大紅毯，飄浮在房內，慢慢下降覆蓋在他身上，給了他溫溫暖暖的一整夜。

週一凌晨四點二十三分，冰島廣場。

伯橋森蓋頓街附近不少人被響亮哭聲吵醒。有人報案說是嬰孩在哭。十分鐘後警察趕到現場，哭聲已經停止。他們搜尋了附近區域，發現了一些死貓，其中幾隻的四肢被扯離身體。警察在貓咪頸圈上發現有字條寫了名字和聯絡電話，顯然貓主希望貓咪有事時能被通知到。不過警察直接找了清潔隊來處理死貓。

十

離日出還有半小時。

依萊斜倚在客廳扶手椅裡，他已經坐在這裡從深夜到黎明，打包好該帶離的東西。

明天晚上，天一黑，依萊就會去電話亭叫計程車。他不知道該打幾號，不過或許這是常識，隨便都能問得到。計程車一來，他就會將那三箱物品放進後車廂，請司機載他到……

到哪裡？

依萊閉上眼睛，想像自己會想去的地方。

如同往昔，第一眼看見的還是他和父母、兄姐居住的小屋。但那已是塵封往事了。小屋就位於諾羅平市郊，現在成了圓環車道。母親洗衣的小河早乾涸，成了十字路口旁那處雜草叢生的凹地。

依萊有很多錢，負擔得起請計程車司機載他到任何地方，只要黑夜允許。朝北、往南。可以坐在後座，叫司機不斷朝北開，給他兩千克朗。然後下車，開始，找個人……

依萊的頭往後癱，對著天花板大叫：「我不要！」

蒙塵的蜘蛛網在他呼吐的氣息中微微擺盪。聲音慢慢消褪於封閉的屋子裡。依萊將手放在自己的臉上，手指壓著眼瞼。體內感覺太陽就要出現了，而焦慮也油然而生。他呢喃著：「上帝，上帝？為何我什麼都無法擁有？為何我不……」

這問題問了千百遍。

為何不能讓我活著？

因為你該是死的。

被感染後，依萊曾遇見另一個被感染的人，是個成年女子，就像假髮男人一樣憤世嫉俗，空洞虛偽。不過從女人身上，他終於解答了困擾已久的另一個問題。

「我們這種人有很多嗎？」

女人搖頭，以誇張的悲傷語調說：「沒有，我們人很少，非常少。」

「為什麼？」

「為什麼？因為我們很多人殺了自己。你應該可以體會，如此沉重的負擔啊，唉。」她雙手躁動，刺耳尖聲地說：「喔，但我的良心無法忍受殺人。」

「我們**會**死嗎？」

「當然會，只要自己放把火燒了自己，或者讓別人這麼做。別人會很樂意這麼做的，而且已經做了好幾世紀。或者……」她伸出食指，戳戳依萊胸口，心臟上方。「這裡，它就在這裡，對不對？朋友，我現在有個好主意……」

依萊曾逃避那種好主意，往常逃避，日後也逃避。

依萊將手放在自己心臟，感覺緩緩的心跳。或許因爲他是個孩子吧，所以才沒動手終結自己。精神折磨遠比求生意志薄弱。

依萊從扶手椅上起身，哈肯今晚不會出現了。不過休息前得看一下湯米，確認他已經復原，沒受感染。看在奧斯卡分上，依萊想確定湯米沒事。

他熄掉屋內所有的燈，走出門。

從湯米家的樓梯間走到地下室，現在只要推開門就成了。很久以前，他和奧斯卡去地下室時，曾將報紙塞入門鎖內，所以即使門關著，也不會上鎖。他駐足在地下室迴廊，讓身後的門闔上，發出悶沉砰聲。站在那裡，聆聽，沒動靜。

沒有熟睡者的呼吸聲，只有油漆稀釋劑令人作嘔的嗆鼻味。他快速走下迴廊到儲藏室，推開門。

空的。

離日出只剩二十分鐘。

十

湯米整夜忽睡忽醒，頭昏腦脹，噩夢不斷。稍微清醒了，但仍不知時間已過多久。地下室裡的光禿燈泡依舊亮著，或許黎明了，天亮了。也或許學校開始上課了。但他不在乎。

嘴巴有膠水味，睜開惺忪的雙眼。胸前躺了兩張紙鈔，兩千克朗。他屈手拿起鈔票，感覺肌肉繃緊。手肘內側貼了塊大繃帶，繃帶中央冒出一片血漬。

應該還有……更多的。

他翻開沙發，摸索座墊底下，找到一捆掉落的鈔票，三千。將鈔票攤開，與胸口那兩張放在一起，摸摸整疊錢，還捏搓著發出沙沙響。五千克朗。什麼都辦得到。

他看看繃帶，咯咯笑。眞不賴，只要躺著閉上眼睛。

眞不賴，只要躺著閉上眼睛。

那是什麼？好像也有人這麼說過，某個人……

對了，是托比的姐姐，她叫什麼來著……英格蕾？接客，托比這麼告訴湯米。這樣就有五千克朗，托比說：「眞不賴……」

只要躺著閉上眼睛。

湯米壓壓手中的鈔票，將它們捏成一團。這是她喝他血所付的錢。因爲生了某種病，她這麼說。不過，他媽的這什麼病呀？可從來沒聽過。若眞生了這種病，也該上醫院吧，讓他們給你……何必帶著五千克朗跑來地下室……

嗖。

不。

湯米從沙發坐起，丟開身上的毯子。他們不存在，不，沒有吸血鬼這種東西。那個女孩，穿著黃洋裝的那個，她一定以爲自己是……等等，大家在找的……那個據說爲獻祭儀式……

湯米臉埋進手裡，手中的紙鈔蹭著耳。他搞不懂，但不管怎樣，現在可被女孩嚇破膽了。

他想回家，即使此刻天色黑漆漆，就在這時，他聽到了樓梯間的門開啓的聲音。心臟如受驚嚇的鳥兒噗噗跳，慌張地左右張望。

武器。

唯一見到的只有掃帚。湯米嘴角拉出的苦笑撐了一秒鐘。

掃帚，還真是個能用來對付吸血鬼的好武器啊。

突然想起了什麼，將紙鈔塞進口袋中，走進避難室。先一腳踏出確定迴廊上沒障礙物，一轉身溜入，就在此刻，通往地下室的門正好開啓。他不敢鎖上門，就怕她會聽見聲音。

黑暗中，他蜷縮著，努力不讓呼吸有聲音。

十

地上的刮鬍刀片閃閃發亮。刀片一角有著如鐵鏽的褐色污跡。依萊撕下一截摩托車雜誌的封面，將刀片包住放進口袋裡。

湯米離開了，也就是說他還活著。他自己走出去，回家睡覺。就算他將片段線索拼拼湊湊，也搞不清楚依萊住在哪裡。

每件事都呈現出該有的樣子，每件事都很……棒。

牆上倚了把長柄木掃帚。

依萊拿起它，靠著膝蓋壓下，從柄與帚交接處折斷。斷裂處粗糙又銳利。現在帚柄成了一截約一臂長的細木棒。他將銳利的棒端頂著自己胸口，兩側肋骨之間，就是那女人以手指戳著的地方。

深呼吸口氣，緊握著掃帚柄，念頭開始盤旋。

刺進去，刺進去。

吐了口氣，鬆開手，又握緊，往下壓。

緊握著帚柄，只離心臟一公分，他佇立了兩分鐘。突然聽到地下室的門把被砰然壓下，門瞬間滑開。

他將木棍移開胸口，專注凝聽。聽見迴廊傳來緩慢謹慎的腳步聲，像個剛學步的孩子。有個很大的孩子剛學會怎麼走路。

†

湯米聽見腳步聲，納悶著：是誰？

不是史泰凡、拉席或羅本，而是某個生著病、拖著沉重……聖誕老公公！一想到迪士尼卡通版本的聖誕老公公模樣，湯米忍不住咯咯笑，趕緊用手蒙住嘴……

呵呵呵！說：「媽媽！」

……肩上背著大袋子，搖搖晃晃穿過迴廊的聖誕老公公。

手掌摀住的雙唇微微顫抖，得咬緊牙根才不致咯咯出聲。湯米繼續以蹲伏姿態慢慢挪到門邊，一次一小步。背頂著牆角，就在這時，從門縫透出的矛形光束霎時黯淡。

聖誕老公公擋在避難室與燈光間。湯米趕緊將另一手擱在已蒙住嘴的一手上，免得突然叫出來。靜候著門被打開。

†

無路可跑了。

從門縫他見到哈肯殘破的軀體。依萊將木棍伸得長長，輕輕推推門。門推開了十公分，然後被門外的身軀擋下。

有隻手抓住門緣，將門往後甩，大力撞上牆，鬆落了一個鉸鏈。垮歪的門靠著剩下的鉸鏈彈回來，撞著了那現已塡滿門縫的身軀的肩膀。

你要我怎樣？

及膝的衣物上還掛著幾縷藍碎布，藍布之外的其餘地方則成了遍布爛泥、土沙和污斑的骯髒樣貌。依萊鼻子嗅出那污斑是動物和人的血漬。撕裂的衣物下裸露出他白皙的肌膚，肌膚上蝕鏤著永不可能癒合的抓痕。

他的面貌沒變，仍是一團醜陋的裸皮赤肉，上面獨紅眼彷彿像發臭蛋糕上一枚成熟的櫻桃，純粹爲了好玩而鑲上，但嘴巴卻張得開開。

臉龐下半部有個黑洞，暴露出沒嘴唇覆蓋的牙齒。那個黑洞忽大忽小，伴以咀嚼的動作和一聲聲低呼：「依——萊——」

那聲低呼實難讓人辨出是「嗨」、「嘿」或「依萊」，因爲他沒唇也沒舌來幫忙發出ㄌ的音。依萊將棒端指向哈肯心臟，道了聲：「嗨。」

你想要幹麼？

這種活死人。依萊對它們一無所知，不知道眼前這個生物是否與她具有相同的死穴，能以摧毀心臟直接擊斃。哈肯停駐在門口，這似乎意味著一件事：他也需要被邀請才能進入。

哈肯目光掃視著依萊黃色洋裝下，那似乎脆弱不堪的身軀。此刻依萊眞希望他和哈肯之間有更多布料，更多保護介入。依萊謹愼地將木棒靠近哈肯胸膛。

他有感覺嗎？他現在會覺得……害怕嗎？

此刻的依萊體會到一種他幾乎要忘了的感覺：對痛苦的恐懼。當然，即使受傷，他也能痊癒，但這時卻難掩恐懼，強烈恐懼哈肯身上散發出的那種巨大威脅，讓人……

「你想幹麼？」

這生物發出空洞刺耳的聲音，吐出一口氣，而原本鼻孔部位的兩個洞流出一滴黃黏液體。是嘆息嗎？接著是破鑼的低語：「啊——及——」一隻手像抽筋倏地縮了一下，笨拙抓住了衣襬，將自己衣服往上拉。

哈肯的陽具勃起歪斜，渴望被人注目，依萊望著那根布滿青筋的東西，僵硬腫脹……

他怎麼能……他那地方肯定一直都這樣。

「啊——及——」

哈肯帶勁地將包皮拉上拉下，龜頭忽露忽隱，像一掀蓋就跳出來的玩具，還不斷發出歡娛，還是痛苦的呻吟。

「啊——伊——」

依萊鬆了口氣噗嗤而笑。

就這樣。原來是爲了打手槍。

他可以站在那兒，站到腳生根，直到……

他會射出來嗎？他會站在那裡……一輩子的。

依萊想起一種將扭把轉緊就會開始動作的猥褻玩偶。僧侶造型的玩偶的斗篷會翹起，他會開始不斷手淫，直到轉緊的扭鬆開。

喀啦——喀，喀啦——喀……

依萊笑了出來，沉浸在自己的幻想中，全然沒注意到哈肯已經踏進屋，不請自入，也沒注意到他原本拳握著不可能實現愉悅快感的肉棒的那隻手已經舉上了頭。

手臂瞬間抽搐而後甩下，落在依萊耳朵上的拳頭力道足以殺死一匹馬。落偏了的這拳將依萊的耳朵以強勁力道硬生生扯裂，半隻耳朵掉落水泥地，發出悶悶的一聲啪。

十

湯米一發現迴廊外那東西沒打算入侵避難室，就大了膽子將手從嘴巴移開。他坐在迴廊邊，屏氣聆聽，想搞清楚狀況。

女孩的聲音。

嗨。你想要幹麼。

之後出現她的笑聲。然後是另一種聲音，聽起來不像人類所發出。接著是悶沉的砰聲，彷彿有身軀在移動。

現在，外頭出現了某種……重新安排的情境。有東西被拖過地面，但湯米可不打算瞧個明白。不過這聲音倒能掩飾他起身沿著牆面移動到那堆疊箱子所可能發出的噪音。

心臟如玩具小鼓砰砰不停，雙手顫抖著。他不敢點亮打火機。爲了更專注乾脆閉上眼，以手摸索箱子最上層。

手指抓到了他要摸索的東西：史泰凡那座射擊獎盃。他小心地舉起，在手中掂掂重量，若抓住射擊手雕像的脖子，那麼石製的底座就能當成棍棒。他張開眼，發現自己竟能隱約看出那個銀製射擊手的身形輪廓。

朋友。我的小朋友。

獎盃握在胸前，他又蜷縮於角落，等著眼前這些結束。

十

依萊被抓住了，像個被攫取的物品。

他終於從陷溺的幽暗裡浮出來，感覺到自己的身體漂晃在遠遠的另一座海……但被人抓著。背部傳來緊貼地面的壓迫感，雙腿被高舉著往後壓，鐵環緊箍住他的踝。圈上鐵環的腳踝分立於頭的兩側，脊椎緊繃著，感覺整個人快斷成兩截。

我快斷了。

整顆頭陣陣刺痛，軀體像一疊布被外力硬摺成兩半，依萊以爲這是自己的幻覺，因爲雙眼又能看見時，所見的只有一片黃。而在黃色背後，則是巨大翻騰的影子。

而後是冷。冷冰冰的球狀物滾動在他兩片臀之間的淺薄皮肉上。有東西想長驅直入，一開始戳探，接著塞擠。依萊倒抽口氣，蓋覆頭部的黃洋裝被他用力吸吐的氣息吹開，他看見了。

哈肯趴在他身上，那隻獨眼盯著他敞開的屁股。雙手緊扣住依萊腳踝，依萊雙腿被殘忍地往後扳，扳到雙膝跪在肩膀兩側。哈肯用力挺進，依萊聽見自己大腿後側的肌腱像繃過緊的繩索啪地斷裂。

「不——！」

依萊朝著哈肯那團看不出任何表情的模糊臉龐放聲哀號。哈肯嘴角流下一道口水，絲連而後斷裂，落入依萊唇間，嘴裡滿是屍體味。依萊的手像布娃娃雙臂，垮軟地垂癱在軀體兩側。

手指底下有東西，圓圓的、硬硬的。

他努力思索，強逼自己在這黝黑旋轉不停的瘋狂狀態裡創造出一片亮光。在這片亮光中，終於看見自己手中握著的棍棒。

太好了。

依萊抓緊掃帚柄，手指扣住這脆弱的救星，這時哈肯繼續推擠、戳刺，企圖搗入。

利端，尖銳那端應該在那裡。

他轉頭瞥了棍棒一眼，的確就在那端。

等待機會。

依萊腦中默默進行，想像待會兒的動作。接著，動手。瞬間將面下的棍棒利端揮起，使勁全力刺向哈肯的臉。

胳肢窩拂過自己大腿側，木棒直直戳……卻仍離哈肯的臉幾公分。角度位置不對，依萊無法再伸長手臂。

失敗了。

瞬間依萊想著，或許自己有能力靠意志死去，若他關掉……

哈肯又挺進之際，頭也順勢垂下。這時，傳出木湯匙戳入濃粥攪拌的聲音，木棒尖銳那端已刺入他的眼。

哈肯沒哀號，或許沒感覺。突然目盲的驚嚇讓他鬆開了握住依萊腳踝的手。依萊絲毫不察雙腿傷勢，從他掌心將雙腳扭鬆後，立即朝哈肯胸口直直踹過去。腳底撞擊皮肉發出濕潤的啪咂聲，哈肯往後倒。依萊拉回雙腿，讓自己站立，後背顫起的一陣刺痛讓他雙膝一屈噗的跪地。哈肯沒倒下，只是後仰了腰，像鬼屋裡的電動人偶，隨即又挺直身子。

兩人面對面，膝著地。

插在哈肯眼睛的棍棒被一點一點往下拉，隨著手的節奏慢慢往下滑，然後抽出，在地上撞出幾聲節奏，而後躺平。一道透明液體開始從那個曾是淚海的凹洞滲出。

兩人一動也不動。

哈肯眼穴裡流出的液體滴滴答答落在他赤裸的大腿上。

依萊全身力氣湧至右手，握成拳頭。

哈肯肩頭抽搐乍動，身軀奮力撲向依萊，想重回自己被甩落的地方，就在這時依萊揮出右拳，猛然擊向哈肯胸口左側。

肋骨斷碎，肌膚伸張到極限繃了一會兒，終於放棄，破裂。

哈肯的頭一垂，想探看他根本看不到的東西。這時依萊的手在他胸腔裡摸索，找到他的心臟。一團冰冷柔軟的東西。沒有跳動。

不是活的。那一定……

依萊將心臟捏碎。太容易屈服了吧，就這麼像個死水母一捏就碎。

哈肯的動作彷彿有隻特別頑固的蒼蠅黏在皮膚上，他舉高手臂，想讓那討厭的東西滑落。他想抓住依萊手腕，但依萊早先一步抽回手，繼續緊握著在他掌裡顫抖的心臟殘餘。

得離開這裡。

依萊想起身，但雙腿不聽使喚。哈肯盲著眼摸索，手伸在前方想摸到依萊。依萊以腹爬行，要爬出這裡，雙膝著地摩蹭出細碎聲音。哈肯頭轉向窸窣聲，伸手抓到了衣服，扯下一隻衣袖，而這時依萊也爬到門口，再次膝跪地。

哈肯站起來。

在哈肯摸到門之前，依萊有幾秒可以喘息，他趁著這空檔集中意念，命令自己斷裂的關節癒合到足以站立。然而在哈肯抵達門邊時，依萊雙腿的力量僅夠恢復到撐牆站起。

依萊的手撐著粗糙牆板免得摔跤，卻被細碎木刺戳進指尖。他現在知道了。沒有心臟又瞎眼的哈肯會死追著他不放，直到……直到……

必須……摧毀……必須……摧毀他。

一條黑線。

之前不在那兒的一條垂直黑線就在眼前。依萊知道該怎麼做了。

哈肯手扶著門框，身體踉蹌跨出儲藏室，接著伸出雙手摸索。依萊背緊貼著牆，等待適當時機。

「啊——」

哈肯走過來，謹慎邁出步伐，立定在依萊正前方。他聆聽、聞嗅。

依萊往前靠，伸出雙手與哈肯肩膀等高，忖量距離，接著往後靠住牆，使勁全力，一股作氣往前衝撞哈肯。

成功了。

哈肯碎步往旁邊踉蹌，後倒撞進避難室的門。門縫，也就是剛剛依萊以為的黑線，隨著門往內敞開，愈裂愈大，大到哈肯摔入黑暗中。而依萊也因用力過猛一頭撲下迴廊，但總算在臉摔地前設法停住。他爬到門邊，抓住輪舵的下半部。

哈肯躺在地上，依萊用力關上門，轉動輪舵將門鎖閉。然後爬到地下室的辦公間，找了木棒穿過兩個輪舵使之卡死，以免輪舵從裡面被轉開。

依萊繼續集中能量癒合身體，並開始爬出地下室。耳朵流出潺潺血河。爬到地下室大門，已復原得能雙腳站立。將門推開，拖著晃抖的雙腳爬上樓梯。

休息，休息，休息。

推開樓梯頂端的門，走入社區門廳的燈光下。他才被毆打、羞辱，而現在太陽又正要躍出地平線來恫嚇他。

休息，休息，休息。

但他得……根除。他只知道唯一能辦到的方式，火。蹣跚走過中庭，朝向那唯一能找到火的地方。

星期一早上七點三十四分，布雷奇堡。

阿維德莫內街上的ICA超市的防盜警鈴響起，警察十一分鐘後趕到現場，發現櫥窗已被打破。就住在隔壁的超市老闆已經在那兒。他說從自家窗戶看見有個年紀很輕的黑髮人跑離現場。但檢查了店內財物後，卻發現沒遺失任何東西。

七點三十六分，太陽升起。

醫院的百葉窗比自己住處的更好，遮光效果較佳。不過一處的百葉窗壞了，微弱晨光流瀉而入，在深色天花板上投射出一條塵灰色的光影。

薇吉妮雅攤開整個身子，僵硬地躺在床上，凝視著陣風吹動百葉窗而跟著顫抖的灰色細長光影，反射出微弱光線。小小困擾罷了。眼底起了睡意。

睡在病床旁邊的雷基鼻塞喘著氣。兩人昨晚徹夜聊天，多半聊著過往回憶。將近四點雷基終於沉沉入睡，手還緊握著她。

約一小時後，護士進來量血壓，她將手從他掌心裡抽出。好滿足。望著兩人纏綿的手的那一眼，事實上是對雷基深情溫柔的凝視。薇吉妮雅聽到了雷基哀求她要活著，還給了她應該活著的理由，所以這樣的凝視，應該是溫柔的吧，她心想。

薇吉妮雅雙手交叉放在胸口上，對抗著身體那股欲望……關閉的欲望。入睡這個說法不夠恰當，因為若沒刻意集中於呼吸，呼吸就會停止、關閉。而她此刻必須保持清醒。

她希望雷基醒來前會有護士進來。

沒錯。若能趁著他睡覺時結束，最好不過。

不過或許可遇不可求。

十

日光在中庭逮住了依萊，一支灼燙的炙鉗擰住了他受傷的耳。本能地躲進社區入口的遮蔭下，抓緊胸口三塑膠罐的工業用酒精，彷彿也怕它們曬到太陽。

離住處樓下大門只有十步遠。到奧斯卡家則有二十步。三十步到湯米家。

我做不到。

不。若健康點、強壯點，或許可以撐到奧斯卡家樓下，等待時也能承受得住分分秒秒愈加猛烈的強光。但湯米家就沒辦法，現在辦不到。

十步，上樓梯，樓梯間有扇大窗戶。如果跌跤，如果太陽……

依萊開始跑。

烈陽如餓獅猛撲而來，齧咬著他的背。在陽光怒吼的力道下，他被往前拋甩，差點失衡摔倒。大自然對他的罪孽感到無比噁心，在陽光下攤給他看自己的罪行，就算只有一秒鐘也不放過。

終於抵達門口，撞開門，但背部已被灼傷得嘶嘶冒泡，彷彿有人淋下滾燙熱油。痛楚讓他幾乎昏厥，麻痺目盲地拖著步伐上樓梯。他不敢睜開眼，就怕雙眼會被炙光熔化。

塑膠瓶掉了一個，依萊聽見它滾下樓的聲音，但無能爲力。低著頭，一手抱著剩下的塑膠瓶，另一手抓住欄杆，費力瘸拐上樓，終於走到平臺處，只剩一段階梯。

烈陽從樓梯間窗戶傾瀉而下，抓住最後機會鞭打他的頸，凌虐他，趁著他爬上階梯時撕咬他的大腿、小腿和腳踵。他熊熊燃燒，唯一缺的只是火焰。開了門，倒向屋內美妙冰冷的黑暗中。砰地將門甩上。完全黝闇了。

不過廚房的窗開著，那兒沒有百葉窗遮掩。還好透進的光線比剛剛遭受的焰爪弱多了，也灰了些。依萊將瓶子放在地上，繼續爬行。爬進浴室，攫噬他背的光線力道雖然溫柔了點，但燒焦的氣味仍飄進鼻腔中。

伸長手，打開浴室門，爬進那密實的黑暗中。將兩個塑膠罐推開，關住門，鎖上。

我不可能再完整了。

在滑進浴缸前，他想到了：

大門沒上鎖。

太晚了。就在陷入濕黑狀態之際，整個身體也關起，反正也沒力氣了。

十

湯米坐得直直，緊貼著角落。屏住呼吸，直到耳朵嗡嗡作響，發現眼前出現了流星。聽見地下室門關上，他才有膽喘著氣，促急的呼吸聲沿著水泥牆面滾行，慢慢消逝。

完全安靜了。黑得如此徹底，彷彿黑暗是團有重量的東西。

伸手到面前，沒東西。沒差異。摸摸自己的臉好說服自己的確存在。沒錯，手指觸到了鼻子和嘴唇。

不眞實。自己在手指下閃爍出生命，但旋即又消失。

反倒是另一手裡的小雕像感覺起來比自己更鮮活，更眞實。握握它，緊緊抓住。

頭垂在兩膝間，湯米就這樣坐著，雙眼緊閉，手摀住耳朵不想知道，不想聽到儲藏室裡發生的一切。好像有個小女孩被人謀殺了。他什麼都不能做，也不敢做，所以只好讓自己消失來否認這些事實。

他和爸爸在一起，在足球場上、在樹林裡、在享受死海鹽浴。最後思緒停駐在瑞克斯塔原野上和爸爸玩遙控飛機的情景，這飛機是爸爸向同事借來的。

媽媽走過來看，沒多久就覺得遙控飛機在空中繞圈圈無聊透頂，所以她回家了。湯米和爸爸玩到了傍晚，飛機成了粉紅餘暉天色中的一抹剪影。父子倆手牽手，穿越樹林走回家。

那天，湯米就是在那裡，但距離尖喊聲和瘋狂行爲仍有幾公尺遠。他只記得遙控飛機轟隆的嗡嗡聲，還有自己緊張地操控，讓飛機繞著大圈遨遊那片原野、墓地之上時，爸爸那雙大手貼在他背部的溫暖感覺。

在那之前湯米從沒去過那片墓地。他一直想像著，去那裡的人會漫無目的在墳墓間遊蕩，雙眼流下如漫畫中的斗大閃亮淚珠，濺灑墓碑上。後來，爸爸死了，湯米才知道墓園很少，幾乎不像他想得那樣。

手緊貼著耳朵，讓自己隨這些思緒飄離當下。想起走過樹林的感覺，想起遙控飛機上的小瓶子裡那特殊燃油的氣味，想起……

直到被手掌隔離的耳朵隱約聽見門鎖轉動的聲音，他才放下手，四周張望。沒有用，因爲這避難室甚至比他眼瞼底下的世界更黑暗。聽見第二個輪舵發出轟隆聲，將不管是什麼的怪物鎖在裡頭之際，他又開始屏住氣息。

遠端那扇被鎖起的門傳出砰然巨響，傳遍樓梯間。牆壁和他所在位置全跟著抖動。還活著。

不會抓到我。

他不清楚「它」到底是什麼，不過總之那東西沒發現他。湯米從蜷曲的位置起身，沿著牆壁朝門口慢慢摸索，一隊激動的螞蟻在他麻痺的腿上奔跑。雙手因緊壓著耳朵，再加上恐懼而出汗，汗水淋漓到甚至從手掌滴落。

空著的手摸到了被關起的輪舵，開始轉動。

只轉了十公分就卡住。

這是什麼……

他壓得更用力，輪舵沒移動。放下雕像，想以兩手之力來旋轉。雕像傾倒，撞擊地面發出一聲砰。

他楞住。

這聲音聽起來很奇怪，彷彿落在某種……軟東西上。

他蹲在門邊，想轉動下面的輪舵。一樣，只轉了十公分就卡住。他坐在地上，努力思考眼前現實狀況。

該死，我眞的要被困在這兒了嗎？

這類的下場。

突然毛骨悚然……爸爸死後那幾個月不斷出現的恐懼。已經很久沒這種感覺了，而現在被鎖在這漆黑之地，它又出現了。對父親的愛，經歷一場死亡之後，竟變成一種恐懼，對爸爸軀體的恐懼。

喉頭哽了一塊愈來愈大的東西，手指僵硬。

現在專心！快思考！

儲藏室另一端的架子上有蠟燭，問題是怎麼在黑暗中走到那裡。

白癡！

他打了自己額前一掌，大聲笑出來。有打火機啊！眞是的，若無法點燃，就算拿到那些蠟燭又有什麼用？

周遭有千百個罐頭，但若沒開罐器，身邊滿是食物，也會餓得半死。

他在口袋裡摸索打火機，心裡想著，其實並非毫無希望。遲早會有人到地下室，就算沒其他人，自己媽媽也一定會來。況且若能讓這裡有些亮光，應該會有轉機。

從口袋掏出打火機，壓彈點亮。

已熟悉黑暗的雙眼被突來亮光一照而短暫視盲，適應之後才發現自己不是孤單在這兒。

就在地上，他的腳邊，是……

……爸爸……

他未能想起其實爸爸早被火化。就著跳動的亮光，他看見了那屍體的臉。他知道人活在世上多年後就會變成那副模樣。

……爸爸……

他的驚呼吹熄了打火機，但就在亮光熄滅剎那，他見到了爸爸的頭抽動著……

……是活的……

腸裡的內容物突然嘩啦溢出褲子，濺得尾椎溫溫熱熱。雙腿一癱，整副骨骸垮解，倒在那團東西上。打火機掉落，彈過地面。手輕碰到那屍體的冰冷腳趾。它的尖銳趾甲刮傷了他的掌心。他繼續尖叫……

但老爸！你怎麼沒剪指甲？

……然後開始撫拍對方冰冷的腳，彷彿那是隻凍僵了的小狗，需要好好被安慰。繼續往上拍到了脛骨、大腿。感覺皮膚底下緊繃的肌肉開始移動，他受驚地放聲大叫。

手指摸到了鐵，獎盃小雕像，就躺在屍體兩隻大腿間。他將雕像抓到胸前，不再尖叫，有那麼半晌回到了真實世界。

可以當棍棒。

停止尖叫後的沉默片刻，他聽見了黏稠物滴滴答答的聲音，就在這時屍體躍起上半身，一隻冷冰冰的肢體輕推了他手背。他趕緊抽回手，緊緊抓著小雕像。

不是爸爸。

不是。湯米往後縮，挪動屁股離那屍體遠遠，儘管褲底還沾黏著排泄物。有那麼半晌他以爲自己在黑暗中也看得見，因爲他的聲音印象能轉成視覺，讓他看見在黑暗中起身的屍體，一團淡黃的星雲。

湯米蹭著小碎步將身體往後挪到牆邊，這時遠端的屍體吐出了短短的嘆息：「……啊……」

湯米看見了……

一頭小象，卡通象，出現了，（叭——聲），這頭巨象……象鼻舉高！……叭。字母「A」，瑪格努斯、布勞斯和伊娃出現了，唱著：「那裡！是這裡！哪裡你沒……」⑨

不，它是怎麼……

屍體一定撞到了那堆箱子，因爲湯米聽見了砰的一聲，音響器材全掉到地上鏗啷鏗啷響。湯米倏地往後緊貼住牆，後腦杓撞個正著，摩擦出靜電噪聲。在它的狂吼聲中，他也聽見了它硬邦赤足一步步踏在地上的重擊聲。

這裡。是那裡。你不在那裡。不對。對。

就像那樣。他不在這裡，他看不見自己，看不見發出噪音的那個東西。所以只有**聲音**。他雖凝視著音響的黑色網線，但能聽到的只有這個聲音。這個甚至不存在的聲音。

---

⑨瑪格努斯、布勞斯和伊娃是瑞典兒童節目《五隻螞蟻勝過四隻大象》中的三個哥哥姐姐的名字，他們會在節目中教導小朋友字母和數字。

這裡。是那裡。你不在那裡。

他差點開始大聲唱起兒童節目裡的這首歌，幸好殘存的敏銳意識告訴他此刻不宜。螢光幕消逝的白色嗡響逐漸褪去，只留下空白畫面，他開始堆築出新思緒，費力地堆築。

臉，那張臉。

他不願想到它的臉，不要去想……

打火機瞬間照亮了那張臉。

它靠近了，不僅腳步聲趨近，連地面也飄過他雙腳舉起又落下的陣陣氣流聲。不行。他可以感覺到，他的現身就像比黑暗更令人難參透的陰影。

用力咬著下唇，直到嘗出滲出的血味。緊閉眼睛，看見自己的雙眼不在了，像兩……眼睛。

它沒有眼睛。

有隻手揮過空中，在他眼前拂起一道弱弱的氣流。

瞎了。它瞎了。

他不確定，但那生物肩膀上那團東西的確沒有眼睛。

那隻手又在半空揮拂，湯米感覺臉頰有氣流拂過，就在那隻手碰觸他的十分之一秒前，他及時撇過臉，所以它的手指僅掠過了他的髮。他停住撇頭動作，立即趴臥倒地，開始以雙手在自己面前划圈，如游泳般爬行。

打火機，打火機。

有東西戳到臉頰，察覺竟是它的趾甲，頓時湧起噁心感。瞬間翻過身，可不能與那隻搜尋他的手處於相同位置。

這裡。是那裡。我不在那裡。

嘴裡不由自主發出笑聲，他努力克制，卻擋不了。笑到口水噴了出來，沙啞的喉嚨笑或叫到打嗝。而雙手，就像兩個雷達，繼續探索著地板，或許這是他唯一的優勢，唯一能勝過黑暗的優勢，而這黑暗正想吞噬他。

上帝啊，幫幫我。讓祢臉上的榮光……上帝……對不起，我在教堂做了那件事，對不起……每件事。上帝，我會一輩子相信祢，不管祢要我怎樣，只要祢……讓我找到打火機……當我的朋友，拜託啊，上帝。

有事發生了。

就在湯米感覺到那東西的手抓住他的腳之際，瞬間出現藍白亮光，好像是閃光燈。也在那瞬間，湯米的確看見了傾倒的箱子，凹凸不平的牆面，以及通往儲藏室的走廊。

然後他看見了打火機。

離他右手只有一米。瞬間又被黑暗包圍，但打火機的位置已經烙印在他眼底。使勁將自己的腳從那東西的掌心抽離，撲出手臂抓住了打火機。緊緊握在手裡，雙腿躍起。

他不管自己是否一口氣要求太多，這會兒腦袋又開始喃喃訴說新的祈求。

讓那東西瞎了吧，上帝啊，讓他瞎，上帝，讓他瞎……

他彈開打火機。一陣閃光，就像剛剛看見的藍白亮光，接著焰心呈藍的黃色火炬出現。

那東西站在原地，轉動頭部尋找打火機彈開的聲音。開始朝這方向而來。湯米滑了兩步抵達門邊，手中的火焰搖曳閃爍。那東西來到了湯米三秒鐘前所在的位置。

如果有力氣玩，他就會跟他玩下去，只不過在打火機的微炬中，突然一切無情地**眞實**了起來。不可能再遁入幻想，以爲自己不在這裡，以爲這些都沒發生在自己身上。

他的確被鎖在這具隔音效果的屋子裡，和一個把他嚇得半死的怪物關在一起。胃一陣翻湧，但已空到吐不出個什麼東西。反倒是放了小小的屁，那東西聞聲轉頭，又朝他而去。

湯米以空著的單手轉動上鎖的輪舵，用力之猛連拿著打火機的那隻手也微微顫抖，火焰熄滅了。輪舵仍不動，但從眼角，湯米還來得及瞥見那東西正趨前而來，趕緊閃離門邊，站回之前縮坐的牆邊。

他塞著鼻啜泣。

讓這一切結束吧，上帝，讓它結束。

這隻巨象又拿起帽子，以帶著鼻音的聲音說：這是尾——聲！吹喇叭，吹象鼻，叭——！現在結束了！

我要瘋了，我……它……

他搖搖頭，又點燃打火機。前方地面躺著那座獎盃。他彎腰拿起，跳了兩步到旁邊，朝向另一側的牆邊走。看著那東西正摸索到了他剛剛所在之處。

瞎眼人的嚇唬招數。

湯米一手拿打火機，一手拿獎盃。張嘴想說些什麼，卻只能發出低啞聲。

「來啊，就……」

那東西被驚動了，轉過身，朝向他。

他將史泰凡的獎盃當成棍棒舉起，就在那生物離他半米之距，用力揮向它的臉。

就像足球場上完美的罰球，在腳碰到球的剎那，你知道這球……絕對完美射門。同樣地，湯米手中的獎盃揮出的半途，那……

讚！

……石製底座的銳角順著湯米手甩出的弧形力道碰到那東西的太陽穴，就在這瞬間，他感覺到勝利了。它皺扁的頭顱以及裂冰的聲音只是更加確定了這種感覺。冰涼液體噴濺到湯米臉龐，那東西癱倒在地。

湯米佇立原地喘著氣，看著那癱在地上的軀體。

他正勃起呢。

沒錯。那東西的陽具像個迷你半倒的墓碑凸起著。湯米盯著它看，等著它憔悴。等不到，就是不倒。湯米很想笑，可是喉嚨太痛了。

拇指抽痛，低頭一看才發現打火機的火焰開始燒到壓著瓦斯頭的拇指。本能地放開手，但手指不聽話，抽筋卡在壓頭上了。

他將打火機轉了個方向，就是不想讓火熄滅。不想又被留在黑暗裡，和這個……有動靜。

那東西又抬起頭，準備站起來，這時湯米突然感覺到某種重要的東西離開他了。湯米之所以是湯米，就需要靠那東西。

大象平衡站在蜘蛛網的一根小絲線上！

絲線斷了，大象跌下來。

湯米又狠狠打它，再打。

打一會兒後，他開始覺得挺有趣。

十一月九日星期一

摩根走過票閘口，對票務員揮揮手中那張已過期六個月的月票，而賴瑞則守分地停下腳步，抽出一條皺巴巴的乘車優惠券，對票務員說：「到安拜普蘭站」。

票務員從書中抬起頭，在乘車優惠券上蓋了兩格。摩根笑看著賴瑞追上來，兩人走下階梯。

「幹麼那樣啊？」

「什麼？你是說在乘車券上蓋章啊？」

「是啊。你又不是什麼模範市民。」

「與那無關。」

「那是為什麼？」

「因為我不像你啊，可以吧？」

「拜託……那傢伙只是……就算拿張國王的照片給他蓋，他也會連看都沒看直接蓋上去。」

「是，好，別說那麼大聲。」

「難不成怕他來抓我們啊？」

兩人打開通往月臺的門之前，摩根將手拱成杯狀湊成擴音器，放在嘴邊朝向售票口喊著：「注意，注意，有人非法乘車！」

賴瑞趁機溜開，跨前幾步衝到月臺。摩根追上他時，他說：「你這種舉動很幼稚，你知道嗎？」

「對啊，就是幼稚。好啦，別鬧了，再把整件事情說給我聽聽，從頭到尾。」

前一晚賴瑞打了電話給摩根，大概說了古斯塔十分鐘前在電話中告訴他的事。兩人決定今早在電車站碰頭，一起到醫院去。

這會兒賴瑞又從頭說一遍。薇吉妮雅、雷基、古斯塔和貓。雷基陪薇吉妮雅坐上救護車。不過賴瑞自己這版本還多添了些細節。話還沒說完，往城裡的電車就進站了。兩人上車，霸占了四人座，賴瑞把故事說完，「然後救護車就馬力全開，響著警笛往前衝。」

摩根點頭，咬著指甲，望向窗外，這時電車爬出隧道，停在冰島廣場站。

「到底是什麼讓牠們那樣抓狂？」

「你是說貓？不知道。應該有什麼東西把牠們搞得全發瘋。」

「全部的貓？同時？」

「有更好的意見？」

「沒有，該死的貓。雷基肯定快崩潰了。」

「嗯，他以前就不怎麼正常啊。」

「是不太正常。」摩根嘆了口氣，「他媽的，我真替那傢伙難過，真的。我們應該……我不知道，做些什麼吧。」

「那薇吉妮雅呢？」

「對，對，對，還有薇吉妮雅。不過你知道的，受傷、生病，還能怎樣？不就是躺在那兒。最難捱的反而是坐在病床邊……不是啦，我不知道，不過他還好……上次他……他說那是什麼來著？狼人？」

「吸血鬼。」

「對。從他說這句話，就知道他狀況不怎麼好，是吧？」

電車駛進安拜普蘭站。身後的電車門關上之際，摩根說：「在這裡，我們得同舟共濟了喔。」

「我想至少有蓋兩格的話，他們會通融些吧。」

「那是你**想**的，事實上你根本不知道。」

「你看到投票結果了吧？瑞典共產黨的票數？」

「看到了，看到了。選舉完就會沒事了。很多人站在投票箱旁時，還是會秉著良心投下自己的票。」

「那是你自己這麼想。」

「不是，我真的知道。等到哪天共產黨被趕出國會，我就會相信有吸血鬼這種東西。不過，當然啦，總會有保守反動人士，譬如古斯塔．波赫曼和同夥人，你知道的。至於說到吸血……」

摩根又開始獨白起來了。靠近阿凱雪夫區，賴瑞就沒在聽他說話了。溫室外有個警員，望向電車站。賴瑞想到自己出站時沒蓋的乘車券，不由得良心不安，但一想到警察之所以站在那兒的理由，立刻壓抑住這念頭。

這警察看來一臉無聊。賴瑞鬆了口氣。摩根獨白的字句偶爾飄進賴瑞的意識裡，兩人朝著薩巴斯伯格醫院走去。

十

七點四十五分。還沒有護士進房。

天花板上塵灰色的長條光線已經變成淡灰，而百葉窗滲進的陽光已足以讓薇吉妮雅覺得自己躺在人工日光浴的床上。身體熱起來，開始扭動，但也僅止於此，沒繼續惡化。

雷基躺在旁邊的摺疊床上打呼，睡夢中還動著嘴巴。她準備好了。如果能自己壓鈴叫護士，她早就做了，只是現在手被綁住，動彈不得。

所以只好等待。肌膚上的灼熱很痛，但這不算苦惱。此刻最折磨人的就是得努力保持清醒。只要瞬間忘記，呼吸就會停住，頭上的燈就會加速閃亮，所以她只得瞪大眼睛，不斷搖頭讓自己清醒。

而這必要的清醒也有好處，讓她不會胡思亂想。現在全副心力專注於讓自己清醒，沒餘地來猶豫、後悔或思索其他選擇。

八點整護士進房。

她張嘴道出「早安，我們今天會不錯喲！」這類護士每早會對病人說的問候語，薇吉妮雅趕緊要她安靜，「噓——！」

護士嚇一跳，閉上嘴，皺著眉走進陰暗房間，靠向薇吉妮雅病床對她說：「怎麼……」

「噓！」薇吉妮雅壓低聲音，「對不起，我不想把他吵醒。」她把頭點向雷基的方向。

護士點點頭，跟著壓低聲音說：「對，當然別吵醒他，我只是進來給妳量個體溫和血壓。」

「當然，都行。不過妳能……先把他弄出去嗎？」

「把他弄……妳現在又要我把他叫醒嗎？」

「不是。妳是不是可以……把他整張床推出去？」

護士看著雷基，彷彿在思量就物理狀態來說，這是否可行。最後她笑笑搖搖頭，「我想沒關係，我們只是量口溫，所以妳不需要覺得……」

「不是這樣。妳能不能……就照我說的去做？」

護士瞥了眼自己手錶。

「眞不好意思，我還有其他病人要照顧，我……」

薇吉妮雅以敢發出的最大音量厲聲說：「麻煩妳！」

護士退後半步。她已經聽說過薇吉妮雅昨晚的失控舉止，目光迅速移到綁住薇吉妮雅雙手的皮帶，看見皮帶牢牢綁住她，護士寬心不少，隨即靠回病床邊。不過現在她和薇吉妮雅說話的方式，彷彿把她當成弱智的人。

「妳知道的……我得……我們得，為了幫助妳快點好，只要一點……」

薇吉妮雅閉上眼，嘆了口氣，終於放棄，接著開口說：「可以麻煩妳好心幫我拉開百葉窗嗎？」

護士點點頭，走到窗邊。薇吉妮雅趁機踢開被單，露出身體，屏住呼吸，雙眼緊閉。

結束了，現在想讓自己關熄。她一整個早上不斷抗拒身體這項功能，現在決定有意識地開始進行，卻發現自己辦不到。此刻她經歷了大家都聽過的事：自己一生就像放映電影般快速在眼前閃過。

我養在紙盒裡的小鳥……洗衣房裡剛翻攪過的床單的氣味……母親剛學會的肉桂餐包屑……父親他菸斗的味道……每……小木屋……女兒莉娜和我，那年夏天發現的大蕈菇……孫子泰德臉頰上沾了藍莓糊……雷基，他的背……雷基……

百葉窗噹啷噹啷被拉起，薇吉妮雅被吸入火焰漩渦裡。

十

奧斯卡媽媽如常七點十分喚他起床。他也慣例爬下床，吃了早餐，換上衣服。七點半與媽媽擁抱道別，一如往常。

感覺很正常。

當然，仍擔心焦慮。不過這種感覺也非罕見，每次週末過後要回學校就有這種感覺。

他將地理課本、地圖和還沒寫完的作業裝進書包。已經七點三十五分了。十五分鐘後才需出門。要坐下來寫作業嗎？不要，沒力氣。

他坐在書桌前，凝視著牆面。

這代表自己沒被感染？還是有潛伏期？不，那老人……只幾小時就發作了。

我沒被感染。

他應該快樂、鬆口氣，然而卻沒有這種感覺。電話響。

依萊！有事情發生在……

他從桌前起身，走到玄關，抓起話筒。

「嗨，我是奧斯卡。」

「喔……嗨，你好。」

爸爸。是爸爸。

「嗨。」

「嗯，那……你在家啊。」

「就要去上學了。」

「很好，這樣的話那我就不……媽媽在嗎？」

「不在，出門上班了。」

「喔，我想也是。」

奧斯卡明白了。難怪他在這種奇怪時間打電話來，因為他知道媽媽不在。爸爸清清喉嚨。

「嗯，我是在想……週六晚上的事，是有點……遺憾。」

「對。」

「對。你告訴媽媽……發生了什麼事嗎？」

「你認為呢？」

電話另一端沉默著。一百公里的電話線傳出靜電干擾聲。烏鴉坐在電話線上，兩端的交談就這麼咻咻竄過牠們腳邊。爸爸又清清喉嚨。

「你知道嗎，我問了溜冰鞋的事，沒問題，他們可以送你。」

「我得出門了。」

「對，當然。祝你……今天在學校愉快！」

「好，掰。」

奧斯卡放下話筒，拿起書包，出門上學。

沒什麼感覺。

十

還有五分鐘才開始上課，有些學生仍站在教室外的走廊上。奧斯卡遲疑了一會兒，還是將書包甩上肩頭，走進教室。所有人的目光聚焦過來。

衝過夾道的炮火襲擊，躲開群眾的猛烈圍攻。

沒錯。他就怕這糟糕的一刻。當然，所有人都知道強尼週四發生的事。放眼望去，沒見到強尼，大家週五聽到的應該是麥奇的版本。此刻麥奇就站在那裡，臉上浮現如往常般的白癡笑容。

奧斯卡沒慢下腳步，也沒準備設法逃躲，相反地，他邁開步伐，快速走向教室，內心一片空白。他不在乎會發生什麼事，反正都不重要了。

但可以確定的是：奇蹟發生了，海水裂開了。

圍聚在門口的那群人自動讓出空間，讓奧斯卡不受阻礙走入教室。事實上他沒什麼特別期望。說是因爲他身上散發出的某種力量也罷，或者他是個發臭的賤民，讓人避之唯恐不及也罷，對他來說都無所謂。

然而，現在的他眞的不同了，他們感覺到那種不同，所以見了他自動後退。

奧斯卡走進教室，眼睛沒往兩邊瞥，逕自坐到自己的位置上。聽見走廊傳來眾人竊竊私語，沒多久大家魚貫進入教室。喬漢走過他身邊時，對他豎起大拇指。奧斯卡聳聳肩。

上課鐘響五分鐘後，老師進教室。強尼也出現。奧斯卡以爲他的耳朵上會有繃帶之類的，但什麼都沒有，不過看得出瘀青腫脹，突兀得彷彿不是他身體的一部分。

強尼就座，沒看著奧斯卡，沒看任何人。

他覺得丟臉。

沒錯，肯定是。奧斯卡轉頭看強尼，正巧發現他從書包裡拿出相本塞進抽屜裡。強尼臉紅了，跟耳朵顏色眞配。奧斯卡很想對他吐舌頭，不過終究克制住這念頭。

太幼稚。

十

湯米週一早上八點四十五分才上學。所以史泰凡八點就起床，快速喝了杯咖啡，接著打算和這男孩來場男人對談。

依凡已經出門上班，史泰凡照理說九點要到諸達恩樹林繼續搜捕，雖然他覺得一樣不會有斬獲。

嗯，不過能到外頭透氣也好，況且天氣看來很不錯。他在水龍頭下沖洗咖啡杯，沉思了一會兒，然後換上制服。曾想過穿著便服去地下室找湯米，以正常百姓的姿態和他談談。不過嚴格來說，破壞教堂公物也算警察的事。總之，制服讓他有種權威感，雖然他不覺得自己私下生活會缺乏權威，不過……反正就是這樣。

況且也該穿上執勤的制服，因爲和湯米聊過後，就得直接去現場緝兇。所以史泰凡穿上警察制服、冬季大衣，在鏡子前看看自己，很不錯。然後拿起依凡留在餐桌上的地下室鑰匙，關上門，又檢查了門鎖(出於工作習慣)，走下樓梯，打開通往地下室的門。

說到工作……

這門不太對勁，插入鑰匙毫無阻力，顯然一推就開。他蹲下身，檢查門鎖。

啊哈，被塞了一團紙。

典型的宵小伎倆。先隨便捏造個理由到要下手的人家探路，然後塞團紙來破壞門鎖，希望屋主離家時沒注意到。

史泰凡彈開摺疊式小刀，將那團紙挖出來。

當然，又是湯米。

史泰凡壓根沒去想湯米有鑰匙，**何必**在門鎖上動手腳。反正湯米就是成天在這兒閒混的小偷，而這正是小偷的伎倆，所以：肯定是湯米。

依凡對史泰凡描述過湯米的基地，史泰凡邊走往基地方向，邊在心裡準備待會兒要開講的內容。本來**考慮**採取哥兒們的方式，輕鬆聊聊，不過鎖的事情讓他火氣又上來了。

他可以跟湯米解釋，解釋，不是威脅，關於不良少年拘留所、以社會服務代替牢獄、哪個年紀就會比照成人來判刑，等等事情。透過這些讓他了解自己正走上一條怎樣的路。

打開通往儲藏室的門，史泰凡探頭進去。嗯，就知道，鳥已飛出巢穴。然後看見污跡。蹲下查看，以手指抹抹其中一斑點。

血漬。

湯米的毯子還在沙發上，就連上頭也有零星血漬。而地面，定睛細瞧，才發現全都是血。

受到驚嚇的他趕緊往後退。

在他眼前，是個犯罪現場。原本要開講的訓誡全不見了，腦海開始翻閱處理犯罪現場的規則手冊。他早已記住，不過還是得找出那段落……

立刻取得那些可能遺失的證據物品……記下精確時間……避免該地被污染，因為日後很有可能又能從

那裡取得衣物纖維之類的殘跡……

身後傳出隱約的咕噥聲，當中還夾雜著悶沉的碰撞聲。

有根棍子穿過避難室大門的輪舵。他走向那扇門，聆聽，沒錯。嘟囔聲、碰撞聲都是從裡面傳出來的。聽起來很像……有團東西。好像是背誦著什麼祈禱文，不過實在聽不懂。

崇拜魔鬼的人……

蠢念頭。不過仔細一瞧門上那根棍子，的確被嚇到。就在棍子往上約十公分的頂端有一團深紅的模糊血肉，彷彿激烈爭吵時動了刀之後留下的痕跡。

門另一側的嘟囔聲繼續著。

要增派警力嗎？

不，搞不好另一側正進行的非法勾當就在他上樓打電話時結束，得靠自己來處理這狀況。

他解開槍鞘，以便能輕易取槍，警棍的鉤子也鬆開。他一手從口袋掏出手帕，小心翼翼地把手帕包覆在棍子一端，將它抽出輪舵，並專注聆聽棍子抽出時的摩擦聲是否讓裡頭的聲音跟著改變。

沒改變，祈禱聲和砰撞聲仍持續著。

棍子抽出來了，靠在牆邊，不能破壞上頭的指紋。

他知道手帕不保證不會抹去指紋，所以他不抓著輪舵，反而以兩根僵硬的手指抓著輪輻，硬轉看看。輪舵活塞鬆了。他舔舔唇，喉嚨好乾。另一個輪子一路往後轉，門開啓了一公分。

現在聽見字句了，是首歌。高亢的聲音斷斷續續呢喃著。

兩百七十四隻大象，

在一根小小的蜘蛛絲……

（砰）

……絲！

牠們以爲這好有趣

紛紛去找朋友來！

兩百七十五隻大象

在一根小小的蜘蛛絲……

（砰）

……絲！

牠們以爲這……

史泰凡將警棍移開自己身體，用它推開門。

接著看見了。

湯米跪在一團東西背後，那東西實在難以辨識出是否爲人類，因爲他身體側邊凸出的不是完整的一隻手，而是與軀體若即若離的殘肢。還有胸口、腹部和臉部，成了一團皮肉、內臟和壓碎的骨頭。

湯米雙手握著一塊方形的石塊，唱到某段落時，就往那如被屠剮過的東西砸下去。那東西沒什麼抵抗，而用以攻擊的石塊則一路往下砸到地板，然後被舉起，接著蜘蛛網上多了一隻大象。

史泰凡不能確定那就是湯米。握著石塊那人全身是血，皮肉組織的屑片如此難……史泰凡突然很反胃，但仍努力克制翻湧而上的噁心感，低頭不想再看，就在這時，視線瞥見門檻上一個小錫兵。不，是射擊獎盃上的神槍手。他認出來了。那躺在地上的神槍手正把手槍往上指。

底座在哪裡？

瞬間明白了。

一陣暈眩，全然忘了指紋和犯罪現場的規矩，將頭倚在門柱上，這時那首歌反覆繼續著：

兩百七十七隻大象，

在……

他一定大受打擊，因為此刻竟出現了幻覺。他覺得自己看見……沒錯……清楚看見那躺在地上的屍骸，在被棒打的空檔間……移動著。

彷彿想起身。

十

摩根總是一根接一根的菸抽不停。不過一到醫院入口，他就把菸蒂捻熄在花圃裡，而賴瑞還有半根在手上。摩根將手插進口袋，在停車場裡走來走去，踩到窪坑，水從鞋底浸入，把襪子也沾濕，他氣得咒罵幾聲。

「有錢嗎，賴瑞？」

「你知道的，我是個殘障人士，而且……」

「對，對，不過你到底有沒有錢？」

「幹麼？我又不會借你，就算……」

「不是，不是，我是在想雷基，如果好好招待他……你知道的嘛。」

賴瑞咳嗽，眼帶指責地看著自己手中的菸。

「什麼……你的意思是說，給他加油打氣？」

「對。」

「不……我不知道。」

「什麼？難道你不覺得這可以讓他好過些嗎？難道你眞的沒錢，或者你只是太小氣，不想出錢？」

賴瑞嘆了口氣，又開始咳嗽，不舒服地皺著臉，用腳踩熄菸。拾起菸蒂，放進裝滿沙的菸灰皿中，看看自己手錶。

「摩根……現在是早上八點半。」

「對，我知道，兩個小時內店家應該都開門營業了。」

「不行，我得考慮一下。」

「所以，你有錢嘍？」

「我們到底要不要進去？」

兩人走進旋轉門，摩根以手梳梳頭髮，走向坐在服務臺的女子，問了她薇吉妮雅病房，這時賴瑞走過冒著氣泡的圓桶狀大魚缸邊，看著魚兒無精打采地游來游去。

幾分鐘後摩根走過來，雙手搓著自己的皮背心，彷彿想抹掉剛剛沾上的什麼東西。「死女人，不肯說。」

「喔，那一定是在加護病房。」

「你進得去嗎？」

「有時可以。」

「你好像很有辦法。」

「我是有辦法。」

兩人走向加護病房。賴瑞知道路。

許多賴瑞的「熟人」不是在醫院，就是曾經在醫院。除了薇吉妮雅，這會兒就有兩人在這家醫院呢。

摩根懷疑賴瑞根本剛認識他們沒多久，或者他們住進醫院時才變成朋友，然後找出他們的病房，前去探訪。

為什麼要這樣，摩根正想問個明白，這時兩人已走到加護病房。將門推開，看見雷基就在走廊尾端，雙手緊抓著椅子扶手，望著眼前的房間，那裡有人進進出出。

摩根哼了一聲：「搞什麼呀？是在火化嗎？」他笑了出來，「那些該死的保守黨，一定又刪減預算了。還讓醫院接手……」

走到雷基身邊，話語戛然止住。雷基臉色蒼白，雙眼通紅，失神茫然。摩根察覺一定有事發生了，於是讓賴瑞起頭。肯定不是什麼好事。

賴瑞走向雷基，手放在他胳膊上。

「嗨，雷基，還好嗎？」

現在他們離混亂的房間非常近。從門口可見到的窗戶全都敞得開開的，不過灰燼臭味仍滲到走廊上，還有股濃煙飄浮在半空，好多人聚集，大聲說話，比手畫腳。摩根聽到幾句話：「醫院的責任」、「我們必須努力……」

不過沒聽清楚是要努力什麼，因為此時雷基轉身面向他們，看著他們的眼神，彷彿眼前站的是兩個陌生人。他開口說：「早該知道……」

賴瑞靠向前。

「早該知道什麼？」

「會發生這種事。」

「什麼事？」

雷基眼睛亮了起來，往那霧氣朦朧、如夢氤氳的房間，簡單說了句：「她燒起來了。」

「薇吉妮雅？」

「對，她著火了。」

摩根朝房間跨出兩步，探頭朝裡望。有個具權威感的男子走向他。

「對不起，這不是公共展覽場。」

「不是，我只是……」

摩根想開口促狹說正在找自己的大蟒蛇，不過話語及時打住。至少剛剛那瞥的時間足以讓他看見了。兩張床。一張床單皺巴巴，毯子被扔到一邊，彷彿睡覺的人起床得很匆忙。

另一床上覆蓋了一張厚厚的灰色毯子，從頭到腳全蓋住。床頭板上燻得黑漆漆。毯下那瘦骨嶙峋的人形依稀可辨。頭、胸、骨盆是唯一能看出的身體部位，其他地方被包覆住，成了毯布下的不規則形狀。

摩根揉著眼，用力過猛將眼球往顱內壓進了些。是眞的。他媽的是眞的。

他望向走廊，想找個能解疑答惑的人。有個老人撐著助步器，旁邊吊著點滴架，想探頭看房間。

「看什麼，笨老頭？要我把你的助步器給踢掉嗎？」

老人開始細步後退，摩根握起拳頭，努力克制住自己。突然想起剛剛看見的房內景象，倏地轉身往後走。

剛剛對他說話的男子正要走出去。

「對不起，我……」

「好，好，好……」摩根將他往旁推，「……我只是要進去拿衣服給我朋友，這樣應該沒關係吧，總不能叫我朋友這樣光著身子坐在那裡吧。」

男人手交叉胸前，不過還是讓摩根過。

摩根走進房內，雷基的衣服就披在沒整理的那張床鋪邊的椅子上，他抓起衣服，又瞥了另外那床一眼。手指如爪外凸的焦黑手盤從毯子底下竄出。光從手辨識不出人，但中指那枚戒指可就明明白白了，鑲著藍寶石的金戒指，是薇吉妮雅的。摩根離開前還發現，她的手腕被皮帶束縛住。

那人還站在門口盯著，雙手交叉。

「現在高興了吧？」

「不高興。她爲什麼被那樣綁著？」

男人搖搖頭。

「你跟你朋友說一下，警察很快會過來，他們肯定想和他談一談。」

「談什麼？」

「我怎麼知道？我又不是警察。」

「不是，當然不是。雖然容易讓人這麼以爲，不過的確不是。」

步出走廊，兩人幫雷基穿上衣服，這時兩名員警來到。雷基整個人失神了，幸好拉開百葉窗那個護士神智夠清楚，敢擔保雷基和這事件毫無關係。他躺在那裡睡覺，突然整件事就……發生了。

有個同事正在安慰她。賴瑞和摩根帶著雷基離開醫院。

走出旋轉門，摩根深深吸了口冰涼的空氣，開口說：「對不起，我得去吐一下。」傾身靠向花圃，在光禿的樹叢上嘩啦吐出昨晚的晚餐，其中還混雜著綠色的黏稠物。

吐完後以手抹抹嘴巴，再將手抹在褲子上。然後舉起手，彷彿這隻手是個用來說明的輔助物，對著賴瑞說：「看吧，現在他媽的你眞的得掏錢了。」

三人終於回到布雷奇堡，摩根在酒鋪花了一百五十克朗，而這時賴瑞帶著雷基回到自己住處。雷基跟著賴瑞往前走。在電車裡，他半句話都沒說。

賴瑞家住六樓，一走進電梯，雷基開始放聲大哭，不是默默啜泣，不是，而是像個孩子嚎啕大哭，哭得好悽慘。電梯門打開，賴瑞將他推出去，哭聲被牆壁反彈回來，聽起來更加劇。雷基那深刻的哀慟哭號瀰漫整座樓梯間，從底樓到頂樓，還鑽進了各人家的郵孔裡、鎖洞中，讓整座大樓成了一座埋葬了愛情與希望的巨大墳墓。

賴瑞顫抖著，這輩子沒聽過有人哀號成這樣。不可以哭成這樣，不能這樣哭，這樣哭下去他會死的。

還有鄰居，他們大概以爲我要殺了他吧。

賴瑞慌亂摸索著鑰匙，這時數千年來人類的苦難、無助和絕望，瞬間在雷基脆弱的軀體找到了宣泄的出口，繼續從他身上噴湧而出。

鑰匙終於插進鎖洞，賴瑞以自己都無法置信的力氣將雷基扛進屋子，關上門。雷基還繼續哭號，彷彿肺裡的空氣永遠用不盡。賴瑞額頭開始冒出汗珠。

我到底該……我該……

在驚慌中他做出了在電影中看過的事：呼了雷基一巴掌。不過自己被那響亮的巴掌聲嚇到，一出手即後悔。然而，果眞有效。

雷基不再哭吼，睜大眼睛望著賴瑞，賴瑞霎時還以爲他要回手。雷基眼底軟化了，他張開嘴旋即又闔上，彷彿只是想吸些空氣，然後說：「賴瑞，我……」

賴瑞雙手環抱他，雷基臉頰靠住賴瑞肩膀，痛哭失聲，全身顫抖。沒多久賴瑞開始覺得雙腳疲軟，快撐不住。他讓自己從那擁抱掙脫開來，想坐在玄關椅子歇個喘，怎料雷基仍趴附著他，整個身體跟著往下。賴瑞坐在椅子上，雷基的腿屈在他下方，整顆頭就趴在賴瑞大腿上。

賴瑞撫摸雷基的頭髮，不知該說些什麼，只好輕輕低語著：「好了啦，別哭，好了啦……好了啦，好了啦……」

賴瑞雙腿麻痺無知覺，這時腿上的雷基有了變化，原本的哭泣變成哽咽。賴瑞感覺雷基的下巴緊壓著他的大腿。

雷基抬起頭，以衣袖抹掉鼻涕，說：「我要殺了它。」

「什麼？」

雷基視線往下挪，瞪著賴瑞胸口，若有所思地點點頭。

「我要殺了它，絕不讓它活著。」

十

九點半的下課時間較長，史塔夫和喬漢來找奧斯卡，對他說了「幹得好」、「他媽的棒呆了」。史塔夫拿了軟黏的糖果棒請他吃，喬漢則問奧斯卡要不要找天和他去撿空瓶。

奧斯卡走過同學身邊時沒人推撞他，也沒人捏他鼻子了。在學校自助餐廳外見到麥奇，他也對著奧斯卡微笑，還讚賞般地點點頭，好似奧斯卡跟他說了什麼有趣的故事。

彷彿之前大家都等著他去做某件事，而現在完成之後，他自然就成了他們的一分子。

問題是他並不樂於這種感覺。他注意到了這種轉變，卻沒因此受到影響。沒錯，不被人盯上的感覺真好。現在若有人要欺負他，他肯定會打回去。但他知道自己再也不屬於這裡。

上數學課時，他抬起頭環視全班，這些同學相處六年了。他們頭低低，咬著筆桿，傳紙條，咯咯笑。

他想著：他們都只是……小孩子。

他自己也是孩子，可是……

在書本上塗鴉亂畫，畫條絞索讓圖案變成絞刑臺。

我是孩子，可是……

他畫了輛火車、汽車、輪船。

還有間房子，門開開。

他愈來愈焦躁，數學課結束前已經無法安靜坐好，雙腿在地上砰砰踩，雙手在桌面咚咚敲。老師轉過頭，要他安靜點。他也想安靜，但沒多久又開始坐立難安，像木偶的線繩被拉扯，全身動來動去，雙腿開始自己移動。

終於熬到最後一堂課，體育課，奧斯卡再也忍受不住。他在走廊告訴喬漢，「幫我跟阿維拉老師說我生病了，好嗎？」

「你要蹺課啊？」

「沒帶體育服。」

的確如此，今早忘了將體育服裝進書包，不過蹺課的原因當然不止這個。走向電車的他看見全班整齊排好隊，多瑪士朝他發出一聲：「噗～～～！」

他很可能會跟老師打小報告，無所謂，完全無所謂。

十

他匆忙跑過華倫拜廣場，灰撲撲的鴿子被嚇得成群飛起。一個推著嬰兒車的女人對他不悅地皺起鼻子：怎麼這麼不愛護小動物。他趕著路，所有介於他和眼前目標之間的都是障礙物，擋住他的去路。

他站在玩具店門口。藍色小精靈的布偶排出可愛的形狀，不行，年紀較大不適合這個。至於動作派玩偶大吉姆，家中盒子裡就有兩個，小的時候經常玩。

大約一年多以前。

他開門走進店裡，電動門鈴聲響起。沿著狹窄走道瀏覽，塑膠製的娃娃、克里斯納人玩具，還有一盒盒的大樓模型塞滿貨架。靠近收銀臺的架子上有一包包錫製玩具兵的模子，至於錫塊得跟櫃臺拿。

他要找的東西就堆疊在櫃臺上。

沒錯，仿製品就放在貨架上的塑膠娃娃下方，而包裝上印有魔術方塊發明人盧比克商標的正品則謹慎地放在櫃臺上。每個要價九十八克朗。

櫃臺後方那個矮胖男子對著奧斯卡微笑，若奧斯卡懂得「迎合」這詞彙，肯定會用此來形容他。

「哈囉……你要找什麼特別的嗎？」

已經知道正品魔術方塊就堆疊在櫃臺上的奧斯卡伸出手指。

「對，不知道……那個漆，用來塗在錫上面的。」

「這個啊？」

男人指著排在他身後那一小小罐的瓷漆。奧斯卡傾過身，一手的手指放在櫃臺上，就在魔術方塊前方，另一手抓緊懸在櫃臺下方的袋子，假裝挑選漆的顏色。

「金色，有金色嗎？」

「金色，當然有。」

男人一轉身，奧斯卡立刻抓起一個魔術方塊，放進袋子裡，正要把手擱回原位，那人正好拿著兩罐漆轉回身，將漆放在櫃臺上。奧斯卡的心臟砰砰跳，從臉頰脹紅到耳朵。

「是要用在表面粗糙的東西或金屬？」

男人看著奧斯卡，納悶他整張臉怎麼好像在說：「這裡有小偷。」他不好意思盯著他脹紅的臉猛瞧，只好低頭看著罐子說：「金屬的話……那這個好。」

他有二十克朗，這漆要十九克朗。他拿出塞在大衣口袋裡的小錢包，可不想直接打開書包。

一走出商店外，如往常般，興奮快感瞬間湧上，但這次感覺更強烈。他小跑步離開商店，宛如重獲自由的奴隸，剛剛脫離了枷鎖。忍不住一口氣跑到停車場，躲在兩輛車之間，小心翼翼打開包裝盒，取出裡頭的魔術方塊。

比他自己那個仿製品重多了。每面轉起來好順暢，彷彿有個輪軸幫忙轉動。或許裡面眞有輪軸呢？嗯，他可沒打算拆開來看，就怕弄壞。

裡頭已經不再有魔術方塊的透明塑膠盒看起來非常醜，奧斯卡直接扔進垃圾桶。沒有那個塑膠盒子裝著，魔術方塊看起來更漂亮。將魔術方塊放進口袋，這樣才能不斷輕撫它，感覺它在掌心的重量。眞是個好禮物，非常棒的……告別禮物。

走到電車站入口，他停下腳步。

如果依萊以爲……我……

對，若給依萊禮物，似乎就接受了依萊要離去的事實。送了很棒的告別禮物，似乎代表欣然接受這個事實，然後一切就會結束。再會，再會。但不是這樣，他根本不想……

視線掃過車站，停駐在報亭，那成排的報紙。《快捷小報》。頭版整頁就是和依萊同住的那老人的照片。

奧斯卡走過去，翻閱報紙。整整五版都在報導諸達恩樹林的搜索……爲獻祭儀式而殺人的兇手……等等細節。另一頁又是照片。哈肯·班特森……卡爾斯達特市……八個月下落不明……警方請求社會大眾……若有人發現……

焦慮伸出爪子戳向奧斯卡。

會有人看過他，知道他住在哪裡……

報亭裡的小姐探出窗口。

「到底要不要買？」

奧斯卡搖搖頭，將報紙放回原位，然後開始奔跑，跑到了月臺，才想起自己沒對票務員亮出車票。他焦急地在月臺上踱步，吸吮自己指關節，眼眶滿是淚水。

快來呀，拜託，電車，快點來……

十

雷基半躺在沙發上，斜眼看著陽臺，摩根站在那裡想將停在欄杆上的小鳥哄誘過來，但不成功。夕陽正落在摩根的頭後方，在他頭髮四周發散成一圈光環。

「來啊……來啊，我又不會咬你。」

賴瑞坐在扶手椅上，若有似無地看著公共電視的西班牙語教學課程。表情僵硬的演員在顯然排練過的情境中走來走去，說著：「我有個包包。」「手提包裡有什麼？」

摩根彎下頭，夕陽直射著雷基眼睛，他閉上眼，聽見賴瑞跟著電視喃喃自語：「受替包裡又什摸？」

整間屋子瀰漫著悶濁的香菸和塵埃味。空著的酒瓶躺在茶几上，旁邊還有個滿出來的菸灰缸。雷基凝視著桌面上的兩處燒灼痕跡，這是漫不經心捻熄菸蒂留下的證據。這兩塊燒痕在雷基眼前像溫順的甲蟲滑來動去。

賴瑞發著不清不楚的口音，對著自己咯咯笑。

他們不相信他，或者，他們相信，但不願意根據他的方式來詮釋整件事情。「自燃」，賴瑞這麼說，而摩根還問了他這兩個字怎麼寫。

自燃這種現象被詳實記載並以科學驗證的程度就和吸血鬼一樣，可說毫無根據。

在兩種同樣難以置信的情境中，不論是誰，都會選擇自己可以較少出力的那個情境。他們都願意幫他，摩根專心地聽著雷基描述醫院發生的情景，但說到要摧毀這一切的源頭，他這麼說：「所以，你的意思是我們都要變成……吸血鬼，你、我和賴瑞，然後再用木樁、十字架和……不，對不起，雷基，我就是沒辦法相信。」

雷基看著他們那不相信的蔑視神情，立刻想到：薇吉妮雅是相信我的。

心痛的感覺又伸出爪子掐入他了。當初自己也不相信薇吉妮雅，所以……他寧願因為替薇吉妮雅非法安樂死而坐牢幾年，也不願意視網膜烙印著那樣的景象而活著。

她在床上的軀體扭曲，皮膚焦黑，開始冒煙。醫院的病袍捲上肚子，露出了她的生殖器。大腿燃起火焰，她的臀部扭動，上上下下彷彿與地獄來的隱形生物交尾著，而鐵架的病床被震得鏗鏗啷啷響。她哀號，哀號，頭髮燒焦的臭味瀰漫整個房間，她驚恐的眼神望著我，一秒後整個眼球變白，開始滾燙……爆炸……

雷基已經灌下半瓶多的酒。

摩根和賴瑞索性讓他喝個夠。

雷基想從沙發上起身，但後腦袋卻像整個身體一樣沉重。靠著茶几支撐，慢慢拉起自己。賴瑞站起來對他比了個手勢。

「雷基，眞該死……你繼續睡啊。」

「不，我要回家了。」

「家裡有什麼要做的嗎？」

「我只是……想做些事情。」

「應該跟我們……在談的那些無關吧？」

「沒關係，沒關係。」

摩根從陽臺進來，雷基正蹣跚走向玄關。

「嗨，你在幹麼，要去哪裡啊？」

「回家。」

「我陪你走回去。」

雷基轉過身，努力撐直身子，表現出自己非常清醒的樣子。摩根走過去，伸出手，怕雷基突然跌倒。雷基搖搖頭，拍拍摩根的肩膀。

「我想獨處，好嗎？我想自己一個人，就是這樣。」

「你確定自己一個人回得了家？」

「可以的。」

雷基點頭如搗蒜，整個人陷在這個動作中，得很有意識才能讓自己停止點頭動作，不再僵在原地。他轉身，走向玄關，穿上外套和鞋子。

他知道自己醉醺醺，不過這種感覺經歷過很多次，他知道怎樣讓肢體與腦袋分離，機械式地移動身軀。他甚至還能手不顫抖地從一堆小木棍中拿起一根，而不會動到其他根。至少玩一會兒不成問題。

他聽見屋內其他人的聲音。

「我們要不要……？」

「不要，如果他想這樣，我們就應該尊重他。」

不過他們還是走到玄關，動作笨拙地抱抱他。摩根抓著他的胳膊，低頭注視雷基的眼睛。

「你不會做傻事吧？」他說：「你要知道，你還有我們。」

「好，我知道，我當然不會做傻事。」

一走出這棟大樓，他停下腳步，抬頭望著松樹梢的太陽。

再也不能……太陽……

薇吉妮雅的死，她那樣的死法，彷彿在他心頭懸了鉛塊，讓他走路時整個人佝僂成一團。街道的午後陽光變得可笑，來來往往的行人也……很可笑。聲音。聊著每天日常俗事，彷彿……全結束了，在這時刻……

也可能發生在你身上的。

報亭外有個人斜倚著窗口，和報亭老闆聊天。雷基看見從天而降一團黑東西，落在那人背上……

搞什麼……

他駐足在報紙標題前，眨眨眼，想聚焦在那占據整個版面的照片上。為獻祭儀式而殺人的兇手。雷基哼了一聲，他知道的比他們清楚多了。對於事情真正的來龍去脈。不過……

他認得那張臉，就是……

在中國餐館那個人……請他喝威士忌的那個。這怎麼……

他往前走一步，細瞧照片。沒錯，就是他。雙眼的距離比常人近，相同的……雷基手指用力摀住嘴唇。當初的景象不斷盤旋腦海，那時還想跟他套交情呢。

他竟然讓他給自己買了酒，這個殺死喬齊的傢伙。這個兇手就和他住在同社區，只離幾戶門。他還跟他打過幾次招呼，他……

不是他幹的，一定是……

有個聲音，說了什麼。

「嗨，雷基，該不會是你認識的人吧？」

報亭老闆和站在窗口那人同時看著他。

「對……」雷基支吾回應，開始往前走，走向自己住處。世界消失了，心裡卻看見那人走出的門口，就是那間窗戶全遮住的屋子。他要去找出眞相，現在就去。

加快腳步，脊椎挺直。那塊鉛搥打著他心頭，壓得他全身顫抖，全身泛起一股堅決的意志。

我來了，好傢伙……我來了。

十

電車停在瑞克斯塔站，奧斯卡咬著下唇，不耐煩又帶點驚慌，覺得門未免開得太久了。擴音器傳出喀啦聲，他還以爲駕駛員要宣布將延遲發車，幸好……

「車門即將關閉，請遠離車門。」

……電車終於駛出車站。

除了警告依萊，他無計可施。現在隨時可能會有人打電話給警察，說他們見過那老人，在布雷奇堡，在那棟建築物裡，就是那個樓梯間、那間屋子裡。

萬一警察……破門而入……闖進浴室。

電車駛經橋梁轟隆轟隆響，奧斯卡望向窗外。遠方的「情人亭」外有兩個人，其中一人半擋住了報亭。奧斯卡彷彿看見那整排可憎的報紙頭版被放大後印在黃色傳單上大肆宣傳。一人快步走離報亭。

任何人，任何人都可能認出他，走掉的那個人就可能認識。

電車降慢速度，奧斯卡已經起身站在車門邊。手指插入兩扇門之間的橡皮墊上，彷彿這樣就能讓車門開快點。額頭頂著玻璃，一陣冰冷貼上他熱熱的肌膚。煞車開始吱吱響，司機肯定分神，因爲都已進站了才廣播：「下一站，布雷奇堡。」

強尼就站在月臺上，還有多瑪士。

不，不，不要遇上他們。

電車震了一下而後煞住，奧斯卡與強尼正好四目交接。車門嘶地一聲開啓，兩人同時睜大眼睛。奧斯卡看見強尼轉頭對多瑪士說了些什麼。

奧斯卡全身緊繃，跳出車外，爬腿想跑。

多瑪士的長腿伸出來，勾到奧斯卡的腿，他整個人仆倒在月臺上，伸出雙手煞住，磨得掌心擦傷。強尼坐在他的背，「這麼急，趕著去哪兒啊？」

「放我走！放我走！」

「爲什麼要放你走？」

奧斯卡閉上眼睛，雙手掄起拳，深呼吸幾口氣，雖然胸口承受著強尼的重量。他直接挑明了說：「隨你們想幹麼，之後就要放我走。」

「當然嘍。」

他們抓住他的手，拉他站起來。奧斯卡瞥了眼車站的時鐘，兩點十分。秒針答答地在鐘面上快速移動。他繃緊臉龐和腹肚的肌肉，努力讓自己像岩石般堅硬，不畏拳頭。

只希望快點結束。

但就在他看見他們打算那樣做之際，他開始掙扎。他們兩人彷彿沒言說卻有默契，同時用力扭轉他的手，奧斯卡感覺自己兩隻手臂就快撕裂。他們把他逼到月臺邊。

他們不敢，他們不敢……

可是多瑪士像瘋子，而強尼……

他雙腿用力，想固定住自己，卻只能掙扎點地。多瑪士和強尼將他強推到白線外，這白線意味著超越此線可能會掉落軌道。

正從城裡駛來的電車鑽出隧道帶起的陣風將他的頭髮吹得飛揚，左側太陽穴飄起的一些髮絲呵得他臉好癢。軌道開始嗡嗡響，強尼壓低聲音說：「你現在死定了，知道吧？」

多瑪士咯咯笑，抓住他胳膊的手掐得更用力。奧斯卡的心完全楞止：他們眞的要動手了。他們將他上半身推向軌道。

駛近的電車在軌道上投射出一束冰冷的光。奧斯卡猛地瞥向左方，看見電車正疾衝出隧道。

叭——！

電車響起進站訊號，奧斯卡的心在死亡的掙扎中跳動，就在這時他尿濕了褲子，最後念頭想的是……依萊！

……在他被拉回月臺之前。電車從他眼前幾公分的地方呼嘯駛入月臺，眼前盡是綠茫茫一片。

他躺在月臺上，嘴裡吐出一團團氣霧。濕漉的鼠蹊開始變冷。強尼跨坐在他身上。

「嘗到我的厲害了吧。亂來的話，我就這樣教訓你，懂了吧？」

奧斯卡本能地點點頭。結束吧。舊有的衝動。強尼小心翼翼地摸摸自己受傷的耳朵，得意地笑著。然後手橫過奧斯卡嘴巴，掐住他雙頰。

「如果懂就給我學豬叫。」

奧斯卡開始叫，像豬一樣地叫。他們哈哈大笑。多瑪士說：「以前的他好像比較好玩喔。」

強尼點點頭，「看來得重新訓練嘍。」

另一方向的電車也駛入。他們丟下他離開。

奧斯卡就這樣躺在月臺半晌，腦袋一片空白。然後有張臉浮現在眼前，某個女士。她朝他伸出手。

「可憐的孩子，我都看見了，你得跟警察說，這實在……」

警察。

「……根本是蓄意謀殺，來，我會幫你……」

奧斯卡不理會她的手，倏地跳起。一拐一拐奔向月臺門，爬上階梯，仍聽到身後女士的聲音：「你確定沒關係嗎？」

十

警察。

雷基走進社區中庭，看見角落停了輛巡邏車，整個人驚縮了一下。兩名警察就站在警車外，其中一個在紙墊上寫著什麼。他心想他們和他一樣都在追查那個東西，只不過他們的消息來源不那麼可靠。警察沒注意到他的躊躇神色，所以他順利地走進成排建築物的第一個樓梯口。

牆上沒有名字可以提供訊息，不過反正他知道要往哪裡去。一樓，在右邊，就在通往地下室那道門的旁邊有一罐工業用酒精。他駐足，凝視著它，彷彿它能提供線索，讓他知道接下來該怎麼做。

工業用酒精是易燃物，而薇吉妮雅就是全身起火。

思緒止於這裡，現在唯一感覺就是那即將爆發的躁怒。他繼續走上樓。突然，感覺不同。

現在心智已清醒但身體仍笨拙。雙腳踩滑，趕緊扶著欄杆穩住身子，費力往上爬，腦袋清楚回響著這幾句話：

我進去了，我找到了，拿了東西戳入它心臟，然後等著警察來。

他站在那扇沒有名牌的門前。

到底要怎麼進去？

彷彿想開開玩笑，他伸出手摸摸門把，門竟然眞的開了，暴露出空蕩蕩的屋子。沒有家具、地毯、畫飾，也沒有衣服。他舔舔嘴唇。

它走了，我在這裡也不能……

玄關地上有兩瓶工業用酒精。他努力想著這代表什麼意思。那生物要喝下……不，還是……

只代表有人剛剛才來過這裡，否則樓梯底下那個瓶子早就被清走了。

沒錯。

他踏進屋，走入玄關，屏神聆聽，什麼都沒聽見。快速在屋裡轉一圈，發現幾個房間的窗戶都掛著毯子，他明白爲何如此，知道自己來對了地方。

最後，走到了浴室門口，推下門把，鎖住了。這種鎖不成問題，只要一把螺絲起子之類的東西就能搞定。

他全神貫注，執行眼前動作，不能想太多，也不需要想那麼多。一旦開始想，就會躊躇，他可不想猶豫。所以：直接動手吧。

他拉開廚房抽屜，找到了刀子。走到浴室，將利端插進把手，以順時針方向轉動。鎖開了，打開門。裡頭漆黑一片，他摸到了電燈開關，打開燈。

上帝幫幫我們吧。眞該死，如果不是……

刀子從雷基手中掉落。眼前的浴缸裡有著半缸血。地上有幾個大塑膠罐，透明的塑膠表面上也沾滿了血漬。刀刃噹啷撞到地板，恍若小鈴被搖響。

他的舌頭頂住上顎，身體前傾去……什麼？去……端詳著它……或某種，某種較原始的東西。這半缸血讓他失了神……將手浸下去……浸入血水裡。

手指放入那平靜、深色的水面……戳入。手指被水面隔開，消失眼前，他嘴巴張得開開，繼續將手往下探，直到摸著……

他尖叫，踉蹌後退。

立刻將手抽出浴缸，血滴以弧形滴落在他四周，噴濺到天花板和牆壁。他本能地將手掩上嘴，但沒意識自己做出這動作，直到舌頭和雙唇嘗到了甜黏感。拚命吐掉，手也猛抹自己褲子，改以另外那隻乾淨的手掩住嘴唇。

有人躺……在那裡。

沒錯。他手指摸到的是肚子。肚子被他手一壓，往下陷了一下，他隨即抽出手。爲了揮除強烈的嫌惡感，他搜尋地面，找到了刀子，撿起來，緊握著刀柄。

我到底是……

如果神智夠清醒，或許這會兒就逃之夭夭，將躺在那平靜如鏡的深色水面下的任何什麼東西給拋在腦後，搞不好是具被殘殺的軀體。

那肚子或許是……或許只是肚子。

可是酒醉讓他無懼於自己的驚恐，所以看見浴缸邊緣那條延伸至黑色液體底下的小鐵鏈，他就伸手將它拉開。

水底的塞子被拉起，水管傳出咕嚕水流聲，水面隱約起了陣漩渦。他跪在浴缸前，緊張地舔舔嘴唇。舌尖嘗到了一股澀腥味，趕緊往地上吐吐口水。

水面慢慢降低了，醒目的深紅輪廓慢慢露出水面。

一定在那裡很久了。

一分鐘後，浴缸一端出現了鼻形。另一端則是腳趾，半晌後撇過頭一瞧，已經露出兩隻半腳。水面的漩渦變得又窄又急，就在雙腳之間落底。

視線掃過那孩子逐漸露出的軀體。兩隻手，交疊在胸前。膝蓋骨。還有臉。最後一滴血水流乾，浴缸發出響亮的咂嚕聲。

眼前這副軀體呈現深紅色，傷痕累累，瘦骨嶙峋，像個初生的小嬰兒。有肚臍但沒生殖器。男孩或女孩？不重要。他一靠近端詳那張閉眼的臉，就明確認出它了。

十

奧斯卡想奔跑，但雙腳硬邦邦，拒絕配合。

在那要命的五秒，他還以爲自己眞的會死，因爲他們似乎準備推下他了，現在全身肌肉似乎還很難放掉自己差點死去的感覺。

他們兩個一定是從學校到體育館的途中溜掉的。

他好想躺下來，直接倒在那堆灌木叢中。身上的外套和有內襯的褲子會保護他，不會被尖銳的小樹枝刺傷，茂密枝椏還能提供柔和的支撐力。可是現在很急，秒針沿著鐘面滴答滴答不斷移動著。學校。

砌成學校正門的紅褐石磚邊緣銳利嵌在石牆上。奧斯卡在腦海中將自己化身爲小鳥，沿著走廊俯衝入教室，強尼在那裡，還有多瑪士，坐在位置上，嘲笑看著他。他低頭看看自己靴子。

鞋帶很髒，一腳快要鬆開了。前端的金屬鉤環已經彎開，他以微微內八的方式走路，兩隻鞋的仿皮在後跟處已些微撐大，還磨得發亮。雖然如此，他仍打算整個冬天以這雙靴子來度過，應該沒問題。

尿濕的褲子冷冰冰。他抬起頭。

我不會讓他們得逞。我・不會・讓・他們・得逞。

雙腿開始暖和起來。他開始奔跑，磚砌正門的筆直線條開始散落，消失。雙腿大步跨出，壓碎的塵沙在腳邊揚起。地面開始往前奔流，現在大地彷彿移動太快，讓他跟不上。

雙腳踉蹌地帶他奔過高樓、老字號的康尚生活賣場，還有椰子工廠。速度太快加上習慣使然，他衝進社區中庭後，竟略過了依萊家門，直朝自己家跑去。

差點和同方向的警察撞個正著。警察張開手臂，接住了他。

「嗨，你好，怎麼這麼急？」

舌頭打結。警察放開他，看著他……可疑嗎？

「你住在這裡？」

奧斯卡點點頭。從沒見過有警察來這裡，得承認這警察人看起來滿好的。不，若是平常，奧斯卡的確會覺得那張臉挺慈眉善目。警察擰擰奧斯卡的鼻子說，「你知道嗎……這裡發生事情了。隔壁那棟。所以我現在要挨家挨戶問一下，看看有沒有人聽到什麼聲音，或看見什麼事情。」

「哪……哪棟？」

警察朝向湯米家那棟點點頭，奧斯卡的驚慌神色立刻一掃而空。

「那棟，嗯，其實也不算是那棟……應該說是地下室。過去這幾天，你該不會剛好聽到或看到什麼不尋常的事物吧？」

奧斯卡搖搖頭。此刻思緒混亂，什麼都無法想，不過他懷疑自己的焦慮從眼神洩漏出來，被警察看在眼裡。警察低頭，仔細端詳他。

「你還好嗎？」

「很好。」

「沒什麼好怕的，現在……結束了，所以不需要擔心了。爸爸媽媽在家嗎？」

「不在。我媽……不在。」

「好，嗯，我要四處看看，所以……你幫忙想想是不是看過什麼不尋常的事物。」

警察替他打開樓下大門，「你先進去。」

「不用，我正要去……」

奧斯卡轉身，盡力讓自己神情自然地走下小丘。半途轉過身，發現警察已走進自家那棟建築物。

他們要來抓依萊了。

下巴開始顫抖，牙齒咯啦撞出了模糊的摩斯密碼，他打開依萊那棟樓下的大門，爬上階梯。他們會不會已經在門口拉起那種線，將他家封鎖起來？

要說我能進去嗎。

屋門半開著。

如果警察已經來到這裡，幹麼讓門開著？他們應該沒來吧？手指放在門把上，輕輕推開門，溜進玄關。裡頭黑漆漆，一腳碰到了東西，是個塑膠罐。一開始他以為罐子裡是血，定睛一瞧，才發現是淺色液體。

鬆了口氣。

有人在呼吸。

有動靜。

聲音從浴室傳出。奧斯卡走向浴室，一步一步慢慢移動。雙唇往內縮，不讓牙齒咯啦打顫，但顫抖仍從下巴延伸到脖子，喉結的地方。他將門角推開，望進浴室。

沒有警察。

有個衣衫襤褸的男人跪在浴缸邊，上半身伏過浴缸上緣，從奧斯卡角度看不到落到浴缸內側的上半身。只看見一條骯髒的灰色褲子，裂開的鞋子，鞋端頂著瓷磚地板。衣服摺縫。

是那個老人！

可是他在……呼吸。

沒錯，嘶嘶地吸氣、吐氣，像嘆息，就從浴室傳出來。奧斯卡想都沒想地躡腳前進。慢慢地看見更多浴室內的景象，就在幾乎與浴缸平行時，終於看見所發生的事。

十

雷基辦不到。

浴缸底那個人看起來毫無防禦能力，它沒呼吸，他將手放在它胸口，才知道它的心臟跳動著，但一分鐘只有幾下。

他還以爲會是什麼……可怕的東西，與他在醫院所經歷到的恐怖景象足以相提並論的東西。眼前這滿身是血的小東西看來不可能起身，更遑論會傷害任何人。只是個孩子，受傷的孩子。

這種感覺就像看著自己摯愛的人被癌細胞折磨殆盡，但從顯微鏡下看那癌細胞時，卻發現根本什麼都沒有。**那東西**？那東西幹的？**那個小東西**？

摧毀我的心臟。

他放聲啜泣，頭往前掉，撞到浴缸邊緣，傳出悶沉的回響。他可以，不能，殺孩子。一個熟睡的孩子。就是下不了手，即使……

這就是它之所以能活下來的原因。

它，它，不是小孩，而是個它。

它攻擊過薇吉妮雅……也殺了喬齊。就是它。躺在他眼前的這個生物。這生物根本不是人，連呼吸都沒有，但即使這樣，它的心臟卻仍在跳動……像冬眠的動物。

想想其他人。

活在人群中的毒蛇。你覺得自己下不了手，只是因爲這會兒它看似毫無抵抗能力？

但說到底，這些仍不是他下定決心的主因。眞正決定是在他再次看著它的臉，那張覆蓋著淺淺一層血的臉，他覺得它彷彿……微笑著。

對它幹過的壞事微笑。

夠了。

他舉起刀子，將腿往後略移，這樣才能以全身力量撲向它……

「啊——！」

奧斯卡尖叫。

老人沒畏縮，楞了一下，轉頭看著奧斯卡，緩緩地說：「我必須這麼做，你懂嗎？」

奧斯卡認出他了，是那個住在同社區的醉漢，偶爾會跟他打招呼。

他幹麼這樣做？

不過這根本不重要，重要的是這傢伙手中握了刀，而且這把刀正指向依萊胸口，此刻的他躺在浴缸裡，只能坐以待斃。

「別這樣。」

男人頭往右轉，再往左轉，那神情比較像在尋找地上的什麼東西，而不是搖頭拒絕。

「不……」

他轉身面向浴缸和那把刀子。奧斯卡想解釋，告訴他躺在浴缸裡的是他的朋友，它是……他有禮物要給它，它……它叫依萊。

「等等。」

刀尖已經刺往依萊胸口，緊緊壓下幾乎戳穿依萊的肌膚。奧斯卡手伸入口袋掏出魔術方塊給那人看，其實他不知道自己爲何這麼做。

「看！」

雷基以眼角餘光瞥見灰撲撲的四周突然冒出個色彩亮麗的東西。儘管心意已決，但仍忍不住轉頭看看那是什麼。

男孩手中有個魔術方塊，色彩鮮豔。

在當下脈絡中，那東西實在令人作噁，彷彿烏鴉群中冒出隻鸚鵡。有那麼幾秒的確被那繽紛的玩具所迷惑，但旋即將目光轉回浴缸以及那把正要從肋骨之間攻入的刀子。

我現在只要……往下壓……

情勢逆變。

那生物睜開眼。

他肌肉緊繃打算一刀劃下，突然太陽穴砰砰欲裂。

魔術方塊的一角從奧斯卡手中拋出，砸向他的頭，還發出吱的一聲。這傢伙倒向一邊，撞到塑膠罐子，罐子往旁滑開，他的頭直接撞上浴缸邊，發出的砰聲眞像低音鼓。

依萊坐起來。

站在浴室門邊的奧斯卡看見他的背。頭髮濕濕平貼在後腦杓，而背部露出個大傷口。

男人想站起來，依萊從浴缸輕輕跳出來落在男人大腿上：像個跟爸爸撒嬌的小孩。依萊雙手環住男人脖子，頭靠近耳邊似乎要呢喃著甜言蜜語。

依萊咬下脖子之際，奧斯卡立刻從浴室退出。依萊沒見到站在一旁的奧斯卡，但這男人的視線卻鎖定奧斯卡的眼睛，看著他退出浴室直到玄關。

「對不起。」

奧斯卡不打算發出聲響，但雙唇仍無聲地說出了這幾個字。終於他拐過彎，目光接觸就此阻斷。

他手擱在門把上，聽見男人哀號。叫聲戛然止住，彷彿有人箝住他的嘴。

奧斯卡猶豫了一會兒，決定關起門，鎖上。

他沒望向右側的浴室，直接從玄關走向客廳，坐在扶手椅上。

開始哼著歌，想掩蓋住浴室傳出的雜音。

第五部　讓對的人溜入

這些天是我

唯一能說出自己話語的機會……

——樂團鮑柏航德（bob hund）的歌曲《抗拒潮流》（Struggling Against the Current）

讓對的人進入

讓舊夢逝去

讓錯的人離開

他們做不到

你要他們做的事

——英國歌手莫里西的歌曲《讓對的人溜入》（Let the Right One Slip In）

一九八一年十一月九日星期一，下午四點四十五分，《每日更新》新聞報導

據說為獻祭儀式而殺人的兇手週一早晨已經落網。警方在斯德哥爾摩西郊，布雷奇堡鎮的一處社區地下室發現他的蹤跡。

警方發言人班特・拉恩說：

「的確有人被逮捕。」

「您確定這就是警方一直在搜捕的人嗎？」

「相當確定。不過這次有些因素使得身分辨認更加複雜。」

「是哪些因素？」

「對不起，相關細節恕難奉告。」

那人被逮捕後轉送到醫院，據說性命垂危。

除了該名兇手，警方也找到一名十六歲的男孩。男孩身體沒有受傷，但精神嚴重受創，也被送進醫院進行更進一步的觀察。

警方目前正探訪該地區，以取得相關事件的進一步資訊。

瑞典國王卡爾・古斯塔夫今天到了波胡斯蘭省，替橫跨阿摩灣的新橋剪綵。在啓用儀式的演說中……

摘自外科醫生哈柏格的診斷報告，警方檔案中所抄寫的相關片段

……初步調查顯示狀況極為複雜，因為……抽搐肌肉動作……中央神經系統的非局部化刺激……心臟功能暫停……

肌肉動作停止於下午兩點二十五分……之前沒注意到這些驗屍結果……內臟嚴重受損……

如同受到宰殺過的死鰻魚在煎鍋中跳起……從未在人體組織中發現此物體……請求保留屍體……誠摯地……

《西郊週報》，第四十六週報導

誰殺了我們的貓？

「我看到的只剩下她的頸圈。」當地居民絲薇・諾德斯壯說。她指著自家寵物貓咪和其他鄰居飼養的八隻貓咪被發現的地點……

十一月九日星期一，晚上九點鐘，電視新聞節目《時事追擊》

今天傍晚警方攻堅到一處民宅，這屋子據說就是今早落網的那個爲獻祭儀式而殺人的兇手的住處。某位民眾打電話到警局指出，他就住在布雷奇堡的一處公寓內，這裡離他被逮捕的地方約五十米遠。

這是記者佛基・阿爾瑪克在現場的報導：

「救護人員正將在屋裡發現的男屍移出去，該名男子身分目前尚未確認。從現場狀況來看，這屋子並沒有人住，不過仍可看出最近有人在此活動的跡象。」

「現在警方採取什麼行動？」

「他們整天挨家挨戶拜訪，不過就算取得有用資訊，也不會對外宣布，情況大致如此。」

「謝謝，佛基。」

比預定日期提早六週竣工的特登恩橋，今天舉行啓用儀式，國王卡爾・古斯塔夫……

十一月九日星期一

跳動的藍光橫過臥室天花板。

奧斯卡躺在床上，雙手枕在頭下。

床底下有兩個紙箱。一個裡面裝著錢，成堆鈔票和兩瓶工業用酒精。另一個紙箱裝著拼圖。衣服那箱就不管了。

爲了藏好紙箱，他將曲棍球具以某種角度卡在紙箱前方。明天就會把紙箱搬到地下室，如果有力氣的話。媽媽正在看電視，喊著他們社區出現在螢光幕上了。但他不用看電視，只要起身走到窗邊，就能看見與電視螢幕相同的畫面，只不過角度不同。

天色還亮時，他直接將紙箱從依萊家陽臺丟入自己臥房陽臺，而這時依萊正在沖洗身體。他從浴室出來，背部的傷口已經癒合，血液中的酒精還讓他微醉著。

他們並肩躺在床上，握著彼此的手。奧斯卡告訴他在電車站發生的事。

「對不起，」依萊說：「都是我造成的。」

「不，沒關係。」

沉默，沉默了好久，終於依萊吞吞吐吐地問：「你想要……變成跟我一樣嗎？」

「不要，我想跟你在一起，可是……」

「當然，你不會想要，我可以了解。」

傍晚天色已暗，兩人起身，穿上衣服。他們從客廳聽見門口的鋸子聲音，緊緊相擁。門鎖被鋸開了。

兩人衝到陽臺，跳過欄杆，輕巧落在底下樹叢上。

他們聽見屋裡傳來聲音：「這世界怎麼……」

兩人蹲伏在陽臺下方，沒有時間了。

依萊面向奧斯卡，說：「我……」

然後閉上嘴巴，在奧斯卡雙唇貼上一個吻。

在那片刻，奧斯卡看透了依萊雙眼，他看見了……他自己。只不過依萊眼中的他，比他自己認爲的更棒、更好看、更強壯。愛意濃濃地看著。

在那片刻。

隔壁屋子傳出聲音。

兩人從床上起身前，依萊將寫有摩斯密碼那張紙撕掉。現在，就在依萊躺著敲拍密碼給隔壁的奧斯卡的那個房間內，傳出繞房重踏的陌生腳步聲。

奧斯卡手貼著牆壁。

「依萊……」

十一月十日星期二

週二奧斯卡沒上學，他躺在床上傾聽隔牆的聲音，不知道他們是否發現任何會循線追蹤到他頭上的東西。到了下午聲音沒了，不過他們也沒過來。

他起床，穿上衣服，走到依萊家。屋門被封鎖住，不准進入。他站在門口，看著警察走過樓梯。他只不過是個好奇的鄰居男孩。

太陽落下，奧斯卡將紙箱搬到地下室，還在上面蓋了條舊毯子。待會兒再決定該怎麼做。若有小偷闖入儲藏室，那他們可就中大獎了。

他在黝黑的地下室裡坐了好久，想著依萊、那老人和湯米。依萊將一切都告訴奧斯卡，說自己根本無意讓事情變成這樣。

幸好湯米活著也沒事，他媽媽這麼告訴奧斯卡的媽媽，明天就可以出院回家了。

明天。

明天奧斯卡會上學。

面對著強尼、多瑪士和……

看來得重新訓練嘍。

強尼冷又硬的手指拂過他臉頰，將他柔嫩的肌膚壓入下頷裡，直到嘴角被迫往上揚。

學豬叫。

奧斯卡十指交錯，頭靠著手指，看著毯子覆蓋紙箱形成的小丘。他起身，將毯子拉開，打開裝有紙鈔那個箱子。

千克朗和百克朗的紙鈔混在一起，捆成好幾束。他伸入紙鈔堆中摸索，找到一個塑膠罐，然後回到屋子拿了火柴。

一盞孤寂的聚光燈在學校中庭投射出一道淒冷慘白的光線，光圈外圍可見運動場的輪廓。那張破爛到只能以較軟的網球在桌面上玩的乒乓球桌，現在覆蓋了一層濘雪。

幾排窗戶亮著燈。夜校在上課，所以側門才沒上鎖。

他穿越黑漆漆的走廊到自己教室，駐足凝視著課桌。夜晚的教室看起來很不真實，彷彿安靜低語的鬼魂正將這當成自己學校，不論現在學校看起來怎樣。

他走到強尼桌子，打該塑膠罐蓋，將工業用酒精倒在上面。還有多瑪士的桌子。然後到麥奇的座位，站在桌前半晌，一動也不動，決定放過他。接著走到自己桌子坐下來，等著液體滲入桌面，就像燒木炭前的等待。

我是鬼，嗚——嗚——。

然後打開自己桌位的桌面，將裡面那本《燃火者》拿出來，看著書名微笑，將書塞進書包裡。還有那本練習簿，他在上面寫了自己喜歡的故事，還要記得收起最喜歡的筆，將它們全放入書包裡。然後站起來，最後一次環顧教室，享受單純站在這裡的感覺。安詳寧靜。

他掀起桌面，掏出火柴，強尼的桌子已經散發出化學氣味。

不，等等……

他從教室後方拿了兩根用木柴隨意劈成的木尺，一根將強尼的桌面撐開，另一根撐住多瑪士的桌面，免得桌面被放掉後就不再燃燒。

兩隻史前動物張嘴等著食物。噬火龍。

他點燃火柴，握在手裡，直到火焰加大變清晰，然後放掉火柴。

火柴從他手中掉落，一團黃色落下，然後……

轟。

該死。

紫色的彗星尾巴從桌面射出，舔舐到他的臉，趕緊往後跳，但已經感覺到灼熱……就像燃燒的木炭。桌子完全著火，巨大火焰竄上天花板。

燒得太厲害了。

火焰飛舞，在教室牆壁間顫動。掛在強尼桌面上方那個以紙張做成的字母花環被燒斷，掉落地面，P和Q這兩個字母熊熊燃燒。另一半沒斷落的紙花環懸成大弧形，掉落多瑪士桌面，立刻爆出火焰，同樣一聲**轟**，劇烈爆炸。

奧斯卡衝出教室，書包在臀側撞呀撞。

萬一整間學校……

奔到走廊底，鈴聲開始大響。建築物內全是金屬碰撞聲，直到奔下樓梯，才發現是火災警報器。跑到中庭，鐘聲大作，召喚不在那兒的學生與學校裡的鬼魂集合起來，跟著奧斯卡跑在回家的半路上。

直到抵達那間歷史久遠的康尙賣場，聽不見學校火警鈴聲，才鬆了口氣。他平靜地走完剩下的路。

看著浴室鏡子發現自己睫毛被燒得捲起，還有點焦黑。手指一碰，立刻斷落。

十一月十一日星期三

從學校回家後，頭就好痛。九點左右電話響起，奧斯卡沒接。正午時分，他看見湯米和他媽媽走過窗外。湯米彎著腰走路，非常緩慢，很像老人。他們走過時奧斯卡趕緊蹲在窗臺下。

電話每小時就響一次。十二點那次他終於接了。「我是奧斯卡。」

「嗨，我叫柏蒂爾．史凡伯格，你應該知道，我是校長，關於你……」

他掛上電話。它又響起。奧斯卡佇立原地，看著正在響的電話，想像電話另一端，校長穿著格子運動外套，手指敲著桌面，滿臉怒氣。最後奧斯卡決定穿上外套，走到地下室。

拿起拼圖，戳戳那小小的白色木盒，裡面是玻璃蛋的上千塊碎片，閃閃發亮。依萊只拿走幾千元和魔術方塊。他蓋上裝著拼圖的紙箱，打開另一箱，用手攪動那些鈔票。抓起一把，丟到地上，然後又將它們塞進口袋裡，再將它們一張張拿出來，假裝自己穿著會自己生錢的金褲子。玩膩了才停止。腳邊躺著十二張皺巴巴的千克朗紙鈔和七張百克朗紙鈔。

他將千克朗紙鈔收攏成一疊摺好。將百克朗紙鈔放回紙箱，然後蓋上。回到家裡，找個信封將手中的千克朗鈔塞進去。手中拿著信封呆坐著，不知接下來該做什麼。不想用寫的，怕有人認出他的筆跡。

電話又響起。

夠了。難道不明白我已經不存在了嗎？

有人想和他長談，想問他是否知道自己這麼做的嚴重後果，對強尼和多瑪士做的那些事情的後果。事實上，很好呀。沒什麼好說的。

他走到書桌前，拿起橡皮字母和印泥。在信封中央蓋上湯米名字的「T」和「O」。第一個「M」蓋歪了，不過第二個就和最後那個「Y」一樣很正。

外套裡裝著信封，奧斯卡打開湯米那棟公寓的樓下大門，此刻心情竟比昨晚到學校還緊張。心臟怦怦跳，輕手輕腳地將信封投入湯米家郵孔，免得有人聽到聲音走到門口或從窗戶看見他。

沒人經過。奧斯卡回到家，覺得心情好多了。但只是半晌如此，隨後那種念頭又爬上心頭。

我不會……在這兒了。

三點媽媽回來，比平常提早幾小時。這時奧斯卡坐在客廳，手中拿著「維京人」的唱片。媽媽走過來，將唱針舉起，關掉唱機。從她表情，奧斯卡明白她已經知道了。

「你怎麼了？」

「不怎麼好。」

「不……」

她嘆了口氣，坐在沙發上。

「校長打電話給我，那時我在上班。他說……昨晚發生火災，在你的學校。」

「真的啊，燒到地面了嗎？」

「沒有，不過……」

她闔上嘴，目光盯著掛毯數秒鐘，然後抬起雙眼看著他。

「奧斯卡，是你做的？」

他直視回去，「不是。」

停頓。

「不是。整個教室一團亂，不過……強尼和多瑪士的桌子……就從那裡起火。」

「喔。」

「他們似乎很確定……是你幹的。」

「可是就不是我啊。」

媽媽坐在沙發上，鼻子大聲喘著氣。母子倆相隔一米，無止境的距離。

「他們想……和你談談。」

「我不想和他們談。」

眞是個漫長的夜，電視也沒什麼好看。

當晚奧斯卡睡不著。他從床上起身，躡腳走到窗邊，彷彿看見底下遊戲場的單槓那兒有什麼東西。當然，這只是他的想像。儘管如此，他繼續凝視著底下的陰影，直到眼皮愈來愈沉重。

回到床上還是睡不著，輕輕敲著牆壁，沒有回應。只有自己手指、關節碰撞水泥牆面的乾涸聲音，敲著那永遠緊閉的門扉。

十一月十二日星期四

今早奧斯卡吐了，所以又能在家多休息一天。雖然昨晚只睡幾小時，不過現在還是睡不著。焦慮折磨著他，逼得他滿屋子走來走去。拿起東西，呆望著，又放回原位。

彷彿該做些什麼，做些絕對需要做的事，但就是想不出那到底是什麼。

放火燒強尼和多瑪士的桌子時，他以爲該做的就是**這件事**。但後來又覺得**那事**應該是拿錢給湯米，但做了之後又發現不是。所以一定是其他事。

就像一齣大戲已落幕，他來回踱步在空蕩黑暗的舞臺上，掃著殘餘物品。當別的事情……

到底是什麼？

十一點郵差送信，今天只有一封。他撿起信，翻到正面，心臟也翻了個筋斗。

收信人是媽媽，右上角印著「南安格拜教育學區」。他連拆都不拆，直接將信撕成碎片，沖進馬桶。隨即後悔，太遲了。他不在乎裡面寫些什麼，但如果又搞砸這事，肯定會給自己惹出更多麻煩。

不過，反正無所謂了。

他脫下衣服，換上浴袍，站在玄關的鏡子前，端詳自己，假裝自己是別人。傾身吻鏡，雙唇碰觸冰冷鏡面之際，電話響起，想都沒想就拿起話筒。「嗨，是我。」

「奧斯卡？」

「對。」

「嗨，我是費南多。」

「什麼？」

「阿維拉，阿維拉老師。」

「喔，對，嗨。」

「我只是想問你……今晚要不要來上體能訓練課？」

「我有點……生病了。」

電話那頭沉默著。奧斯卡甚至聽得見阿維拉老師的呼吸。一聲、兩聲。接著：「奧斯卡，你有做或沒做，我都不在乎。如果你想談，我們就聊聊，如果不想，那就別談。不過我希望你能繼續來參加體能訓練。」

「爲什麼？」

「奧斯卡，因爲你不能像caracol，這種動物你們怎麼說……蝸牛，躲在殼裡，就算沒生病，也會悶出病。你眞的生病了嗎？」

「……對。」

「那正需要來點體能鍛鍊，今晚會來吧。」

「其他人呢？」

「其他人？什麼其他人？如果他們敢做蠢事，我會噓他們，他們就會住手。他們不笨，知道這是我的體能訓練課。」

奧斯卡沒回答。

「好吧？你會來吧？」

「好。」

「很棒，那就晚上見。」

奧斯卡放下話筒，四周又陷入寂靜。他不想去，但他想看看阿維拉老師。或許可以早點到，看看他是否已經在那裡，等到上課開始，他就回家。

阿維拉老師不會接受這樣，不過……

又在屋裡蹽了一圈，打包要去運動的東西，這主要是爲了讓自己有事可做。幸好沒放火燒了麥奇的桌子，因爲他也會去健身中心。不過多多少少會受到波及，因爲他的位置就在強尼旁邊。到底被波及到什麼程度？

這得問一問……

三點左右電話又響了。奧斯卡猶豫了一下，不過燃起希望，或許湯米收到信了，忍不住接起電話。

「哈囉，我是奧斯卡。」

「嗨，我是喬漢。」

「嗨。」

「怎麼啦？」

「沒什麼。」

「今晚要不要做些事？」

「什麼時候……什麼事？」

「喔，大概七點左右。」

「不行，我要去……健身中心。」

「喔，好吧，太可惜了，再說吧。」

「喬漢？」

「什麼事？」

「我……聽說有火災，在我們教室。有……燒得很嚴重嗎？」

「沒，只是燒掉幾張桌子。」

「就這樣？」

「不，還有……一些紙張之類的。」

「喔。」

「你的桌子沒問題。」

「喔，那就好。」

「好，掰掰。」

「掰。」

奧斯卡心底油然生起怪怪的感覺，他還以為所有人都知道是他幹的，不過從喬漢口氣聽來，應該不是這麼回事。媽媽說燒得很嚴重，不過她可能過於誇大。

奧斯卡決定相信喬漢，畢竟他親眼見到了。

十

「喔，拜託……」

喬漢掛上電話，左右張望，神情猶豫。吉米搖搖頭，站在強尼臥房窗邊吐出一口煙。

「這眞是我聽過最差勁的謊話。」

喬漢語氣懦弱地說：「能說出這樣已經不簡單了。」

吉米面向坐在床邊的弟弟強尼，他手指搓著床罩邊的流蘇。

「怎麼了？半間教室燒光光？」

強尼點點頭，「班上每個人都恨死他了。」

「而你卻……」吉米又轉向喬漢，「你卻說……你說什麼來著？『一些紙張』，你想他會相信你的話嗎？」

喬漢低下頭，尷尬不知所措。

「我不知道該怎麼說，我想他可能……會懷疑我說的……」

「好，好，說都說了，現在就期待他會出現吧。」

喬漢目光在強尼和吉米之間來回游移。他們兩人眼神空洞，失神地想像著今晚的情景。

「你們兩個想幹麼？」

吉米從座椅上往前傾，撣撣掉落在自己毛衣上的菸灰，慢條斯理地說：「他燒了我們的相本，那是我們爸爸給我們的一切，所以，我們打算怎樣都……不關你的事。明白嗎？」

十

五點半媽媽回到家。昨晚的謊言和猜疑仍像冰冷烏雲橫擋在母子之間。媽媽進門後直接走到廚房，開始摸弄碗盤發出不必要的聲響。奧斯卡關上房門，躺在床上，盯視著天花板。

他可以找個地方，去樓下中庭，去地下室，去市區廣場，搭電車。不過不管去哪裡，沒有任何地方……沒地方可以讓他……不存在。

聽到媽媽走到電話旁，撥了很多號碼。可能是打給爸爸。

奧斯卡微微打顫。

將毯子拉高，坐起身，頭靠著牆壁，聽著媽媽和爸爸的對話。他可以和爸爸聊聊，但他不要，因為又不是他幹的。

奧斯卡全身包住毯子，假裝自己是印第安酋長，不在乎任何事，這時媽媽音量突然提高。沒多久她開始咆哮，而印第安酋長倒在床上，壓住毯子，雙手摀住耳朵。

腦海裡好安靜，就像……外太空。

奧斯卡對著眼前的星球塗上點、線和顏色，他要悠遊於那遙遠的太陽系。降落在彗星上，乘著它飛翔了一會兒，跳下來，無重力地自由飄蕩，直到有東西拉開他的毯子，他睜開眼睛。

媽媽站在那兒，雙唇扭曲，她說話的聲音聽來突兀又刺耳。「你爸爸告訴我了……上週六……你……你跑去哪裡？告訴我，你跑去哪裡？可以告訴我嗎？」

媽媽將他蒙著臉的毯子一把扯開，喉嚨繃緊，冒出一句句中氣十足的話語：

「你不准再這樣，不准，聽見了嗎？你幹麼都不說話？我……可惡的渾蛋。像他那樣的人根本不該有孩子。他別想再見到你，隨便他愛怎麼喝就怎麼喝。你有沒有在聽我說話？我們不需要他，我眞的好……」

媽媽倏地轉身離開床鋪，甩門的力道把牆壁震得搖晃晃。奧斯卡聽見她再次快速撥了一長串電話號碼，漏了個號碼還出聲咒罵，又得從頭開始，撥完幾秒鐘後開始咆哮。

奧斯卡從毯子下鑽出來，抓起運動袋，走到玄關，在那兒講電話的媽媽只顧著吼爸爸，根本沒注意到他已經套上鞋子，鞋帶沒綁地溜到門邊。

直到開了門走到樓梯間，她才注意到他。

「等等！你要去哪裡？」

奧斯卡甩上門，衝下樓梯，繼續跑，鞋底幾乎沒好好落地，衝向游泳池。

十

「羅傑、普雷伯……」

吉米手拿塑膠叉，朝著兩個從電車站出來的人的方向猛戳。強尼咬下的那口鮮蝦三明治卡在喉嚨，得用力嚥一口才能將它吞下去。他疑惑地看著哥哥，不過這會兒，吉米的注意力全在走向熱狗攤的那兩人。他熱情地跟他們打招呼。

身材瘦扁的羅傑有頭散亂的長髮，他穿著皮衣。臉上有上百個小凹洞，顴骨鮮明外凸，顯得兩頰無比凹陷，雙眼似乎大得很不自然。

普雷伯穿著一件拆掉袖子的丹寧夾克，裡面是一件T恤，其他什麼都沒有，而這會兒氣溫大概只有零上幾度。他身材魁梧，不過大圈贅肉擠出褲頭外，理著小平頭，是個身材走樣的傘兵。

吉米對他們說了什麼，比手畫腳，然後兩人走往電車軌道上方那變電所的方向。

強尼壓低聲音說：「他們……怎麼會來？」

「當然是來幫忙。」

「我們還需要人手？」

吉米哼了一聲，搖搖頭，強尼壓根兒不懂這種事情該怎麼進行。

「你打算怎麼把那教練支開？」

「你是說阿維拉老師？」

「對，你以爲他會讓我們直接走進去，然後……」

強尼沒有答案，所以只好跟著哥哥走進那間磚造小屋裡。羅傑和普雷伯站在陰暗處，雙手插在口袋，跺步取暖。吉米拿出鐵製香菸盒，彈開後遞給他們兩個。

羅傑打量著菸盒裡那六根手捲的菸，開口說：「天啊，已經事先捲好了，喔，太感謝了。」說著就以兩根嶙峋的手指夾起最厚的一根菸。

普雷伯擠皺著臉，表情貞像看「木偶秀」時坐在包廂裡的那些老人。「坐沒多久就興致全無啦。」

吉米以邀請的姿態晃晃菸盒，說：「別再嘀咕了，你這老傢伙，我可是一小時前才捲的，而且這可不是你隨便就能看到的摩洛哥爛貨，這是好東西。」

普雷伯鼻子吸吸，給自己拿了根菸。羅傑幫他點燃。

強尼看著哥哥。電車月臺燈光投射出來的光線清楚映照出吉米的鮮明剪影。強尼好崇拜哥哥，不知道他有天是否能像哥哥，敢對普雷伯這種人說出「你這老傢伙」。

吉米又拿出一根菸點燃，菸頭的紙燒了一下，才開始紅亮。他深深吸了一口，強尼被吉米衣服上經常有的那種甜甜氣味籠罩著。

他們沉默抽著，羅傑遞出自己的大麻菸給強尼，「要不要來一口？」

強尼正打算伸手去接，哥哥吉米卻打了羅傑肩頭。

「白癡，要他變成像你們這種德性啊？」

「這樣不好嗎？」

「對你來說或許很好，但他可不行。」

羅傑聳聳肩，縮回自己的招待禮。

六點半，大家都哈完了，這時吉米以誇張的清楚發音，說出彷彿經過繁複蝕刻的字字句句。

「好，這是……強尼，我弟弟。」

羅傑和普雷伯明知故作地點點頭。吉米以略微笨拙的姿態用手頂著強尼下巴，扳過他的頭好讓這兩個幫手看清楚。

「看看那耳朵，就是那不知輕重的死傢伙搞的，我們就是要去……好好處理這件事。」

羅傑往前一步，瞇眼看著強尼的耳朵，不過此時的他已經茫了。

「幹，眞慘。」

「我可不是……來聽什麼專家……意見。你們只要照我的話去做，就能……」

十

走廊兩側磚牆間的鐵柵欄沒上鎖。奧斯卡走向通往游泳池的門，腳步聲喀啪喀啪迴盪著，他將泳池門拉開。溫暖的濕氣迎面撲來，一朵朵蒸氣翻湧入冰冷的走廊。他趕緊入內，關上門。

踢掉鞋子，繼續走，進了更衣室，裡面空蕩蕩。聽到淋浴間傳出流水聲，有個低沉的聲音唱著西班牙歌：

親吻，再親吻，

彷彿昨夜……你看……

是阿維拉老師。奧斯卡沒脫下大衣，坐在長凳上等著。沒多久水濺聲和歌聲雙雙停止，老師走出來，腰間圍了條浴巾。他的胸膛覆滿蜷曲的黑毛，不過攙雜些許的灰銀毛髮。奧斯卡心想，看起來眞像來自別星球的人。阿維拉老師見到奧斯卡，熱情地笑著。

「奧斯卡！你還是從蝸牛殼爬出來了啊。」

奧斯卡點點頭。

「裡頭有點悶熱。」

阿維拉老師大笑，搔著自己胸膛，指尖消失在毛叢中。

「你提早到了。」

「對，我在想……」

奧斯卡聳聳肩，阿維拉老師停住搔抓的動作。

「你在想？」

「我不知道。」

「想聊一聊？」

「沒有，我只是……」

「我來好好看看你。」

阿維拉老師邁向奧斯卡，端詳他的臉，點點頭。

「啊，很好。」

「什麼？」

「就是你。」阿維拉老師指指他的眼睛，「我明白了。你連自己眉毛都燒到了。不是，那叫什麼？底下那個，眼……」

「睫毛？」

「對，眼睫毛。頭髮也燒到一點，嗯，如果不想被別人發現，應該把頭髮剪掉一些喔。眼……睫毛長得很快，星期一就會不見了。是汽油嗎？」

「工業用酒精。」

阿維拉老師嘴巴噴出氣，搖搖頭。

「很危險喲。」阿維拉老師摸摸奧斯卡太陽穴，「你實在有點瘋狂，不過還不算太嚴重，只是有一點。爲什麼用工業用酒精？」

「我……找到的。」

「找到的？在哪裡找到？」

奧斯卡抬頭看著阿維拉老師的臉，他那張臉像塊濕漉漉的友善岩石。他想告訴他，想全部告訴他，但不知從何說起。阿維拉老師等著，然後開口：「玩火很危險，可能變成一種壞習慣，沒有什麼好方式戒掉，就多多運動吧。」

奧斯卡點點頭，想訴說的感覺消失了。阿維拉老師很棒，但他不會懂的。

「你的體能不一樣了，我來教你一些臥舉的技巧，好嗎？」

阿維拉老師轉身回辦公室，在門口停下腳步。

「對了，奧斯卡，你別擔心，如果你不希望我說的話，我絕不會告訴其他人。聽起來很棒吧？訓練完後，我們再來多聊聊。」

奧斯卡換上運動服，著裝完畢後，正好6A班的派翠克和海斯來到。他們跟奧斯卡說嗨打招呼，不過他總覺得他們盯視他的時間過久。他往健身房走去，聽見他們在背後竊竊私語。

內心一陣消沉，眞後悔來這裡。沒多久已換上T恤和短褲的阿維拉老師走進健身室。他告訴奧斯卡怎樣以指尖的力量來抓臥舉。奧斯卡成功舉起二十八公斤，比上次多了兩公斤。阿維拉老師在記事本上記錄這次成績。

更多學生進來，其中還有麥奇。他露出往常的笑容，那種鬼祟的笑代表各種意思，可能是善意表示，但也可能代表他會好好捅你一刀。

而當下所代表的正是後者，雖然麥奇自己也不完全明白整件事。

要來上課途中，強尼追上麥奇，要他幫忙些事情，因爲他打算好好設計設計奧斯卡。麥奇覺得這主意聽起來很棒，他最喜歡惡作劇。反正他的整套曲棍球卡片也在星期四晚上那場火中燒毀了，所以此刻非常樂意有機會參與，好好報復一下奧斯卡。

不過現在他卻能對他露出微笑。

訓練活動繼續。

奧斯卡覺得別人以奇怪的眼光看他，每次他轉頭看他們，他們就立刻望向別處，總之現在好想回家。

……不……走……

轉頭就走。

可是阿維拉老師正看著他，給他加油打氣，看來根本走不了。反正：在這裡總比在家好。

奧斯卡做完肌力訓練已經累壞了，連心情不好的力氣都沒有。他走去沖澡，故意落後別人幾步。面向牆壁，背對著大家洗。其實這根本沒差別，還是得脫光衣服。

他站在淋浴間和泳池之間的玻璃牆前，手指在凝霧的玻璃上抹個能偷窺的小洞。看著其他人跳進泳池，相互丟球追逐。那種感覺又湧上心頭，不是能化爲字句的念頭，而是一種充滿敵意的感覺。

我很孤獨，我……徹底孤獨。

阿維拉老師看見他，揮手要他進來跳下泳池。奧斯卡拖著腳步走下短短階梯，到了泳池邊低頭望著那因化學藥劑而呈藍色的池水。沒有活力的他沿著梯子爬進水裡，一次一步，讓自己被冰冷的池水包圍住。

麥奇坐在池邊，對著他點頭微笑。奧斯卡往另一個方向划了幾下，朝向阿維拉老師游去。

「好耶！」

他從眼角瞥見有球朝這方向飛來，但太慢了。球就落在他的面前，將加了氯的水直直濺上他的眼睛，雙眼刺痛幾乎要流淚。他揉揉眼睛，抬起頭正巧看見阿維拉老師看著他，帶著一種……同情？……看著他的臉。

還是輕蔑？

或許只是自己幻想的吧。他將在眼前漂浮的球丟回去，讓身體往下沉。頭沉到水裡，頭髮在耳邊波湧，搔得耳朵好癢。他張開雙手，臉朝下漂浮著，在水裡咕嚕咕嚕吐著氣泡，假裝自己死了。

永遠漂浮著。

永遠都不需要起身，看見那些人的目光。他們那種眼神分析到底，都只是為了傷害他。要不，他希望自己最後抬起頭時，世界已經消失。只有他和這片藍。

就算耳朵沉在水裡，他仍聽得見遠處的聲音，上面世界的砰砰隆隆。頭抬出水面，聲音猶存：迴盪的嘈雜聲。

麥奇已經不在池邊，其他人正玩著水上排球。白色的球飛過半空，清楚對比出此刻霧狀玻璃的漆黑。奧斯卡划向最深處的角落，只有眼鼻露出水面，觀察著。

麥奇從泳池大廳另一側的淋浴間跑出來，大聲喊著：「老師！辦公室電話響了！」

阿維拉老師嘟囔著什麼，沿著池邊踩步走，他對麥奇點點頭，消失在淋浴間。奧斯卡最後見到的，是他在凝霧玻璃後方的模糊身形。

然後他就離開了。

十

一當麥奇離開更衣室，他們立即各就各位。

強尼和吉米溜進健身室，羅傑和普雷伯貼在門邊的牆上，聽見麥奇在泳池邊的喊叫，立刻開始行動。他們赤腳輕聲移動，穿過健身室，幾秒鐘後阿維拉老師走入更衣室，前往辦公室。普雷伯已經將之前纏在手上、增強抓力的兩隻長筒襪裝進了銅板。一等老師走到門邊，背對著他，普雷伯立刻跨出去，將沉甸甸的襪子甩往老師後腦杓。

普雷伯手腳實在不怎麼靈活，阿維拉老師肯定聽見聲音了。甩到半途，老師轉過頭，那包銅板擊中老師耳朵上方，不過也達到預期效果了。阿維拉老師往前摔到一旁，頭撞到門柱，倒在地上。

普雷伯坐在他胸口，將那包沉甸甸的硬幣握在掌心，以備不時之需能更精準擊出去。不過看似不需要。阿維拉老師手臂微微顫抖，連一點點抗拒都沒有。普雷伯不覺得他死了，看起來不像，完全不像。

羅傑靠過來看這俯趴的軀體，彷彿沒見過這種東西。

「他是土耳其人什麼的？」

「我哪知道啊，快去拿鑰匙。」

羅傑在老師短褲匆忙翻找鑰匙，這時強尼和吉米走出健身室，朝向游泳池。掏出鑰匙，一把一把試著開辦公室的門，還瞥了老師一眼。

「那麼多毛眞像猩猩，一定是土耳其人。」

「喔，拜託，快開。」

羅傑嘆了口氣，繼續試鑰匙。

「我這樣說是為你好啊，或許你會覺得舒服點，如果……」

「幹，快開啦。」

羅傑終於找出正確的鑰匙，打開門。走進辦公室前他指指老師，對著普雷伯說：「你最好別那樣坐，搞不好他會不能呼吸。」

普雷伯從老師胸口滑下，坐在軀體旁，但仍以重量壓住他，以防阿維拉老師突然反抗之類的。

羅傑在辦公室內翻搜外套口袋，掏出皮夾，裡面有三百克朗。抽屜裡有十張沒蓋過的電車卡，連這也一併取走。

賞金實在不多，不過主要目的不在此，純粹是爲了報復。

十

強尼和吉米走進游泳池，奧斯卡仍在角落的水裡吐著氣泡。一見到他們的第一反應不是恐懼，而是覺得討厭。

他們竟然全身衣褲穿得好好的。

連鞋子都沒脫，而阿維拉老師非常在意……

直到吉米駐足在池邊，望向水面，奧斯卡才開始害怕。以前短暫見過吉米幾次，那時看起來就很可怕，而現在他眼裡也有某種神情……而且他轉頭的方式……

就像湯米和他那些朋友在……

吉米的視線盯上了奧斯卡，這時奧斯卡起了寒顫地想起自己……光著身體。而吉米穿著衣服，有盔甲。奧斯卡在冷水中，暴露著身體。吉米對強尼點點頭，一手畫出半圓，一人站一邊。兩人開始走向奧斯卡。吉米邊走邊喊：「全都出去，所有人，離開水裡！」

很多人原地不動，或者在水裡踏步，拿不定主意。吉米站在池邊，從外套口袋掏出扁鑽，打開，握的方式眞像一把弓箭瞄準這群男孩。他朝著泳池另一端節節逼近。

奧斯卡被逼到角落，渾身發抖地看著他。其他男孩快速游或走到另一側，獨留奧斯卡在泳池那端。

阿維拉老師……阿維拉老師在哪裡啊……

有隻手抓住他頭髮，對方抓得好緊，扯得頭皮好痛，他的頭被拉進角落。

聽見上面傳來強尼的聲音。

「這可是我老哥，你這臭小子。」

奧斯卡的頭往後猛撞了瓷磚好幾次，水花也濺進耳朵裡。這時吉米走過來，手中握著扁鑽蹲下來。

「嗨，奧斯卡。」

奧斯卡嗆了一大口水，開始猛咳。每次一咳造成的頭部搖晃動作，都讓頭髮被強尼抓得更緊，也把頭皮扯得更痛。陣咳結束，吉米用扁鑽敲著瓷磚，叮噹叮噹響。

「你知道嗎？我在想啊，或許我們該來個小比賽。現在，別動……」

吉米將扁鑽遞給強尼時，故意從奧斯卡額頭上方掠過，現在換手由吉米抓住奧斯卡的頭。奧斯卡不敢輕舉妄動，他凝視了吉米雙眼數秒，那雙眼睛徹底瘋了，充滿憎恨。

奧斯卡的頭被壓在泳池角落，雙手無力癱垂在水裡，什麼都抓不到。他尋找其他男孩，發現他們全都跑到較淺那端。麥奇站在最前面，仍帶著微笑，顯然早預期到這場面。其他人則一臉驚恐。

沒人要幫他。

「那就這樣吧……很簡單的……規則很簡單，你在水裡待上……五分鐘，如果辦得到，那我們就只在你臉頰上小小劃一刀，給你留個紀念。如果辦不到……嗯，那你從水裡起來時，我就挖掉你一隻眼睛，好嗎？規則清楚吧？」

奧斯卡雙唇露出水面，發抖開口說話，水不斷從嘴裡冒出：「不能……」

吉米搖搖頭。

「那是你的問題，看見時鐘了嗎，就從二十秒的地方開始，五分鐘哦，要不就挖出你的眼睛。現在好好深呼吸。十……九……八……七……」

奧斯卡想踢腿將自己掙開，但必須踮著腳尖，頭才能露出水面，而且又被吉米抓住，他根本無法做出任何動作。

如果我把頭髮撥開……五分鐘……

以前自己試過，最多只能三分鐘，最多。

「六……五……四……三……」

阿維拉老師、阿維拉老師會回來這裡，趕在……

「二……一……零！」

奧斯卡的頭被壓進水裡前，只吸了半口氣。雙腳踩滑，下半身慢慢漂浮上來，頭彎向胸口，沉在水面下。氯水接觸到頭皮的撕裂傷口，刺激得彷彿火燒般灼痛。

不到一分鐘就開始驚慌了。

他眼睛張得大大，只看見淺藍色……從頭部迴旋竄出的粉紅薄霧略過眼前，他努力穩住身子卻不可得，因為無物可讓他支撐。雙腿在水面掙踢，眼前的淺藍水面起了陣陣漣漪，折射成一波波小浪。嘴裡吐出氣泡，他甩開手臂，仰躺著漂浮。視線被天花板的白色東西吸引，目光攫住日光燈搖晃的亮光。心臟怦怦跳，就像手拍得玻璃窗砰砰響。不小心鼻子嗆進水，反而生起一種平靜感蔓延全身。可是他的心臟跳得好用力，好堅持，想活下去。他又開始死命掙扎，想在沒東西可抓的地方抓住什麼東西。

他的頭又被往下壓，非常奇怪地，他起了個念頭：*最好這樣，總比獨眼好*。

兩分鐘後麥奇開始覺得不自在。

似乎……他們真的想要……他看看其他男孩，沒人準備站出來做些什麼，而他自己也只敢隱約出聲：

「強尼……怎麼搞成這樣？」

但強尼似乎沒聽見他的話，他跪在池邊一動也不動，手中的扁鑽插入水裡，指著水裡折射的白色晃動身影。

麥奇抬頭望向淋浴間，老師怎麼還不回來？派翠克已經跑去找老師，連他也不見人影？麥奇縮到更角落，站在可以望向漆黑戶外的那扇深色玻璃門旁，雙手交叉胸前。

眼角餘光發現有東西從外面的屋頂飛過來。有東西猛烈撞擊玻璃門，連門框都在晃動。

他踮起腳尖，從嵌有透明玻璃的窗戶頂端望出去，見到一個小女孩。她抬起頭看著他。

「說『進來』。」

「什……什麼？」

麥奇回頭看看泳池，奧斯卡已經不動，但吉米仍彎向泳池，把奧斯卡的頭壓在水裡。麥奇焦急得連吞口水喉嚨都會痛。

不管怎樣，就是要他們住手。

玻璃門上又一聲砰，這次更用力。他望向黑暗，女孩張嘴對他喊著，他看見……她的牙齒……她手臂上垂著什麼東西。

「說我可以進去。」

不管怎樣。

麥奇點點頭，以幾乎聽不見的音量說：「妳可以進來。」

女孩從門往後退，消失在黑暗中，垂在她手臂上的東西閃爍了一下，便沒了蹤影。麥奇轉身回泳池，吉米已經將奧斯卡的頭拉出水面，從強尼手中拿回扁鑽，靠近奧斯卡的臉，瞄準。

泳池中央那扇黝黑的窗戶出現點點亮光，瞬間玻璃粉碎。

強化玻璃和一般玻璃不同，一破裂就會爆成千百細小圓碎片，這些小碎片飛過泳池大廳，飛過水面，閃爍如無數潔白星辰，窸窸窣窣落在泳池邊。

尾聲

十一月十三日星期五

十三號星期五……

谷納・洪柏格坐在空蕩的校長室內，想將字條依序整理好。

他已經在布雷奇堡小學待了一整天，研究命案現場，找學生交談。從市區來的兩名技術人員和國家刑案鑑識中心那位血跡分析家仍在池邊保存證據。

昨晚這裡有兩個少年被殺死，第三個……失蹤了。

他和該班導師瑪莉・路易斯談過，才知道那名失蹤的男孩，奧斯卡・艾瑞克森就是三週前舉手回答他關於海洛因問題的男孩。谷納記得他。

我讀過很多這類的東西。

他記得那時以為這孩子會第一個衝出去看警車，他本來打算若是這樣就要載他兜兜風，如果可能的話，強化他一點自信心。不過男孩始終沒出現。

而現在他失蹤了。

谷納審視著和昨晚在池邊那些男孩的談話紀錄，基本上大家的說法都吻合，幾乎都提到一個東西：天使。

奧斯卡・艾瑞克森被天使救走了。

根據目擊證人指出，就是那個天使把強尼和吉米的頭撕扯掉，將兩顆頭顱丟在水底。

谷納將他們的說法告訴那位以水底攝影機將兩顆頭顱所在之處留下永恆紀錄的犯罪現場攝影師，結果他說：「那這位天使恐怕不是來自天堂。」

不是……

谷納望向窗外，思索合理的解釋。

中庭的桅杆降了半旗。

兩名心理學家在孩子接受詢問的過程中也在場，因為有幾個孩子出現令人擔憂的跡象，他們談論親身目睹那件事的態度過於輕鬆，彷彿那只是齣電影，不是真實生活中發生的事情。雖然大家很可能這麼認為。

問題是血跡技術人員所分析的結果完全符合那些孩子的說法。

從這些地方（天花板、橫梁）留下的血跡來看，的確讓人第一眼就覺得，這種血液噴濺的路徑是由某個……會飛的人所製造出來的，而現在要加以釐清說明的正是這個問題，要找出說法來排除這種解釋。

或許可以辦得到。

男孩的體育老師正在加護病房，他有嚴重腦震盪，最快到明天才有可能接受詢問，或許從他那裡也問不到什麼新資訊。

谷納雙手壓推著太陽穴，眼睛被拉成瞇瞇眼，他看著這些小字條：

天使……翅膀……頭爆炸……扁鑽……想淹死奧斯卡……奧斯卡全身變藍色……牙齒像獅子的牙……把奧斯卡拉上去……

現在谷納唯一能想到的就是：我應該離開這裡，休假一陣子。

十

「這是你的嗎？」

斯德哥爾摩—卡爾斯達特線的查票員斯達芬・拉森指指行李架上那個袋子。這種行李袋現在很少見，眞的是老式的……大皮箱。

坐在火車小客房內的男孩點點頭，拿出車票，斯達芬在上面戳了個洞。

「有人在終站接你嗎？」

男孩搖搖頭。

「這皮箱沒外表看起來那麼重。」

「不重，當然沒那麼重。不好意思喔，我可以問一下嗎，裡面裝了什麼？」

「一些必要用品。」

斯達芬看看手錶，拿著車票打孔器對著半空打孔。

「到站時應該傍晚嘍，你知道吧。」

「嗯。」

「那些盒子，也是你的嗎？」

「對。」

「哇，對不起喔，我無意……不過你怎麼拿得動？」

「等一下會有人幫我。」

「我懂了，那就好。祝你旅途愉快。」

「謝謝。」

斯達芬將小客房的門拉上，走到下一間客房。男孩似乎很清楚知道自己在做什麼。斯達芬心想，如果自己和那堆行李坐在一起，恐怕很難看起來那麼快樂。

不過話說回來，年輕就是不一樣。

後記

開啓內門，配備獠牙的小仙子柔情跨入：《血色童話》的青春蒼老酷兒妖異浪漫譚

洪凌

《血色童話》的瑞典書名本身，就是一則酷兒跨性跨語言的妖魔翻譯小典：作者約翰・傑維德・倫德維斯特（John Ajvide Lindqvist）是個不惜將深摯愛意灌注於出道作長篇小說的樂迷，勇敢地挪用英國男同志歌手莫里西（Steven Patrick Morrissey）的歌曲標題，演繹出這部追究何謂光怪陸離但眞正對勁（且總是遭到壓制）的情慾。此書的瑞典文原名、同時是英文書名版本的《讓對的人進入》（Let the Right One In），在在尋覓對勁的獠牙與對勁的進入姿勢。

對於核心敘述者奧斯卡（Oskar）而言，擱淺於窒息原生家庭結構，總是被不像樣惡霸同儕欺凌折騰的日子，驀然出現夜與異質性別救贖者的歷程，確實是一則酸澀膽汁與血雕糖果的童話。以不可思議方式愛著奧斯卡且被他眞心所愛對勁的人兒是「人類不可能如此」（既是女孩又是男孩，既非男性亦非女性）的依萊（Eli），名字諧音即是上帝的妖精天使，形貌是十二歲純美少女的奇異魔物。奧斯卡與依萊充滿敗壞與甜美滋味的「請君入內」幼少情慾愛戀模式，既是人／非人的互爲凝視，也是改寫了常態性別（或逆寫了）成長小說母題的跨性別神話——倘若持續承受暴虐而終究倖存，本該長成「正常」成年男性人類的奧斯卡，註定遭遇的是陰慘黯淡的規矩人生；經過許多場迷幻搖滾樂曲般的侵入與約諾，他重複允許且再

三邀請依萊進入自己雜沓惶惑的身心，終究與永不成長的非男非女天使一起出走。扯斷兩名沙豬男同學頭顱的同時，本書以最徹底暴戾的「狂野詩情正義」（the wild, poetic justice）回報了體制無法消化處理、只能含蓄默許且拒絕看見的青春期同儕霸凌（teenager bully）病徵。

本書以詳細到時而不堪的筆觸，精工描繪沈澱於北國中下階級群聚的布雷奇堡的「準現代」生態，抗拒任何非理性非常態事物的務實瑞典工業邊陲小鎮，卻滋養出許多無法以言語敘述的慘苦悲情，稠密憂鬱如不正確方式愛貓人古斯塔，滋生過度的狀態讓貓與人都困頓難受，其居家環境濃烈的尿騷氣味，隱喻了整潔規範的城鎮底層所蠕動囤積的人類瘴癘與非人惡疫。同樣慘烈但冷硬寫實的大篇幅鋪陳了遭逢異己前後的幾個立體人物，例如堅毅慘烈的薇吉妮雅、潦倒但滿懷過時懷舊情愫的雷基、叛逆且創意十足的萬能小藥販湯米。這些游離於常態典範且不時企圖掙扎脫逸的人們，以撞見黑翅貓爪豹眼犬齒神鬼幼獸的想像，紛紛遭逢依萊與她／他的使徒兼迷戀狂信者，哈肯。

即使置身於最「解放」的女男跨性同志社群，哈肯的戀童／殺童雙股慾念驅力，都會是某種齷齪到無法不以污名再現的污穢渣滓，而他骯髒卑賤、無法被正視的慾念卻激發出對於唯一執著、形體如孩童且性別曖昧的神之召喚與還原：先是背棄、繼而食用，終究宰殺了哈肯的依萊，彷彿是舊約的殘酷無度之神，亦是受難基督呼喊的大異己：「Eli, Eli, lama sabachthani」（依萊（我的神），為什麼離棄我（這不渝的信徒）？）此段話語彷彿鑲嵌於本書的密碼，再三縈繞經營依萊的純真殘酷雙（跨）性蠻荒幼神的質地，她必須捨棄成長、二分性別、人類性等元素，方能活生生存在於血豔淋漓「妖精故事」（fairy tale）的酷異兒童本質。

若以英美吸血鬼小說脈絡為互文比較經緯，我會將《血色童話》與幾部濺血叛客酷兒恐怖文學（Splatterpunk queer horror）的新經典作品並列評比。其中，最著名的代表作如波比．布萊特（Poppy Z. Brite）毫不粉飾收斂恣意鋪陳少年愛與殺虐的《歧路亡魂》（Lost Souls, 1992），泰裔作者桑塔（S. P.

Somtow）以藍鬍子物語爲故事背景、定格於幼年男童萬人迷歌手模樣的Tommy Valentine爲主角的雙性戀兼皮繩愉虐吸血魔三部曲，《吸血鬼中介站》（Vampire Junction, 1984）、《男童吸血鬼梵倫汀》（Valentine, 1992）、《奢華魔物》（Vanitas, 1997）。至於充滿跨性別神魅吸引力、彷彿依萊之年長同類的故事，可經由女同志科幻偵探作家凱薩琳・弗利絲特（Katherine V. Forrest）的力作《我的吸血鬼星際艦長》（O Captain, My Captain, 1987）窺見另類天地：俊美憂鬱的跨性別美青年船長其本尊爲不死吸血鬼，於永恆時光擺渡於星際舞台，誘惑一個個原先是正常人類女性的魔性開發譜系。此故事儼然是依萊可能成爲的成年續曲、並以太空歌劇爲舞台的醇美異色版本。

然而，不知爲何，我兀自斷定閱讀此書時最爲依賴親近、互通有無的素材應該是某些特定的音樂基調。除了作者最愛的歌手莫里西，本書最爲唇齒相依的事物該是某些從一九八〇年代一路曲折遊蕩至今的英美（新音樂）搖滾樂團，散發死亡腥甜氣味、毫不政治正確的酷兒情慾，例如Joy Division，His Name is Alive，Felt，Eyeless in Gaza，Garbage，Human Drama。如同語言雕琢出的乖張暴亂音色，閱讀本書如同傾聽這些潮溼迷離、道盡破敗蒼涼青春與衰亡的美麗受傷歌曲，想來約莫是沁血童話刻鏤於人世間處處扞格又惆悵癒合的況味吧。

本文作者爲英國薩克絲大學（Sussex University）英國文學碩士，香港中文大學文化比較所博士候選人。現專事小說創作、論述撰寫、翻譯等。小說創作包括「宇宙奧狄賽」系列共六冊（成陽）、《不見天日的向日葵》（成陽）、《末日玫瑰雨》（遠流）、《肢解異獸》（遠流）、《銀河滅》（蓋亞）等；譯著包括《銀翼殺手》（一方）、《黑暗的左手》（繆思）、《女身男人》（繆思）、《通往女人國度之門》（繆思）等。

血色童話 / 約翰・傑維德・倫德維斯特
John Ajvide Lindqvist著；
郭寶蓮譯.-- 初版. -- 臺北市 : 小異出版 :
大塊文化發行, 2009.06
面； 公分. -- (SM ; 7)
譯自： Låt den rätte komma in
ISBN 978-986-84569-5-2(平裝)

881.359　　98005662

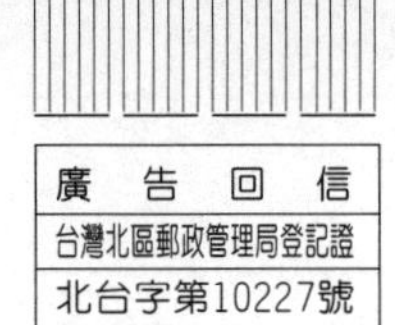

10550 台北市南京東路四段25號11樓

大塊文化出版股份有限公司 收

地址：□□□□□ ＿＿＿＿市／縣＿＿＿＿鄉／鎮／市／區

＿＿＿＿＿＿路／街＿＿段＿＿巷＿＿弄＿＿號＿＿樓

編號：TSM007 書名：血色童話

Trans+

Trans+

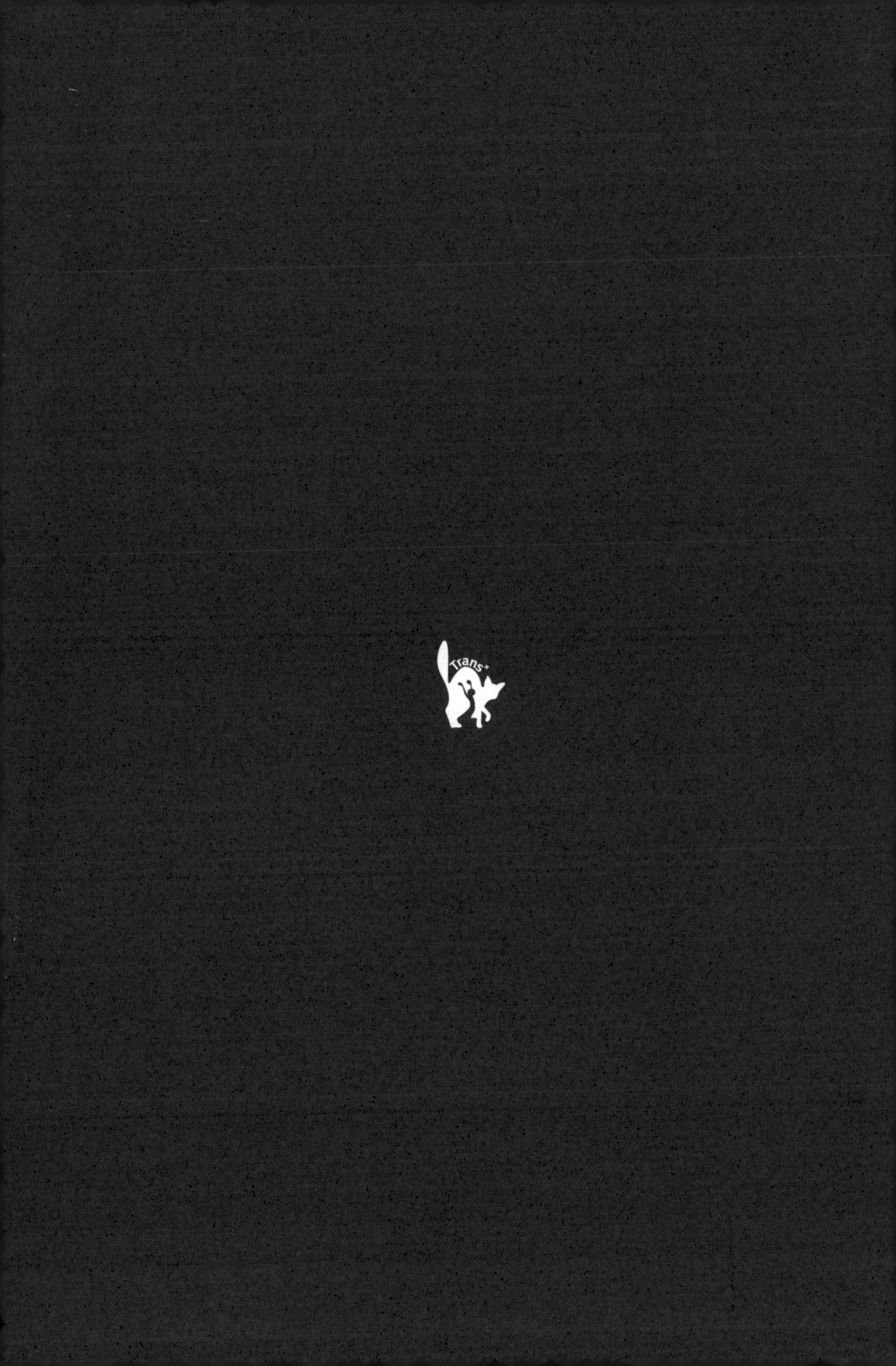
Trans+

Trans+